DER BISS DES TODES

HOLLY ROBERDS

Impressum

Autorin: Holly Roberds

Verantwortlich für den Inhalt gemäß § 55 Abs. 2 RStV:

Holly Roberds

12260 W. 57th

Arvada, CO 80002

USA

E-Mail: contact@hollyroberds.com

BÜCHER VON HOLLY ROBERDS

DIE UNSTERBLICHEN VON VEGAS

Der Tod und der letzte Vampir

Band 1 – Der Biss des Todes

Band 2 – Der Kuss des Todes

Band 3 – Vom Tod verführt

DIE LOST GIERLS-SERIE

Band 1 – Tasting Red

Band 2 - Chasing Goldie

Band 3 - Igniting Cinder

Bücher auf Englisch

VEGAS IMMORTALS

Death and the Last Vampire

Book 1 - Bitten by Death

Book 2 - Kissed by Death

Book 3 - Seduced by Death

The Beast & The Badass

Book 1 - Breaking the Beast

Book 2 - Claiming the Beast

MONSTER UNDER MY BED

Book 1 - Volume 1

<u>**LOST GIRLS SERIES**</u>

Book 1 - Tasting Red

Book 2 - Chasing Goldie

Book 3 - Igniting Cinder

Book 3.5 - Hooking Tink

Book 4 -Blackmailing Belle

Book 5 - Feeding Beauty

<u>**DEMON KNIGHTS**</u>

Book 1 - One Savage Knight

Book 2 - One Bad Knight

* Besucht www.hollyroberds.com, um die empfohlene Lesereihenfolge zu erfahren.

WIDMUNG

An meine Hellions in der Fan-Lesergruppe, Holly's Hellions,

Ihr habt mich dazu inspiriert, diese Serie zu schreiben. Ich habe das Gefühl, dass dieses Buch gemeinsam mit euch entstanden ist, weil ich mir das witzige, manchmal aber auch düstere Schwarmwissen der Gruppe zunutze gemacht habe.

Danke, dass ihr mit mir die Sau rausgelassen habt.

Lasst uns nie damit aufhören.

1

VIVIEN

Ich erwachte keuchend.

Liege ich im Sterben?

Kälte hüllte mich ein und schnitt mir in die Knochen wie tausend Dolche.

Obwohl ich mich in völliger Dunkelheit befand, konnte ich meine Umgebung mühelos wahrnehmen. Ich war in einer Metallkiste, etwa von der Größe eines Sargs. Meine Sicht hatte einen seltsamen Rotstich. Ich versuchte, zu schreien, aber es kam kein Ton heraus. Als ich meinen Mund zumachte, biss ich mir mit einem präzisen Schnitt in die Lippe. Ich tastete nach meinen Eckzähnen und spürte scharfe, verlängerte Zähne. Reißzähne?

Was zur unheiligen Hölle sollte das?

Ich nahm den metallischen Geschmack von Blut auf meiner Zunge wahr und etwas Wildes durchfuhr mich. Ehe ich mich versah, hatte ich nur mit meinen Füßen den Stahldeckel des sarggroßen Gehäuses weggeschlagen.

Nur flüchtig dachte ich daran, meine nackten Brüste und meine nackte Schamregion bedecken zu wollen, während ich das stählerne Gefängnis betrachtete, in dem ich mich gerade befunden hatte. Der scharfe, stechende Geruch von Desinfektionsmittel zusammen mit dem Gestank von kaltem, verwesendem Fleisch überwältigten meine Sinne. Ich lag nicht im Sterben. Ich war bereits tot, ein kaltes Stück Fleisch, das bis vor wenigen Minuten in der Schublade eines Leichenaufbewahrungsraums gelegen hatte. Die eisige Kälte drang mir bis ins Knochenmark.

Emotionen und Panik stiegen in mir hoch, nur um von Hunger verdrängt zu werden...vom Hunger nach Blut.

Oh Gott, ich musste trinken, mich verpflegen, mich voll-fressen oder ich würde sterben.

Nein, das war Quatsch, ich war ganz offensichtlich bereits gestorben.

Ich ging durch die Pendeltür, vorbei an einem halb-vollen Kaffeebecher. Ich konnte ihn riechen und erkannte sofort, dass es sich um billigen Kaffee handelte, und dass er schon vor Stunden kalt geworden war. Meinen geschärften Sinnen folgend peilte ich das Ziel meines unbändigen Durs-tes an.

Mein Herz schlug nicht, doch irgendetwas Tiefgrün-diges und Urtümliches hämmerte in mir und trieb mich in einen Raum, in dem ich mühelos die Kühlschranktür herausriss. Ich warf die rechteckige Metallplatte hinter mich und scherte mich nicht um den gewaltigen Lärm, den sie machte, als sie in die Schränke an der Wand krachte. Ich hatte meinen Preis gefunden – durchsichtige Beutel mit roter, lebensspendender Flüssigkeit.

Das Bedürfnis verstärkte sich und packte mich so fest, dass ich fast in die Knie ging. Aber stattdessen schnappte ich mir einen Beutel, biss hinein und saugte ihn leer wie ein dehydriertes Kind eine Saftpackung.

Das Blut war kalt. Ich wollte es heiß, frisch, voller Geschmack und mit seiner glatten Konsistenz, aber ich konnte nicht warten. Innerhalb von Sekunden leerte ich den Beutel und griff dann nach einem anderen. Ich riss einen fünften und sechsten Blutbeutel auf. Als ich schließlich zwei Drittel des Krankenhauskühlschranks geleert hatte, ließ das Hämmern in mir nach. Trotz der kühlen Flüssigkeit strömte Wärme in meine Glieder. Die Krise, die in meinen Zellen vibrierte, ging zurück. Ich hatte nicht mehr das Gefühl, dass ich sterben würde.

Als ich auf meinen nackten, blutverschmierten Körper blickte, wurde mir die Realität der Situation klar. Meine Beine wurden weich und ich sank zu Boden. Die Schubladen des offenen Kühlschranks stachen mir in den Rücken, aber das war mir egal.

Was zur Hölle war ich?

Ein Vampir, flüsterte mein Unterbewusstsein.

Wer war ich?

Mein Gehirn war leergefegt.

Ich war eine Frau, das wird gestrichen...ein Vampir, der sich gerade mitten in der Nacht in einem Krankenhaus nackt mit Blut vollgestopft hatte. Obwohl es hier drin kein Fenster gab, wusste ich instinktiv, dass es seit fünf Stunden dunkel war. Woher wusste ich das?

Meine Gedanken rasten, als ich nach mehr Informationen suchte – nach einem Namen, einem Leben, den Gesichtern von Menschen, die ich kannte, nach irgendetwas. Ich fand nichts.

Eine Schnauze stieß die Tür auf und unterbrach meine existentielle Krise. Ich erschrak, als ich in die unbestechlichen Augen eines Hundes blickte. Er war schlank und sein Fell pechschwarz, aber sein kleines Gesicht und der buschige Schwanz erinnerten mich an einen Fuchs. Seine Augen waren golden, fast durchsichtig. Er stand auf der anderen Seite des Raumes, reckte er seinen Hals in meine

Richtung und schnupperte in die Luft. Der Köter hatte weder Halsband noch Leine.

Klar, ein Hund, der frei in einem Krankenhaus herumläuft. Warum nicht?

Instinktiv hob ich eine Hand, um das weiche Fell zu berühren und den lebhaften Traum zu genießen, in dem ich offensichtlich gefangen war. „Hallo", sagte ich leise und fand meine Stimme, obwohl meine Worte heiser klangen.

Als der Hund seinen Kopf neigte und mich anschaute, veränderte sich sein Gesicht für einen kurzen Augenblick. Anstelle des pelzigen Gesichts sah ich seinen Hundeschädel. Er zog die Lefzen zurück und schaute mich leise knurrend mit gefletschten Zähnen an.

Ich riss meine Hand zurück und legte sie an die Brust. Das Hündchen mochte mich *nicht*.

Das Knurren wurde lauter. Der Hund würde angreifen.

Trotz der Gefahr konnte ich mich nicht zum Aufstehen zwingen. Vielleicht sollte ich mich von ihm in Stücke reißen lassen, überlegte ich, seltsam losgelöst von meinem Körper und der Situation.

Dann verschwand der Hund wieder in die Ecke, aus der er gekommen war.

Na gut.

Ich erwachte in der Leichenhalle eines Krankenhauses, ein Vampir ohne Gedächtnis. Ich zerstörte einen Kühlschrank voller Blut, wie ein Mädchen, das sich nach einer schlimmen Trennung mit Eis vollstopft, und dann tauchte ein seltsamer Hund auf, bedrohte mich und verschwand.

Klar.

Irgendetwas stieg in mir auf. Es drängte sich durch meine Kehle, bis es aus meinem Mund strömte.

Ich lachte.

Zuerst war es nur ein Kichern, das dann zu einem Lachanfall wurde, und bald liefen mir die Tränen übers Gesicht.

Das Zweite, das mir nach der Erkenntnis, dass ich ein Vampir war, über mich klar wurde, war, dass ich einen schwarzen, abgedrehten Sinn für Humor hatte.

Entweder das oder ich war so verrückt wie eine Irre.

„Bɪ...ʙɪᴛᴛᴇ", stotterte er. „Gnade."

„Gnade?" Ich stand da und überragte den zitternden Mann, der mich auf Knien anflehte. Meine Worte waren kurz und bündig. „Glaubst du wirklich, du kannst den Tod selbst um Gnade bitten und erwarten, sie auch zu bekommen?"

Er presste die Hände zum Gebet zusammen und schüttelte den Kopf. Unsere Stimmen hallten in dem schummrigen, steinernen Vestibül wider. Der orange Feuerschein der Fackeln huschte über sein Gesicht und seinen großenteils kahlen Schädel.

„Du willst, dass ich dich für bescheiden, gut und besonders halte." Meine Schultern strafften sich unter meinem Anzug. „Du glaubst, der Tod selbst sollte dich verschonen, weil es *mich* interessiert." Die letzten Worte hätte ich beinahe ausgespien. Dann packte ich den Mann am Revers, zog ihn auf die Füße und beugte mich vor, bis sich unsere Nasen praktisch berührten.

„Du bist nicht besonders. Niemand wird verschont. Jeder muss irgendwie sein Ende finden, und du hast deine Wette bereits abgeschlossen. Jetzt ist es für dich an der Zeit, sie einzulösen."

Dann zeigte ich ihm das wahre Gesicht des Todes.

Sein durchdringender Schrei hallte um mich herum wider und seine blanke Todesangst durchdrang die Luft.

Nachdem ich mit ihm fertig war, strich ich mein Jackett glatt und ging die paar Stufen hinauf zu dem einsamen, roten Samtstuhl im Raum. Ich nahm die Espressotasse in die Hand und nippte an dem dunklen, bitteren Elixier. Es war ein langer Tag gewesen. Die Erschöpfung, die ich verspürte, hatte nichts mit einem Mangel an Ruhe zu tun. Es war Tag für Tag dasselbe, und obwohl ich meine Aufgabe schätzte, war die Arbeit strapaziös, endlos, und sie war ganz allein meine Bürde. Es brachte nichts, darüber nachzudenken, ob die Dinge anders sein könnten, denn nichts würde sich jemals ändern.

Das rhythmische und zügige Klackern teurer, polierter Schuhe machte mich auf die Anwesenheit meines Assistenten aufmerksam. Als ich mich Timothy zuwandte, sah ich, dass sein normalerweise gewollt sorgfältig zerzaustes Haar wirklich in Unordnung war und sein Blick war besorgt.

„Majestät, wir haben ein Problem."

Mit einem Klirren stellte ich die Tasse hin und schenkte ihm meine volle Aufmerksamkeit. „Was ist los?"

Es sah Timothy nicht ähnlich, zu zögern. Eine seiner besten Eigenschaften war, Neuigkeiten sofort mitzuteilen, egal, ob gute oder schlechte.

„Es gab eine Sichtung eines..."

„Spuck es aus, Mann."

„Eines Vampirs, Majestät."

„Du musst dich geirrt haben", sagte ich langsam.

Kopfschüttelnd schürzte er seine Lippen vor Unmut.

Ich hatte unrecht, etwas hatte sich verändert. Und nicht zum Besseren.

2

VIVIEN

Während der letzten zwei Wochen war mein Leben beschissen gewesen. Ich lebte in der Kanalisation, ernährte mich von Ratten und versuchte, mein früheres Leben wieder zusammenzusetzen. Ich hatte nur einen Hinweis gefunden, der zu meiner Vergangenheit führte.

Und wie sollte es anders sein, der potenzielle Hüter der Geheimnisse meines Lebens musste ausgerechnet Chad heißen.

„Was willst du, Schlampe?" Chad spuckte mich an und der Rachenrotz landete direkt in meinem Gesicht. Chad war ein 1,80 Meter großer Typ Mitte dreißig, mit straßenköterblondem Haar, ausgeprägten Aknenarben und schlechtem Atem. Nein, das spielte eigentlich keine Rolle, denn ich war selbst nicht gerade der Inbegriff guter Hygiene. Nach allem, was ich während der letzten zwei Wochen durchgemacht hatte, kam das einer Dusche am nächsten.

Ich wischte die Spucke weg, die an meiner Wange schnell abkühlte, und machte mir nicht die Mühe, meinen angewiderten Gesichtsausdruck zu verstecken. Meine andere Hand schloss sich immer fester um seine Kehle. Chad entfuhr ein leises Quieken. Seine Augen quollen hervor, blickten nach unten, und bestätigten, dass er tatsächlich einen Meter über dem Boden schwebte. Seine Beine baumelten herum wie die einer Marionette.

Okay, meine neugewonnene Existenz als Untote brachte doch einige coole Vorteile mit sich.

Wir standen hinter der Bar „The Hairy Harbinger", in der er Stammgast war. Chad war zum Rauchen hinausgegangen und da hatte ich ihn in die Enge getrieben. Es war unwahrscheinlich, dass hier jemand seine Schreie hörte, weil drinnen Klassikrock hämmerte und Spielautomaten lärmten.

„Na komm, Chad", schnurrte ich. „Sei doch nicht so. Du warst doch da in der Nacht, als das Mädchen ermordet wurde."

„Wovon redest du?", krächzte er und versuchte immer noch erfolglos, meine Finger von seiner Kehle zu lösen.

Der Typ schien durch meine Anwesenheit eher in die Defensive gedrängt als verwirrt zu sein. Als ich auftauchte, hatte es in seinen Augen keinen Hinweis darauf gegeben, dass er mich wiedererkannte. Das machte ihn als Verdächtigen für meinen Mord sogar noch unwahrscheinlicher.

„Ich spreche von dem Mädchen, das mit aufgeschlitzter Kehle gefunden wurde. Du wurdest am Tatort gesehen." Ich deutete mit dem Kopf in die Gasse zwei Straßen weiter.

„Ich hab den Bullen gesagt, was passiert ist. Sie haben mich gehen lassen", protestierte er. Feindseligkeit schwelte in Chads Augen. Chad war nicht die hellste Kerze auf der Torte.

Ich ließ ihn so weit herunter, dass seine Füße den Boden berührten, doch mein Griff blieb fest. Bei der Aussicht darauf, dass er sich losreißen und weglaufen könnte, durchfuhr mich ein Kribbeln, das meine Brustwarzen zusammenzog. Das Raubtier in mir erwachte. Ich gab der schnell pulsierenden Vene unter meiner Hand die Schuld daran. Sein Blut war eine Ablenkung, es war verlockend, und trotz seiner hässlichen Visage wallte Erregung in meinem Bauch auf.

Bei dem Gedanken schreckte ich zurück. Nicht seinetwegen, *igitt*.

Dennoch, die Aussicht auf eine heiße, menschliche Mahlzeit...sein Blut rief nach mir. Es wäre so klasse, meine Zähne in seinen Hals zu schlagen und ihn auszusaugen. Ich unterdrückte ein Schaudern. Es war riskant, einem Menschen so nahe zu sein, wenn ich kaum Schädlingsblut bekam, um bei Verstand zu bleiben. Doch ich musste der Wahrheit auf die Spur kommen. Herausfinden, was mir zugestoßen war.

Ich verdrängte den Gedanken daran, ihm die Kehle aufzureißen und sagte: „Na ja, ich bin nicht bei den Bullen, also sag *mir*, was passiert ist." Ich schüttelte ihn, fest genug, dass seine Zähne klapperten.

Bevor ich die Leichenhalle verließ, hatte ich es geschafft, meine Akte zu finden und zu lesen. Dann klaute ich einen Laborkittel und machte mich aus dem Staub. In dem braunen Umschlag waren Fotos meiner Leiche. Meine Gliedmaßen waren in seltsamen Winkeln abgespreizt, meine Lippen bläulich-grau, die Augen aufgerissen und leer. Mein Kopf war zur Seite geneigt und die Kamera hatte das zerfetzte Fleisch meines aufgeschlitzten Halses perfekt eingefangen. Ich trug ein kleines Schwarzes und Stiefel mit Absatz. Aber von meiner Handtasche, meinem Telefon oder einem Ausweis fehlte jede Spur. Ein Hinweis war beigefügt, auf dem vermerkt war, dass es sich um einen mutmaßlichen Raubüberfall handeln könnte, obwohl die Wunden aussahen, als wären sie von einem Tier verursacht worden. Ich war versucht, einen Kugelschreiber zu nehmen und „Vampirangriff" neben die Originalnotiz zu schreiben.

Der Gerichtsmediziner hatte auch versucht, meine Fingerabdrücke zu überprüfen, doch der Scanner zeigte eine Fehlermeldung. Ich hatte meine Fingerkuppen untersucht und festgestellt, dass sie ungewöhnlich glatt waren. Zu glatt. Was den Gerichtsmediziner betraf, war ich immer noch eine unbekannte Tote, eine Jane Doe.

Puh. Was für ein lahmer Name. Abermals war ich versucht, zu einem Stift zu greifen, um mir einen besseren Namen zu geben.

Doch das Wichtigste, das ich herausgefunden hatte, war der Ort, an dem meine Leiche gefunden worden war. Ich war genau in dieser Gasse auf der Suche nach Hinweisen unterwegs, als ich Gesprächsfetzen von ein paar Typen aufschnappte, die vor einer Bar um die Ecke namens „The Hairy Harbinger" rauchten. Sie war ein dunkles Loch in der Wand, das nach schalem Bier und Kotze stank. *Darf ich Ihnen zu Ihrem billigen Whiskey noch eine Messerwunde servieren?*

Die Männer unterhielten sich beiläufig darüber, dass Chad über „die tote Tussi mit den schönen Beinen" gestolpert war. Sie stellten Vermutungen darüber an, ob er das getan haben könnte, zumal es ja nicht das erste Mal wäre, dass er grob zu Frauen war.

Nachdem ich mich zwei Wochen hier herumgetrieben hatte, um zu sehen, ob Chad auftauchen würde, sprach ich schließlich einen der Raucher an. Für den kleinen Preis von 250 Dollar würde er Chad nach draußen locken. Es war mir gelungen, die Kohle aufzutreiben und nun, da ich die einzige Spur zu meiner Vergangenheit in Händen hielt, war es das Geld wert.

„Wie ich den Bullen schon gesagt habe…" Chad betonte jedes Wort mit spürbarem Hass. „…habe ich draußen geraucht und auf einen Freund gewartet, als ich jemanden schreien gehört habe. 'n paar Touris, die gerade vom Strip kamen, sind über die Leiche gestolpert. Ich hab nichts gesehen."

Sein Herz pochte unregelmäßig und seine Augen wanderten hin und her und bestätigten, was ich von Chad the Charming vermutete.

„Du bist ein Lügner", sagte ich und schenkte ihm mein schönstes psychotisches Lächeln. Seine Augen weiteten sich. Er erstarrte und fixierte meinen Mund. Klar. Vampirzähne. Ich hatte vergessen, dass die zur Panikmache nützlich sein würden.

Plötzlich sprudelten die Worte wie ein Wasserfall aus seinem Mund. „Ich hab geraucht, wie ich schon sagte, und habe jemanden in der Gasse gesehen. Ich hab ein bisschen gebraucht, um zu begreifen, dass derjenige eine Leiche ablegte."

Vorfreude erfüllte mich. Endlich ein verdammter Hinweis darauf, was in jener Nacht passiert war. Ich war woanders umgebracht worden. Ich musste herausfinden, wo ich war und warum der Vampir meine Leiche wegbrachte. War es blutsaugenden Teufeln nicht egal, was mit den Leichen passierte, die sie hinterließen? „Wie hat derjenige ausgesehen?"

Als Chad abermals quiekte, wurde mir klar, dass ich meinen Griff etwas lockern musste. „Sorry, du hast mich ein bisschen in Aufregung versetzt. Jetzt sag mir, wie derjenige ausgesehen hat." Ein Teil von mir war immer noch der Meinung, dass niemand diesen miesen Drecksack vermissen würde. Ich könnte ihn leer trinken und die Welt ein wenig heller zurücklassen.

Nein. Ich unterdrückte meinen Instinkt und bekämpfte meinen Durst mit allem, was ich hatte. Mein Durst würde mich nicht kontrollieren und ich würde nicht zur Mörderin werden.

Chads Blick ging an mir vorbei und etwas veränderte sich. Sein Gesicht wurde bleich und wenn ich ihn nicht hochgehalten hätte, hätten ihm die Beine versagt. Die kleinen Härchen in meinem Nacken stellten sich in Habachtstellung auf. Als wüsste ich mit Sicherheit, dass der Blitz mich gleich auf den zwei Zentimetern nacktem Fleisch zwischen meinem Mantel und meinem hinteren Haaransatz treffen würde.

Ich ließ den Mann vor mir los, drehte mich um und wünschte bereits, ich hätte es nicht getan.

Was ich sah, war erschreckend genug, um mich zu töten...noch einmal.

Die Gestalt, die auf uns zukam, war kein normales Wesen, obwohl er das Gesicht eines Menschen hatte. Er verströmte Macht, die ihn wie einen majestätischen, dunklen Umhang einhüllte. Ich brauchte zwar nicht zu atmen, doch Panik schnitt mir in die Brust, während die Luft um mich herum aufgesaugt wurde. Mein Magen rutschte mir in die Kniekehlen und die Temperatur meines ohnehin schon kalten Körpers sank in arktische Bereiche.

Es war, als würde man in eine Sonnenfinsternis schauen; nicht unmöglich, aber es brannte. Sein kantiges Kinn war verkrampft vor sichtbarer Anspannung. Rachedurstige Augen brannten wie ein goldenes Feuer und sein muskulöser Körperbau füllte seinen Anzug aus. Seine Bewegungen waren flüssig und unnatürlich. Der einzige

Hinweis darauf, dass er ein Mensch war, war der dunkle Dreitagebart, der seine vollen Lippen perfekt umrahmte.

„Das ist der Teufel." Chads Flüstern klang heiser. Ich hatte ihn losgelassen, doch er blieb wie erstarrt auf der Stelle stehen und starrte die Kreatur, die näherkam, mit blankem Entsetzen und Furcht an. „Er holt sich jetzt endgültig meine Seele."

Der Mann strahlte Macht aus. In seiner Gegenwart war ich nur eine Ameise. Er würde mich ohne jede Rücksicht zerquetschen.

Er ist nur ein Mann, sagte ich mir und schluckte schwer.

Als hätte er meine Gedanken gehört, zuckte das Gesicht des Mannes. Ich erhaschte einen flüchtigen Blick auf das, was ich für seine wahre Gestalt hielt – ein Schädel mit Augenlöchern voller schwarzer, wabernder Dunkelheit, die mich einzusaugen und vollkommen zu verschlucken drohte. Ihn anzuschauen war wie eine Begegnung mit dem Ende von allem.

Nach Chads Reaktion zu urteilen, brauchte man nicht übernatürlich zu sein, um zu erkennen, dass dieser Typ ein gewaltiges Magiepotenzial hatte. Was noch wichtiger war, der Kerl sah stinksauer aus.

Chad stolperte weg von mir und ich versuchte nicht, ihn aufzuhalten.

Vielleicht, weil ich wusste, dass ich mich in den letzten zwei Sekunden meines untoten Lebens befand.

Das mächtige Wesen beachtete mein schwer erkämpftes Ziel überhaupt nicht, sondern kam direkt auf mich zu.

Scheiße, Scheiße, Scheiße. Was mach' ich jetzt?

Eine Hand griff nach mir. Mein Instinkt setzte ein. Ich wich seinem Griff aus, packte seinen Arm und tat das Einzige, was ich tun konnte.

Ich biss in seine Hand.

Er erstarrte.

„Was zum Teufel tust du da?", knurrte er. Ein Schauer jagte durch meinen Körper nach unten und wanderte anschließend durch meinen Magen wieder nach oben. Angst und...Lust?

Toll, wer immer ich auch wirklich war, ich war auch noch dumm.

Meine Lippen umschlossen noch immer die Seite seiner Hand und ich sagte mit vollem Mund: „Dich beißen?"

Bei seinem ungläubigen und angewiderten Blick hätte sich jeder andere Mensch in eine Pfütze des Bedauerns verwandelt, weil er überhaupt geboren worden war.

In diesem Moment fiel mir auf, dass meine Reißzähne eingezogen waren und ich wie ein Kleinkind an ihm nagte. Ich ließ ihn los, ging ein paar Schritte zurück und hob die Hand. „Ich habe nur versucht, mich zu verteidigen. Es war klar, dass du mit jeder Menge Feuer auf mich losgegangen bist."

Der Gott musterte zuerst die stumpfen Zahnabdrücke auf seiner Hand, dann mich, und sagte: „Und da dachtest du, du könntest..."

„Dich beißen?" Ich zuckte angesichts meiner mangelnden Überzeugungskraft zusammen. Ich wusste nicht, was der große, dunkle, angsteinflößende Unbekannte vorhatte, doch ich war mir ziemlich sicher, dass ein Vampir zu sein, der nicht beißen konnte, ein ziemlich großes Versagen war. War ich so ein großer Loser in meinem letzten Leben? Vampire taten doch nichts anderes, oder? Sie bissen Leute und tranken Blut.

An wen sollte ich mich wenden, um meine V-Card zu widerrufen?

Oh, richtig. ‚V" stand ja in diesem Fall nicht für Vampir.

Der Gott wischte sich seinen Handrücken an seiner sehr

teuer aussehenden Hose ab und warf mir einen seltsamen Blick zu.

Das Quietschen von Reifen ertönte. Chad hatte sich wie ein geölter Blitz davongemacht. Ich ließ meine Hand sinken und schlug mir frustriert auf ein Knie. „Ernsthaft? Jetzt muss ich ihn noch einmal aufspüren. Ich hatte schon beim ersten Mal kaum das Geld, um seinen Kumpel zu bestechen, ihn herauszulocken." Erwartungsvoll streckte ich dem Gott eine Hand hin. „Du schuldest mir zweihundertfünfzig Tacken."

Schließlich hatte ich das Geld in einem verfallenen, verräucherten Casino anständig und ehrlich gestohlen. Ich war gerade dabei gewesen, mir ein Opfer zu suchen, das ich beklauen konnte, als ich hörte, wie ein Mann an einem Pokertisch eine anzügliche Bemerkung über eine Kellnerin machte, und ihr auf den Hintern schlug. Sie biss sich auf die Lippen, anstatt zu reagieren. Wahrscheinlich wollte sie sich die Chance auf ein Trinkgeld nicht verbauen. Seinen Chips nach zu urteilen, hatte er heute seinen Glückstag. Als er ihr nachstarrte, aktivierte ich meinen Super-Geschwindigkeitsmodus, um mir seinen hübschen, bunten Stapel zu schnappen. Ich sorgte dafür, dass die Hälfte davon auf dem Tablett der Kellnerin landete, als sie gerade wegschaute. Ich war wie der Robin Hood der Vampire. Doch ich war nicht so gut, dass ich diesen tierisch heißen Mann davonkommen lassen würde, ohne mir das zurückzuzahlen, was ich rechtmäßig gestohlen hatte.

Der Gott war sichtlich verblüfft und betrachtete meine ausgestreckte Hand, als würde sie einem Aussätzigen gehören.

Als er diesmal nach mir griff, gelang es ihm, seine Finger um meinen Hals zu legen. Meine Füße hoben sich etliche

Meter vom Boden, so, wie ich es nur vor ein paar Minuten bei Chad gemacht hatte.

Ernsthaft, was für ein Karma hatte ich in meinem früheren Leben angehäuft?

Obwohl ich nicht zu atmen brauchte, verspürte ich die instinktive Gefahr, dass er mir den Kopf abreißen wollte. Angesichts der Liste der Methoden, die ich an mir selbst ausprobiert hatte, um zu sehen, ob die Mythen über Vampire stimmten oder nicht, war ich mir ziemlich sicher, dass er mich erledigen würde.

Ich kratzte an seiner Hand, doch er lockerte seinen Griff nicht.

„Was machst du hier, Sekhor?", knurrte er.

Ich werde auf jeden Fall sterben.

Trotz des Drucks auf meinen Hals gelang es mir, zu quietschen: „Fick dich."

Was? Willst du schneller sterben?, fragte der logische Teil meines Gehirns.

Seine Nasenflügel blähten sich auf und das goldene Licht strahlte aus seinen Augen. Okay, er war irgendein übernatürliches Wesen. Vielleicht war er ein Vampir? Vielleicht war er derjenige, der mich verwandelt hatte?

Trotzdem, er war hier hereingeplatzt, hatte mein Ziel verscheucht, mich offensichtlich beschimpft und auch noch angegriffen. Ich würde vor diesem Mistkerl nicht klein beigeben, egal, wie umwerfend gut er aussehen mochte. Oder wie unglaublich angsteinflößend.

„Was war das?", sagte er und hielt sich eine Hand ans Ohr. „Soll ich dir jetzt gleich den Kopf abreißen, Blutsauger?" Ein leichter, kultivierter Akzent schwang in seinen Worten mit, verführerisch, trotz seiner Drohung. Das tiefe Timbre seiner Stimme drang durch meine Haut und traf meine Knochen mit einem vernichtenden Schlag.

Blutsauger? Okay, vielleicht war er doch kein Vampir, allerdings schloss ich das noch nicht ganz aus. Obwohl ich ein beinahe verhungerter Vampir war, hörte ich sein Blut nicht so, wie bei den meisten Menschen. Ich sabberte aus anderen Gründen. Was ich mit seinem Kinn anstellen wollte, hatte nichts damit zu tun, sein Blut trinken zu wollen.

Diesmal begnügte ich mich damit, ihm einen finsteren Blick zuzuwerfen und stellte mir dabei jedes knochenbrechende Manöver vor, das ich bei ihm anwenden könnte.

Verständnis dämmerte in seinem Blick, als hätte er meine Gedanken laut und deutlich gehört. Bei der Möglichkeit, dass dieser übernatürliche Typ meine Gedanken lesen konnte, krampfte sich mir der Magen zusammen. Aber nein, diesmal hatte ich mein „Fick dich" nur ganz hervorragend rübergebracht.

Er ließ mich los. Fast hätte ich erwartet, auf den Boden zu knallen. Doch stattdessen landete ich auf wundersame Weise auf meinen Füßen. Ein Punkt für Vampirfähigkeiten. Eine Seite seines Mundes zog sich zu einem Lächeln nach oben, während sich seine Augen wie die eines Hais verengten. Er sah jetzt zehnmal so furchterregend aus.

„Sag mir, wie du entstanden bist, und ich werde es schnell machen", versprach er. Wo eben noch rohe Wut waltete, herrschte jetzt ein glattes, professionelles Auftreten. Seine Stimme war wie Seide und sein Tonfall hatte einen beruhigenden, gut eingeübten Klang. Ich glaubte sofort, dass er Terroristen davon überzeugen konnte, die Waffen niederzulegen, einfach, weil er sie darum gebeten hatte.

„Was schnell machen?" Ich rieb mir den Nacken und fragte mich, ob ich wohl blaue Flecken bekommen konnte.

Die glatte Maske verschwand und er sah mich mit gefletschten Zähnen an. „Deinen Tod."

„Tja, also, das letzte Mal hat es ja nicht wirklich geklappt. Weshalb glaubst du, dass du erfolgreich sein wirst?"

Er ging zwei Schritte auf mich zu und schien abermals die ganze Luft zwischen uns einzusaugen. „Vertrau mir."

Wenn ich noch ein schlagendes Herz hätte, würde es mir jetzt aus der Brust springen. So aber wurden nur meine Nippel hart beim Klang seiner Stimme. Man musste es uns beiden lassen, wir sahen uns immer noch in die Augen, obwohl durch mein Tanktop jetzt steile Gipfel zu sehen waren.

„Das will ich ja gerade rauskriegen", sagte ich und deutete in die Richtung, in die Chad verschwunden war. „Du hast meine einzige Spur verjagt, herauszufinden, wer mich gebissen hat."

Etwas in seinem Göttergesicht verhärtete sich. „Jemand hat dich gebissen?" Ich war versucht, zu fragen, welcher Akzent sich so verführerisch um jedes seiner Worte legte. Er klang kultiviert, und gleichzeitig umfassend, als käme er von überall und nirgendwo her.

Vielleicht bin ich eine Sprachkundlerin; woher sonst sollte ich etwas über Akzente wissen?

„Werden Vampire nicht normalerweise so gemacht?" Ich zog den Kragen meiner Lederjacke zur Seite, um ihm das vernarbte Gewebe am Übergang meines Halses zu meiner Schulter zu zeigen, wo jemand ein Stück aus mir herausgerissen hatte. Es sah nicht so aus wie diese beiden schönen, makellosen Bisswunden, die man in den Filmen immer sieht. Dieser Idiot hatte an mir genagt, als wäre ich ein Kauspielzeug.

Das Gold wich aus seinen Iriden und hinterließ einen warmen Mahagoniton. Er betrachtete meine Narbe. „Du erinnerst dich nicht?"

Ein paar Haarsträhnen kitzelten mir in der Nase, doch ich traute mich nicht, sie zurückzuschieben. „Nö, ganz sicher nicht. Ich erinnere mich weder an meinen Namen, noch an meine Familie, an mein Zuhause, an mein Leben. Ich hätte das alles wirklich gerne zurück."

„Und dann?" Seine Stimme klang spöttisch und ungläubig. „Denkst du, du kannst wieder ein normales Leben führen, obwohl du dich vom Blut anderer ernähren musst?"

Ich reckte mein Kinn vor und funkelte ihn wütend an. Okay, ja, es war ein ziemlich blöder Plan, wenn er ihn laut aussprach. Aber ich wäre verdammt, wenn ich ihm das sagen würde. Dem amüsierten Glitzern in seinen Augen nach zu urteilen, wusste er es ohnehin.

Diesmal packte er mich am Arm und zog mich weg. „Was soll der Scheiß, Alter?"

„Alter?" Er schaute mich an und zog eine perfekte, dunkle Augenbraue hoch. Da war er wieder, der Funke der Belustigung. Als er zum zweiten Mal verlosch, sagte er: „Du wirst mir jede Frage beantworten, um mir zu helfen, herauszufinden, wer dich geschaffen hat."

Wenn ich alleine war, klang das nach einem hervorragenden Plan. Doch aus seinem Mund hörte es sich eher nach einem Suizidplan an. „Und wenn ich das getan habe?"

Er blieb stehen, sodass ich ebenfalls abrupt zum Stehen kam und mich von Angesicht zu Angesicht mit ihm wiederfand.

Verdammt, er roch unglaublich gut. Sein Aftershave zusammen mit dem Duft seiner Haut reichte aus, um mein Gehirn weich werden zu lassen. Wärme breitete sich in meinem Magen aus und sammelte sich dann zwischen meinen Beinen. Ich wollte ihn. Vielleicht sogar noch mehr als Blut.

Sein Blick blieb an meinen Lippen hängen. Heilige

Hölle. Er würde mich küssen. Jede Faser meiner untoten Existenz bettelte darum, wollte von diesen perfekten, vollen Lippen in Brand gesetzt werden. Ich wollte unbedingt spüren, wie sein dunkler Dreitagebart über mein Gesicht kratzte, während ich entdeckte, wie er schmeckte.

Stattdessen lösten seine Worte blanke Angst in mir aus. „Dann werde ich dich vernichten."

3

GRIM

„Du...du bist der Tod?“, fragte sie. „Also, der richtige Tod? Der Sensenmann, der Grim Reaper, von dem Blue Oyster Cult singt?“

Ich grinste. Es machte die Dinge einfacher, wenn ich erkannt wurde. „Genau, und *du* bist eine Abscheulichkeit.“ Ich packte sie am Nacken und überlegte immer noch, ob ich sie sofort töten sollte.

„Wir wollen nichts überstürzen, Majestät“, sagte Timothy hinter mir. „Wir müssen das Subjekt erst verhören.“

Timothy kam mit seinem Tablet in der Hand heran. Der Mann klebte förmlich an diesem iPad, doch seine Augen wanderten immer wieder nach oben, um die Vampirin zu betrachten.

Ich konnte es ihm nicht verdenken. Sie war nicht schön im Sinne des Plastikglanzes nach Vegas-Maßstäben, doch keiner von uns würde das Strahlen leugnen, das von ihr ausging. Die Vampirin leuchtete in einem weichen, verführerischen gelben Licht, das sie so hell wie ein Leuchtfeuer machte. Jeder Mensch, der an ihr vorbeiging, wäre blind für ihre schimmernde Aura, doch ich wendete meinen Blick nur ungern von ihr ab.

Irgendetwas in meiner Mitte zog mich zu ihr. Obwohl es Jahrhunderte her war, dass ich zuletzt in der Nähe eines solchen Wesens war, konnte ich mich nicht daran erinnern, dass die Anziehungskraft so stark war.

Unter dem Schmutz konnte ich gerade so die Frau erkennen, die sie einmal war. Sie hatte ein herzförmiges Gesicht und eine kurze, gerade Nase. Doch was mir auffiel, waren ihre Augen.

Ich hätte die Frau auf Anfang oder Mitte zwanzig geschätzt. Sie trug eine schlecht sitzende Hose, eine abgewetzte Jacke und ein ausgebeultes Tanktop. Die Kleidung sah aus, als gehöre sie einem Mann. Das dunkle, strähnige Haar, das aus ihrem Pferdeschwanz gerutscht war, zeigte, dass sie dringend eine ordentliche Kopfwäsche brauchte. Ihre geschwungenen Lippen und ihr verschleierter Blick hatten etwas Verführerisches.

Als ich in die smaragdgrünen Augen der Vampirin blickte, veränderte sich etwas in meinem Inneren. Mir wurde warm und ich reagierte auf die hochmütige Haltung ihres Kinns. Diese Reaktion war überwältigend und mein unmittelbarer Instinkt war, ihr den Kopf abzureißen, um dieses Gefühl zu beenden.

Doch stattdessen ließ ich sie los. Sie blinzelte und schaute mich dann mit schmalen Augen an.

„Wenn du auch nur einen Muskel bewegst, töte ich dich auf der Stelle", sagte ich. Meine Stimme war ein leises, warnendes Knurren.

Jetzt schaute sie mich mit großen Augen erstaunt an.

„So", sagte Timothy. Er hatte aufgehört, zu tippen, blickte auf und schob seine Brille auf der Nase hoch. „Wer hat dich verwandelt?"

„Was?", stammelte sie und schaute von Timothy zu mir.

„Das ist ein Abgangsgespräch." Timothy sprach so übertrieben deutlich, als hätte er ein Kind vor sich. „Bitte sag mir, wer dich in einen Vampir verwandelt hat." Ihre Augen wanderten wieder zu mir. Ich entdeckte Unsicherheit in ihrem Blick. „Ich weiß es nicht."

Timothys Finger verharrten über dem Bildschirm.

Diesmal versuchte ich es. „Die Frage ist, wer ist dein Meister und wie viele von euch gibt es? Wie bist du zum Blutsauger geworden?"

Sie blinzelte. „Ich weiß es nicht."

Ich wechselte einen Blick mit Timothy.

„Gedächtnisverlust ist nach einer Verwandlung nicht ungewöhnlich. Vielleicht ist sie die Einzige", sagte er mit einem leichten Achselzucken.

„Dann wird dieses Problem gelöst, bevor es überhaupt richtig begonnen hat", sagte ich. Wir würden uns ihrer entledigen und das Problem wäre mit sehr wenig Aufwand eingedämmt. Warum konnten nicht alle Jobs so einfach sein?

Dennoch sträubte sich ein Teil von mir immer noch beim Gedanken daran, so eine einladende Macht auszulöschen.

Als ich der Vampirin wieder ins Gesicht blickte, lag etwas Seltsames in ihrer Miene. Als wäre sie hin- und hergerissen zwischen dem Gedanken, sich in ihr Schicksal zu fügen und dem Wunsch, kämpfen oder wegrennen zu wollen. Ich hatte schon jede Reaktion auf den Tod gesehen, doch diese Vampirin stimmte mich nachdenklich.

Wahrscheinlich, weil ich schon so lange keine Vampire mehr gesehen hatte.

Hinter uns krachte etwas.

„Ach du liebe Zeit", sagte Timothy. „Vielleicht auch nicht."

Ich drehte mich um und sah drei Gestalten, die von einem ätherischen Glanz umgeben waren. Noch mehr Vampire. Es waren zwei Männer und eine Frau – ihre Lippen waren blutverschmiert und sie zischten uns an. Ihre Augen waren blutrot. Sie hatten gerade getrunken. Inakzeptabel.

Der Gedanke an „einfach" war wie weggeblasen.

Sie hatten zwar dieselbe Aura wie die Vampirin neben mir, aber ihre war trüber, als würde ich sie durch trübes Wasser anschauen. Sie besaßen auch nicht dieselbe magnetische Anziehungskraft.

Ich entfernte mich von der grünäugigen Vampirin, die eher benommen schien, als eine Bedrohung darzustellen. Ich wandte mich an die Neuankömmlinge und fragte: „Wem dient ihr?"

„Dem Tod", sagte die Frau mit rasiertem Kopf und muskulösem Körperbau.

„Ach wirklich?", fragte ich und kam ein paar Schritte näher. „Hat euch das euer Meister gesagt?" Ich konnte die Belustigung und den Abscheu in meiner Stimme hören. „Hast du das gehört, Timothy?"

Timothy steckte sein Tablet in die Jacke. „Das habe ich, Majestät."

„Ich wusste gar nicht, dass diese drei in meinen Diensten stehen. Hast du sie eingestellt?", fragte ich und bedachte sie mit einem Grinsen, bei dem sie sich eigentlich hätten umdrehen und rennen sollen, als wäre der Teufel hinter ihnen her. Doch stattdessen stellten sie sich in Kampfposition und zischten lauter.

„Nicht wirklich, Majestät", sagte Timothy mit ruhiger,

fast gelangweilter Stimme. Dann wandte er sich höflich an die Vampire. „Habt ihr Referenzen?"

Einer von ihnen ging auf mich los. Ich schlug ihn so fest zu Boden, dass das Pflaster durch seinen Aufprall zerbrach. Unter seinem Körper bildeten sich Risse, die wie ein Spinnennetz verliefen.

BEIM ANBLICK weiterer Vampire hätte mir vor Freude eigentlich schwindelig werden müssen. *Hey, Leute, ich gehöre auch zu eurem Blutsauger-Club. Gehen wir was trinken und reden darüber, wie unser Leben so eine verrückte Wendung genommen hat.*

Aber es war klar, dass die drei Vampire keine Lust auf die „Mensch, warum ist uns das bloß passiert"-Mitleidstour hatten, die mir vorschwebte.

Ich setzte auf den großen, furchterregenden Kerl, der behauptete, der Tod zu sein. Genau deshalb rannte ich auch wie der Teufel, sobald das Kämpfen losgegangen war. Ich konnte nicht behaupten, dass ich meine neuentdeckte Supergeschwindigkeit hasste, als ich mich aus dem Staub machte.

Leider war ich noch nicht sehr weit gekommen, als sich mir jemand in den Weg stellte. Ich bremste so unvermittelt, dass ich ins Schlittern kam. Er sah aus wie ein aufgepumpter Fitnesstyp, der die meiste Zeit seines Lebens damit verbrachte, Gewichte zu stemmen. Da er auch noch über zwei Meter groß war, war seine Statur beeindruckend. Selbst sein kahlgeschorener Kopf sah aus, als hätte er Gewichte gehoben. Seine Nase war breit und platt. Das ließ mich an einen Boxer denken, der ein paar Schläge zu viel ins Gesicht abbekommen hatte.

Trotz seines mega-gruseligen Lächelns blieb ich stehen. Er kam zwei Schritte auf mich zu.

„Denk nicht mal daran", warnte ich ihn.

Er packte meinen Arm, doch ich schüttelte ihn ab.

„Es wird dir leichter fallen, wenn du mich nicht bekämpfst." Sein Tonfall vermittelte die gleiche offene, sexuelle Einladung, die ich in dem trüben Schimmer seiner Knopfaugen sah. *Igitt, nein, danke.*

Wenn er mich zu dem Vampir bringen würde, der uns geschaffen hat, könnte ich vielleicht herausfinden, was zum Teufel eigentlich los war. Allerdings traute ich diesem Kerl absolut nicht über den Weg.

„Du solltest das Mädchen loslassen und verschwinden", unterbrach uns eine Frauenstimme.

Wir wandten unsere Köpfe und sahen eine schwarze Frau mit einem Afro und einem Gesichtsausdruck, der besagte, dass sie es ernst meinte. Sie stellte die Leinentasche voller Lebensmittel neben sich und zog einen Taser aus dem Ledertäschchen, das über ihrer Schulter hing. Er blitzte zweimal blau auf als Warnung.

Das Gesicht des Schlägertypen leuchtete auf, als er sie von oben bis unten musterte.

Blutbeutel, fluchte ich innerlich.

Er wandte sich ihr zu und sagte: „Ich schätze, wir haben Zeit für einen Imbiss." Ich war mir nicht sicher, ob er mit mir oder nur sich selbst sprach, aber der Gedanke daran, bei einem Drink eine Verbindung aufzubauen, gefiel mir nicht.

„Verschwinde von hier", warnte ich die Frau.

Kühle, berechnende Augen wanderten zu mir, dann wieder zum Schlägertypen. „Nein, Ma'am."

Das war keine Durchschnittsbürgerin. Ihre Haltung ließ

darauf schließen, dass sie eine Ausbildung genossen hatte, vielleicht bei den Streitkräften.

Woher wusste ich das? War ich in meinem früheren Leben in der Armee?

Der Schlägertyp lächelte sie an und zeigte dabei seine Reißzähne. Ihre Augen weiteten sich, als ihr klar wurde, dass das kein gewöhnlicher Schwachkopf war. Er stürmte auf sie zu. Sie befand sich in den letzten zwei Sekunden ihres Lebens.

Ich rammte ihn, bevor er sie erreichen konnte, und schleuderte ihn gegen eine Ziegelwand. Diesmal schrie ich sie an: „Geh!"

Bei dem Blick, den sie auf meine Zähne warf, wusste ich, dass die Eckzähne länger geworden waren. Zum Glück war die Frau nicht dumm. Sie drehte sich um und schickte sich an, loszulaufen. Die Lebensmittel ließ sie liegen.

Sie schaffte gerade mal einen Schritt, als sich der Schlägertyp schnell wie der Blitz auf sie stürzte. Sie krachte auf den Boden. Der Schlägertyp drehte sie mit Leichtigkeit um und schob ihren Kopf zur Seite, sodass ihr Hals entblößt war.

Bevor allerdings die Reißzähne an der Haut kratzen konnten, verpasste ich ihm einen Roundhouse-Kick gegen den Kopf, der daraufhin zur Seite kippte. Ich versetzte ihm noch einen Tritt, der ihn von ihrem Körper herunterrollen ließ. Die Frau verlor keine Zeit und krabbelte rückwärts davon.

Das Blut rauschte heiß durch ihre Adern und ihr Herzschlag war unvorstellbar laut. Das Weiß ihrer Augen verschluckte fast ihre Iriden. Hunger nagte in mir und mein Instinkt verlangte, mich als nächstes auf sie zu stürzen. Ich biss die Zähne zusammen, als der Durst mich übermannte. Ich hätte mir noch mehr Ratten zum Aussaugen suchen sollen, bevor ich an die Oberfläche ging. Ich wollte meine Zähne in sie schlagen. Unbedingt.

Trinke nicht von der Frau, die du zu retten versuchst.

Die Frau stand auf und rannte los. Sie sprintete mit athletischen Schritten.

Ich bohrte die Fingernägel in meine Handflächen. Der Drang, sie zu jagen, überrollte mich wie ein Mack Truck. Oh Gott, ich wollte sie jagen. Mit ihr spielen, sie dann in die Ecke drängen und ihr die Halsschlagader aufreißen. Ich machte einen Schritt in die Richtung, in die sie geflohen war.

Oh, verdammt, nein. Ich drückte die Augen zu und versuchte, an etwas anderes zu denken. An Schlamm. An den seltsamen Hund im Krankenhaus. An das sexy Kinn des Todes.

Etwas Hartes traf mich von der Seite und diesmal lag ich unter dem Schlägertypen auf dem Boden. Er grinste mich anzüglich mit einem leicht irren Blick an. „Die Kleine will also spielen."

Mein Instinkt warnte mich davor, dass dieser Typ hart an der Grenze zum Psychotiker war, wenn er sie nicht sogar überschritt. War das ein Vampir-Ding? Ich war doch nicht wahnsinnig...zumindest hoffte ich das.

Die Erinnerung daran, wie ich nach einem Blutrausch gelacht hatte, bis mir die Tränen kamen, blitzte in meinem Kopf auf.

Der Schlägertyp flog von mir herunter und landete beeindruckende zehn Meter entfernt. Als ich mich umdrehte, stand der Tod da. Sein Anzug war jetzt etwas zerknittert. Das dunkle Haar, das zuvor glatt nach hinten gekämmt war, hing ihm nun leicht gelockt in die Stirn. Seine Augen waren wieder ganz golden und er sah wirklich stinksauer aus. Seine Energie flimmerte in der Luft um ihn herum, eine gefährliche, dunkle Macht. Seine Hand war immer noch erhoben und mir wurde klar, dass der Tod den großen Typen weggeschleudert hatte wie eine Stoffpuppe.

Im Handumdrehen war der Vampir wieder auf den Beinen. Er beugte sich vor und machte sich bereit, den Tod anzugreifen wie ein wütendes Nashorn. Doch dann wurde sein Gesicht ausdruckslos und er blieb in einer neutralen Stellung stehen. Es hatte fast den Anschein, als hätte er einen plötzlichen Anfall von Gedächtnisschwund erlitten. Dann rannte er in die entgegengesetzte Richtung davon.

Der Tod schaute erst mich an und blickte dann in die Richtung, in die der Schlägertyp gerannt war, als wolle er seine Möglichkeiten abwägen. Zu meinem Glück entschied er sich dafür, den Schlägertypen nicht zu jagen. Er riss mich hoch, sein Gesicht war zu nah an meinem.

„Hast du sie gerufen, um dich zu retten?"

„Willst du mich verarschen? Ich weiß nicht, wer sie sind und auch nicht, was sie von mir wollen."

„Es ist klar, dass sie gekommen sind, um sie zu holen, Majestät", sagte der schlankere Mann mit dem Tablet.

Er war Asiate mit kantigen Gesichtszügen und einem Haarschnitt, der vielleicht tausend Dollar gekostet haben könnte. Er trug einen blauen Nadelstreifenanzug, der den Eindruck erweckte, dass er verklemmt und organisiert war und immer einen oder fünf Kugelschreiber als Reserve dabeihatte. Sogar das pinke Einstecktuch passte zu seinen Socken und seiner Krawatte.

Während der Kerl im Nadelstreifenanzug mir so vorkam wie jemand, der sich über pünktliche Züge freute, war der Tod mehr der sexy, dunkle Playboy-Typ. Ich stellte mir vor, dass er jedes Mädchen haben könnte, mit ihr im exklusiven

Hinterzimmer eines Clubs verschwinden und sie dort ficken würde, bis ihr Körper schlapp machte. Dann würde er abhauen, ohne sie eines weiteren Blickes zu würdigen. Oder er nahm sie mit hinter den Vorhang und spaltete sie dort wie eine Kuh für den Schlachter.

Ich verdrängte meine verstörenden, wenn nicht gar lebhaften Fantasien, und stieß hervor: „Ich kenne sie nicht und dich auch nicht. Ich bin nur gekommen, um mit dem Trottel zu reden, der sich aus dem Staub gemacht hat, als du aufgetaucht bist."

Das Gold in den Augen des Todes wurde weicher und die haselnussbraunen Augen kamen wieder zum Vorschein. Sie musterten mich, als wollten sie Lügen aufspüren. Trotzig schob ich mein Kinn vor.

„Dann werden sie wiederkommen", sagte der Tod. Mein Blick fiel auf seinen Mund. Ich konnte nicht anders, als auf seine volle Unterlippe zu starren. Aus dieser kurzen Distanz war sein Sexappeal magnetisch. Mir war ja klar, dass es mich *tatsächlich* umbringen würde, mit ihm zu schlafen, aber das wäre es wahrscheinlich wert. Natürlich glich der Tod der Sünde selbst.

„Du kommst mit mir", knurrte er.

Ich öffnete meinen Mund, während mein Gehirn die Chancen berechnete, den Tod zu bekämpfen und zu entkommen.

„Das würde ich an deiner Stelle nicht tun", ermahnte mich der andere Mann, als hätte er meine Gedanken gelesen. „Komm mit uns oder er tötet dich sofort."

Der Tod hatte bereits die drei anderen Vampire innerhalb von etwa zehn Minuten vernichtet. Meine Chancen standen überhaupt nicht gut.

Meine Hände zitterten, also ballte ich sie zu Fäusten, um das zu verbergen. Den Schlägertypen zu bekämpfen, hatte fast meine gesamte Energie verbraucht. Dann war da auch noch die Frau, die mich mit ihrem Blut in Versuchung geführt hatte. Der Durst war wieder in mir aufgeflammt, wie ein Streichholz, dass mich von innen her zu verbrennen drohte. Seltsamerweise fühlte ich mich zu keinem der Männer in meiner Gegenwart hingezogen. Es war, als wären meine Sinne blind für ihr Blut. Ich wusste, dass der Tod, nun ja, eben der Tod war. Aber was war der andere Typ? Wenn ich aufgrund seines formellen, geschäftsmäßigen Auftretens raten müsste, dann würde ich zuerst auf einen Roboter tippen. Mein zweiter Tipp wäre ein Cyborg. Oder vielleicht war er einfach nur Brite.

Ich wog meine beschränkten Möglichkeiten ab. Selbst wenn ich es zu meinem provisorischen Lager zurückschaffen würde, wären Menschen in Gefahr. Das durfte ich nicht riskieren.

Verdammt und zugenäht. Wenn ich schon in eine Ecke gedrängt war, dann brauchten die das ganz sicher nicht zu wissen.

Ich schüttelte den Griff des Todes ab, strich über mein Tanktop und richtete meine Jacke. „Na ja, ich schätze, ich sollte sowieso nicht gehen, bevor du mir nicht mein Geld gegeben hast. Notiere dir das, Jeeves: zweihundertfünfzig Dollar in bar...nein, streich' das, dreihundert wegen des ganzen Ärgers."

Die beiden Männer wechselten einen Blick.

Der Tod knurrte.

Sein Handlanger mischte sich ein. „Denken Sie daran, Majestät, sie ist jetzt nützlicher als wenn sie tot wäre."

Ich schenkte dem Tod ein selbstgefälliges Lächeln und verschränkte die Arme. „Hast du das gehört? Jeeves findet mich nützlich."

Ich stemmte die Hände in die Hüften und klopfte mit

dem Fuß auf den Boden. „Und? Nehmen wir ein Auto oder eine höllische Kutsche, die von deinen dämonischen Höllenpferden gezogen wird?“

4

GRIM

Die Vampirin war sehr beeindruckt von der Limousine.
Sie hüpfte herum, entdeckte jedes Geheimfach und drückte
auf jeden Knopf, den sie finden konnte. Sie wirkte weniger
wie ein blutsaugendes Monster, sondern mehr wie eine
aufgedrehte Jugendliche bei ihrer ersten Spritztour. Ich saß
mit übereinandergeschlagenen Beinen hinten, hatte einen
Arm auf dem Sitz ausgestreckt und konnte meinen Blick
nicht von ihr abwenden. Sie wirkte wie ein rauflustiges
Gassenkind, doch ich wusste, dass ich mich von Emotionen
oder Auftreten nicht täuschen lassen durfte. Und ich
weigerte mich strikt, ihrer sirenenhaften Anziehungskraft
nachzugeben, egal, wie sehr sie auf mich wirkte.

Die Menschen waren alle gleich. Vampire waren noch
schlimmer. Voller Selbstüberschätzung, trunken von Macht,
mit einem unendlichen Hunger nach Tod. Das war mein
Gebiet und ich würde es nicht zulassen, dass diese Kreaturen in den natürlichen Prozess des Lebens eingriffen oder
Seelen gefährdeten.

Doch die Sekhor schien keine Anstalten zu machen,

entkommen zu wollen, denn sie hüpfte von Sitz zu Sitz und landete auf der Seitenbank.

Während die Vampirin ein Kristallglas neben einer Karaffe mit Scotch herauszog, der älter war als diese Stadt, sagte sie sachlich: „Ich habe Hunger. Wenn ihr wendet und zehn Minuten nach Osten fahrt, kenne ich eine Kanalisation, in der es vor Ratten nur so wimmelt."

Timothy, der ihr gegenübersaß, löste seine Aufmerksamkeit von seinem Tablet. „So hast du also überlebt?"

„Ja." Sie drehte das Glas in ihrer Hand. „Die tun es zur Not", murmelte sie und zog eine Grimasse. Dann schaute sie mich mit gesenkten Wimpern an und ein elektrischer Schlag durchzuckte mich. „Was hast du denn gedacht? Dass ich Menschen gegessen habe?"

Während ich ihrem Blick standhielt, erwiderte Timothy: „Das ist bei Sekhors normalerweise der Fall."

„Ich weiß nicht, was zum Blutbeutel ein Sekhor ist, aber ich bin kein Monster." In ihrer Stimme schwang eine gewisse Abwehrhaltung mit. Wir hatten sie beleidigt.

Faszinierend.

„Ja...nun", sagte Timothy und verlor für einen Augenblick die Fassung. „Nicht nötig. Ich werde die entsprechenden Vorbereitungen treffen."

Sie schaute wieder auf das Glas in ihren Händen und stellte es dann ins Getränkefach zurück. „Also, wie soll ich dich nennen?", fragte sie. „Tod?"

„Ja", sagte ich ohne zu zögern.

Sie schnaubte und strich sich ihr langes, strähniges Haar aus dem Gesicht. „Ja, nein. Wie wär's, wenn ich dich T nenne? Kurzform von Tod?"

Ich atmete schwer durch die Nase aus. „Wenn du darauf bestehst, kannst du mich Grim nennen."

„Kein Grund zur Aufregung, G", erklärte sie und wandte

sich dann Timothy zu, der sein Möglichstes tat, um sich das Lachen zu verkneifen. Wenn er nicht so wertvoll wäre und wir uns nicht schon fast so lange kennen würden wie die Zeit selbst, hätte ich ihn wissen lassen, dass mir sein Humor missfällt.

„Und du bist?", fragte sie ihn.

Meine Nummer zwei richtete sich auf. „Du kannst mich Timothy nennen."

„Und du bist sowas wie sein Sekretär?" Sie deutete mit dem Daumen auf mich.

Timothy rümpfte die Nase. „Ich betrachte mich als seinen Assistenten."

„Klar, sorry", sagte sie, während sie den Knopf für das Fenster entdeckte. „Sekretär sagt man nicht mehr, nicht wahr?" Sie schaute mich mit dem Ausdruck eines schuldbewussten Kindes an und ich wusste, dass sie in Erwägung zog, ihn zu drücken.

Wenn sie dachte, sie könnte durch das offene Fenster dieser Limousine entkommen, wäre ich gezwungen, meine Taktik zu ändern, um sicherzustellen, dass sie dort blieb, wo ich sie haben wollte. Meine Methoden würden ihr nicht gefallen. Ich war bekannt dafür, zu strafen. Dennoch wartete ich ab, was sie tun würde, anstatt etwas zu sagen.

Ihr Finger löste sich von dem Knopf und sie wechselte auf den Sitz am anderen Ende der Limousine, als hätte sie dort etwas Interessantes gefunden.

„Und wie sollen wir dich nennen?" Timothy wedelte mit einer Hand.

„Ich...", sagte sie stockend.

„Hat sich deine Zunge in einem Reißzahn verheddert?", fragte ich und legte meinen Kopf zur Seite.

Sie zog die Augenbrauen hoch. „Oh, er ist also witzig?", fragte sie Timothy.

Mein Assistent warf mir einen seltsamen Blick zu. „Normalerweise nicht, nein."

„Tja, da ich nicht die leiseste Ahnung habe, wer ich war oder wie ich hieß, schätze ich, ihr könnt mich Vivien nennen."

Ich nahm meinen Arm vom Autositz. „Vivien?" Ich gab mir keine Mühe, die Skepsis in meiner Stimme zu verbergen.

Sie runzelte die Stirn. „Ja, Vivien. Ich hab total das Gefühl, dass ich in meinem früheren Leben eine Vivien gewesen sein könnte."

Ohne zu wissen, was mich da geritten hatte, sagte ich: „Du kommst mir vor wie eine Martha."

Sie verzog angewidert das Gesicht und streckte mir die Zunge heraus. „Was? Martha? Das ist so langweilig. Ich war wahrscheinlich eine Persephone oder Anastasia, oder, wenn ich vielleicht einen einfachen Namen hatte, dann Hope."

Sie hatte sich das wohl gut überlegt. „Hope? Du glaubst wirklich, dein Name war Hope?" Die Sekhor war wahrscheinlich verrückt, weil sie ihre ganze Zeit in der Kanalisation verbracht und Ratten gejagt hatte. Trotzdem fesselte sie mich mit ihrer Verrücktheit.

Ich ertappte Timothy, wie er mich anstarrte, und bemerkte, dass seine Aufmerksamkeit auf das Lächeln gerichtet war, das meinen Mundwinkel umspielte. Ich setzte eine ausdruckslose Miene auf, lehnte mich in meinem Sitz zurück und schaute aus dem Fenster.

Dabei erinnerte ich mich daran, was passiert war, als ich der Verrücktheit nachgegeben hatte und der Versuchung der fröhlichen Vergnügungen erlegen war, und stellte meine Neugier auf diese Vampirin ab. Das war so einfach, wie einen Zapfhahn zuzudrehen.

Die Sekhor zuckte die Schultern. „Okay, vielleicht nicht

Hope. Aber ich nenne mich jetzt Vivien. Nennt mich Vivien." Sie streckte Timothy die Hand hin. Er saß näher bei ihr. Überrascht schaute er auf ihre Hand, nahm sie aber dann und schüttelte sie.

Die Limousine hielt an und wir stiegen aus. Ich hielt „Viviens" Arm sehr fest und zog sie mit. Die Nachtluft roch nach Zigarettenrauch, Autoabgasen und dem erdigen Duft der Palmen, die den Eingang säumten. Obwohl die Menschen die ganze Nacht auf dem Las Vegas Strip feierten, tummelten sich jetzt hier nur wenige, denn sie Sonne würde bald aufgehen.

Vivien blickte zu dem riesigen Hotel empor, dessen bunte Lichter hell in der Nacht leuchteten, um die beeindruckende Architektur hervorzuheben – ein Sirenenruf für alle, die Sünde und Luxus vom Feinsten erleben wollten.

„Du wohnst im großen Pyramidenhotel?", fragte Vivien und zog die Stirn in Falten.

„Mir *gehört* das große Pyramidenhotel", sagte ich und wiederholte ihre Worte.

„Ich habe ihm gesagt, er solle versuchen, mehr Spaß zu haben", sagte Timothy, der jetzt neben uns vor der Limousine stand, und immer noch in sein Tablet vertieft war. „Also ist er nach Las Vegas gegangen, wie es wohl jeder tun würde...hat ein Hotel gekauft, es in die exklusivste Luxusadresse auf dem Strip verwandelt und arbeitet jetzt härter als je zuvor."

Die eleganten, schwarzen Konturen des Hotels sprachen meinen Sinn für Ästhetik an. Es war jetzt der bevorzugte Treffpunkt der Mächtigen und Reichen, nicht nur im Lande, sondern weltweit. Doch für mich war es ein Zuhause; es war ein Ort, an dem ich gelegentlich schlief und meine Arbeit verrichtete.

Der Tonfall meines Assistenten war tadelnd und nervig.

„Nicht jetzt", sagte ich warnend. Er konnte mir später wegen meiner erbärmlichen Arbeitsgewohnheiten auf die Nerven gehen.

Timothy blickte auf, als würde ihm jetzt erst klar werden, wo wir waren und wer an meiner Seite war. „Ja, nun, ähm, willkommen im Sinopolis."

„Gehen wir." Ich ging los in Richtung der Eingangstür.

Vivien stolperte über ihre Füße.

„Ich dachte, Vampire seien von großer Kraft und Anmut erfüllt?" Mein Tonfall klang leicht gereizt.

„So anmutig wie eine Ninja-Ballerina", bestätigte sie. „Ich finde einfach nur, wir brauchen uns nicht so zu beeilen."

Ich zog sie näher zu mir, drauf und dran, eine weitere Drohung auszustoßen, doch dann hielt ich inne und schob sie auf Armeslänge weg.

„Was?", fragte sie.

„Du stinkst nach Müll und dem Körpergeruch eines Mannes." Ich hielt den Atem an.

Sie funkelte mich wütend an. „Nun, entschuldigt, Eure Hoheit, aber beim Leben in der Kanalisation hatte ich nicht viel Zeit, mich zu reinigen oder meine gestohlenen Klamotten zu waschen."

Anstatt zu antworten, nahm ich mein schnelles Tempo mit Vivien im Schlepptau wieder auf, hielt jedoch meine Nase in sicherer Entfernung zu ihr.

Wir gingen durch die Lobby und Vivien legte den Kopf zurück, um deren überwältigende Höhe zu bewundern. Die Zimmer hatten alle Balkone, die auf die Restaurants und Geschäfte unten schauten. In der Mitte befand sich eine riesige Oase mit üppigen Bäumen und Blättern, die die Luft mit dem Duft frischer Blumen und frisch aufgeschütteter Erde erfüllten. Die Wasserfälle, die den Pool umgaben, rauschten beruhigend. Darüber hingen massive Kronleuchter aus Gold und Obsidian.

Vivien wurde langsamer, doch diesmal blieb ihr der Mund offen stehen, als sie die Umgebung auf sich wirken ließ. Ich drängte sie nicht mehr zur Eile und gestattete ihr, ein Ambiente in sich aufzunehmen, auf dessen Gestaltung ich sehr stolz war. Mit ihrer stinkenden, schlecht sitzenden Kleidung sah sie fehl am Platz aus, dennoch gefiel mir die offene Bewunderung in ihrem Gesicht. Die wohlhabenden Gäste, die hier hereinkamen, hielten selten inne, um die Umgebung zu bestaunen. Im Gegenteil, sie achteten kaum auf die luxuriöse, kultivierte Umgebung, als erwarteten sie, dass es überall, wo sie hingingen, so aussah.

Das Hotel war ein Meisterwerk aus tintenschwarzem Glas und Marmor, verziert mit altgoldenen Akzenten. Tropische Pflanzen und rote Samtmöbel dienten als Farbtupfer. Im Gegensatz zu anderen Kasinos gab es hier nur wenige Spielautomaten. Der Hauptanziehungspunkt waren die privaten Hinterzimmer für die Spielerelite. Wenn die Leute Automaten wollten, dann gab es auf dem Strip viele Orte, an denen sie ihren billigen Nervenkitzel finden konnten. Doch im Sinopolis konnten die Gäste mit ihrem Vermögen hereinkommen und es mit einem Königreich in den Taschen wieder verlassen, wenn sie wussten, wie man spielt.

Anstatt zu den Aufzügen in der Mitte der Lobby zu gehen, bogen wir nach rechts zu einem meiner privaten Lifte ab. Timothy entschuldigte sich wegen seiner Pflichten und ließ uns beide die Kabine betreten. Als sich die Türen schlossen, verstummte der Widerhall des Hotels. Die gepolsterten Wände machten es so ruhig, dass man hier drinnen den Herzschlag eines Menschen hätte hören können. Allerdings hatte Vivien gar keinen Herzschlag.

Trotzdem ließ ich ihren Arm los, denn wir befanden uns zumindest für ein paar Augenblicke in einem geschlossenen Raum.

Sie drehte den Kopf zur Seite und schaute mich nicht direkt an. Ihre Stimme war leise in dem stillen Aufzug. „Du bringst mich doch nicht in irgendein Verlies, oder?"

Es gab nur drei Knöpfe. In der Mitte war der weiße Knopf für die Lobby, darüber war ein goldener und darunter ein schwarzer. Ich griff an ihr vorbei, um den goldenen Knopf zu drücken. Alle drei waren mit Fingerabdruckerkennung ausgestattet, deshalb würden sie nur für die wenigen Auserwählten funktionieren. „Nein."

„Gut", sagte sie mit plötzlichem Selbstvertrauen. „Denn ich bin wegen meiner dreihundert Dollar hier und dann verschwinde ich."

„Und was wirst du dann tun?", fragte ich, ehrlich neugierig.

„Ich hab eine Liste."

„Bitte verrate sie mir."

„A: Herausfinden, wer mich umgebracht hat. B: Demjenigen in den Arsch treten. C: Mich erinnern, wie mein Leben war."

„Und D?", drängte ich.

Sie schaute wieder nach vorne. „Daran arbeite ich noch." Sie ließ die Schultern sinken. „Vermutlich kann ich nicht in das Leben zurückkehren, das ich hatte."

Ich antwortete nicht. Nichts davon würde passieren. Ich durfte ihre Existenz nicht zulassen. Obwohl die leise Sehnsucht in ihrem Tonfall etwas in meiner Brust berührte.

Ich verhärtete mich innerlich, wie ich es immer tat, wenn ich mich um etwas Geschäftliches kümmern musste. Als sich der Aufzug mit einem leisen „Bing" öffnete, packte ich wieder ihren Arm und zog sie in mein Penthouse.

„Hey, pass doch auf, Freundchen", protestierte sie. Ich ließ sie los. Sie rieb sich den Bizeps und funkelte mich wütend an.

„Du wirst hierbleiben, bis ich zu dir komme. Du bist nur am Leben, weil ich das gestatte. Weil du nützlich bist, um den Meistervampir herauszulocken. Aber in der Sekunde, in der du mir Unannehmlichkeiten bereitest oder mich anderweitig ärgerst, werde ich nicht zögern, dich zu beseitigen."

Vivien stampfte auf mich zu und der Wahnsinn glühte in ihren grünen Augen. „Boah. Ich bin wegen meines Geldes hier und dann hau ich ab."

Seltsame Kreatur. Sie versuchte immer noch, sich so zu verhalten, als hätte sie hier das Sagen.

Ich schaute an ihr vorbei zu den Fenstern, die sich um 180 Grad nach oben um die Pyramidenspitze des Hotels wanden und sagte: „Der Morgen wird bald anbrechen."

Tatsächlich waren ihre Augen bereits schwer. Müdigkeit und Schwäche zeichneten sich in ihrem Gesicht ab. Es wäre so einfach, sie jetzt gleich zu töten. Sie auszulöschen. Ich war versucht, sie zu vernichten. Doch ich musste die Ordnung in dieser Welt wiederherstellen und ich beabsichtigte, sie zu benutzen, um das Krebsgeschwür auszurotten, das alles umzustürzen drohte.

„Möchtest du wirklich, dass ich dich hinauswerfe?", fragte ich und deutete zum Himmel, der sich jetzt schnell von der Nacht zur Dämmerung wandelte.

Die Vampirin blickte hinaus auf den heller werdenden Himmel, öffnete ihren Mund, schloss ihn dann jedoch wieder.

Ohne auf eine Antwort zu warten, drehte ich mich zum Lift und drückte einen Knopf an der Wand. Holzvertäfelungen und Jalousien fuhren vor jedem Fenster herunter.

„Und dürfte ich vorschlagen", sagte ich und betrat den Lift, „die Gelegenheit zu ergreifen und zu duschen, bevor du deinen unreinen Körper an den Möbeln reibst." Ich rümpfte die Nase beim Gedanken daran, welchen verheerenden Schaden sie an den Polstern anrichten könnte.

Gerade, als sich die Türen schlossen, gab es einen gewaltigen Krach und etwas traf die Türen – etwas aus Keramik, dem Klang nach zu urteilen. Hmm, vielleicht hätte ich sie doch irgendwo in ein Verlies werfen sollen.

5

VIVIEN

Ich hoffte, dass die Statue, die ich gegen den Lift geschleudert hatte, teuer war, obwohl ich vermutete, dass sich der Tod nicht wirklich etwas aus materiellen Dingen und Geld machte. Trotzdem war die Keramikexplosion befriedigend.

Ich überlegte, ob ich den Aufzugknopf drücken sollte, damit sich die Türen öffneten, aber dann würde ich womöglich den großen, mürrischen und furchterregenden Kerl wieder nach oben bringen. Also beschloss ich, ein paar Minuten zu warten. Dann würde ich versuchen, einen Weg nach draußen zu finden.

Und zwar am helllichten Tag....

Ich rieb mir die Hand und erinnerte mich an meinen ersten Test, ob Sonnenlicht wirklich tödlich war. Der Schmerz war unerträglich gewesen. Meine verkohlte Haut war verheilt, nachdem ich einen ganzen Blutbeutel, den ich in die Kanalisation mitgenommen hatte, geleert hatte. Ich war nur in der Lage gewesen, drei Beutel mitzunehmen, dann hatte ich anfangen müssen, Ungeziefer auszusaugen.

Ich hatte es zwar nicht eilig, zu verbrennen, aber ich

musste hier herauskommen. Oder der Tod würde mich holen. Im wahrsten Sinne.

Wer hätte gedacht, dass der Tod selbst so unglaublich sexy war? In Grims Augen zu schauen, war, als würde ich in einem Bottich mit warmer, flüssiger Schokolade ertrinken. Ich redete mir ein, dass ich einfach nur Hunger hatte. Das stimmte auch, aber Schokolade würde mir nichts mehr nützen.

Das Penthouse war riesig. Das Dach verlief über dem Wohnzimmer nach oben und bildete die Spitze der Pyramide. Der gotische Kronleuchter in der Küche ähnelte denen in der Lobby. Er leuchtete auf, als die Holzpaneele und Jalousien an Ort und Stelle waren. Das war schon eine beeindruckende Leistung, wenn man die Fenster mit ihrem schrägen Winkel vollständig abdecken konnte. Hatte der Tod Angst vor Scharfschützen? Er konnte ja wohl schlecht selbst sterben. Oder doch? Ach, beim Versuch, dieses ganze übernatürliche Zeug zu verstehen, konnte einem Mädchen schon der Kopf platzen.

Was kam wohl als Nächstes? Werwölfe und die Zahnfee? Ich hoffte immer noch, dass ich aus diesem Albtraum erwachen würde, aber nach zwei Wochen in der Kanalisation und dem Versuch, meinen Mörder zu finden, hatte mich meine neue Realität eingeholt.

Das Mindeste, das ich tun konnte, war, herauszufinden, wie mein Leben – oder Unleben? – soweit gekommen war.

Selbst als ich beschloss, mir einen Weg nach draußen zu bahnen, um meine persönlichen Nachforschungen fortzusetzen, hüllte mich Schwere ein und drohte, mich herunterzuziehen. Die Sonne hatte diese Wirkung auf mich und ich wusste, sobald sie untergegangen war, würde meine Kraft zurückkehren. Mein Magen knurrte und gab sich dann damit zufrieden, an sich selbst zu knabbern. Vielleicht wollte mich dieser Bastard verhungern lassen. Das Zittern meiner Hände war stärker geworden.

Ich ging hinüber in die Küche, die maskuline Eleganz ausstrahlte. Eine schlanke, onyxfarbeneWasserfall-Kücheninsel passte zu den Arbeitsplatten und den schwarzen Schränken. Die Edelstahl-Geräte glänzten, als wären sie noch nie berührt worden. Neben dem Kühlschrank stand ein Weinkühler aus Metall. Nach einem kurzen Blick hinein stellte ich fest, dass viele der Flaschen älter waren als ich, mal fünfzig.

Bei dem Gedanken daran, hier oben eingesperrt zu sein und mich langsam von innen heraus aufzufressen, wurde mir ganz mulmig. Andererseits, wer wusste schon, was ich tun würde, wenn ich unten auf der Straße wäre, zwischen all den wandelnden Blutbeuteln.

Menschen. Weißt du noch? Ein Mensch, wie du einer warst.

Der Aufzug bimmelte leise. Ich nahm die Hand von meinem Magen und richtete mich auf.

Grims Assistent kam aus dem Aufzug. Er verzog das Gesicht, als er das Porzellan-Chaos auf dem Fußboden sah und stieg vorsichtig zwischen den Scherben hindurch.

„Hast du mein Geld?", wollte ich wissen, obwohl mein Kopf vernebelt war und mein Magen wohl jeden Augenblick zusammenfallen würde.

Timothy hob eine kleine, rot-weiße Kühlbox hoch.

Erleichterung durchströmte mich, obwohl ich versuchte, mir das nicht im Gesicht anmerken zu lassen. „Hat seine Majestät eines seiner vielen Opfer für mich ausbluten lassen?"

Timothy durchquerte das Zimmer und stellte die Kühlbox auf die schwarze Insel. Sein Tonfall war leise und schneidend. „So funktioniert das wirklich nicht. Er tötet keine Menschen."

Ich stützte meine Hände auf den kalten Marmor, um meinen Drang zu unterdrücken, die Kühlbox aufzureißen und das Blut darin zu trinken, egal, welches es auch war, und fragte: „Also hat Groß, Dunkel und Furchterregend noch nie jemanden getötet?"

Der Assistent hielt kurz inne und nahm dann den Deckel der Kühlbox ab.

Ja, das dachte ich mir. Der Tod hat sich die Hände schmutzig gemacht.

„Also, wenn er keine Menschen tötet, was macht er dann?", fragte ich und nahm einen Blutbeutel aus der Kühlbox. Es war ein Etikett darauf. Oh, lieber Gott, es war menschlich. Ein Schauer der Vorfreude durchlief mich.

Mensch schmeckte zu tausend Prozent besser als Ratte. Aber ich hatte Gewissensbisse bekommen, als ich mit dem Gedanken spielte, mehr Blut aus dem Krankenhaus stehlen zu wollen. Das brachte mich zu dem Schluss, dass der Schlägertyp in seinem vorherigen Leben ein richtiger Arsch gewesen sein musste, wenn er keine Skrupel hatte, die Frau, die mich retten wollte, als Snack zu trinken.

Anstatt mir den Beutel zu geben, umrundete Timothy die Insel, um einen großen Becher zu nehmen, und wandte sich von mir ab. Als er ihn mir reichte, musste ich ihn mit beiden Händen nehmen, um nichts zu verschütten. Das Zittern war noch stärker geworden.

„Ist das eine Dekoration aus Ananas und Hibiskus?", fragte ich ungläubig.

Timothy strich sich mit der Hand den Anzug glatt. „Ja, nun, nur weil du ein blutsaugender Unhold bist, heißt das nicht, dass ich bei der Aufmachung knausern muss."

Wenn ich nicht so verdammt hungrig gewesen wäre, hätte ich ihn weiter angestarrt, als wäre er der Verrückte. Sobald das Blut meine Lippen berührte, stöhnte ich vor

Vergnügen auf. Aufgewärmt wäre es besser gewesen, aber ich wollte einem geschenkten Menschen nicht ins Maul schauen.

Timothy wandte den Blick ab und packte die restlichen Blutbeutel in den Kühlschrank.

„Der Meister führt die Seelen ins Jenseits und bewahrt so den heiligen Kreislauf des Lebens."

Ich setzte das Glas einen Augenblick lang ab. „Es gibt ein Jenseits? Wirklich? Wie ist es?"

Timothys Gesichtsausdruck wurde immer verkniffener. Mehr würde ich zu diesem Thema wohl nicht aus ihm herausquetschen können.

„Du scheinst diese ganze Sache mit der Sackhure durchschaut zu haben."

Timothy blinzelte, unfähig, seine Erschütterung zu verbergen. Nachdem er noch ein paar Mal geblinzelt hatte, schien es ihm zu dämmern. „Meintest du Sekhor?"

„Ja, das." Ich hielt ihm meine Hand hin. „Meine Fingerabdrücke sind weg. Ist das ein Sekhor-Ding?"

Er hatte seine Fassung wiedergewonnen. „Ja, deine Haut und dein Körper haben starke Veränderungen durchgemacht, als du dich verwandelt hast. Deine DNS hat jetzt eine gewisse Elastizität, die es dir gestattet, dich schnell von Verletzungen zu erholen, die ansonsten schwer oder sogar tödlich wären."

Ich hatte also Super-Heilkräfte, war aber nicht unverwundbar.

Der leere Becher klirrte auf dem Marmor, als ich ihn abstellte. Leise fragte ich: „Er wird mich nicht gehen lassen, nicht wahr?" Obwohl ich jetzt satt war, nagte Angst in meinem Bauch. Zumindest war ich jetzt nicht mehr erstarrt. Wärme durchströmte mich und ich war ein neues Mädchen. Ähm, eine neue Vampirin.

Timothy schloss den Kühlschrank und wandte sich zu mir. Seine Augen hinter der der Brille mit Drahtgestell blickten feierlich. „Er ist damit beauftragt, den heiligen Kreislauf des Lebens zu bewahren", wiederholte er.

Ich verstand nicht.

Er starrte mich weiter an. Irgendwo im Penthouse tickte eine Uhr mit präzisen, genau bemessenen Schlägen. Die Zeit verstrich zwischen uns.

Ich hatte die Sonnentheorie getestet. Ich hatte Silber berührt, ein Kreuz, eine Knoblauchzehe und sogar etwas Weihwasser, aber nichts davon hatte mir geschadet, wie es die Überlieferung behauptete. Doch es gab einige Dinge, die ich nicht zu testen wagte.

„Ich bin unsterblich, nicht wahr?"

Timothy nickte langsam.

Ich leckte mir die Lippen. Konnten Vampire überhaupt trockene Lippen bekommen? „Und das darf er nicht zulassen, nicht wahr?"

Timothys Stimme klang ruhig und gemessen. „Nein, das darf er nicht."

„Ich habe mir das nicht ausgesucht", sagte ich und hasste es, dass mir die Stimme brach.

Timothy nahm die Kühlbox und ging zum Aufzug. Dieser öffnete sich mit einem Bimmeln, doch er schaute mich nicht an. „Ich schlage vor, du ruhst dich etwas aus. Ich komme später wieder, um das wegzuräumen. Wenn du etwas brauchst, nimm einfach eins der Telefone und wähle drei. Das ist meine direkte Durchwahl."

Als sich die Aufzugtür schloss, hatte ich den überwältigenden Drang, noch etwas zu werfen, aber das würde nichts bringen.

Auch wenn ich ewig leben könnte, würde ich mich

derselben bitteren Wahrheit stellen müssen, wie jeder andere auch. Der Tod war unvermeidbar.

Ich saß auf dem einsamen Stuhl im Vestibül, hatte das Kinn auf meine Faust gestützt und dachte darüber nach, wie nach all den Jahren ein Vampir auftauchen konnte. Nicht nur einer, sondern fünf. Das war eine Katastrophe. Diese Sekhor oben in meinem Penthouse hatte jetzt im Augenblick noch keine Ahnung von dem Chaos, das sie darstellte. Wenn ich die Situation nicht in den Griff bekam, würden die Sekhors überhandnehmen – mordende, machthungrige Kreaturen.

Eine Tür öffnete sich und Timothy kam herein. Ich blickte auf. Zwei meiner Sammler, Yelsha und Nerual, trotteten auf jeder Seite neben ihm herein. Aus dem goldenen Glanz ihrer Augen schloss ich, dass sie mit noch mehr Seelen zurückgekehrt waren, die mein Urteil benötigten. Sie gingen an die Wand hinüber und warteten zusammen mit Aicila, Eener und den fünfzehn anderen. Spannung baute sich in meinem Nacken und Rücken auf wie eine zusammengedrückte Feder. Die Arbeit konnte anstrengend sein, doch meine Pflicht war heilig, und das vergaß ich nie.

Timothy blieb ein paar Meter vor den Stufen zu meinem Podium stehen. Ein paar Augenblicke lang sprachen weder er noch ich. Das Gewicht dieser Situation war mehr als erdrückend und wir brauchten die Realität dieser Katastrophe nicht zu kommentieren. Die schreckliche Situation war offenkundig.

Schließlich brach Timothy das Schweigen. „Warum nach so langer Zeit?"

„Ich weiß es nicht, aber wer auch immer das hier inszeniert, geht schnell vor. Wir sind fünf Sekhors begegnet, aber Vivien..." Ich hielt inne und erinnerte mich, wie angestrengt die Vampirin nachgedacht hatte, um einen Namen für sich zu finden. „...war zwei Wochen lang alleine auf sich gestellt, wenn wir ihr glauben können. Wer auch immer die Fähigkeit besitzt, Menschen verwandeln zu können, verliert keine Zeit, um ihre Anzahl zu vergrößern."

„Nur ein Vampir kann andere in Seinesgleichen verwandeln und Sie haben diese Art längst ausgerottet. Wie konnten sie nach so langer Zeit einfach wieder auftauchen?", überlegte Timothy und sprach die Frage aus, die mich jetzt quälte.

Ich drückte zwei Finger an meine Schläfen, weil ich spürte, wie sich Kopfschmerzen ankündigten. „Ich weiß es nicht." Dann stand ich auf, ging die Stufen hinunter und signalisierte Timothy, mir zu folgen. „Im Augenblick ist es unwichtig, wie sie entstanden sind. Zuallererst müssen wir den Meister finden. Wenn die Sonne untergeht, werden wir wieder mit der Vampirin hinausgehen und sie als Köder benutzen. Die anderen sind ihretwegen gekommen und ich vermute, sie werden es wieder tun. Wenn es Eines gibt, das ich noch über Vampire weiß, dann, dass sie überaus besitzergreifend sind, wenn es um ihre Art geht. Sie werden versuchen, sie so schnell wie möglich unter ihre Kontrolle zu bekommen."

In Timothys Stimme lag Zögern. „Glauben Sie wirklich, sie erinnert sich nicht an ihre Verwandlung?"

Ich hielt inne. Die Vampirin, die ihre Zeit damit verbrachte, alle möglichen Knöpfe in einer Limousine zu drücken und zu behaupten, Tierblut zu trinken, weil sie kein Monster sei, war...ungewöhnlich. Nicht so wie die Kreaturen, an die ich mich erinnerte, oder wie die in der Gasse. Sie wollte, dass ich sie für harmlos hielt, aber ich war kein

Frischling. Ich war asbach-uralt, wie Timothy manchmal scherzhaft zu sagen pflegte.

„Ihr zu vertrauen wäre ein schwerer Fehler", sagte ich. „Ein Fehler, den ich nicht vorhabe, zu begehen."

Timothy hielt sein Tablet vor seinen Körper. „Ich sehe das auch so, Majestät, aber diese anderen Vampire sind ihretwegen gekommen. Jemand denkt, sie ist etwas Besonderes."

„Das wird sie zum perfekten Köder machen."

Wir hatten so viel zu planen. Doch zuerst warteten Seelen, die ein Urteil brauchten, dann erst konnte ich mich dem Sekhor-Problem widmen. Es würde ein langer Tag werden.

6

VIVIEN

Wie vorauszusehen war, kam der Aufzug nicht nach oben, egal, wie oft ich auf den Knopf drückte.

Ich war verärgert darüber, festzusitzen, und musste dem Drang widerstehen, einen Stuhl zu nehmen und ein Fenster einzuschlagen. Doch selbst wenn ich damit wartete, bis es Nacht wurde, und es mir dann gelänge, könnte ich ja wohl schlecht an der Seite des gläsernen Gebäudes hinuntergleiten, als wäre es eine riesige Rutsche.

Oder vielleicht doch?

Andererseits war ich mir ziemlich sicher, dass ich nur dann unsterblich war, wenn ich nicht irgendetwas außerordentlich Dummes tat, das mich umbringen könnte.

Anstatt mich vom Gebäude zu stürzen, schlenderte ich in dem teuren Penthouse herum. Eine Mischung aus schiefergrauen Wänden, dunklen Holzvertäfelungen und freiliegenden Ziegeln zog sich von Raum zu Raum.

Ich beschloss, die Vorteile der Wohnung zu nutzen, solange ich sie noch hatte, und ging in ein Schlafzimmer mit angrenzendem Bad. Obwohl ich versucht war, im Vorbeigehen die makellose weiße Bettdecke zu berühren, behielt ich meine schmutzigen Finger bei mir. Dann überlegte ich es mir anders, ging zurück, drückte meine dreckige Hand auf die Decke und hinterließ perfekte Abdrücke. Anschließend trommelte ich auf ihr herum, als würde ich eine Show aufführen, bis es aussah, als hätte sich ein mit Matsch verschmiertes Schweinchen hier amüsiert.

Wegen Timothy, der so verklemmt schien wie ein gebleichter Seestern auf einem Stock, tat es mir ein bisschen leid, dass ich die Laken beschmutzt hatte. Aber das war es wert, wenn ich damit seine Majestät zumindest ein kleines bisschen ärgern konnte.

Ich schälte mich aus meinen Klamotten, warf sie einfach ins Schlafzimmer und ging zur Dusche. Nicht, weil seine Hoheit es so wollte, sondern, weil mir danach war. Obwohl es nicht das Schlimmste auf der Welt war, schmutzig zu sein – vielleicht war ich in meinem alten Leben ein Wildnisforscher? - hatte eine heiße Dusche ihren Reiz.

In der Duschkabine hätten fünf Personen Platz gehabt. Überall gab es pulsierende Köpfe. Ich stöhnte, als die Wasserstrahlen meine Haut berührten. Das Wasser färbte sich schwarz, als ich meinen Kanalisationsdreck abschrubbte und dabei auch nicht am Brombeer-Salbei-Duschgel sparte. Ich hörte erst auf, als das Wasser klar blieb.

Obwohl ich kalt wie eine Leiche war, genoss ich das siedend heiße Wasser wie eine Eidechse. Während der nächsten fünf Minuten fragte ich mich, ob Vampire Nachkommen von Eidechsen waren. Ich erinnerte mich daran, dass ich beinahe erfroren wäre, als ich kein Blut trinken konnte. Wenn Vampire also die Sonne aushalten könnten, würden sie sich dann den ganzen Tag auf heißen Felsen räkeln?

Offensichtlich hatte die Erschöpfung mein Gehirn

erreicht. Ich wusste nicht genau, ob es an der bizarren Wendung der Ereignisse lag oder daran, dass der Morgen dämmerte. Das Tageslicht schien mir immer meine Energie zu rauben.

Mit einem unglaublich flauschigen, weißen Badetuch um meinen Körper und einem auf meinem Kopf tapste ich zurück ins Schlafzimmer. Der Schrank war voller Kleidung. Frauenkleidung, um genau zu sein. Wurden damit all die Frauen ausgestattet, die auf der Durchreise waren? Oder kamen Frauen hierher, um es mit Grim zu treiben, und dann zu...sterben?

Beim Gedanken daran, die Kleider der toten Konkubinen seiner Majestät zu tragen, lief es mir kalt den Rücken hinunter, doch sie rochen und passten besser als das, was ich aus dem Waschsalon gestohlen hatte.

Zur Auswahl standen hauptsächlich kurze, glitzernde Partykleider, also kramte ich weiter. Ich zog mir eine weiche Lederhose und ein silbernes Tanktop an, und darüber eine Jeansjacke. Zwar musste ich ohne Slip und BH auskommen, aber das störte mich nicht so sehr. Nachdem ich den Schrank weiter durchwühlt hatte, fand ich sogar Stiefel mit Absatz in meiner Größe. In letzter Minute schnappte ich mir ein langes Lederband von einem Korsett, wickelte es mir um den Hals und verknotete es. Der behelfsmäßige Choker verbarg größtenteils die krassen Bisswunden.

Als Nächstes spazierte ich durch das Penthouse, obwohl ich todmüde war.

Haa. Zumindest wusste ich, dass ich ein lustiger Mensch war.

Ich würde mich nicht entspannen können, wenn ich nicht alles ausgekundschaftet hätte. Zu meiner Überraschung war keine einzige Tür verschlossen. Ich entdeckte eine zweistöckige Bibliothek, komplett mit Kamin, einer schicken Alte-Leute-Bar und großen, gepolsterten Ledersesseln. Die dicken Bände reizten mich nicht, deshalb suchte ich nach einer Zeitschrift mit dem Gesicht irgendeines Promis auf dem Cover, fand aber keine.

War das nicht das Schrägste? Ich musste mich wieder mit dem Anblick meines eigenen Gesichts im Spiegel vertraut machen – wobei ich den Kein-Spiegelbild-Mythos widerlegte – aber die Kardashians hatte ich nicht vergessen. Toller Witz.

Es gab noch zwei weitere Schlafzimmer und es bestand kein Zweifel daran, welches davon das Hauptschlafzimmer war. Ins Schlafzimmer seiner Majestät zu gehen, war, als würde man ein Gothic-Theater betreten. Schwere, schwarze Vorhänge mit goldenen Fransen und Quasten säumten die Wände. Es roch nach Rauch und Sex und *seinem* Moschus. Diese Kombination ergab ein schweres Aphrodisiakum, das mich von innen wärmte und ein Kribbeln in meinem Bauch verursachte. Ein Schauer durchlief mich. Wie der Rest des Penthouse war auch dieser Raum von männlicher Raffinesse geprägt, doch diesem Raum lag noch etwas anderes zugrunde. Lust, Sünde, aber vor allem Gefahr.

Fast erwartete ich, Fesseln, Peitschen oder irgendeine andere ausgefallene BDSM-Ausrüstung zu finden, die irgendwo fein säuberlich ausgelegt war. Doch außer den präzise angeordneten Uhren und Kleidungsstücken gab es nichts Persönliches.

Das wahre Herzstück war das extravagante Bett. Es war größer als jedes Kingsize-Bett und hatte ein gepolstertes, waldgrünes, samtenes Kopfteil, das mit großen goldenen, filigranen Ranken geschmückt war. Jemand hatte die dunkle, pflaumenfarbene Tagesdecke nach hinten geschlagen, um die schwarze Satinbettwäsche einzurahmen.

Der einzige Grund für so eine riesige Matratze war, viele

Menschen auf ihr zu haben. Bilder verschlungener Gliedmaßen von Grims Orgien blitzten in meinem Kopf auf.

Dann fragte ich mich, wie viele Frauen oder Männer – ich kannte Grims Vorliebe nicht, falls er überhaupt eine hatte – schon hier oben gewesen waren. Wenn er mit ihnen fertig war, tötete er sie dann? Oder wenn jemand von ihnen Grim anflehte, ihn oder sie zu nehmen, bevor er ihre oder seine Seele holte? Würde er dann ein paar Auserwählte auf diesen Laken ficken, bis sie starben? Nein, daran wollte ich nicht denken.

Trotzdem wurde es mir innerlich warm, als ich mir vorstellte, wie er ohne seinen teuren Anzug aussah. Ein Mädchen könnte ihre Beine um diese spitz zulaufende Taille schlingen, sich an diesen muskulösen Armen festhalten und so richtig abgehen.

Nein, nein, nein, böse Vampirin, schalt ich mich.

Nach Wochen der Isolation verschlang mich die Einsamkeit und das Bedürfnis nach Berührung fast vollständig. Ich verbrachte unglaublich viel Zeit damit, mir vorzustellen, dass irgendjemand auf meine Rückkehr wartete. Ein Freund, ein Ehemann, irgendjemand, der mich so sehr liebte, dass er verrückt wurde bei dem Gedanken, dass ich tot war. Und wenn ich dann zurückkehrte, dann wäre er so dankbar und glücklich, dass wir es hinkriegen würden, obwohl ich ein Vampir war. Ich würde versprechen, ihn nie im Bett zu beißen und er würde mir jeden Morgen mein Blut in einem Becher aufwärmen, auf dem stand: „Blutsauger an der Straßenecke, Vamp unter der Decke."

Aber Grim würde niemals etwas so Häusliches oder Banales tun. Der Tod nahm sich, was er wollte, wann er wollte. Ich konnte mir diese gefährlichen, bernsteinfarbenen Augen vorstellen, wie sie einen Menschen beobachteten, der sich unter ihrem Blick wand, während er die volle Kontrolle behielt.

Ich verließ das Schlafzimmer. Meine Fantasie war mit mir durchgegangen und hatte mich an einen dunklen Ort geführt, der mich zutiefst beunruhigte.

Nachdem ich genug herumgeschnüffelt hatte, legte ich mich auf eines der langen Ledersofas. Ich würde mich nur ein bisschen ausruhen und mir dann einen Plan überlegen, hier herauszukommen. Die Muskeln in meinem Körper waren bleischwer geworden. Sogar meine Augenlider hingen herunter. Als ich endlich wieder aufwachte, war der Großteil des Tages schon vorbei, während ich in ein Minikoma gefallen war.

Das Bedürfnis, mich umzudrehen und noch ein paar Stunden weiterzuschlafen, war groß. Die Sonne stand noch am Himmel. Doch dann kroch Panik in mir hoch. Er würde zurückkommen und wer wusste, wie lange ich dann noch hätte?

Ich musste einen Weg hier raus finden. Benommen stand ich auf, ich war schwach wie ein Kätzchen, aber zumindest war ich sauber und in Sicherheit...für den Moment.

Ich wärmte mir noch einen Blutbeutel in einem Becher – schwarz, natürlich – und kippte ihn hinunter. Dabei gestattete ich mir kaum Zeit, die Konsistenz und den Geschmack zu genießen.

Meine angeborene Wertschätzung für meine Mahlzeit warf die Frage auf, ob ich in meinem früheren Leben vielleicht eine Chefköchin oder Restaurantkritikerin gewesen war. In der ersten Woche meines Vampirdaseins hatte ich Äpfel und Brot gestohlen, um herauszufinden, ob ich noch wie ein normaler Mensch essen konnte. Meine Sinne waren geschärft. Das Aroma eines Apfels brachte mich direkt zu der Farm, auf der er gezüchtet worden war. Als jedoch mein Bedürfnis nach Blut stärker wurde, half mir das Essen leider nicht, um meinen Durst zu stillen.

Das Blut half, um mich etwas wacher zu machen, deshalb trank ich noch zwei Beutel, bis ich praktisch platzte. Mein Körper sang und vibrierte vor Energie. Vielleicht würde ich doch noch versuchen, die Pyramide hinunterzurutschen.

So oder so, es war definitiv Zeit, zu gehen. Aber nicht, bevor ich bezahlt worden war. Als ich zur Bibliothek zurückging, fand ich in einer Ecke einen schweren Chef-Schreibtisch. Ich durchwühlte einige Schubladen, bis ich einen Stapel Bargeld unter ein paar Büroklammern und einem Hefter fand. Ich zählte drei frische Hundert-Dollar-Noten ab und steckte sie zufrieden ein. Ich dachte daran, eine Notiz zu hinterlassen, um ihnen für die Gastfreundschaft zu danken, doch da sie mich nur hierher gebracht hatten, um mich als Köder zu benutzen und mich später zu töten, konnte ich wohl auf die Höflichkeiten verzichten.

Mit kritischem Blick starrte ich den Aufzug an. Was wäre, wenn er sich jetzt auf magische Weise öffnen würde? Ich drückte den Knopf, der ihn heraufholte und die Türen öffnete.

Nichts. *Blutbeutel.*

Ich entdeckte das kleine Loch rechts über der Tür, in das ein magnetischer Aufzugschlüssel passte. Bingo.

Es dauerte eine Stunde, bis ich ihn in einem Mehrzweckschränkchen neben der Küche entdeckte. Ich steckte ihn in das Loch und drehte ihn um. Die Türen gaben nach und ich konnte sie aufschieben. Als ich in den dunklen Schacht hinunterschaute, fragte ich mich, ob ich mir nicht vielleicht einen weniger gefährlichen Plan überlegen sollte, als dreißig Stockwerke hinunterzurutschen. Ich schluckte.

Wenn ich blieb, würde ich sterben. Wenn ich abstürzte, würden meine Vampirfähigkeiten einsetzen und mich heilen, nicht wahr? Ich saugte noch einen kalten Blutbeutel aus, obwohl mein Magen von so viel Blut schon aufgebläht war. Ich würde alle Heilkräfte brauchen können, die ich kriegen konnte.

Ich griff nach dem dicken Kabel aus gedrehtem Stahl und wand meinen Körper darum. Dann verharrte ich so, bis ich sicher war, dass ich mein Gewicht leicht halten konnte, und hangelte mich schließlich an dem Seil hinunter.

Während ich Stück für Stück in die alles verschlingende Schwärze glitt, wurde meine Sicht rot. Ich konnte in der Dunkelheit sehen. Ich gewann Vertrauen in meine Fähigkeit, mein Gewicht zu halten und erkannte, dass es bei dem Tempo ewig dauern würde, bis ich unten ankam. Ich wurde mutiger, lockerte meinen Griff und glitt drei Meter hinunter. Gar nicht so schlecht.

Abermals lockerte ich meinen Griff und rutschte weiter nach unten. Als ich wieder anhielt, lächelte ich über das ganze Gesicht. Das Gefühl von Macht, Können und dem Wissen, nicht sterben zu können, machte mich mutig.

Ich beschloss, ein wenig Spaß zu haben, löste meine Beine vom Kabel und sauste hinunter. Die Luft zischte an mir vorbei und meine Haare flogen hoch. Ich konnte nicht anders und schrie „Juhu!", als ich am Kabel entlang ganz nach unten rutschte. Sobald ich das obere Ende der Aufzugkabine entdeckte, verstärkte ich meinen Griff ganz leicht und bremste mich allmählich ab, bis ich lautlos auf dem Dach der Kabine landete.

Beim Blick auf meine Hände sah ich, dass etwas Haut abgekratzt war, doch sie heilte vor meinen Augen. Das Gefühl war unglaublich. Ich konnte wirklich so viel mehr, als ich mir zugetraut hatte.

Ich fand den Riegel oben an der Tür und öffnete ihn, um sicherzugehen, dass niemand drinnen war. Da ich sah, dass die Kabine leer war, sprang ich hinein, leise wie eine Katze. Die Aufzugtüren waren offen, aber ich befand mich nicht in der Lobby. Ich spähte nach draußen und sah altertümlich aussehende Sandsteinmauern, die von Fackeln erleuchtet waren.

Heiliger Strohsack, hatte der Tod etwa eine mittelalterliche Burg unter das Hotel bauen lassen oder so etwas?

Stimmen hallten und ich trat heraus, um besser hören zu können. Überall waren riesige Säulen, also achtete ich darauf, verborgen zu bleiben, während ich weiterschlich.

Eine Frau schluchzte: „Du verstehst das nicht." Sie war in mittlerem Alter, trug ein Sweatshirt und Jeans.

Grim lehnte sich mit einem gelangweilten, verächtlichen Ausdruck in seinem hübschen Gesicht auf seinem steinernen Thron zurück. „Nein, das tue ich nie, nicht wahr?"

„Ich tue alles, nur bitte, mach das nicht!"

Gold funkelte in seinen Augen, als er sich nach vorne beugte und sich an den Armlehnen des Throns festhielt. „Du würdest alles tun?"

Sie faltete die Hände zum Gebet und rief aus: „Ja, ja, alles!"

Mein Magen krampfte sich zusammen, während ich abwartete, was passieren würde. Die Verzweiflung in ihrem Flehen zerrte an meinem untoten Herzen.

Etwas Nasses berührte meine Hand und ich zuckte zusammen. Als ich hinunterschaute, sah ich dieselbe hundeähnliche Kreatur, die im Krankenhaus gewesen war. Das Tier knurrte leise. Bevor ich darüber nachdenken konnte, streichelte ich seinen Kopf. Das Knurren hörte auf. Dann, nach etwa einer Minute intensiven Streichelns schmiegte sich der Hund in meine streichelnde Hand.

Toll, meine verrückten Hundefantasien sind mir hierher gefolgt. Zum Glück erregte ich keine Aufmerksamkeit, während ich das Hündchen weiter hinter den Ohren kraulte. Es war ausgeschlossen, dass sich ein Hund alleine im Krankenhaus herumtrieb und es war noch viel unwahrscheinlicher, denselben Köter hier unten zu sehen. Ich musste einen Teil meines Verstandes verloren haben, als ich verwandelt wurde...wenn ich überhaupt jemals einen gehabt hatte.

Gleich darauf war Grim nur noch Zentimeter von der Frau entfernt und hatte seine Finger unter ihr Kinn gelegt. Die Spannung stieg, als er sie weiterschluchzen ließ. Ich wollte herausspringen und ihm sagen, er solle sie in Ruhe lassen, doch ich zwang mich dazu, verborgen zu bleiben.

Dann beugte sich Grim nach vorne, um ihr etwas ins Ohr zu flüstern. Ich wich zurück, als er an ihr vorbeischaute, aus Angst, er würde mich hinter der Säule entdecken.

Schließlich richtete Grim sich auf und eine schwere Steintür zu seiner Rechten öffnete sich mit lautem Knarren. Er hob die Hand. Ihr Körper flog durch die Luft und verschwand in der Finsternis mit einem angsterfüllten Schrei, der mir in den Ohren klang. Aus der Dunkelheit erklang noch ein Geräusch: ein Knurren. Es war so tief, laut und kehlig, wie ich es noch bei keinem Tier gehört hatte. Ich hielt mich an der Säule fest, um nicht zu zittern. Die Schreie der Frau hörten sich an, als würde sie in Stücke gerissen werden. Als sich die Tür wieder schloss, verstummten sie.

Ein leises Winseln des Hundes erinnerte mich daran, dass meine Hand ruhig geworden war. Ich streichelte das Hündchen weiter, vielleicht etwas fester als nötig, doch er schmiegte sich wieder in meine Hand.

Plötzlich erschien Timothy mit dem Tablet und hielt es Grim hin, damit er unterschreiben konnte. Keiner der beiden zeigte auch nur den Hauch von Gefühl oder Bedauern.

Und ich hatte gedacht, Timothy sei ein guter Typ. Aber er hat gelogen. Grim tötete, und er genoss es. Das hatte ich am Schimmern in seinen Augen erkannt und an seinen hochgezogenen Lippen, als er mit ihr spielte.

Zum Blutgerinnsel nochmal, ich musste von hier verschwinden! Leise zog ich mich zurück und trat in die offene Aufzugtür. Der Hund trottete hinter mir her, folgte mir jedoch nicht hinein.

Was immer auch hinter dieser massiven Steintür wartete, war ein Schicksal, das schlimmer war als der Tod. Und ich war für heute randvoll mit komischer, furchterregender Scheiße. Jap, total vollgestopft. No más.

Ich drückte den Knopf und der Aufzug bimmelte laut. Die Stimmen wurden leiser und der Hund winselte.

7

VIVIEN

Einfach perfekt. Da hätte ich mich gleich bis auf die Unterwäsche ausziehen, herumlaufen und wie eine Ente quaken können. Das wäre vielleicht weniger auffällig gewesen. Ich versteckte mich in der Ecke und zog mich in mich selbst zurück. Die Türen schlossen sich und ich wartete darauf, dass Grim wutentbrannt auftauchte und mich dann zu dem warf, was er auch immer hinter Tür Nummer eins hatte. Unfähig, mir selbst zu helfen, drückte ich immer wieder den weißen Knopf. Aber ich hatte den Schlüssel zum Aufzug nicht, im Gegensatz zu Grim. Ich war total am Arsch.

Schritte näherten sich und mir schlug das Herz bis zum Hals. In die Ecke gedrängt wie eine hilflose Maus wartete ich darauf, dass das Raubtier kommen und mich in Stücke reißen würde.

Vielleicht könnte ich durch die Deckenluke entkommen. Wenn ich allerdings oben auf den Aufzug kletterte und sie würden ihn zum Penthouse hinaufschicken, dann würde ich zu einem Pfannkuchen zerdrückt werden. *Zu einem Vamp-Kuchen?* Ich schüttelte den Kopf.

Du bist jetzt ein Vampir. Du würdest das überleben...wahrscheinlich...vielleicht.

Ich war super stark und unsterblich, aber ich hatte trotzdem kein Verlangen danach, verstümmelt zu werden.

Wie durch Zauberhand schlossen sich die Türen und ich ließ erleichtert die Schultern sinken. Anscheinend brauchte man gar keinen Schlüssel, wenn die Lobby das Ziel war.

Sobald sich der Aufzug im Erdgeschoss öffnete, verlor ich keine Zeit und wuchtete mich über den schwarzen Marmorfußboden. Ich hatte schon fast die Eingangstür erreicht, als sie sich öffnete. Ein Pärchen schlenderte herein und brachte orangefarbene Sonnenstrahlen mit. Zischend zuckte ich zurück.

Scheiße, es war ja immer noch hell. Ich würde mich wohl noch ein Weilchen verstecken müssen. Ein Bimmeln drang an meine Ohren. Sie riefen den Aufzug wieder nach unten. *Blutbeutel.*

Anstatt auf den Strip hinauszurennen, hing ich noch immer im Hotel fest.

Als ich scharfe Blicke bemerkte, verlangsamte mein Tempo zu einem schnellen Schritt. Das Hotelpersonal starrte mich an und ein Wachmann kam langsam auf mich zu. Dieser Ort mit allen, die sich hier drinnen befanden, gehörte dem Tod. Überall waren Überwachungskameras, also ganz gleich, wo ich hinging, ich würde leicht zu finden sein.

Wenn ich mich recht erinnerte, gab es fensterlose Korridore, die einige der Hotels miteinander verbanden.

Und trotzdem erinnerst du dich nicht daran, wo du vor alldem hier gelebt hast. Tragisch.

Ich schüttelte diesen mitleiderregenden Gedanken ab und ging an Restaurants und Geschäften vorbei. Hotelgäste tummelten sich überall, aber hier gab es keine Möglichkeit, mich einzufügen. Ich stach heraus wie ein schäbiger, halb zerbröselter Donut unter fünfstöckigen Hochzeitstorten. Ihren durchdringenden Blicken nach zu urteilen, war klar, dass sie ebenfalls wussten, dass ich nicht hierhergehörte. Ich hätte doch das kurze, hautenge Glitzerkleid und einen Pelzmantel anziehen sollen, wenn ich hier dazugehören wollte. Ah, wenn ich doch eine Edelnutte wäre.

Nachdem ich ein paar Mal falsch abgebogen war, fand ich endlich den Korridor, der zum benachbarten Hotel führte. Ich musste weg von den Kameras des Sinopolis.

Die Ausstattung wechselte von schlichtem Chic zu einem bunten, kindlichen Schlossthema. Das metallische Ping der Spielautomaten wetteiferte mit der Popmusik, die im Hintergrund spielte. Die Menschenmenge wurde dichter. Alle waren unterwegs, um zu Abend zu essen. Zigarettenrauch verpestete die Luft. Die Leute hier waren weniger vornehm als die im Sinopolis. Weniger Louboutins, viel mehr Gürteltaschen. Jetzt war es ein Kinderspiel, mich unter die Leute zu mischen. Obwohl ich mir ziemlich sicher war, dass der Tod keinen Zugriff auf die Kameras hier hatte, duckte ich mich, als ich eine entdeckte. Ich verschwand in der Menge und fragte mich, ob ich das bis Sonnenuntergang durchhalten würde.

Ich tat, als wäre ich an einigen Geschäften interessiert und blieb immer in der Nähe von Menschen. Seit ich ein Vampir geworden war, hatte ich noch nicht so viele Menschen um mich gehabt. Unzählige Herzschläge pochten aufgeregt um mich herum und ich hörte, wie das Blut durch ihre Adern rauschte. Die Aussicht auf ein köstliches, warmes Mahl direkt von der Quelle hinterließ bei mir ein berauschendes Gefühl der Benommenheit.

Nein. Du hattest genug zu trinken. Tu das nicht. Du bist kein Monster.

Gott sei Dank hatte ich getrunken, bis ich fast geplatzt wäre, bevor ich das Penthouse-Gefängnis verlassen hatte. Ich hatte noch nie meine Reißzähne in den Hals von irgendjemandem geschlagen. Ein Teil von mir wollte unbedingt wissen, wie das wohl wäre. Ich befürchtete, es wäre zu gut. Wenn ich direkt von der Quelle trank, würde ich dann die Kontrolle verlieren? Ein Klumpen bildete sich in meinem Magen.

Ich musste konzentriert bleiben. Nur noch etwa eine halbe Stunde, bis ich hier verschwinden konnte.

Die überfüllte Cafeteria war der beste Ort, um in der Menge unterzutauchen. Ich wartete bei einem Brunnen in der Nähe einer Gruppe von Mädchen, die Selfies machten. Ihr Gekicher erreichte eine schrille Dezibelstärke, die nur noch ein Hund wahrnehmen konnte. Sie erinnerten mich an ein Rudel tollwütiger Hyänen.

Ein Kind, das ganz alleine an einem Tisch saß, erregte meine Aufmerksamkeit. Er sah etwa aus wie zehn Jahre, trug ein Iron-Man-T-Shirt und hatte dichtes, kurz geschnittenes, lockiges Haar. Er hatte die Hände in seinem Schoß gefaltet, als würde er geduldig auf jemanden warten.

Am Tisch neben ihm stritten zwei Männer und eine Frau. Ihre undeutlichen Stimmen wurden lauter, als der Streit eskalierte. Ein Mann sprang auf, warf den Tisch um und ging dann auf den Typen los, der ihm gegenübersaß. Das Mädchen stieß einen schrillen Schrei aus. Sie fingen an, sich zu schlagen. Für mich lief das alles in Zeitlupe ab. Sie würden gleich auf das einsame Kind stürzen und er würde nicht rechtzeitig aus dem Weg gehen können.

Alles verlangsamte sich, als ich meine Supergeschwindigkeit einsetzte, um zu dem Kind zu eilen. Ich packte den Jungen und riss ihn zurück, gerade, als die beiden Männer in seinen Stuhl krachten. Ich stellte ihn hin und ging in die Hocke, um mit ihm auf Augenhöhe zu sein. „Geht's dir gut, Kind?" Wir standen jetzt an der hinteren Wand bei McDonald's.

Es gab noch mehr Geschrei, als jemand in den Streit eingriff.

Die Augen des Jungen waren geweitet, das Weiß war ein heller Kontrast zu seiner dunkelbraunen Haut. Sein Herzschlag raste und er war kurz davor, zu hyperventilieren. Ich wusste nicht, ob er so aufgeregt war, weil er nur knapp entkommen war oder weil ich ihn im Handumdrehen ans andere Ende des Raums gebracht hatte. Mit einem schnellen Blick versuchte ich, abzuschätzen, ob es sonst noch jemand gesehen hatte, doch alle Augen waren auf die heißblütigen Trunkenbolde gerichtet.

„Jamal, geht's dir gut?", rief eine Frau in der Nähe.

Ich erhob mich. „Ich glaube, er ist in Ordnung, nur ein bisschen aufgewühlt, weil er ein paar Idioten beobachtet hat."

Ich wandte mich der Frau zu und erstarrte. Sie schaute nicht minder überrascht drein. Es war die Frau, die letzte Nacht versucht hatte, mich vor dem Schlägertypen zu retten.

Im nächsten Moment blickte ich auf den Lauf ihrer Waffe. Nach einem schnellen Blick auf ihr Outfit sah ich, dass sie die Uniform des Hotel-Sicherheitspersonals trug und es war ihre Stimme gewesen, die den Streit geschlichtet hatte.

Während ich langsam die Hände hob, überlegte ich, wie meine Chancen standen, einen Schuss ins Gesicht zu überleben. Ich hätte den alten Timmy mehr über Meinesgleichen ausfragen sollen. Selbst wenn ich ihren Schuss überleben sollte, wäre das wohl kein guter Zeitpunkt.

Wir standen weit genug abseits, dass wir niemandem auffielen. Sie hielt die Waffe auf mich gerichtet, aber so, dass sie von ihrem Körper verdeckt wurde, um eine öffentliche Panik zu vermeiden.

„Du bist ein…" Sie stockte.

Sie hatte die Reißzähne gesehen. Sie hatte gesehen, wie der Schlägertyp und ich uns bewegt hatten. Auch wenn sie es nicht laut aussprechen konnte, wusste sie, was ich war.

„Mama?" Jamals besorgte Stimme durchdrang ihren angsterfüllten Blick. Sie spannte die Kiefermuskeln und schaute mich mit schmalen Augen an.

„Ist schon gut, Baby. Komm her und stell' dich hinter Mami."

Jamal schien zu zögern, gehorchte dann jedoch dem Befehl seiner Mutter.

„Ich habe dem Jungen nichts getan. Hatte nicht die Absicht", sagte ich und versuchte, sie nicht zu erschrecken. Hatte ich eine beruhigende Stimme? Ich hätte seine Hoheit fragen sollen.

Sie schnaubte ungläubig.

Jamal zupfte an der Rückseite ihres Shirts. „Wir sind geflogen wie Superman, Mama."

Das war nicht gut. Zeit, zu verschwinden. Ich drehte mich um und rannte los. Ich kam vielleicht zwei Meter weit, dann stieß ich mit der harten Brust von jemandem zusammen, der nach Lilien, frisch umgegrabener Erde und einem moschushaltigen Aftershave roch.

Als ich aufblickte, schaute ich in das markante, attraktive Gesicht seiner Majestät. Gold schimmerte aus der Mitte seiner Iriden. Seine unglaublich schönen Gesichtszüge waren wutverzerrt.

„Wohin des Weges?"

Blutgerinnsel.

8

GRIM

Die Vampirin war nicht nur irgendwie aus meinem Penthouse entkommen, sie hatte sich auch in meine privaten Arbeitsräume geschlichen und dann versucht, abzuhauen. Ich hatte sie unterschätzt. Ein Fehler, den ich kein zweites Mal begehen würde. Ich quetschte ihren Arm mit brutaler Kraft zusammen. Nur ihre Augenwinkel verrieten, dass sie zusammenzuckte.

Wenn wir nicht in der Öffentlichkeit gewesen wären, hätte ich sie vielleicht erdrosselt.

Die Sicherheitsbeamtin des Hotels schaute unsicher mit immer noch gezogener Waffe von mir zu Vivien.

„Vielen Dank für Ihre Hilfe, Miss...?

„West. Miranda West." Ihre Körperhaltung und ihr Tonfall blieben starr und streng. Anscheinend war mein Charme ein wenig eingerostet. Es hatte einmal eine Zeit gegeben, da hätte ich die Frauen mit einem bloßen Blick zum Schwärmen bringen können.

Die Art, wie sie Vivien mit wachsamen, aufgerissenen Augen betrachtete, verrieten mir, dass sie sich des *Fremden* in unserer Mitte bewusst war.

„Ms. West." Ich neigte den Kopf. Ohne meinen Griff an Viviens Arm zu lockern, drehte ich mich um und sagte: „Timothy, wenn du Ms. West angemessen für ihre Hilfe danken würdest, wäre ich dir sehr verbunden."

„Was hat sie getan?", fragte Miranda und ihre Skepsis war ebenso wenig zu ignorieren wie der Geruch von fettigen Pommes hier drinnen.

„Mein Assistent wird alles erklären." Ich versuchte, zu lächeln, doch gemessen an der Tatsache, wie das Kind zusammenzuckte und sich an der Hüfte seiner Mutter festklammerte, wirkte das wohl eher bedrohlich. Eine Nebenwirkung dessen, dass ich zu viel Zeit damit verbrachte, im Vestibül über Seelen zu richten.

Als ich Vivien fortzerrte, trat Timothy vor.

„Was wird er ihr sagen?", fragte Vivien mürrisch. „Dass ich ein böser Vampir war und du mich wieder in meinen Zwinger sperren musst?"

„Er hat ein Talent dafür, Fragen und Probleme verschwinden zu lassen, sei es nun durch Erklärungen oder durch Geld." Angesichts von Ms. Wests Verhalten bezweifelte ich zwar, dass sie für Bestechung empfänglich war, doch das war nur eine weitere Eigenschaft, die Timothy unersetzlich machte. Er würde einen Weg finden, zu erklären, warum ich eine junge Frau fortzerrte.

Ich schob uns durch den Pulk der Touristen. „Und ich dachte, du fändest es gut, in so einem schönen Zwinger bleiben zu können."

„Sauer, dass ich mich durch die Stäbe gefressen habe?"

Ich drehte mich so schnell zu ihr, dass sie beinahe erneut gegen mich gestoßen wäre. „Findest du es klug, mich so auf die Probe zu stellen, wenn deine Existenz nur aufgrund deiner Nützlichkeit erlaubt ist?" Trotz meiner

Bemühungen, kühl und beherrscht zu bleiben, raubte sie mir den letzten Nerv.

Ihr Blick fiel auf die Stelle, an der ich ihren Arm festhielt, dann wanderte er hinauf zu meinen Augen. Ihrem Keuchen nach zu urteilen, hatte ich meine Todesmaske durchscheinen lassen.

Zuvor war ihre Aura hell gewesen, doch jetzt strahlte Vivien wie ein Stern. Seit sie sich gewaschen hatte, war sie fast nicht wiederzuerkennen. Ihr langes Haar war nicht mehr dunkel und schlammfarben, sondern glänzte kastanienbraun. Es war auch nicht mehr gerade und schlaff, sondern voluminös und strukturiert, und bettelte geradezu danach, dass Finger hindurchfuhren. Ihr Gesicht war nicht mehr bedeckt mit Schmutz und Matsch, sondern hatte einen cremefarbenen Ton. Ihr Nasenrücken war mit ein paar Sommersprossen gesprenkelt.

Vorher war sie attraktiv. Jetzt war sie von einer wilden Schönheit, die mich an Raubkatzen denken ließ und an den üppigen, einladenden Dschungel, in dem sie spielten. Der Farbton ihres Haars erinnerte mich an einen Sonnenuntergang, von dem ich mir wünschte, er würde niemals enden. In ihren Augen funkelte noch immer dieselbe Energie wie bei unserer ersten Begegnung. Ihr Blick warnte mich davor, die Haut an ihrem Unterarm zu reiben, obwohl es mich im Daumen juckte, genau das zu tun. Wenn sie sich ihrer Macht über mich bewusst war, zeigte sie es nicht.

Anstatt sich zu mäßigen, wurde ihr Gesichtsausdruck hart und sie beugte sich vor, bis sich fast unsere Nasen berührten. „Oh, Entschuldigung. Bin ich nicht nützlich genug? Hätte ich die Toiletten in deinem Penthouse putzen sollen? Dir Essen machen oder vielleicht still und brav herumsitzen sollen, bis du kommst und mich wieder hervorholst wie ein Paar Hausschuhe?"

„Du machst mich wütend."

„Du willst, dass alle vor dir Angst haben. Aber weißt du was, Butterblümchen? Ich hab keine Angst."

Trotz ihres nervigen Verhaltens, das mich dazu anregte, sie in ein richtiges Verlies zu sperren, zuckten meine Mundwinkel unwillkürlich. „Hast du mich gerade Butterblümchen genannt, Blutsauger?"

Sie antwortete in einem hochmütigen Tonfall: „Ich bevorzuge den Begriff Sekhor. Der erscheint mir formeller zu sein, *Eure Majestät*. Aber ja, du hast recht. Du bist so leicht zu erschüttern, also ist Butterblümchen ein viel besserer Spitzname für dich."

Das Blut rauschte in meinen Ohren. Ihre grünen Augen sprühten vor Elektrizität und sie presste die Zungenspitze hinter ihre Schneidezähne, als wollte sie mich dazu anstacheln, einen Streit mit ihr anzufangen. Bestimmt hatte sie gesehen, wozu ich im Vestibül fähig war. Sie wusste, dass ich der Tod selbst war, dennoch lockte sie mich.

Einige wenige glaubten, sie könnten dem Tod trotzen, viele aus Arroganz. Manche boten Geld, andere forderten mich heraus und dachten, sie stünden über dem Ende. Doch wenn ich das wahre Gesicht des Todes enthüllte, gaben sie alle klein bei. Vivien war nicht trotzig, weil sie mich davon abhalten wollte, meine Pflicht zu tun. Soweit ich das beurteilen konnte, provozierte sie mich aus reiner Freude daran.

Eine Hand schlug mir auf den Rücken und der Gestank von billigem Bier und Schweiß griff meine Sinne an.

„Haha, nehmt euch ein Zimmer, ihr zwei", lallte ein Junge mit Stehkragen, der etwa in seinen Zwanzigern war und seine Kappe seitlich auf dem Kopf trug. Als er zu seinen Kumpels zurücktaumelte, lachten sie alle und schlugen sich gegenseitig auf den Arm.

„Igitt, Dude-Bros sind die Schlimmsten", murmelte Vivien.

Ausnahmsweise widersprach ich ihr nicht.

Ich führte sie zurück zum Sinopolis, aber es gefiel mir nicht, wie leicht sie mich provozierte. Ich redete mir ein, dass ich nach so einem langen Arbeitstag angespannt war; das, gepaart mit dem Stress dieses Vampirproblems führte dazu, dass ich bei dieser unbedeutenden Sekhor meine Beherrschung verlor. Doch das war keine Entschuldigung, dass ich die Fassung verlor. Ich konnte mir keine Ablenkungen leisten, aber sie war wie ein blinkendes Neonschild mit schrillen Glöckchen und Pfeifen. Es war schwer, sie zu ignorieren und noch schwerer, sie nicht aus dem Fenster zu werfen.

Drei Männer wollten gerade vorbeigehen, als einer von ihnen stehenblieb. Bei unserem Anblick wich die Farbe aus seinem Gesicht.

„Ein Fan von dir?", fragte Vivien und ihre Stimme klang so trocken wie der Martini, den ich mir später gönnen wollte.

Der Mann war etwa mittelgroß, mit braunem Haar und groben Gesichtszügen. Er trug Cargoshorts und ein Hawaiihemd. Aber er schaute nicht mich an. Vivien bekam die volle Wucht seines erschrockenen Glotzens aus weit aufgerissenen Augen ab. Er starrte sie an wie ein Kaninchen, das vor einem Jäger stand.

Dann sprintete er los und stieß dabei Leute an, als er quer durch das Hotel in die entgegengesetzte Richtung lief, in die wir unterwegs waren.

Vivien wollte ihm folgen, doch ich riss sie zurück.

„Hast du das gesehen? Er hat mich erkannt. Wir müssen ihm folgen."

„Er war kein Vampir", sagte ich und ließ ihr keinen Zentimeter Bewegungsfreiheit.

Vivien wehrte sich noch immer gegen meinen Griff und versuchte, ihn im Auge zu behalten, obwohl er es eilig hatte, davonzukommen. „Er weiß, wer ich bin. Wir können ihn fragen, woher er mich kennt."

„So, wie er davongerannt ist, würde ich vermuten, ein verflossener Liebhaber", murmelte ich.

Bebend vor Zorn ging sie auf mich los. „Wir müssen mit ihm reden!" Ihr Ruf erregte Aufmerksamkeit. Ich schenkte den Gästen um uns herum ein beruhigendes Lächeln. Glücklicherweise war es in Vegas nicht unüblich, dass Menschen aufbrausten und herumschrien. Ich senkte meine Stimme und ermutigte sie, es mir gleichzutun.

„Wer du warst, ist unerheblich. Wenn er uns nicht zu einem Meistervampir führen kann, der dich verwandelt hat, ist er ebenso unerheblich."

„Vielleicht weiß er nichts über Vampire, aber vielleicht weiß er etwas über die Nacht, in der ich gestorben bin, das uns zu dem Meister führen könnte."

Ihr Argument war schwach, bestenfalls dürftig. Anzunehmen, dass der Mann in der Nacht ihrer Verwandlung dabei gewesen war, war weit hergeholt. Außerdem hatte ich kein Interesse daran, Sterbliche in die Sekhor-Angelegenheit hineinzuziehen.

„Bitte." Ihre Stimme wurde heiser. „Er ist der einzige Hinweis, den ich habe, um herauszufinden, wer ich war. Du kannst dir nicht vorstellen, wie sich das anfühlt, nicht zu wissen, wer man ist." Ihre meergrünen Augen musterten mich und flehten mich gleichzeitig an, ihr zu gestatten, ihm zu folgen.

Bitten, nichts als Bitten, jeden Tag und jede Nacht seit

Jahrhunderten, hatten mich längst gegen ihre Wirkung abge-härtet. Dennoch hatte Vivien irgendwie mit ihrem ernsten Flehen tief in meinem Inneren ein Schuldgefühl erweckt.

Ich wandte mich ab und zerrte sie zurück in Richtung des Sinopolis. Die Vampirin versuchte, in die entgegenge-setzte Richtung zu ziehen. Sie war stark, aber ich war stärker.

Wir ernteten einige besorgte Blicke von Gästen, als ich sie durch die Lobby meines Hotels zerrte. Vivien wurde mutlos und schlurfte jetzt nur noch. Fast erwartete ich, dass sie einen ordentlichen Wutanfall bekommen würde.

Ich lockerte meinen Griff, damit es nicht so aussah, als wäre ich ihr Zuhälter oder ein gewalttätiger Freund. Zumin-dest das Personal wusste, dass es weder mich noch meine Begleitung beachten sollte.

„Aus all der Kleidung, die zur Auswahl stand, hast du dir die eines straffälligen Punks ausgesucht", murmelte ich leise und drückte den Knopf, um den privaten Aufzug zu rufen. Timothy versicherte mir, dass er trotz Viviens Pfuscherei noch funktionierte, allerdings lief er jetzt etwas langsamer als sonst.

Viviens eng sitzende Kleidung offenbarte eine schlanke und gleichzeitig muskulöse Figur. Ich bemühte mich, meinen Blick abzuwenden, als mir auffiel, dass sie bei dem glitzernden, tief ausgeschnittenen Top auf einen BH verzichtet hatte. Sie sah aus, als würde sie nach einem Rock-konzert von der Bühne gehen. Ganz sicher würden sich so schnell keine Groupies vor diesen unglaublich langen Beinen verbeugen. Dafür würde ich sorgen.

Bei meiner Bemerkung über ihre Kleidung hob Vivien den Kopf und bemerkte die Aufmerksamkeit, die wir erregten.

„Oh, es tut mir so leid, dich in Verlegenheit zu bringen.

Was habe ich mir nur dabei gedacht? Ich hätte mich wie eine kleine Glitzernutte anziehen sollen, damit ich zu deiner Kundschaft passe." Ihre Augen wanderten zurück zu den Zuschauern, dann explodierte sie. „Ricky, es tut mir leid, dass ich das Geld nicht gekriegt habe. Ich verspreche dir, dass ich beim nächsten Mal Vorkasse verlange. Der Freier hat gesagt, er hätte es, aber das nächste Mal passe ich auf. Bitte, gib mir nur meinen Anteil. Der kleine Billy braucht sein Insulin und ich kann es mir nicht leisten, wenn du mir wieder meine ganze Kohle wegnimmst." Sie tat so, als würde sie sich in meinem Griff winden, ohne sich jedoch wirklich losreißen zu wollen. Um uns herum entstand Getuschel, gespickt mit erschrockenem Keuchen hie und da.

Mit weit aufgerissenen Augen starrte ich sie erschrocken an. Ein teuflisches Lächeln huschte über ihr Gesicht, gerade, als sich die Stahltüren mit einem Ping öffneten. Sie ging alleine in die Aufzugkabine und machte sich keine Mühe mehr, ihr böses Grinsen zu verbergen.

Als sich die Türen geschlossen hatten, knallte ich meine Hände an die Wand zu beiden Seiten ihres Kopfes. Sie zuckte zusammen und das Grinsen verschwand. Wutentbrannt starrte ich auf sie herunter. Meine Finger spreizten sich hinter ihr auf der gepolsterten, schwarzen Lederwand, deshalb sah Vivien nicht, dass sie sich in lange, scharfe, schwarze Krallen verwandelten.

„Bist du irre geworden, nachdem du dich verwandelt hast, oder ist das schon immer dein Leiden gewesen?", rief ich und kämpfte gegen die Verwandlung an. Meine Hände wurden wieder normal.

„Wenn wir dem Typen gefolgt wären, hätten wir fragen können", rief sie zurück. Trotzig blinzelte sie angesichts meiner Wut, drückte sich aber dennoch ganz an die Wand. „Und was kümmert es dich überhaupt? Du bist der Tod selbst. Was spielt es schon für eine Rolle, was diese reichen Schnösel da draußen denken?"

„Ich brauche ihre Zustimmung nicht. Aber ich bin stolz darauf, eine Oase der luxuriösen Raffinesse geschaffen zu haben. Du dagegen", ich zeigte mit dem Finger in ihr Gesicht. „bist wie ein tollwütiger Mungo auf Crystal Meth und was noch schlimmer ist, ich muss derjenige sein, der dir einen Maulkorb verpasst."

Ihre Augen wurden schmal. „Versuch's nur, Freundchen."

Feuer durchzuckte mich. Meine Gelassenheit schmolz nicht einfach nur dahin, sie explodierte in einem Inferno. Ich legte meine Hand auf ihren Mund und presste meinen Körper gegen den ihren. Dann drückte ich meinen Mund an ihr Ohr. „Ich brauche dich als Köder, aber vielleicht bist du ja ohne Zunge nützlicher. Ich frage mich, ob sie nachwachsen würde. Und wie schnell. Aber sei versichert, wenn es zu schnell wäre, dann würde ich sie dir noch einmal herausreißen."

Plötzlich wurde mir nur allzu bewusst, wie ich mich an sie presste. Meine Brust war gegen ihren Busen gedrückt, meine Schenkel waren zwischen ihren Beinen und und klemmten ihre Hüften ein. Bilder, wie ich sie in diesem Aufzug bis zur Unterwerfung fickte, schossen mir durch den Kopf.

Leder, meine persönliche Seife und etwas Göttlich-Sinnliches überfluteten meine Sinne. Ihr Duft drohte, mich einzuhüllen und zu verschlingen. Das Gefühl ihrer seidigen Lippen an meiner Handfläche erhitzte mein Blut und schickte es dann nach unten. Mein Atem wurde flach, und ich zog mich zurück, damit ich Vivien ins Gesicht schauen konnte, überrascht von den Reaktionen, die mich überrollten. Einen Augenblick lang glaubte ich, in ihren Augen ebenfalls eine Flamme der Erregung gesehen zu haben. Vielleicht dachte sie ihrerseits daran, dass ich sie gleich hier nehmen könnte.

Dann wurde meine Hand nass und kalt.

Sie leckte mich ab.

Ich wischte meine Handfläche an meiner Hose ab und drückte mit der anderen Hand den goldenen Knopf. Ihr kindisches Benehmen kurierte meine vorübergehende Unzurechnungsfähigkeit sofort.

Mein arbeitsbedingtes Zölibat hatte mich eindeutig in den Wahnsinn getrieben. Es war schon sehr lange her, dass ich jemanden in mein Bett eingeladen hatte. Es schien dringend notwendig, dass ich es bei der ersten Gelegenheit tat.

VIVIEN SAß SCHMOLLEND am Küchentisch und ich stand mit verschränkten Armen vor der Aufzugtür. Wenigstens lagen jetzt sechs Meter zwischen uns und meine Sinne konnten sich von der lüsternen Wut, in die sie mich irgendwie gebracht hatte, abkühlen.

„Worauf warten wir?", fragte sie. Mit ebenfalls verschränkten Armen, mich nachahmend, saß sie auf einem Hocker auf der anderen Seite der Insel.

„Mein Assistent wird bald eintreffen, hoffentlich mit einem Bericht über den Ort der jüngsten Vampiraktivität." Ich konnte die Verachtung in meiner Stimme nicht unterdrücken. Ich hasste es, auf Zeit zu spielen, doch ich hatte keine Möglichkeit, die Blutsauger aufzuspüren.

„Und was dann?"

„Dann wirst du deinen Zweck erfüllen."

„Köder." Ihre Stimme klang gepresst.

Ich machte mir nicht die Mühe, zu antworten.

Sie ließ die Arme sinken und ihre Stirn zog sich in noch tiefere Falten. „Wirst du mich an einen Haken hängen und mir sagen, ich soll an der Schnur herumzappeln?"

Mir kam ein ähnliches Bild in den Sinn, aber in meiner Version hatte sie nichts an und wand sich mit einem wollüstigen Gesichtsausdruck.

„Oh gut, ich bin froh, dass du das für so eine prima Idee hältst", spottete Vivien. Ich wusste nicht genau, wie mein Gesichtsausdruck aussah, doch ich wischte ihn weg.

„Was soll eigentlich die ganze Aufregung?", fragte sie. „Liegt es daran, dass Vampire seelenlose Dämonen sind? Böse Monster der Nacht? Denn ich fühle mich nicht besonders böse oder mordlüstern." Sie verschränkte die Arme erneut, zog dann aber ihre Schultern hoch und ließ sie kreisen. War sie unruhig?

Ich hatte auf jeden Fall ein paar Ideen, um diese überschüssige Energie abzubauen.

Sei nicht albern. Du wirst die Sekhor nicht berühren...nicht noch einmal.

„Deine Existenz ist nicht erlaubt", sagte ich.

„Ja, aber waruuuuum", jammerte sie, streckte ihre Arme auf der Anrichte aus und stützte ihr Kinn darauf. Sie sah aus wie ein bockiges, gelangweiltes, aber liebenswertes Kind.

Lächerlich. Sekhors waren nicht liebenswert. Sie bedrohten die gesamte Menschheit und mehr.

„Unsterblichkeit ist gefährlich. Menschen streben nach einer langen Lebensdauer, doch sie verstehen nicht, welche Auswirkungen ein jahrhundertelanges Leben hat."

Sie setzte sich auf und zog die Stirn in Falten. „Was soll das heißen?"

Ich dachte daran, es ihr nicht zu sagen, rechnete mir dann jedoch aus, wie die Chancen standen, dass sie das

Thema ruhen lassen würde, und kam zu einem ziemlich einseitigen Ergebnis.

„Unsterblichkeit verdirbt einen Menschen absolut. Wenn sie erst einmal Macht erlangt haben und nahezu unverwundbar sind, werden sie schließlich zu gewalttätigen, machthungrigen Tyrannen.“

„Das weißt du doch gar nicht“, sagte sie, obwohl eine gewisse Unsicherheit in ihrem Blick lag.

„Weißt du, wann die letzten Vampire auf der Erde gelebt haben?“ fragte ich, obwohl mir klar war, dass sie es nicht wusste.

„Vermutlich zu der Zeit, als dieser alte Typ „Dracula“ geschrieben hat. Was, hat er etwa einen getroffen?“ Sie schnaubte wenig ladylike.

„Vor Tausenden von Jahren.“

Sie verstummte. Obwohl sie versuchte, ihre Überraschung zu verbergen, sah ich, dass sie einen Moment verwundert war, bevor sie sie unterdrückte.

Ich ließ die Arme sinken und konzentrierte mich auf den Schrank über ihrem Kopf. „Ich stand der ältesten Vampirin in einem großen Krieg gegenüber. Sie war davon überzeugt, dass Sekhors die überlegene Rasse waren. Sie schickte sich an, die gesamte Menschheit zu versklaven und verwandelte eine große Anzahl in Ihresgleichen. Der Kampf, um sie zu töten und die Horde zu vernichten, die sie geschaffen hatte, war blutig und zog sich über Jahre, bis wir sie endlich zerstörten.“

Mein Blick landete wieder auf Vivien. Sie unterbrach nicht, sondern biss sich nur auf die Innenseite ihrer Wange. Vielleicht hörte sie tatsächlich zu.

Ich fuhr fort. „Die Vampirin war zunächst eine ganz normale Frau, so wie du, aber schließlich spürte sie den Ruf der Macht und folgte ihm bis zum Äußersten. Du siehst also, je länger du lebst, desto unverwundbarer fühlst du dich. Du wirst nach mehr streben und dich nicht mehr mit einer weltlichen Existenz zufriedengeben. Wie sie, wirst du gelangweilt werden und Verhaltensweisen pflegen, von denen du einmal behauptet hast, dass du sie nie annehmen würdest. Du wirst schließlich die sterblichen Menschen als weniger als Nahrung betrachten, als Spielfiguren, Wegwerfartikel. Im Lauf der Zeit würdest du dann immer höher pokern und so enden wie sie. Sekhor-Selbstüberschätzung löscht jede Spur von Menschlichkeit aus und hinterlässt nur Zerstörung. Um den natürlichen, heiligen Kreislauf des Lebens zu bewahren, wurde beschlossen, dass sie nicht existieren dürfen."

„Wer entscheidet das?"

Ich hatte schon zu viel gesagt. Ich verfluchte meine Indiskretion. Statt zu antworten, ließ ich die Frage mit eisernem Schweigen zwischen uns im Raum stehen.

„So würde ich niemals sein." Ihre Worte waren kaum lauter als ein Flüstern. Ihre Augen waren rund und ernst geworden.

„Weißt du, was es bedeutet, ein Vampir zu sein?", fragte ich und trat zwei Schritte nach vorn. Ich ließ das angewiderte Grinsen auf meinen Lippen erscheinen. „So, wie ein Grabräuber eine Leiche ausgräbt, hat eine unnatürliche, verzerrte Kraft deine Leiche erweckt. Jetzt bist du eine wandelnde Seuche, in der Lage, zahllose Seelen zu infizieren und zu derselben niederen Existenz zu verdammen."

Ihre Augen wurden glasig und sie schüttelte fast unmerklich den Kopf, als wollte sie eine Wahrheit abstreiten, die sie die ganze Zeit gekannt hatte. Plötzlich schien sie alleine zu sein und vor einer Flutwelle zu stehen, die sie gleich überrollen und in die Vernichtung stürzen würde.

Zum zweiten Mal erweckte sie irgendwie ein Schuldgefühl in mir, dessen Existenz mir nicht einmal bewusst war. Es wurde stärker, pulsierte durch meinen Körper und zwang mich, meine beißenden Worte zurückzunehmen oder sie in die Arme zu schließen, bis ich die Gedanken beruhigen konnte, die sie jetzt vielleicht quälten.

Ich war hart gewesen. Zu hart. Erzählte ich ihr das alles um ihretwillen? Oder versuchte ich, mich davon zu überzeugen, dass sie ein Nichts war?

Sie durfte mir nie etwas bedeuten. Es spielte keine Rolle, wie sehr sie sich von den Vampiren unterschied, denen ich gegenüberstand oder den Milliarden von Seelen, denen ich begegnete. Ich dufte mir nicht zugestehen, zu glauben, dass sie etwas Besonderes war.

Doch das tue ich bereits.

Das Leuchten, das sie umgab, zog mich zu ihr, lud mich ein, in ihren privaten Bereich einzudringen und sie auf eine Weise einzufordern, die ich mir in meiner gesamten Existenz noch nie gestattet hatte. Mehr noch als ihre ätherische Aura, die mich überwältigte, war Viviens temperamentvoller Geist geradezu fesselnd. Ich wollte ihr loses Mundwerk küssen und jeden noch so aufmüpfigen Spruch hinunterschlucken, den sie von sich gab.

Stattdessen ballte ich meine Fäuste, um mich davon abzuhalten, die Hände nach ihr auszustrecken.

Die Vampirin ist ein Köder, und nichts weiter. Ihre Existenz darf nicht erlaubt werden. Du weißt, dass es die anderen niemals zulassen würden, dass sie auf der Erde wandelt.

Meine Pflicht, diese Welt zu beschützen, war wichtiger als Augen, die grünes Feuer versprühten, ein scharfer Verstand und ein Mund, an den ich immerzu denken musste. Es gab keine andere Wahl in dieser Angelegenheit. Sobald ich die Vampir-Situation unter Kontrolle gebracht hatte, würde ich sie eliminieren.

Erst, als mein Telefon klingelte, löste sich Viviens in sich gekehrter, gequälter Gesichtsausdruck.

Ich nahm den Anruf entgegen. Er war kurz.

„Zeit, zu gehen", sagte ich und legte auf. „Dein Meister hat wieder zugeschlagen."

Ausnahmsweise widersetzte sie sich mir nicht. Sie ging zum Aufzug. Diesmal standen wir an den gegenüberliegenden Ecken und eilten dorthin, wo vermutlich eine Falle für Vivien aufgebaut war. Vielleicht wäre all dies vorüber, noch ehe die Nacht zu Ende war, und mein Sekhor-Problem wäre gelöst.

Als ich Vivien aus den Augenwinkeln betrachtete, zog sich mir die Brust zusammen.

9

VIVIEN

Während Grim mit strenger Miene aus dem Fenster schaute, war Timothy am anderen Ende der Limousine wie üblich mit seinem Tablet beschäftigt.

Ist die Limousine kleiner als beim letzten Mal?

Nö, sie hat die gleiche Größe, doch die schweigende Fahrt, gefangen in einem Auto mit seiner Majestät, machte es schwer, bestimmte Gedanken zu vermeiden.

Die Erinnerung an Grim, der sich im Aufzug an mich presste, erwärmte mich um gut zwanzig Grad. Ich hatte seine definierten Bauchmuskeln sogar durch unsere Kleidung gespürt. Sein heißer Atem wehte an mein Ohr und sein köstlicher Duft umgab mich, eine Wolke aus sexuell geladenem Opium.

Und diese intensiven bernsteinfarbenen Augen waren gefährlich und verführerisch. Er starrte mich so durchdringend an, dass ich befürchtete, sein prüfender Blick würde mir das Höschen direkt vom Körper schmelzen...wenn ich eines getragen hätte.

Als ich an die Wand gedrückt war, hatte ein verlangender Schmerz fest in meiner Mitte gepocht und einen eigenen Willen entwickelt. Er hatte mich dazu gedrängt, mich an seinen harten Oberschenkel zu pressen und zu wippen. Zu wissen, dass nichts zwischen seinem Hosenbein, meiner Lederhose und meinem Geschlechtsteil war, schickte elektrische Schläge der Vorfreude zu meinen ohnehin schon harten Nippeln, und diese wanderten dann in einer Flut von heißem, feuchtem Verlangen nach unten.

Es waren nicht nur seine körperlichen Fähigkeiten, die mich erregt und völlig aus der Bahn geworfen hatten. Da war etwas in Grims Augen, ein fast verzweifelter Hunger. Es war der Blick eines Häftlings, der unbedingt frei sein wollte, weil etwas in ihm sich danach sehnte, herauszukommen. Alles an Grim war schwer und ernst, doch in seinem Inneren war ein Licht. Das würde ich gerne aus ihm herauslocken. Mein Bauchgefühl sagte mir, es wollte herauskommen und mit mir spielen.

Ich war auf der Stelle erstarrt gewesen, weil ich Angst hatte, ich würde all meinen Verlangen auf einmal nachgeben. Und sie schrien mich alle an wie durch einen Lautsprecher.

Winden. Reiben. Küssen. Lecken. Saugen.

War es Grim eigentlich bewusst, dass er die Verkörperung des Sex war, ein Sex-Zauberer? Denn mein Körper war mehr als bereit gewesen, auf seinen Zauberstab zu springen und lange und fest zu reiten.

Das Verlangen hatte mich so hart getroffen, dass es mich an meinen ersten Blutdurst erinnerte. Obwohl ich ihm verzweifelt nachgeben wollte, weigerte ich mich, mich von meinem Trieb leiten zu lassen. Ich war verrückt, nicht dumm. Wenn Grim mich nicht innerhalb von Sekunden vor Ablehnung niederschlagen würde, würde er wahrscheinlich darüber lachen, wie erbärmlich ich war – ein verachtenswerter Blutsauger, der versucht, ein Wesen zu nageln, das älter war als die Zeit und so mächtig wie ein Gott.

Also gab ich nur einem meiner Verlangen nach. *Lecken.*

Als ich seine Handfläche mit meiner Zunge berührte und seine salzige Haut schmeckte, wich der ganze Hunger aus seinem lusterfüllten Blick und ließ Abscheu zurück. Ich hatte es wirklich prima hingekriegt, die Situation zu entschärfen. Ich verdiente eine Preisschleife.

Und jetzt gerade könnte ich etwas Eis gebrauchen; nur ein paar Meter von dem finster dreinblickenden Wesen entfernt zu sitzen, brachte mich auf zu viele ablenkende, lusterfüllte Gedanken. Als die Limousine anhielt, sprang ich beinahe aus dem Wagen.

Ich brauchte nur zwei Sekunden, um zu erkennen, wo wir waren. Wir hatten bei der Gasse geparkt, in die meine Leiche geworfen worden war. Kälte durchfuhr mich, die nichts mit der Temperatur oder meinem Durst zu tun hatte. Die Gasse war in Dunkelheit getaucht, doch ich konnte in der Finsternis den toten Mann liegen sehen. Dort, wo seine Schulter und sein Hals zusammenliefen, war das Fleisch herausgerissen. In allzu vertrauter Manier war daran herumgenagt worden. Es war Chad. Er starrte mit leeren, blicklosen Augen in die Luft. Ich wollte wegschauen, konnte aber nicht.

Bevor ich das Krankenhaus verlassen hatte, hatte ich in der Leichenhalle Kopien der Polizeifotos meiner Leiche gesehen. Der Mörder hatte Chad in derselben Position angeordnet. Er lag auf dem Rücken und starrte in den Himmel, ein Bein war in einem unnatürlichen Winkel abgebogen. Als hätte ihn jemand gebrochen und dann wie ein Stück nutzlosen Müll, wie eine ausgediente Bananenschale, einfach weggeworfen.

Es war schon verstörend gewesen, Bilder meiner

eigenen Leiche zu sehen, doch diese offensichtliche Nach-
stellung meines Todes beschwor einen Haufen nervöser
Schmetterlinge in meinem Bauch herauf und hinterließ
einen beißenden Geschmack in meinem Mund.

Noch schlimmer war jedoch, dass weiter entfernt hinter
Chads Körper noch mehr Leichen im Dunkeln lagen. Drei
weitere Tote. Zwei Frauen und ein Mann, und allen war das
Blut ausgesaugt worden.

Grims Vorhersage klang mir in den Ohren. War ich dazu
verdammt, mich in ein Monster zu verwandeln? Wie lange
rannte dieser Meistervampir schon herum und tötete
Menschen? Hat der Meister so angefangen wie ich und ist
dann langsam zu einem gesetzlosen Wilden geworden? War
ich nur Wochen entfernt davon, zu einer ebensolchen
seelenlosen Kreatur zu werden? Würden Unsterblichkeit
und Macht mich verderben?

Mein Gehirn war mit zu vielen Fragen vollgestopft; ich
brauchte einen Stößel, um es wieder freizumachen.

„Werden sie sich verwandeln?", fragte ich. Meine Worte
kamen ruhiger heraus, als ich beabsichtigt hatte. Ich fragte
mich, wo die Bullen blieben. Andererseits wäre ich, wenn
ich nicht im Dunkeln so gut sehen könnte, wahrscheinlich
direkt an der Gasse vorbeigegangen, ohne einen Blick
hineinzuwerfen, und erst die Morgendämmerung hätte die
grausige Szene erhellt.

„Nein", sagte Timothy, rümpfte die Nase und betrachtete
die Körper. „Wenn sie sich wandeln würden, dann hätten
sie unsere Sammler nicht gefunden. Ihre Seelen mussten
eingesammelt und sortiert werden, das hat uns hierherge-
führt. Und es scheint, als wäre das meiste Blut verwendet
worden, um dir eine Nachricht zu hinterlassen." Er hob den
Blick mit gezieltem Fokus.

„Mir", wiederholte ich, noch immer benommen. Natürlich sah ich es. Der süße, kupferartige Geruch des Blutes rief mich, egal, wo es war. Doch diese Szene stank vor besudeltem, verschwendeten Blut. Auf die schmutzige Ziegelmauer der Gasse hatte jemand in großen, zackigen Buchstaben geschrieben: „Du erregst mich."

Grim trat hinter mich. Sein Mund kam an mein Ohr, was mir eine Gänsehaut hinten in meinem Nacken bescherte. „Ist das der Mann, den du befragt hast?"

Ich versuchte, zu antworten, aber mein Hals war trocken geworden. Ich schluckte. „Das ist er."

„Siehst du jetzt, welches Chaos und welche Zerstörung deine Art anrichtet?" Die Härte in Grims Stimme sagte mir, dass er kurz davorstand, die Anzahl der Leichen zu erhöhen.

Trotz seines bitteren Tonfalls und der nur ein paar Schritte entfernten, verstörenden Szene, wollte ich mich umdrehen und mein Gesicht an Grims Brust vergraben, wollte seinen Duft einatmen, bis ich alles andere vergaß. Doch wenn ich das versuchte, würde er mich wahrscheinlich töten.

„Riechst du ihr Blut? Sehnst du dich nach Gewalt?" Seine Stimme war vor Emotion rau geworden. Irgendwo in meinem Inneren fiel mir auf, wie seltsam es für den Tod selbst war, aufgebracht zu sein. Er sah so etwas doch ständig. Was kümmerte es ihn? Das wäre ja gleichbedeutend damit, eine übermäßig empathische Krankenschwester zum Arbeiten in ein Hospiz zu schicken. Diese Umgebung würde sie von innen heraus zerreißen.

War es die Gewalt, die ihn so erzürnte? Die Vampire? Oder ich?

„Nein", antwortete ich ehrlich. „Ich will das nicht. Ich würde niemals..." Wäre es anders, wenn ich mich zuvor nicht an Blut satt getrunken hätte? Würde ich mich dann an den Leichen hier gütlich tun und schlemmen?

Der Tod packte mich an den Schultern und wirbelte mich herum. Ein goldenes Flackern zuckte in seinen Augen. Das war's. Ich war tot. Würde er mich in die Hölle schicken? Würde er mich in den Raum mit der mysteriösen Bestie werfen, die mich dazu brachte, mich vor Angst unter einem Bett verstecken und mir in die Hose machen zu wollen?

Ich bedauerte nur, dass ich die Erinnerungen an mein früheres Ich nicht wiedererlangt hatte. Ich wollte es immer noch so gerne wissen. Ich trug diesen Schmerz darüber nun schon mit mir, seit ich in einer Kühlschublade aufgewacht war. Er zerrte und nagte so sehr an mir, dass ich manchmal dachte, mein Innerstes würde sich nach außen kehren. Wer war ich? Kümmerte es jemanden, dass ich vermisst wurde? Hätte ich etwas Wichtiges tun sollen? Krebs heilen? Mich um ein Baby kümmern? Mit meiner Familie und meinem Mann zu Abend essen?

„Doch, du würdest, und du würdest unweigerlich so werden", sagte er und seine Stimme klang sehr bedrohlich. „Du wirst weiter trinken und eines Tages wirst du den Wunsch verspüren, dir einen kleinen Spielgefährten zu schaffen, und eines deiner Opfer zwingen, dein Blut zu trinken, während es an der Schwelle des Todes ist. Und mit diesem Akt wirst du deine Art weiterverbreiten wie eine Krankheit."

Die Erkenntnis, dass der Meistervampir mich wahrscheinlich dazu gezwungen hatte, sein Blut zu trinken, um mich zu verwandeln, jagte mir einen Schauer der Abscheu durch den Körper.

Grims Worte zuvor im Penthouse waren zu mir durchgedrungen, hatten Angst in mir ausgelöst und mir zu verstehen gegeben, dass ich meiner Natur hilflos ausgeliefert war. Ich hatte alles in meiner Macht Stehende getan, um das zu bekämpfen, was ich war, und bislang war es mir gelungen, den inneren, animalischen Jäger meiner vampirischen Seite zu kontrollieren. Doch kämpfte ich gegen mich selbst auf verlorenem Posten?

Mein Trotz erwachte und vertrieb den Schmerz. Wie konnte er es wagen, über mich zu urteilen? Er kannte mich nicht. *Ich* kannte mich nicht. Ich schob ihn weg und er ließ es geschehen, obwohl er mich hätte überwältigen können.

„Lieber sterbe ich vorher", sagte ich und reckte den Hals, um zu ihm aufzublicken.

„Das lässt sich einrichten." Seine bernsteinfarbenen Augen glitten zu meinen Lippen und sein Gesichtsausdruck wurde unergründlich, als würde er sich in irgendeinem inneren Konflikt befinden.

Wut kochte in mir hoch. Kein Teil von mir war mit dieser Art von Gemetzel einverstanden. Grim sagte, ich würde schließlich glauben, ich sei besser als der Rest der Menschheit. Pfft. Was für ein Haufen Mist. Ich war nicht besser als alle anderen. Ich war schlimmer. Der Durst beherrschte mich so, wie der Alkohol einen Säufer beherrscht. Und das hasste ich wirklich abgrundtief, verdammt nochmal.

Grim glaubte, ich sei ein Sklave meiner Natur und seine schlechte Meinung von mir ärgerte mich mehr, als sie sollte. Was spielte es schon für eine Rolle, was der Tod über mich dachte? Er hatte so oder so vor, mich zu töten. Dennoch sehnte sich ein Teil von mir nach seiner Anerkennung. Ich wollte, dass er mehr in mir sah, als irgendeinen Käfer, den man zerquetschen musste. Nicht, weil ich mich im Angesicht des Todes wichtig fühlen wollte, sondern, weil ich wollte, dass er, *Grim*, gut von mir dachte.

Trotzdem hatte Grim mich abgeschrieben und keinerlei

Vertrauen in mich. Das machte mich wütend und brachte mich noch mehr dazu, ihm zeigen zu wollen, dass er falsch lag.

„Hör auf damit, mir meine Natur „herr"klären zu wollen. Du denkst, nur weil du seit Anbeginn der Zeit da bist, weißt du alles. Du denkst, du kennst mich." Ich stach ihm mit dem Finger in die Brust. Er riss mir nicht sofort den Finger ab. Ich stach ihn noch einmal. „Du magst vielleicht uralt sein, aber das macht dich noch lange nicht zu einer Autorität, die weiß, wer ich bin."

Ich war nicht an Macht interessiert. Beim Gedanken daran, einen Menschen mein Blut trinken zu lassen, nachdem ich ihn fast ermordet hatte, wurde mir speiübel. Im Moment ging es mir nur darum, denjenigen zu finden, der das getan hatte, und ihn dafür zahlen zu lassen. Ich würde ihn oder sie wissen lassen, dass mir diese gruselige, in Blut geschriebene Liebesbotschaft verdammt egal war, während ich dem Betreffenden die Hucke vollhauen würde.

„Majestät", unterbrach Timothy mit dezentem Hüsteln. Grim drehte sich um und stakste so schnell davon, dass die Luft an der Stelle, an der er gestanden hatte, noch einen Moment warm blieb, bevor sie schließlich abkühlte.

Sie traten zur Seite und senkten die Stimmen, doch mein geschärftes Vampirgehör schnappte ihre Worte dennoch auf.

„War es klug, sie hierher zu bringen? Das ist wahrscheinlich eine Falle", sagte Timothy.

Ich war dazu übergegangen, die Gasse nach Hinweisen zu durchsuchen, spürte jedoch, dass die Laserstrahl-Augen des Todes mich verfolgten. Ich tat mein Bestes, so zu tun, als bemerkte ich das nicht.

Als ich mich Chad näherte, sah ich etwas glitzern. Ich

ging näher heran. Ihre Stimmen wurden im Hintergrund immer leiser. Plötzlich erkannte ich, dass es eine Halskette war. Sie war mir irgendwie vertraut und mein Herz machte einen Satz. Ich hob die Kette an Chads verstümmeltem Hals an. Sie steckte in seiner Wunde fest, doch es gelang mir, sie herauszuziehen. Die Kette war billig, nicht einmal echtes Silber, aber der Anhänger zog meine Aufmerksamkeit auf sich. Es war ein Cupcake mit pinker Glasur und einer Kirsche obenauf.

Mein Magen schlug Purzelbäume, als vertraute Gefühle und Bilder in Windeseile zu mir zurückkehrten. Der Geruch von frisch gebackenen Kuchen, Schüsseln voller bunter Glasuren, Gelächter und Wärme. Meine Augen brannten mit nicht vergossenen Tränen und der Schmerz kam mit einer Heftigkeit zurück, dass er dem Blutdurst Konkurrenz machte. Ich wollte dorthin zurückkehren. Ich musste dorthin zurückkehren, wo immer *dort* auch war.

Chads Augenlider öffneten sich. Seine Augen waren blutrot, und das ließ ihn geradezu dämonisch erscheinen. Er zischte, fuhr seine Reißzähne aus und machte einen Satz auf mich zur. Mit einem überraschten Aufschrei stolperte ich zurück, zog dabei an der Silberkette und riss sie ihm vom Hals.

Anscheinend hatten die Sammler eine Seele übersehen. Ich mochte wetten, dass Grim ihnen den Lohn kürzen oder sie wegen ihres Fehlers suspendieren würde.

Vampir-Chad sprang über mich hinweg und rannte auf die beiden übernatürlichen Männer zu. Sie alle fielen in einem Gewirr von Fäusten zu Boden. Ohne zu zögern erkannte ich meine Chance und rannte los.

Ich hatte kaum Zeit, die Ironie darin zu erkennen, dass sie sich Sorgen machten, dass dies eine „Falle" war, die mir aber half, zu entkommen. Ich steckte die blutige Cupcake-Halskette ein und war mir jetzt sicher, dass sie früher einmal mir gehört hatte. Jemand hatte gewollt, dass ich sie finde. Ein Geschenk vom Meister? Mit diesem neuen Artefakt war ich entschlossener denn je, herauszufinden, wer ich war. Und das konnte ich nicht von Grims Penthouse-Gefängnis aus tun, so schön es auch war.

Wir waren weit weg vom Strip, also gab es keine Menschenmenge, in der ich hätte verschwinden können. Die Häuser in den Vororten rasten nur so an mir vorbei, während ich rannte, als wäre mir der Tod auf den Fersen, was er höchstwahrscheinlich auch war.

Ich überlegte, ob ich in der Kanalisation verschwinden, mich in irgendeinem Hinterhof verstecken oder direkt in die Wüste laufen sollte, als ich von einer gewaltigen Kraft getroffen wurde. Ich krachte in einen Suburban und hinterließ eine Delle an der Seite des Wagens, die in etwa so groß war wie ich.

Autschie.

Ein schneller innerer Check sagte mir, dass ich mir keine Knochen gebrochen hatte, aber ja, aua. Nachdem ich mich gesammelt hatte, schaute ich mich nach dem um, das mich getroffen hatte. Ein Mann mit einem milchigen Auge, strähnigem, schwarzem Haar und einem Gesicht, das wie für ein Verbrecherfoto gemacht war, starrte mich an. Milchauge war ein großer, sehniger, adriger Muskelprotz. Seine Wangenknochen bildeten einen scharfen Kontrast zu seinen eingefallenen Wangen, als hätte er so viel Zeit damit verbracht, an Zigaretten zu ziehen, dass sein Gesicht so geblieben war. Gemeinheit leuchtete aus seinem einen guten Auge.

Er lächelte und zeigte mir seine hübschen Reißzähne. „Du kommst mir mir."

„Nein, danke. Ich habe bereits eine Verabredung. Ich treffe mich zum Tee mit dem König von England, dann gehe ich zur Therapie mit Bert und Ernie, und dann..." Ich hob meine Hände. „Frag morgen nochmal nach. Oder vielmehr, mach dir keine Mühe. Meine Leute sollen deine Leute anrufen."

In einem Wimpernschlag hatte er die Entfernung zwischen uns überbrückt und schlug mir die Faust in den Bauch. Ich krümmte mich und überlegte, ob er wohl eine Niere erwischt hatte. Ich versetzte ihm einen Kopfstoß.

„Ahhh." Er schwankte auf unsicheren Beinen und drückte seine Handfläche auf sein kaputtes Auge. Verdammt, ich hätte auf sein gutes zielen sollen.

Er ging erneut auf mich los, seine Fäuste flogen herum wie riesige Schinken. Ein paar Schlägen konnte ich ausweichen, doch die, die mich trafen, hätten mich fast besiegt. Ich brauchte zwar nicht zu atmen, doch der Drang, mich wie ein Ball zusammenzurollen und mich vor dem Angriff zu schützen, überwältigte mich. Ich schlug, kratzte und gab alles, um ihm seine blöden Augen auszustechen. Dennoch schlug er weiter auf mich ein, als wäre ich ein Sandsack in einem Fitnessstudio.

Ich stolperte, unfähig, seinen Schlägen weiter auszuweichen. Als er aufhörte zu schlagen, vernahm ich das Klicken eines Springmessers, das sich öffnete. Er grinste bösartig und ich stöhnte. „Wenn ich es mir recht überlege, werde ich dich aufschlitzen, kleiner Vampir, und nachsehen, was in dir steckt."

Ich stützte mich auf das Auto hinter mir und sagte: „Ich werde es dir verraten." Ich spuckte ihm ins Gesicht. Der blutverschmierte Klumpen landete in seinem milchigen Auge. „Zucker, Gewürze und lauter schöne Dinge."

Bevor ich aus dem Weg gehen konnte, rammte er mir

sein Messer in den Bauch. Der stechende Schmerz wurde zu einer unerträglichen Qual, als er es hochriss und dann drehte. Ich glaubte, mich aufschreien zu hören. Meine Hände flogen zu meiner Wunde, weil ich befürchtete, meine Eingeweide würden herausfallen.

Gewalt flackerte in seinem guten Auge. Dann passierte etwas Seltsames. Genau wie das letzte Mal bei dem Schlägertypen, wich auch aus Milchauges Gesicht jeglicher Ausdruck, als hätte ihn jemand lobotomiert. Das Messer fiel klappernd auf den Asphalt und er wich zurück. Sein leerer Blick und sein schlaffes Kinn erinnerten mich an einen Zombie. Was immer auch mit ihm passierte, war außerhalb seiner Kontrolle.

Dann drehte sich sein Kopf mit einem heftigen Ruck, fiel herunter und prallte einmal, dann zweimal auf der Straße auf. Der Körper blieb stehen und für den Bruchteil einer Sekunde sah es so aus, als hätte er einen neuen Kopf bekommen. Grim stand hinter der enthaupteten Gestalt und kochte vor Wut. Der Rest von Milchauge schlug mit einem gewaltigen Knall auf dem Boden auf.

„Wohin des Weges?", fragte Grim. Seine Stimme war eine unheilige Klangschicht aus Echos. Macht strömte in dunklen Wolken von seinen Schultern und der Rückseite seines Anzugs.

Seine Augen forderten mich dazu heraus, ihm einen Grund zu geben, mir als Nächstes den Kopf abzureißen. Weglaufen war nicht möglich, weil ich mich voll und ganz darauf konzentrierte, meine Eingeweide in meinem Körper zu behalten.

Milchauges Körper wurde rissig und grau. Asche blätterte von ihm ab, dann löste er sich zu einem Haufen Staub auf.

Hm. Was sagt man dazu?

Ich schaute Grim wieder an und schenkte ihm mein schönstes unschuldiges Lächeln. „Ich habe eine Toilette gesucht."

10

GRIM

ICH FORDERTE DEN FAHRER AUF, UNS SCHNELL ZUM HOTEL zurückzubringen. Vivien brauchte Blut, um zu heilen...bevor ich sie töten würde.

Ich trommelte mit den Fingern auf mein Knie und versuchte, meine Wut zumindest minimal abzubauen. „Wir hätten diesen Sekhor zum Verhör mitnehmen und ihn zwingen können, uns zum Meister zu führen, aber dank dir musste ich ihn töten, sonst hätte er dich fertig gemacht."

Das war der Grund für meine Panik. Sie hatte mich gezwungen, unser einziges Verbindungsglied zum Meister zu töten. Es hatte nichts mit meiner Angst zu tun, dass der Sekhor Vivien gegenüber die Oberhand gewonnen hatte.

Absolut nichts.

Sie wand sich auf ihrem Sitz und drückte noch immer beide Hände in ihren Bauch. Blut quoll unter ihnen hervor und durchtränkte ihr Oberteil. „Wenn du so sauer wegen Milchauge bist, warum hast du dann nicht einfach den alten Chad zum Verhör mitgenommen?", fragte Vivien und zog einen Schmollmund. Ihr Gesicht war bleich geworden und sah verrunzelt aus. Ihre Kraft schwand vor meinen Augen.

Wir mussten ihr Blut geben, jetzt. Ich unterdrückte die unerwartete Panikwelle.

„Weil", sagte ich, „es sehr unwahrscheinlich ist, dass ein frisch verwandelter Vampir so viel Informationen hat wie der Sekhor, der geschickt wurde, um dich zu holen."

Sie sank zusammen. „Gutes Argument. Nun, Milchauge hat es ziemlich verkackt, mich zum Meister zu bringen. Er ist total durchgedreht und wollte mich aufschlitzen. Aber kurz bevor du ihm den Kopf abgerissen hast, habe ich gesehen, wie sich etwas in seinem Kopf veränderte und ihn zwang, aufzuhören."

„Kannst du aufhören, alles voll zu bluten?"

„Du hörst mir nicht zu."

„Du bist nicht hier, um zu denken. Du bist nicht hier, um zu reden. Ich brauche dich nur, um den Meister herauszulocken. Und du hast es geschafft, einen Weg zu finden, um selbst das zu vermasseln."

Ihre Wangen wurden heiß und der Knoten in meiner Brust lockerte sich. Wenn ich sie immer noch wütend machen konnte, würde sie die kurze Entfernung schaffen, die wir bis zum Sinopolis noch hatten.

„Ich wiederhole,", sagte sie, „dass du derjenige warst, der dem Typen den Kopf abgerissen hat. Du gehst definitiv als grimmiger Typ durch, aber eigentlich sollten dich alle unleidlicher Typ nennen. Hörst du überhaupt, wie machohaft und überheblich du klingst?"

„Oh, um Himmels willen", sagte ich, unfähig, mich auch nur eine Sekunde länger zurückzuhalten. Ich zog mein Jackett aus und rutschte auf den Sitz neben ihr. Dann schob ich ihre Hände weg und drückte mein Jackett an ihre Wunde.

Vivien starrte mich mit leicht geöffnetem Mund an. Ich war gefangen in ihrem Blick, wollte mich vorbeugen und ihre Lippen in einem Kuss erobern. Dann wollte ich sie in mein Schlafzimmer tragen und dortbehalten, bis sie die Gefahr ihre Existenz vergaß. Ein starker Beschützerinstinkt regte sich in mir. Ich wollte sie beschützen und für mich selbst behalten. Wenn sie mich wütend machte, könnte ich sie anketten, knebeln und kreative, lustvolle Dinge mit ihrem Körper anstellen, bis sie erschöpft war.

Was hatte sie an sich, das mich so in ihren Bann zog? Lag es daran, dass sie eine Sekhor war, und ich seit Jahrhunderten kein solches Wesen mehr gesehen hatte? Vielleicht. Viel wahrscheinlicher war es jedoch, dass sie mir das Gefühl gab, nicht alleine zu sein. Sie war in eine Welt voller übernatürlicher Gefahren geworfen worden und trug das alles mit Fassung. Ihre Hartnäckigkeit, die Dinge auf ihre Weise zu tun, war zwar töricht und dickköpfig, aber erfrischend. Bei den frechen Kontern, die mir diese Giftspritze entgegenschleuderte, wollte ich manchmal laut loslachen. Alles an ihr stimulierte mich...im Guten wie im Schlechten.

„Deine Jacke ist ruiniert." Viviens Stimme klang tief und rauchig.

Ich war versucht, zu sagen, dass mein Leben ruiniert wurde, als ich ihr begegnete, doch ich war kein Typ für Dramatik. Stattdessen betrachtete ich die goldenen Sprenkel nahe ihren Iriden. „Du kannst mir eine neue kaufen mit den dreihundert Dollar, die du gestohlen hast."

Sie runzelte die Stirn und ihre Augen funkelten. „Ich habe nicht gestohlen. Du hast mich das Geld gekostet, als du Chad verjagt hast, also standest du in meiner Schuld. Ich habe einfach genommen, was mir gehört, weil du *praktischerweise* vergessen hast, es mir zurückzuzahlen."

„Nun, jetzt stehst du in meiner Schuld", sagte ich, um sie zum Schweigen zu bringen. „Du blutest mein ganzes Auto voll, mein Jackett und..." Ich legte einen Finger unter den

Cupcake-Anhänger, der zwischen den Wölbungen ihrer Brüste zu sehen war. „Was ist das?" Das hatte sie vorhin noch nicht getragen.

„Das ist ein Hinweis, Scooby Doo." Trotz ihres Sarkasmus klangen die Worte gehaucht. Ich fuhr indessen fort, die Kette interessiert zu berühren. „Sie war an Chads Leiche. Ich glaube, sie hat einmal mir gehört, weil unzusammenhängende Erinnerungen und Eindrücke in mir hochkamen, als ich sie sah. Ich glaube, ich war vielleicht eine Bäckerin."

Ich zog eine Augenbraue hoch. „Cupcakes, Kekse, Süßigkeiten?" Die Worte kamen aus meinem Mund, doch meine Augen wanderten an dem Anhänger vorbei und weiter hinunter zu etwas, von dem ich annahm, dass es weitaus süßer war als jede Backware. Sie schluckte hörbar und wand sich, als sie meinen Blick spürte, der an ihren Brüsten hinunter und bis zu ihren Schenkeln wanderte.

Nachdem ich sie fast ausgeweidet gesehen hatte, wollte ich mich von ihrer Lebendigkeit überzeugen. Ich würde zwar niemals eine Frau in einem verletzten oder beeinträchtigten Zustand verführen, das bedeutete jedoch nicht, dass ich mir nicht vorstellen durfte, wie es wäre, sie zu kosten. Oder mich zu fragen, welche Geräusche sie wohl im Rausch der Leidenschaft von sich geben würde, wenn ich sie wieder und wieder ausfüllte, bis sie den Verstand verlor. Würde sie sich in den Laken festkrallen oder mit ihren Nägeln über meinen Rücken kratzen?

Vorsichtig nahm ich mein Jackett weg und schob ihre Hände beiseite, um einen besseren Blick auf die Wunde zu bekommen. Mit einem hörbaren Ratsch riss ich die untere Hälfte ihres Oberteils entzwei, sodass ihr Torso zu sehen war. Allerdings achtete ich darauf, ihre Schnittwunde nicht zu berühren.

„Sieht aus, als würde es bereits heilen", sagte ich und konnte nicht verhindern, dass mein Blick zu ihrem Nabel wanderte. Tatsächlich wuchs die Haut über dem freigelegten Muskel schneller zusammen, als ich erwartet hatte. Dennoch würde sie Blut brauchen, um sich zu erholen.

Der kleine Zwischenraum, der uns noch trennte, wurde heiß, während meine Gedanken meine Erregung weiter anheizten. Ich bekämpfte den starken Hunger, den ich nach ihr verspürte. Obwohl sie keinen Sauerstoff brauchte, hob und senkte sich ihr Brustkorb, als würde ihr das Atmen schwerfallen. Ihre grünen Augen wurden glasig und erinnerten mich an Meerglas.

Hier war noch etwas anderes im Spiel als nur Lust. Etwas weitaus Gefährlicheres und Unheilvolleres. Ich durfte es mir nicht leisten, dem zu verfallen, was immer auch zwischen uns schlummerte.

Ich leckte mir die Lippen und rutschte zurück. Ein enttäuschtes Quengeln entfuhr ihr. Ich presste meine Kiefer zusammen und wandte mich ab.

Reiß dich zusammen, Mann. Sie ist weitaus gefährlicher, als sie selbst weiß.

Sobald wir wieder im Penthouse waren, verlor ich keine Zeit und holte einen der Beutel mit Blut aus dem Kühlschrank, die Timothy dort aufbewahrte. Dann goss ich den Inhalt in einen Becher. Ich tat mein Möglichstes, um Vivien zu ignorieren, die völlig entgeistert dreinschaute, als ich die kalte Flüssigkeit in der Mikrowelle erwärmte. Sie blinzelte, als ich ihr die Tasse gab.

„Die Worte, die du suchst, lauten *Danke dir*", sagte ich.

Sie blinzelte abermals und spähte dann in den Becher. „Du hast mir Abendessen gemacht."

„Was? Nein, ich..."

Mit einem Singsang in der Stimme sagte sie: „Grim mag

mich. Er hat mir Essen gemacht." Dann fügte sie mit normaler Stimme und einem bösen Grinsen hinzu: „Was kommt als Nächstes? Blumen, Pralinen?"

„Nein."

Nachdenklich biss sich Vivien auf die Lippen. „Oder besteht dein Liebesbeweis darin, mir die Seelen der Toten zu schenken? Vielleicht ein Skelett? Ich meine, zu einem toll aufgemotzten Schädel würde ich nicht Nein sagen. Oder kannst du mir einen von diesen Schrumpfköpfen besorgen?"

Ich verdrehte die Augen. „Du bist unmöglich."

Sie wippte auf den Fersen und ihre Augen funkelten schelmisch. „Die Worte, die du suchst, lauten *unglaublich süß*."

Als Vivien sich anschickte, ins Wohnzimmer zu gehen, deutete ich in die entgegengesetzte Richtung. „Du kannst entweder über dem Waschbecken trinken oder im Badezimmer. Du bist voller Blut."

„Ich wollte mich sowieso umziehen", sagte sie und streckte mir die Zunge heraus. Dann verschwand sie im Badezimmer und schloss die Tür hinter sich.

Seufzend rieb ich mir über das Gesicht und zückte dann mein Telefon. Das Hotel war eine gut geölte Maschinerie, aber einige Entscheidungen bedurften meiner Zustimmung. Ich durchforstete meine Nachrichten, die Anfragen von DJs und renommierten Köchen enthielten, die um die Ehre baten, im Sinopolis arbeiten zu dürfen. Nach nur fünfzehn Minuten kehrte Vivien in einem schwarzen Sweatshirt und Boxershorts zurück. *Meinem* Sweatshirt und *meinen* Boxershorts.

Verärgerung kämpfte mit einer weiteren starken Welle der Erregung. Sie war unglaublich sexy in meiner Kleidung, mit ihrem offenen, nassen Haar. Ihr frischer Duft war fast zu verlockend, um ihm zu widerstehen. Mir juckte es in den Daumen. Ich wollte sie im Bund der Boxershorts einhaken, sie über ihre Hüften ziehen und...

„Ist deine ganze Garderobe schwarz, weil das so ein „Todes-Ding" ist", fragte sie und malte Anführungszeichen in die Luft, „oder weil es schlank macht?"

Meine regelmäßigen Anfälle der Lust auf sie waren mehr als lästig, besonders, da sie die Manieren eines eigensinnigen Kindes hatte. Ich wollte ihr gerade die Meinung sagen, als mein Telefon vibrierte.

Mit einem Blick auf das Display deutete ich auf Vivien. „Ich gehe ins Zimmer nebenan, um diesen Anruf entgegenzunehmen, aber wenn du auch nur eine falsche Bewegung machst, werde ich alles liegen und stehen lassen und dir das Leben zur Hölle machen."

Voller nervöser Energie wippte Vivien auf ihren Fußballen auf und ab. Ihr Gesicht war gerötet. Das hatte ich zuvor gar nicht bemerkt. Das Blut musste sie gekräftigt haben. Sie sah jetzt geradezu hyperaktiv aus. *Fantastisch.*

Es widerstrebte mir, die aufgedrehte Vivien sich selbst zu überlassen, doch ich musste diesen Anruf annehmen. Der Weg über den Gang zu meinem Büro war nicht weit. Ich schloss die Tür hinter mir und setzte mich hinter meinen Chef-Schreibtisch. Während ich den Anruf annahm, schaltete ich meinen Computer ein und mehrere Bildschirme leuchteten auf.

„Hallo." Ich sprach mit monotonem Desinteresse, als hätte der Anrufer mich unterbrochen, während ich mich mit langweiligem Papierkram herumschlug.

„Stimmt es?", fragte eine Frauenstimme.

„Stimmt was?", entgegnete ich, obwohl sich mir der Magen umdrehte.

„Oh Gott, es stimmt also, nicht wahr?"

Ich rief die Überwachungskameras auf, die auf mein Penthouse gerichtet waren. Vivien wirbelte durch die Küche und zog Metallschüsseln, Pfannenwender und Mehl heraus.

Was hat sie vor?

„Ich habe die Situation unter Kontrolle, Bianca", sagte ich.

Meine Sammler waren unterwegs und suchten die Stadt ab. Zwar konnten sie keine Untoten aufspüren, doch Vampire hinterließen eine Spur des Todes. Es würde nicht lange dauern, bis ihre Zerstörung auf meinem Radar auftauchen würde, und dann würde ich selbst schnell und gewalttätig eingreifen.

Biancas Stimme wurde fest. „Wir müssen uns treffen. Heute Nacht. Und bring die Sekhor mit. Ich muss sie sehen."

Es hatte keinen Sinn, so zu tun, als wüsste ich nicht, wovon sie sprach. Ein Blick auf meine Armbanduhr sagte mir, dass es 0:30 Uhr war.

Ich drückte mir auf den Nasenrücken. „In Ordnung." Wir vereinbarten Zeit und Ort, obwohl es mir bereits davor graute. Das Letzte, das ich wollte, war, noch mehr Leute in diese Angelegenheit zu ziehen. Der Plan war gewesen, die Dinge schnell und leise zu erledigen, doch wenn Bianca anrief, gab es womöglich noch mehr, das ich wissen musste.

Bei meiner Rückkehr in die Küche fand ich Vivien mit Mehl bedeckt vor. Fieberhaft rührte sie etwas um, das wie Play-Doh in einer Metallschüssel aussah.

„Ich war zwei Minuten weg. Wie hast du es geschafft, in der kurzen Zeit so ein totales Chaos anzurichten?" Entsetzt sah ich mich in meiner Küche um. Mehl und klebriges Zeug waren auf meine schwarzen Arbeitsplatten gespritzt. Meine Schränke waren mit weißen Handabdrücken bedeckt. Es sah aus, als wäre ein grapschender Geist hier drinnen gewesen.

Vivien funkelte mich wütend an und versuchte immer noch, den schweren Klumpen in der Schüssel umzurühren. „Ich backe Kekse."

Mein Mund öffnete und schloss sich wieder. Als ich endlich meine Fassung wiedergewonnen hatte, fragte ich: „Warum backst du Kekse?"

Vivien ließ den riesigen, teigartigen Klumpen auf ein Backblech fallen. „Wie ich schon sagte, ich glaube, ich war in meinem früheren Leben eine Bäckerin, den ganzen Tag bis zu den Ellbogen in Muffins und Kuchen. Deshalb dachte ich mir, hey!, Muskelgedächtnis. Wenn ich vielleicht anfinge, zu backen, würde ich mein Gehirn eventuell dazu bringen, sich an mehr aus meinem früheren Leben zu erinnern."

Dann öffnete die Vampirin den Backofen und schob das Backblech mit dem Teighaufen auf den Rost. Bevor sie die Tür schließen konnte, war ich neben ihr und legte die Hand auf ihren Arm. „Du schiebst das nicht in meinen Backofen."

Sie versuchte, mich mit ihrem Körper wegzuschieben und verdrehte die Augen. „Hör zu, ich weiß, was ich tue. Du wirst mir danken, wenn du diesen super-köstlichen kuchen-großen Keks verschlingst." Dann warf sie mir einen skepti-schen Blick zu. „Du isst doch, oder? Ich meine, ich hab Essen in der Küche gefunden, aber warum sollte der Tod essen? Das ist doch irgendwie blöd."

„Ja, ich esse. Und ich trinke auch, was du in letzter Zeit häufiger zu tun scheinst."

Vivien schnaufte ungeduldig und besaß die Dreistigkeit, mich herausfordernd anzuschauen. „Nun, diese Wohnung sieht ziemlich unbewohnt aus. Du solltest es zu schätzen wissen, dass ich mit dem Duft frisch gebackener Kekse dazu beitrage, diese Wohnung heimeliger zu gestalten."

„Mach den Backofen *nicht* zu", befahl ich ihr.

„Du liebe Zeit, G. Du hast ein Kontrollproblem, wusstest du das?"

Warum stritt ich überhaupt mit ihr? Ganz eindeutig war sie in ihrem früheren Leben geisteskrank gewesen. Und das machte mich wiederum zum Verrückten, weil ich dachte, ich könnte einen Streit mit ihr gewinnen. Es wäre besser, sie jetzt zu töten und mir das Leben leichter zu machen.

Der Aufzug bimmelte und wir wandten beide unsere Köpfe Timothy zu, der uns mit unsicherem Blick anschaute. „Störe ich bei irgendwas?", fragte er und räusperte sich.

Ich bemerkte, wie nahe ich bei Vivien stand und sie am Arm festhielt. Ich trat von ihr zurück und sagte: „Nein." Mein Ton war schroff und Timothy zog die Augenbrauen hoch.

Vivien schaute mich mit schmalen Augen an und schloss die Backofentür mit der Katastrophe darin, die sie als Backwerk bezeichnen wollte. Sie grinste mich breit und triumphierend an.

Vielleicht wäre sie nicht ganz so selbstgefällig, wenn ich sie packen und übers Knie legen würde.

Timothy wartete noch einen Moment und betrachtete uns. Vielleicht versuchte er, die Spannung im Raum zu deuten. „Ich erhielt die Nachricht wegen Ihres Meetings heute Nacht", sagte er langsam. „Soll ich Sie beide vorbereiten?"

Ich machte eine Handbewegung in ihre Richtung. „Mach irgendwas mit ihr", sagte ich und stapfte ins Schlafzimmer. Ich musste mich umziehen, weil ich jetzt selbst mit Mehl bedeckt war.

Denn wenn ich noch länger bliebe, dann würde *ich* irgendetwas mit ihr machen und ich war mir nicht ganz sicher, was das sein würde.

11

VIVIEN

Trotz meiner Proteste bestand Timothy darauf, dass jetzt keine Zeit zum Backen blieb und zog meinen großen Gourmet-Keks aus dem Backofen. Er wickelte den Klumpen in Frischhaltefolie, legte ihn mit spitzen Fingern in den fast leeren Kühlschrank und versicherte mir, dass er dortbleiben würde, bis ich Zeit hätte, ihn zu backen. Dann führte mich Timothy ins Gästeschlafzimmer, wo ich zuvor die ganze Frauenkleidung gefunden hatte.

Als ich meine klebrigen Arme verschränkte, fiel mir zu spät auf, dass sie jetzt zusammenklebten. Ich tat so, als bemerkte ich das nicht. „Also, was ist das für ein Meeting?"

Timothy löste sich lange genug von seinem Tablet, um mich mit großen, ehrfürchtigen Augen anzuschauen. „Das Orakel. Sie will dich und den Meister treffen."

Bei der Erwähnung eines Orakels begannen meine Nerven zu flattern. „Kann sie mir dabei helfen, herauszufinden, wer ich bin?" Obwohl ich eher ungern weitere übernatürliche Wesen kennenlernen wollte, konnte ich doch die Hoffnung in meiner Frage hören.

Timothy zuckte die Schultern. „Ich weiß es nicht. Wenn

du mit ihm kommen sollst, muss sie nach dir verlangt haben.“

Er legte sein Tablet beiseite und holte zwei Kleider aus dem Schrank. „Das Meeting wird in einem der exklusiven Clubs des Sinopolis stattfinden. Würde dir eines davon gefallen?“ Das Kleid in seiner rechten Hand war lang und fließend und schimmerte silbrig in Regenbogenfarben. Das in seiner linken war ein sehr knappes Kleid in einem glänzendem Champagnerton. Beide Modelle waren kitschig und würden die Trägerin sofort als Armschmuck kennzeichnen.

Mit etwas Mühe löste ich meine Arme und stemmte die Hände in die Hüften. „Also, Timmy. Wir kennen uns noch nicht sehr lange, aber sehe ich für dich wie ein Regenbogenmädchen aus?“

Tatsächlich waren beide Kleider prachtvoll, doch der Gedanke daran, dass mir irgendjemand sagte, was ich anziehen sollte, verleitete mich dazu, mich in einen Müllsack zu kleiden und mir anstelle von Schuhen Schwämme an die Füße zu kleben. Ich mochte wetten, seine Majestät würde in die Luft gehen, wenn ich das täte.

Nachdenklich schürzte Timothy die Lippen und hängte die Kleider zurück. Er schien zu bemerken, dass ich eine schwierige Kundin war. Fast tat er mir leid.

Ein schwarzer Schimmer stach mir ins Auge. Ich drängte mich an ihm vorbei, um den schwarzen Stoff zwischen meinen Fingern zu reiben. „Also, das hier. Das schreit geradezu nach mir.“

Timothy wurde bleich und gab mir damit unwissentlich die Bestätigung, dass ich das perfekte Outfit gefunden hatte. In dieser Aufmachung würde ich mehr schockieren als in jedem Müllsack.

GRIM HÄTTE vom Cover des *GQ*-Magazins herabsteigen und dann direkt auf die Hochglanzseiten einer *Playgirl*-Ausgabe wechseln können. Der Mann brauchte sich nicht einmal auszuziehen, um die Mädchen auf Touren zu bringen. Seine Majestät hatte die oberen Knöpfe seines frischen, schwarzen Hemds offen gelassen und gab damit den Blick frei auf ein verlockendes Stück seines karamellfarbenen Halses. Der anthrazitfarbene Anzug glänzte und sah teuer aus. Gerne hätte ich über den Stoff gestrichen.

Als seine Majestät mich erblickte, sah er aus, als würde er einen Schlaganfall erleiden. Sein Kinn reichte praktisch bis zu seiner Brust, als er mich mit entsetztem Blick musterte.

„Gefällt's dir?", frage ich und drehte mich herum.

„Ganz und gar nicht", knurrte er und seine Stimme hallte in verschiedenen Klangschichten wider. Die Luft knisterte vor Bedrohlichkeit und Macht. Wenn ich nicht ganz genau wüsste, dass er mich zu dieser Orakel-Tussi bringen musste, hätte ich vielleicht Angst gehabt, dass er mich auf der Stelle töten würde. Stattdessen wurde mein Lächeln breiter.

Der geschmeidige Latex schmiegte sich an meinen Körper wie eine zweite Haut. Auf beiden Seiten des Bodysuits befanden sich Cut-Outs, die von der Achselhöhle bis zu den Knöcheln reichten. Da mir von all dem Blut, das ich getrunken hatte, wieder heiß geworden war, wusste ich die Spaghetti-Träger zu schätzen. Um unschöne Abzeichnungen zu vermeiden, hatte ich auf einen Slip verzichtet. Schließlich wollte ich zwar aufgedonnert aussehen, aber nicht billig. Allerdings bezweifelte ich, dass seine Hoheit den Unterschied zu schätzen wusste.

Nachdem ich etliche Teigklümpchen in meinem Haar gefunden hatte, die von meinem Backversuch stammten, hatte ich es noch einmal gewaschen und getrocknet. Jetzt fiel es mir auf eine Seite und war frisch und voluminös. Ich hatte mir auch den Lederstreifen wieder um den Hals gebunden, weil es mir gefiel, wie er die Narben verdeckte.

Timothy hatte mich auch zu dem Schminktisch im Schlafzimmer geführt. Er war mit mehr Make-up bestückt als ich auflegen konnte, aber ich hatte mein Bestes gegeben. Smokey Eyes betonten das Grün meiner Augen. Dazu ein wenig Rouge, Bronzer und etwas Lipgloss, und ich sah nicht mehr so...tot aus.

Vorhin in der Lobby hatte Grim gesagt „Warum trägst du *so etwas* in der Öffentlichkeit?" und mir hatte sein Urteil missfallen. Deshalb brachte ich meinen Kleidungsstil auf die nächste Stufe. Wenn er wollte, dass ich mit ihm irgendwohin ging, dann würde er mich im Domina-Look mitnehmen müssen.

„Was?", sagte ich schmollend, während Grim immer erboster wurde, je länger er mich anglotzte. „Gefallen dir die Schuhe nicht?" Ich blickte auf die Peeptoe-High-Heels aus schwarzem Lack hinunter. Die Schuhe waren eines der Zugeständnisse, die ich Timothy zuliebe gemacht hatte. Das andere war ein goldenes Armband, das ich um meinen Bizeps gelegt hatte.

Grim zeigte auf mich, sah jedoch Timothy an. „Bring sie wieder da rein, und wenn sie das nächste Mal rauskommt, sollte sie lieber angemessen gekleidet sein."

„Wenn es gut genug war für ein Sexkätzchen, das du bereits genagelt hat, warum gefällt es dir dann jetzt nicht?", stichelte ich und sah ihn durch klimpernde Wimpern an.

Verwirrung blitzte in seinen Augen auf.

Als ob er nicht wüsste, wovon ich sprach. Ich mochte wetten, dass er das verwegene Mädchen, das dieses Outfit trug, selbst ausgesucht hatte, um sie dann in sein Penthouse mitzunehmen und es dort ordentlich zu treiben. Mir war das völlig gleichgültig.

Timothy verzog das Gesicht. „Es tut mir leid, Majestät, aber sie ist genauso stur wie Sie", sagte er und warf einen nervösen Blick in meine Richtung. Als er versucht hatte, mir

klarzumachen, was „angemessen" war, bin ich auf ihn losgegangen. Ich habe ihn gefragt, was ihm einfiele, zu glauben, er könne mir sagen was ich tragen könne oder nicht. Ich ließ solche Worte fallen wie „frauenfeindliches Schwein" und er gab schnell klein bei. Später, als ich mir die Haare trocknete, hörte ich ihn zu sich selbst sagen, dass er für diesen Job nicht gut genug bezahlt werde.

Grim drehte sich zu mir. „Dann werde ich sie selbst anziehen", sagte er und stürmte in meine Richtung. Ich ließ meine Reißzähne aufblitzen, bereit, es mit ihm auszutragen.

Versuch's nur, Freundchen.

Ich brauchte eine Peitsche oder eine Gerte oder sonst etwas, das zu den Klamotten passte und auch, um Grim in die Schranken zu weisen, damit er wusste, wer hier wirklich das Sagen hatte. Ja, technisch gesehen war ich seine Gefangene, und ja, ich sollte ein Köder sein, aber das bedeutete ja wohl nicht, dass ich nicht über mich selbst bestimmen konnte.

In letzter Minute trat Timothy zwischen uns. „Majestät, leider bleibt dafür keine Zeit mehr. Ihr Meeting steht unmittelbar bevor und wenn Sie rechtzeitig dort ankommen wollen, müssen Sie beide jetzt gehen."

Grims Arme hingen an seinen Seiten herunter. Seine Fäuste waren geballt und zitterten. Ich wollte es auf die Spitze treiben und Mr. Kontroletti dazu bringen, auszurasten.

Warum machte es mir solchen…Spaß, den Tod zu reizen? Vielleicht hatte ich nicht alle Tassen im Schrank?

Ich erinnerte mich daran, dass ich in der Leichenhalle wie eine Irre gekichert hatte, total blutüberströmt. Ja, ich war definitiv so verrückt. Ich setzte ‚Todessehnsucht‘ auf die Liste der Dinge, die ich über mich wusste.

Aber wer würde sich nicht nach ihm sehnen, wenn er wüsste, dass der Tod *so* aussieht?

Anstatt mich in Stücke zu reißen, weil ich mein „Mistress Vivien"-Kostüm ausführte, ging Grim an mir vorbei und in den Aufzug. Er strich sich sein dickes, dunkles Haar zurück. Ich beobachtete, wie die Anspannung von seinen Fäusten auf seine Kinnpartie überging.

Ich tätschelte Timothy die Wange, als ich an ihm vorbeischwebte, um dem Tod zu folgen. Als sich die Türen hinter uns schlossen, glaubte ich, zu hören, wie Timothy ein Gebet murmelte.

12

GRIM

Ich war zufrieden, als ich sah, dass die Warteschlange für meinen Club „Wolf Town" wie üblich sehr lang war. Die wartenden Clubbesucher hatten sich wahrscheinlich bereits am Nachmittag angestellt, doch viele spähten trotzdem eifrig auf die muskelbepackten Türsteher, begierig darauf, hineinzukommen. Zumindest, bis Vivien und ich eintrafen.

Trotz Viviens haarsträubender Aufmachung stellte ich sicher, dass sie dicht an meiner Seite blieb, weil sie wie eine wandelnde Schwerverbrecherin aussah. Und sie irrte sich gewaltig, wenn sie glaubte, dass sie noch eine Chance auf Flucht bekommen würde.

Alle Augen richteten sich auf uns, während wir an der Schlange vorbeischritten. Einerseits überrollten mich Wellen des Staunens und der Lust, andererseits nahm ich unterschwelligen Neid und widerwilligen Respekt wahr. Niemand näherte sich uns oder rief uns etwas zu, und genau so mochte ich es. Ich stellte sicher, kalte Gleichgültigkeit auszustrahlen, damit niemand auf die Idee kam, sich uns zu nähern. Doch die Reaktionen wurden auch durch die Anwesenheit meiner Begleitung verstärkt.

Mit einem Blick auf Vivien sog ich den Anblick der nackten Haut an den Seiten ihres Bodysuits auf. Erregung stieg in einem gewaltigen Schwall in mir auf. Ich biss die Zähne so fest zusammen, dass ich Blut schmeckte. Der Drang, Vivien über das nächste Geländer zu beugen und ihr dieses provokante Outfit vom Leib zu reißen, trieb mich fast in den Wahnsinn. Deshalb konnte ich die Lust, die in jede Faser meines Seins pochte, nur bekämpfen, indem ich sie mit Wut unterdrückte.

Machte es mir etwas aus, dass Augen aus der Menschenmenge ebenfalls ihre Kurven bewunderten, den Schwung ihrer Hüften, und sich vorstellten, mit ihren Händen durch ihr Haar zu fahren, während sie gnadenlos in sie stießen?

Meine Gedanken wurden unterbrochen, bevor ich meine eigene Frage beantworten konnte.

„Grim, Grim Scarapelli!" Eine Männerstimme rief meinen Namen mit einer Vertrautheit, die der Besitzer der Stimme nicht verdient hatte.

Ich blieb stehen und zwang Vivien dazu, ebenfalls innezuhalten.

Am Anfang der Schlange winkte mir ein Mann zu. Die Lippen des bekannten Schauspielers verzogen sich zu einem freundlichen Lächeln. Meine Abneigung gegen den Mann kehrte mit sofortiger Wirkung zurück. Ich musste das spöttische Grinsen unterdrücken, das drohte, an die Oberfläche zu kommen.

„Hey", sagte Vivien und ihr Tonfall signalisierte Wiedererkennung. „Ist das nicht der Schauspieler aus dem Film, der bald rauskommt, *The Red Room*"?"

„Bradley Hansen", bestätigte ich. Dann schaute ich sie an. „Du erinnerst dich an diesen zweitklassigen Schauspieler, aber nicht an deinen eigenen Namen?"

Sie zuckte die Schultern. „Ich erinnere mich auch an

den Text von Britney Spears' „Oops, I did it again", daran, dass Raphael der heißeste Ninja Turtle ist und dass man nie gelben Schnee essen soll."

„In Vegas schneit es nicht."

„Das habe ich ja auch nicht gesagt. Ich wollte nur darauf hinweisen, wie klug und weltgewandt ich bin."

Bevor ich fragen konnte, was ein Ninja Turtle ist, verdoppelte Bradley seine Anstrengungen, uns heranzuwinken. „Hey Grim, kannst du diesen Jungs irgendwie sagen, wer ich bin?" Er deutete mit einem geringschätzigen Schnauben auf die Türsteher.

Oh, und wie ich ihm helfen würde.

„Heilige Scheiße, das ist ja erschreckend", sagte Vivien leise.

„Was?"

„Dein Lächeln. Wie ein Hai, der gerade sein Mittagessen entdeckt hat."

„Das wird nicht lange dauern", sagte ich und ging mit ihr zu dem Schauspieler. Seine Entourage bestand aus zwei Männern und drei Frauen.

Als wir uns näherten, stieg Zufriedenheit in den Augen des Schauspielers auf. Die Frauen, die um Bradley geschart waren, wandten ihre Aufmerksamkeit jetzt mir zu. Jede von ihnen warf mir verführerische, verheißungsvolle Blicke zu. Auch in der Schlange glotzten mich viele an.

Daran war ich gewöhnt. Ich konnte sie an den Massen praktisch schmecken – die Todessehnsucht. Ein Teil von mir wollte gerne ihr Verlangen stillen und ihnen die Seelen aus dem Körper reißen. Die Leute kamen wegen Genuss und Vergnügen hierher, um ihre Sorgen zu vergessen und ein wenig loszulassen. Doch das Loslassen hatte auch eine dunkle Seite. Viele Touristen standen während ihres Aufenthalts in Sin City an der Grenze dieser

Seite, wenn sie sie nicht sogar überschritten. Vielleicht war das einer der Gründe, warum ich mich hier so zu Hause fühlte.

Diese Mädchen waren professionell. Sie wussten, wie sie Bradley aussehen lassen konnten, als wäre er eine gute Gesellschaft, und das hatte ihnen wahrscheinlich einen Platz an seiner Seite gesichert. Ich mochte es nicht, wenn Frauen wie Ware behandelt wurden, auch wenn sie für solche Vereinbarungen empfänglich waren.

Warnend drückte ich Viviens Arm, dann ließ ich sie los, um zu Bradley zu gehen.

„Tweedle Dee und Tweedle Dum hier sind der Ansicht, dass ich für diesen Club nicht geeignet bin", sagte Bradley. „Kannst du dir das vorstellen?"

Die Türsteher, Jerome und Nick, verzogen trotz Bradleys Beleidigung keine Miene. Sie würden sich so lange respektvoll verhalten, bis stärkere Geschütze nötig waren. Nach Timothys ersten Sondierungen sprach ich persönlich mit den Kandidaten und wählte jeden Mitarbeiter des Sinopolis selbst aus. Sie wurden großzügig entlohnt, mit Respekt behandelt, und im Gegenzug waren sie für ihre Professionalität und ihr Pflichtbewusstsein selbst verantwortlich. Ich wurde selten enttäuscht.

Vivien blieb wie angewurzelt stehen, als würde sie darauf warten, dass etwas passierte. Ich hatte eigentlich keine Zeit, um stehenzubleiben, konnte jedoch nicht anders.

„Mr. Hansen, wann waren Sie das letzte Mal bei uns?", fragte ich und mein Lächeln wurde breiter. Nur ein Mann bewegte sich und zog seine Augenbrauen sorgenvoll zusammen. Vielleicht sah er das, was Vivien gesehen hatte.

Bradley ließ seine Hand sinken, als ihm klar wurde, dass ich sie nicht schütteln würde. Doch sein Lächeln verschwand nicht. „Ja, es ist schon ein Jahr her, dass ich es wieder einmal geschafft habe, hierherzukommen."

„Ist es schon wieder ein Jahr her?" Meine Überraschung war ebenso falsch wie seine Veneers. „Oh ja, ich erinnere mich. Auch damals hatten Sie einige junge Damen dabei, und an eine davon erinnere ich mich ganz besonders. Wie war ihr Name doch gleich?" Ich tat so, als würde ich nachdenken und ließ meine Hand in etwa einem Meter Abstand über dem Boden schweben. „Madeleine. Eine süße, kleine Französin, wenn ich mich recht erinnere."

Bradleys Augen funkelten jetzt nicht mehr so sehr. „Ach ja? Ich hänge mit so vielen Leuten rum, ich weiß es nicht mehr." Dann hellte sich seine Miene wieder auf und er gewann seine Fassung zurück. „Aber Sie haben sicher recht, großer Mann. Also, wie sieht es jetzt aus, können Sie uns heute Abend reinbringen? Ich leihe Ihnen auch gerne noch eine reizende Dame für Ihren anderen Arm, da Sie ja eine zu wenig haben und ich eine zu viel."

Er beugte sich zur Seite, um Vivien anzustieren. Mein Blut kochte und ich biss die Zähne so fest zusammen, dass ich überrascht war, dass sie nicht brachen. Ich hätte ihm zu gerne den Kopf abgerissen und in die Menge geworfen, damit sie mit ihm herumspielen konnten, wie mit einem Volleyball. Doch er hatte sogar noch etwas Schlimmeres verdient als das.

Ich legte meinen Arm um Bradley und führte ihn weg von seinen Begleitern. Unsere Rücken waren jetzt allen zugewandt, außer Vivien, die die Szene mit Interesse verfolgte. „Ja, jetzt weiß ich es wieder. Sie nannten sie *Mad, die es ganz nötig hat*, nicht wahr?" Meine Stimme klang trügerisch leicht, doch die gute Laune verschwand komplett aus Bradleys Gesicht.

Meine Stimme wurde immer eisiger, als ich fortfuhr.

„Das Reinigungspersonal hat sie in einer fast zerstörten Suite entdeckt. Sie war zurückgelassen worden wie ein Stück Abfall."

Man musste es Bradleys schauspielerischer Leistung zuschreiben, dass er vollkommen perplex zu sein schien. Der Inbegriff unschuldiger Anteilnahme. „Hören Sie, Mann..."

Ich ließ ihn nicht ausreden. „Sie war aufgehängt und mit Ahornsirup und Wodka übergossen worden. Stranguliert in scheinbarem sexuellem Übereifer."

Die Szene blieb mir im Gedächtnis. Es war inakzeptabel, dass so etwas Verwerfliches auf meinem Gelände passierte. Ich sehnte mich nach Gewalt und Vergeltung im Namen dieses armen Mädchens. Und ich würde meine Chance bekommen.

„Das war zwei Wochen, nachdem ich in der Stadt war", protestierte Bradley. „Das Mädchen war auf Drogen und allem möglichen Scheiß. Wer weiß, wer ihr das angetan hat. Aber ich weiß, was Sie meinen, es ist tragisch."

Meine Hand auf Bradleys Schulter verwandelte sich, die Finger wurden zu langen, schwarzen Krallen. Mit aufgerissenen Augen trat Vivien einen Schritt zurück. Bradley hatte das noch nicht bemerkt.

Meine Stimme wurde leiser. „Ich weiß, was du getan hast, Bradley. Und eines Tages, in nicht allzu ferner Zukunft, so vermute ich, werden wir uns wiedersehen. Wenn dieser Tag kommt, werde ich dich für all deine Verfehlungen zur Rechenschaft ziehen und dafür sorgen, dass du den ultimativen Preis für sie zahlst. Du wirst diesen Club verlassen." Ich sprach meine Anweisungen so deutlich aus, dass kein Raum für Unklarheiten blieb. „Du wirst diesen Damen sagen, dass du nicht mehr interessiert bist, und dass du dir mehr Mühe geben wirst, ein sittlicheres Leben zu führen, wenn du weißt, was gut für dich ist.“

Bradley sträubte sich sichtlich gegen meine absurden Vorschläge, doch als er den Mund öffnen wollte, um zu widersprechen, erstarrte er. Ich hatte meine Todesmaske durchscheinen lassen. Bradley keuchte, als hätte man ihm die Luft aus den Lungen gesaugt. Mit einem furchterregenden Antlitz aus Knochen und schierer, alles verschlingender Dunkelheit zwang ich Bradley Hansen, seinem eigenen Ende ins Auge zu blicken sowie der völligen Vergessenheit, die jeder Mensch bis in sein Innerstes fürchtet. Dann entdeckte er die langen, scharfen, schwarzen Krallen, die auf seine Schulter trommelten. Der Laut, der aus seiner Kehle aufstieg, war ein animalisches Kreischen voller Schrecken. Jede Spur von Tapferkeit oder Stärke war aus Amerikas sogenanntem Liebling gewichen.

Bradley rannte, so schnell er konnte, strauchelte und stürzte ein paar Mal. Seine beiden Kumpels folgten ihm. Eine der Frauen hatte sich gerade die Lippen nachgezogen, als sie bemerkte, dass er sich aus dem Staub machte. Sie schloss ihre Handtasche und rannte hinter ihm her. Die beiden anderen Damen standen noch mit unsicherem Blick in der Schlange. Ich hatte meine Stimme nicht gesenkt, als ich von dem sprach, was Madeleine zugestoßen war, und es hatte den Anschein, als ob diese beiden nicht mehr wussten, wem sie folgen sollten.

Ich signalisierte den beiden Türstehern mit einem jetzt wieder menschlichen Finger, sie hineinzulassen. „Ladys, ich schlage vor, Sie genießen einen Drink auf meine Kosten und suchen sich bessere Gesellschaft.“ Auch wenn es wahrscheinlich mein Wunschdenken war, schien es, als ob eine neue Weisheit in ihren Augen lag, als sie in den Club staksten.

Vivien hatte sich entschieden, nicht zu fliehen. Doch in ihren Augen war eine neue Angst zu sehen. Ich hatte sie erschreckt. Wenn sie wüsste, wozu ich alles fähig war, wäre sie wohl zu Tode erschrocken. Fast musste ich lächeln.

Abermals nahm ich Viviens Arm und führte sie an Jerome und Nick vorbei zu den hellen Lichtern und wummernden Bässen des „Wolf Town".

13

VIVIEN

Bunte Lichter flackerten und die Musik pulsierte um uns herum wie ein lebendiges Herz. Ich war dankbar, dass Grim mir Abendessen gemacht hatte, bevor wir ausgegangen waren, doch der Geruch des von Adrenalin, Erregung und Spannung erfüllten Blutes durchdrang meine Sinne, hüllte mich ein und bettelte mich, einen Schluck zu nehmen. Der Club war wie Disney World für Erwachsene, mit all den Menschen, die im Kollektiv zum Beat tanzten, Shots hinunterkippten und einfach eine großartige Zeit hatten.

Grim ließ meinen Arm los, legte jedoch seine Hand auf meinen unteren Rücken, um mich zu führen. Er schien zwar entspannt zu sein, doch ich konnte spüren, dass seine Muskeln angespannt waren. Er war darauf vorbereitet, dass ich abhauen wollte. Seine Wachsamkeit war nervig. Hauptsächlich deshalb, weil ich mich bei der geringsten Gelegenheit tatsächlich aus dem Staub machen wollte. Ich musste zurück zum Burghotel und nach dem Kerl suchen, der mich erkannt hatte.

Sobald sich mir die Gelegenheit bot, wollte ich sie

ergreifen. Das dachte ich zumindest. Ich hatte die perfekte Gelegenheit zum Abhauen verpasst, als Grim sein Tête-à-Tête mit Bradley hatte. Doch trotz meines Drangs, das Weite zu suchen, konnte ich mich nicht losreißen.

In der Sekunde, in der ich den Schauspieler entdeckt hatte, rief mein Instinkt *Drecksaaaaaack*. Ich hatte jedes Wort gehört, das sie gewechselt hatten. Es war ein Wunder, dass Bradley überhaupt Rollen bekam, wenn er nicht einmal zum Lügen imstande war. Was er diesem französischen Mädchen angetan hatte, war mehr als abscheulich und schlichtweg böse. Fast hatte ich erwartet, dass Grim ihn gleich an Ort und Stelle in Stücke reißen würde. Da er in einem Augenblick wild, und im nächsten der Inbegriff von Manieren und Zurückhaltung war, sah ich vor meinem geistigen Auge, wie Grim sich die Anzugjacke auszog und sie über die Lache mit Bradleys Blut legte, damit die Frauen darübergehen konnten, ohne sich ihre Fick-mich-Pumps zu beflecken.

Und wie sich seine Hand in die einer dämonischen Kreatur verwandelt hatte, war wirklich schreckenerregend. Ausnahmsweise war seine Wut einmal nicht auf mich gerichtet, doch so hautnah neben kaum gebändigter Gewalt zu stehen, jagte mir Angst ein und meine innere Stimme schrie: „Lauf, du Idiotin!"

Grim lotste mich eine Treppe hinauf, die mir fast entgangen wäre. Ein weiterer Türsteher ließ uns passieren und verschloss dann den Eingang wieder für alle anderen.

Der Treppenabsatz oben bot einen Blick auf „Wolf Town". Moderne, auberginefarbene Sofas waren in U-Form um ein paar Beistelltische angeordnet. Auf einer der Glasplatten standen schon Drinks bereit, die aussahen wie ein Manhattan und ein Glas Rotwein. Irgendetwas sagte mir, dass Timothy etwas mit der Getränkeauswahl und ihrer Zubereitung zu tun hatte.

Mir wurde klar, dass wir uns im VIP-Bereich befanden, zu dem ein ganzer Balkon gehörte, der um den zweiten Stock des Clubs lief. Grims Loge war etwas höher als die anderen, damit ja niemand vergaß, dass er hier der König war. Die anderen Logen waren besetzt von Glücksspielern, Prominenten und Mädchen in ihren Zwanzigern, die in ihren Glitzerkleidchen ausgelassen an der Seite von fragwürdigen älteren Männern feierten. *Pfui.*

Du bist angezogen wie eine Domina-Nutte, erinnerte mich meine innere Stimme.

Ich wischte das mit der Erklärung beiseite, dass das nicht dasselbe war. Ich buhlte nicht um Aufmerksamkeit. Ich zündete Streichhölzer unter Grims Schuhen an, um zu sehen, wie hoch er dann springen würde.

Okay, ich wollte also nicht die Aufmerksamkeit anderer. Nur die von Grim.

Hier oben war es ruhiger, da alle Lautsprecher und Subwoofer auf die Tanzfläche mit den sich windenden Ravern gerichtet waren.

„Ist es wahr, was er getan hat?", fragte ich, obwohl ich die Antwort bereits kannte.

Grims Gesicht wurde hart. „Ja."

„Wie hast du herausgefunden, dass er es war?"

Er seufzte tief. Es war ein erschöpft klingender Laut, der mir klarmachte, wie alt er eigentlich war. „Da es auf dem Gelände des Sinopolis passiert ist, habe ich mich selbst um die Einsortierung von Maddies Seele gekümmert. Sie hat mir alles erzählt."

„Wie kommt es, dass der Bastard nicht im Knast ist?"

„Leider zeigt die Überwachungskamera des Hotels nur einen unbekannten Mann mit Sonnenbrille, Baseballkappe und einem Sweatshirt mit hochgezogener Kapuze, der in dieses Hotelzimmer geht und wieder herauskommt. Bradleys Manager hat ein Alibi vorgelegt, nach dem die Made irgendwo am anderen Ende des Landes gewesen sein soll. Sie behaupten, dass er Vegas einen ganzen Tag vor ihrer Ermordung verlassen hat."

Wut kochte in mir hoch und ich ballte die Fäuste. „Warum hast du diesen Kerl nicht einfach umgelegt? Bist du nicht der Tod? Kannst du ihn nicht berühren und seine schwarze Seele raffen, damit ich sie zertrampeln kann?"

Er spannte die Kiefermuskeln an und sagte: „So funktioniert das nicht. Ich laufe nicht herum und töte wahllos Menschen."

„Klar tust du das." Meine Stimme hatte einen hysterischen Unterton. Grim schaute mich mit einem unergründlichen Blick an, aber das war mir egal. „Du hast diese arme, weinende Frau in den Tod geschickt."

„Das hast du also gesehen?" Sein Gesicht verdunkelte sich. „Du hast keine Ahnung, was du da beobachtet hast. Ich bin kein Racheengel. Ich bin nicht der Weihnachtsmann. Kannst du dir vorstellen, wie viel Zeit es kosten würde, jeden Übeltäter für seine Sünden zu bestrafen? Ich schon, denn das ist mein Alltag. Ich schaue Menschen in die Augen, die mir ihren Fall vortragen und prüfe jeden einzelnen entsprechend. Das Arbeitspensum ist enorm und unendlich. Ich stürze mich nicht auf die Gelegenheit, aktiv Seelen zu raffen. Wenn ihre Zeit kommt, werde ich mich um sie kümmern." Er wandte sich ab und beendete das Gespräch.

Ich wusste nicht genau, was mich so erzürnte. Hatte ich wirklich erwartet, dass er diesen Schauspieler direkt vor aller Augen ermordete? Dennoch machte mich der Gedanke daran, dass dieser Typ herumlief und atmete, wütend. Wenn ich keine Gefangene wäre, hätte ich ihn vielleicht selbst verfolgt und vom Angesicht der Erde getilgt. Obwohl menschliches Blut einfach fantastisch schmeckte, bezweifelte ich, dass ich es fertiggebracht hätte, von diesem Monster zu trinken. Es gab keinen Teil von ihm, den ich in meinem Mund haben wollte. Nicht einmal, wenn ich am Verhungern war.

Grim nahm seinen Manhattan und ging zum Rand des Balkons. Mit der anderen Hand in seiner Tasche schaute er über die Menschenmenge, wie ein König, der sein Schloss begutachtete. Das Gebrüll der Menge unten verdoppelte sich und die Leute in den anderen VIP-Logen erhoben alle ihre Gläser auf ihn. Die Macht, die er besaß, war beängstigend, doch zu sehen, wie er über sein Herrschaftsgebiet blickte, war besonders gruselig.

Spürten diese Menschen, dass der Tod selbst sie beobachtete? Verehrten sie heimlich den Tod? Hat sie das in diesen Club geführt? Damit sie sich in den Lastern verlieren und der Eintönigkeit entkommen konnten, auch wenn das in die Finsternis führte?

Oder vielleicht war ich diejenige, die Angst hatte, sich an die Finsternis zu verlieren. Es lag nicht am Durst oder an Grims Vorhersage, sondern am Wesen, das nur ein paar Meter von mir entfernt stand. Trotz seines Versprechens, mich zu töten, fühlte ich mich an ihn gebunden – spürte ein wachsendes Vertrauen, was geradezu wahnwitzig war. Das hielt mich trotzdem nicht davon ab, in seiner Nähe sein, ihn beim Wort nehmen und ihn berühren zu wollen, während er scheinbar so einsam und ein wenig traurig dastand.

Ich nahm den Wein. Zwar konnte ich es nicht mit Sicherheit sagen, doch ich hatte nicht das Gefühl, dass ich in meinem Leben eine Vorliebe für erlesene Weine gehabt hatte. Ich sah mich eher als ein Mädchen, das billiges Bier trinkt. Aber dafür, dass ich jetzt Hämoglobin bevorzugte, fand ich den Wein exquisit. Er umhüllte meine Zunge mit satter Würze und Mahagoni, und ich konnte die Erde in Spanien schmecken. Trotz des köstlichen Aromas und Geschmacks bereitete mir etwas an dem Rotwein ein tiefes Unbehagen. Mein Magen krampfte sich so stark zusammen, dass ich das Glas wieder auf den Tisch stellen musste.

Die instinktive, beinahe schmerzvolle Reaktion auf den Wein verwirrte mich. Ich genoss den Geschmack, aber gleichzeitig stieß er mich ab. Nicht, weil ich nicht in der Lage war, andere Getränke zu genießen, es war der Rotwein im Besonderen. Das Paradoxon bereitete mir Kopfschmerzen, deshalb dachte ich nicht weiter darüber nach.

Ich stand ein paar Schritte hinter Grim und genoss das pulsierende Leben im Club. Ein Teil von mir wollte sich davonschleichen und tanzen, bis ich nicht mehr klar denken konnte. Aber wir waren ja nicht zum Vergnügen hier. Ich fragte mich, ob Grim jemals nach unten gegangen war und sich in der Musik verloren hatte. Ich verwarf die absurde Vorstellung, sowie sie in meinem Kopf war. Er war mehr der Tango-Typ; er bevorzugte wahrscheinlich gemessene, präzise Schritte, um dann intensive, feurige Leidenschaft auszuleben.

Grim trat zurück, sodass er neben mir stand. „Diese Frau, die ich getötet habe..." Er brach ab.

Ich war mir nicht sicher, ob ich hören wollte, was er gleich sagen würde.

„Sie war bereits tot. Was du beobachtet hast, war mein Urteil über ihre Seele. Das ist meine Aufgabe." Er warf mir einen Seitenblick zu. „Meistens können meine Sammler die Seelen einordnen und an ihren rechtmäßigen Bestimmungsort schicken. Bei manchen ist es jedoch erforderlich, dass ich selbst über sie richte."

Ich musste immer noch verarbeiten, dass ich die Seele der Frau gesehen hatte. Sie schien mir in Fleisch und Blut anwesend zu sein. „Was hat sie getan?", fragte ich mit leiser Stimme.

„Sie hat ihre Stieftochter vergiftet, langsam, im Lauf der Zeit. Das Gift hat sie in die Frühstückszerealien der Sechsjährigen gemischt. Die Frau wollte den Mann für sich alleine und war auf das Kind eifersüchtig."

Ich atmete aus. „Das ist ja ein richtiger Schneewittchen-Scheiß." Wie konnten Menschen nur so abscheulich sein? Kannte ich solche Leute? Gehörte ich selbst zu ihnen?

„In der Tat. Den Rest ihres Lebens widmete die Frau allerdings der Hilfe für andere. Sie sammelte Spenden und sorgte dafür, dass Dörfer in Afrika sauberes Trinkwasser hatten. Sie beeinflusste das Leben Hunderter von Menschen. Deshalb haben sie sie zu mir gebracht, um das endgültige Urteil zu fällen."

Er nahm einen Schluck von seinem Manhattan und schaute mich an. „Du denkst, ich habe falsch entschieden. Dass ich zu hart zu ihr war?" Grim hielt inne und fuhr dann fort: „Der Vater hat sich nie ganz davon erholt. Als sein kleines Mädchen starb, ist ein Teil von ihm mit ihr gestorben. Er schleppt sich immer noch durchs Leben und glaubt, er hätte die Frau verloren, die ihn davor bewahrt hat, im Kummer zu ertrinken."

In seiner Frage lag echte Neugier, begleitet von Erschöpfung. Hatte er Angst, die falsche Entscheidung getroffen zu haben?

Ich zuckte die Schultern, dachte dann jedoch darüber nach. „Als frisch gebackener Blutsauger, wie du es so liebevoll ausgedrückt hast, habe ich mich während der letzten Wochen oft mit dieser Frage auseinandergesetzt. Was ist ein Mensch? Ich habe mir gesagt, wenn ich einen Menschen erwischt und mich satt getrunken hätte, würde ich es nie wieder tun. Einen Menschen zu töten würde im Großen und Ganzen keinen großen Unterschied machen. Was ist schon ein winziger, mickriger Mensch, verglichen mit dem, was er für mich bedeuten würde?"

Obwohl meine Temperatur sank, wurde mir unter seinem prüfenden Blick heiß. „Aber selbst als ich gehungert habe, alleine in der Kanalisation, und an Ratten gesaugt habe, hat sich das nicht richtig angefühlt. Ich bin kein Tier und ich entscheide, was ich tun und lassen will."

„Glaubst du wirklich, dass du das kannst? Deine Natur bekämpfen?"

Ich zuckte die Schultern. „Ich weiß jetzt, dass Vampire existieren und der Tod ein Gesicht hat." Den unglaublich tollen Teil sagte ich nur für mich im Stillen: *...und dass er ein Gewissen hat, deshalb weiß ich, dass alles möglich ist.*

Grim antwortete nicht, sondern fixierte mich nur weiter mit seinen bernsteinfarbenen Augen. Ich nahm ihm den Manhattan aus der Hand und prostete ihm zu. „Ich trinke darauf, dass ich mein Schicksal kontrollieren kann." Ich leerte den kleinen Rest. Da ich mich nun ermutigt fühlte, fragte ich: „Können wir jetzt darüber reden, warum du so viele Frauenklamotten in deinem Penthouse hast?"

Er zog eine Augenbraue hoch, nahm mir das leere Glas aus der Hand uns stellte es ab.

„Stehst du auf Frauenmode, oder geben sich bei dir die Tussis die Klinke in die Hand?" Ich versuchte, zu lächeln, doch ein Teil von mir wollte das wirklich wissen.

„Letzteres."

Ich versuchte, so zu tun, als hätte ich nicht gerade einen Schlag in die Magengrube bekommen, aber es tat trotzdem weh. Bei allem, was mir heilig war, ich war eifersüchtig auf die endlose Reihe von Frauen, die mit dem Tod schlafen konnten. Wenn ich nicht schon zuvor gedacht hätte, ich hätte einen an der Waffel, dann wäre das jetzt der Beweis.

„Wie du bereits bemerkt hast, wird die Wohnung kaum bewohnt. Ich brauche nicht viel Schlaf, wenn überhaupt. Meine Leute haben ein wachsames Auge auf die Gäste, einschließlich derer, die zu tief ins Glas geschaut haben, in falsche Gesellschaft geraten sind oder Zuflucht brauchen. Timothy kann sie im Penthouse unterbringen und mit sauberer, bequemer Kleidung versorgen, wenn sie bereit sind, wieder zu gehen."

„Das sind viele Frauenklamotten", sagte ich, immer noch skeptisch.

Der Moment, in dem er mich im Aufzug mit seinem Körper einklemmte, lief immer wieder in meinem Kopf ab. Der Duft frisch ausgebrachter Erde hatte mich umgeben, wie aus einem Gewächshaus. Oder von einem Grab, korrigierte ich mich.

Und sein Aftershave war eine Mischung aus Lilien und Moschus. Lilien, die Totenblumen. Wer hätte gedacht, dass der Tod so verlockend roch? War das ein Vampir-Fetisch-Ding?

Grim zuckte die Schultern. „Ich weiß, dass ihre Kleidung zur Reinigung gebracht wird und sie haben die Möglichkeit, ihre Partyoutfits mitzunehmen oder sie sich liefern zu lassen."

„Hmm", sagte ich und wandte meine Aufmerksamkeit der Menge unten zu. Die Eifersucht schwand aus meinem großen, grünen Ballon, aber ich trug ja immer noch die Kleidung einer Unbekannten. Er hatte keinen Grund, zu lügen, doch aus irgendeinem Grund wollte ich, dass er es bewies.

„Hast du gedacht, ich steige mit Massen von Frauen ins Bett?" Die Heiterkeit in seiner Stimme ließ mich wieder zu ihm schauen. Auf seinem Gesicht lag ein wissendes Lächeln.

Bevor ich antworten und ihm dieses selbstgefällige Lächeln wegwischen konnte, richtete sich sein Blick auf etwas hinter meiner Schulter.

„Sie ist da."

14

GRIM

Das Orakel schritt die Treppe zu meiner Privatlounge hinauf. Ich trat vor, um sie zu begrüßen. Wir küssten uns auf beide Wangen, während Vivien bewundernd zusah. Bianca sah wirklich aus wie die Göttin, die sie auch war. Voluminöses, blondes Haar fiel ihr über die Schultern, die so dünn wie die eines Models waren. Ihre bronzefarbene Haut leuchtete noch stärker als das smaragdgrüne Kleid, das eine Mischung aus Glitzer und Haute Couture war.

„Grim." Sie sprach meinen Namen mit einer Zuneigung aus, die ich erwiderte.

Trotz Biancas glamourösem Antlitz war die Haut um ihre Augen herum vor Sorge angespannt. Manikürte Hände umklammerten die passende Satin-Clutch, die sie dabeihatte.

Ich übernahm die Vorstellung mit einer Handbewegung in Richtung der Vampirin. „Das ist Vivien."

Biancas Atem stockte und ihre blauen Augen wurden groß, als sie die auffällige Vampirin neben mir eingehend betrachtete. Ihr Sehvermögen übertraf meines bei Weitem, denn Bianca war hellsichtig. Ich fragte mich, ob Viviens

Sekhor-Aura auf sie ebenso berauschend wirkte wie auf mich. Selbst Timothy, der ausgeglichenste unserer Art, warf Vivien gelegentlich einen hungrigen Blick zu.

Ich wurde ruhig und wartete ab, was passieren würde. Die Wahrscheinlichkeit, dass Bianca Vivien selbst tötete, war hoch. Nicht, weil Bianca zu einem solchen Gemetzel fähig war, sondern wegen der Gefahr, die Sekhors darstellten. Mir kam in den Sinn, dass Bianca denken könnte, dass das Risiko, Vivien auch nur für eine gewisse Zeit am Leben zu lassen, wenn auch nur als Köder, zu groß war.

Die beiden starrten sich an und ich bemerkte, dass ich angespannt und in höchster Alarmbereitschaft war.

Schließlich streckte Bianca die Hand aus. Vivien zögerte, ergriff sie aber dann. Biancas Gesicht entspannte sich zu einem freundlichen Lächeln. „Ich bin Bianca. Schön, dich kennenzulernen."

Meine Schultern entspannten sich. *Worüber zum Teufel hatte ich mir Sorgen gemacht?*

Dann wurde mir klar, was mich beunruhigt hatte. Ich war bereit gewesen, einzuschreiten, falls Bianca angegriffen hätte. Instinktiv hatte ich mich darauf vorbereitet, Vivien zu beschützen.

Weil ich sie brauche, um den Meister herauszulocken, nichts weiter, redete ich mir ein. Wenn ich Vivien vernichtete, dann deshalb, weil ich dieses ganze Sekhor-Schlamassel beseitigt hatte, und sie würde das letzte Band sein, das ich durchtrennen musste.

Aber die Aussicht darauf, sie zu töten, schnürte mir die Brust zu. Der Gedanke daran, dass jemand anderes sie verletzen könnte, sorgte ebenfalls dafür, dass sich die Knoten vehement zuzogen. Jede Faser meines Seins verbot es. Nie zuvor hatte ich das Bedürfnis verspürt, jemanden zu verschonen. Warum jetzt? Warum sie?

Weil sie deine andere Hälfte sein könnte, deine Lebensgefährtin, deine Sekhor. So etwas auch nur zu denken, war schon verboten. Ich war froh, dass die beiden Frauen den Wahnsinn unterbrachen, der in mir brodelte.

„Du bist also das Orakel?", fragte Vivien und ließ Biancas Hand nach einem kurzen Schütteln los. Wenn ich es nicht besser wüsste, würde ich sagen, dass Bianca Vivien verlegen machte. Aber die Vampirin war schamlos. Andererseits hatte ich Eifersucht bemerkt, als sie nach den Frauenkleidern in meinem Penthouse fragte.

Bianca lachte leichthin und errötete. „Ja, nun, wir haben alle unsere Talente." Sie streckte die Hand aus und drückte mir liebevoll den Arm.

Wir setzten uns. Kurz darauf kam ein Kellner mit frischen Drinks und Champagner für Bianca. Vivien ließ den Rotwein zurückgehen und bestellte stattdessen ein Bier. Das ließ meine Mundwinkel zucken. Wir begannen die Unterhaltung erst, als der Kellner ihre Bestellung gebracht hatte.

„Ach, du meine Güte", hauchte Bianca, noch immer ganz fasziniert von Vivien.

Vivien wand sich auf ihrem Stuhl. „Was?", fragte sie.

„Ich habe schon seit...sehr langer Zeit keinen Sekhor mehr gesehen", erklärte Bianca. Eins musste man ihr lassen, sie behielt ihre Augen auf Viviens Gesicht und schaute nicht auf das unverhohlen erotische Outfit, das sie trug.

Es kostete mich viel Willenskraft, meine eigenen Augen auf ihrem Gesicht zu lassen. Ein einziger Blick, und ich hatte Mühe, das milchweiße Fleisch ihrer entblößten Hüften zu vergessen oder die Art, wie der enge Bodysuit ihre Brüste anhob.

„Aber du hast sie gesehen, in deiner Vision?", fragte ich,

nachdem ich mich geräuspert und meine Gedanken sortiert hatte.

Biancas Stimme wurde ernst. „Ja. Aber zuerst muss ich fragen", das Glas zitterte in ihrer Hand, als sie es zum Mund führte. „Schlummert...das Original noch?"

„Natürlich. Davon habe ich mich als Erstes überzeugt." Meine Stimme klang schroffer als beabsichtigt, doch anzunehmen, ich hätte mich nicht vergewissert, dass das Original noch gesichert war, hieß, zu unterstellen, dass ich meine Pflichten nicht kannte.

Vivien öffnete ihren Mund, um zu fragen, doch ich hob meine Hand, um sie zu stoppen. Sie schloss ihren Mund wieder. Vermutlich tat sie das nur aus Ehrerbietigkeit Bianca gegenüber, denn bei mir hatte sie das noch nie gemacht.

„Ich weiß nicht, wie das passiert ist." Ich deutete auf Vivien, die die Stirn runzelte. „Alles, was ich weiß, ist, dass ich das Chaos aufräumen muss. Und wenn ich die Situation nicht bald in den Griff kriege, könnten wir ein echtes Problem haben. Meine Sammler sind jetzt gerade unterwegs, auf der Suche nach der Spur der Vampire. Die Vampire hinterlassen den Tod, ich verstehe nicht, warum meine Sammler so lange brauchen, um die Spur zu finden."

Bianca schüttelte den Kopf. „So wirst du die Vampire nicht finden. Sie lassen keine Leichen zurück. Wenn sie von ihnen trinken, verwandeln sie sich." Sie schloss die Augen, als würde sie in sich gehen, um etwas zu sehen oder sich an eine zurückliegende Vision zu erinnern. „Sie achten genau darauf, keine Spur zu hinterlassen. Jeder, der gebissen wird, wird verwandelt. Sie wussten, dass du sie jagen würdest, und der Meister ist vorsichtig."

Nur nicht, als er einen Haufen Leichen hinterlassen hat, um uns herauszulocken, und dann einen neuen Sekhor in ihre Mitte gesetzt hat. Ich hatte die Sekhors, die ich bis jetzt gesehen hatte, in Stücke gerissen. Aber wenn ihre Anzahl größer wurde, musste selbst ich zugeben, dass ich nicht alleine gegen eine Armee kämpfen konnte.

Als meine Frustration stieg, fuhr ich mit der Hand durch mein Haar. Wenn das stimmte, was Bianca sagte, dann war der Meistervampir keine zufällige Erschaffung. Jemand hatte ihn ausgebildet und informiert. Das war die einzige Erklärung für solche kalkulierten Züge. Jemand anderes steckte hinter alldem. „Wie soll ich sie dann finden?", fragte ich und hoffte, dass dies der Grund war, warum Bianca mich treffen wollte.

„Du brauchst sie nicht zu finden. Sie werden dich finden", sagte Bianca zu Vivien.

Vivien hielt inne mit der Bierflasche auf halbem Weg zu ihren Lippen. Sie sah aus wie ein Reh im Scheinwerferlicht. „Was?"

„Der Meister will dich", sagte Bianca zu Vivien.

„Er hat andere geschickt, um sie zu holen", bestätigte ich.

Mit Nachdruck stellte Vivien die Flasche ab. „Aber warum ich? Was habe ich getan?" Dann schaute sie mich stirnrunzelnd an. „Mich holen? Wirklich? Ich bin doch kein Ball, den ein Hund holen soll."

Ich schnappte den Köder nicht, aber sie half mir in meiner Frustration auch nicht gerade. „Warum sie? Warum ist sie wichtig?"

Bianca schaute Vivien mit geneigtem Kopf an. „Diese hier ist anders. Sie wurde anders gemacht. Sie sollte eigentlich nicht so sein, und der Meister will sie zurück."

Vivien und ich tauschten einen Blick aus. „Wie anders?", fragte ich.

Bianca spielte mit dem Stoff ihres Kleides. „Das ist mir

noch nicht ganz klar, aber es wird sich schon bald zeigen. Alles, was ich sehen kann, ist, dass der Meister kommen wird, um sie zu holen. Sie ist die Einzige, die ihn herauslocken kann."

„Also ist es ein Typ?", fragte Vivien und ihre Stimme klang höher als normal.

Biancas Augen wurden glasig und sie schaute an Vivien vorbei. „Ja. Der Meister ist ein Mann. Er ist ungeduldig. Er will dich zurück. Und er wird alles tun, um dich zu kriegen...selbst, wenn das bedeutet, dass er dich dazu bringen muss, zu ihm zu kommen."

„Pffft." Vivien machte ein ungehobeltes Geräusch, das Bianca erschreckte. „Ich tue nichts, was ich nicht will." Sie schaute mich mit hochgezogenen Augenbrauen herausfordernd an.

„Das kann ich bezeugen", sagte ich und zog eine Grimasse. Neben mir verdrehte Vivien die Augen.

Irgendwie hatte ich Lust, sie auf meinen Schoß zu nehmen und Hand an ihr Hinterteil zu legen, um herauszufinden, ob ich ihr etwas von dieser Haltung austreiben könnte. Das Bild in meinem Kopf wurde sexuell, als ich mir vorstellte, was für ein Geräusch meine Hand auf ihrem perfekten, mit Spandex bedeckten Allerwertesten machte.

Biancas Augen wurden leer und weiß, als sich ihr zweites Gesicht bemerkbar machte. Sie packte meinen Arm. Ich beugte mich vor, bereit, jegliche Weisheiten aufzunehmen, die sie von sich geben konnte. Ihr Flüstern war so leise, dass ich mich anstrengen musste, um etwas zu hören. „Der Arm. Der Arm des Originals. Da ist etwas...oder es fehlt. Dem Arm des Originals fehlt etwas."

Bianca fiel an meine Schulter. Ich fing sie auf und half ihr, sich wieder auf ihrem Stuhl zurückzulehnen. Vivien sprang auf und ging zu einem Tisch, auf dem ein Krug mit

Eiswasser und mehrere Gläser standen. Sie schenkte etwas davon ein und kam schnell mit dem Glas zurück. Ich murmelte ein Dankeschön und half Bianca, am Glas zu nippen, als sie aus ihrer Ohnmacht erwachte. Sie blinzelte und packte meinen Arm, als müsse sie sich Kraft borgen. Ich folgte ihrem Blick zu Vivien.

„Was hat sie gesagt?", fragte Vivien. Ihre Miene war angespannt, so, als würde sie sich vor der Antwort fürchten.

„Oje." Bianca richtete sich auf. Sie wirkte jetzt wieder etwas klarer. „Ich hatte gehofft, wir hätten mehr Zeit, aber ich muss mich verabschieden. Es ist besser, wenn ich unverzüglich nach Paris zurückkehre." Mit langsamen Bewegungen erhob sie sich. Ich half ihr auf die Beine und wartete, bis sie sicher genug stand, um loslassen zu können.

Bianca nickte Vivien mit echter Wärme in den Augen zu. „Ich bin so froh, dass ich dich kennenlernen konnte. Ich bin immer noch ein bisschen unsicher." Dann wandte sie sich mir zu. „Grim, wärst du so freundlich, mich zu begleiten?" In ihren Augen lag ein Glanz, der mir verriet, dass sie mehr brauchte, als nur einen stützenden Arm.

Ich warf Vivien einen scharfen Blick zu, um ihr zu verstehen zu geben, dass ich gleich wieder käme und sie nichts versuchen solle. Schnaubend verschränkte sie die Arme und wandte sich dann ab, um die Tänzer unten zu beobachten.

Bianca schwieg, bis wir unten auf der Treppe angekommen waren. „Grim, du darfst sie nicht aus den Augen lassen." Die Ernsthaftigkeit in ihrer Stimme sagte mir, dass ich ihre Anweisung nicht auf die leichte Schulter nehmen durfte.

„Das habe ich nicht vor", sagte ich. Ich wartete auf weitere Informationen, doch sie küsste mich abermals auf die Wangen und verabschiedete sich.

Bianca musste etwas gesehen haben, weil sie mich so warnte. Als ich die Treppe wieder hinaufging, fragte ich mich, ob sie wohl vorhergesehen hatte, dass Vivien floh?

Vivien war noch immer auf dem Balkon. Sie beugte sich vor und hatte die Ellbogen auf das Geländer gestützt. Ihre Kehrseite ragte lässig hervor. *Irgendetwas an ihr ist anders als bei den anderen.* War das der Grund, warum ich mich so zu ihr hingezogen fühlte?

Die Luft um mich herum veränderte sich. Die Zeit verlangsamte sich, als ich zum Balkon ging, angetrieben von einer vertrauten Kraft, die ich seit Jahrhunderten nicht mehr gespürt hatte.

Mein Gesichtsausdruck muss seltsam gewesen sein, denn Vivien schaute mich mit hochgezogenen Augenbrauen an. „Was ist los?"

Der hämmernde, rhythmische Club-Beat wurde durch ein sinnliches Lied mit einer Sängerin ersetzt. Es ließ einen an Sex und Zigaretten an der Riviera denken.

Unten teilte sich die Menge unbewusst und gab den Blick auf eine Frau an der Bar frei. Niemand schien den blauen Scheinwerfer zu bemerken, der sich jetzt auf sie richtete, während die anderen Lichter gedämpft wurden. Ihre beiden Arme ruhten auf der Bar hinter ihr und gewährten mir den perfekten Blickwinkel, um sie zu beobachten. Sie war die absolute und göttliche sexuelle Perfektion. Ihr Haar fiel ihr in obsidianfarbenen Wellen auf die Schultern. Ein goldenes Kleid schmiegte sich an ihre kurvenreiche Figur. Die Schleppe aus glänzendem Stoff lief zu ihren Füßen aus wie ein glänzender Wasserfall. Mein Mund wurde trocken.

„Boah, wer ist das?", hauchte Vivien voller Bewunderung für die fesselnde Frau.

Die Frau ließ ihre dunklen Augen abgewandt und

gestattete mir, ihr Profil und ihren langen, eleganten Hals zu bewundern. Eine exquisite türkisfarbene Kette schmückte ihr Dekolleté. Sie war der perfekte Farbtupfer, um ihre gebräunte Haut unter dem magischen Scheinwerfer zum Strahlen zu bringen.

Ich schluckte schwer und versuchte, die Fassung zu bewahren. Jetzt wusste ich, warum Bianca so eilig aufgebrochen war. Ich wollte gerade zu der wartenden Frau nach unten gehen, als ich mich an Biancas letzte Worte erinnerte.

„Weiche mir nicht von der Seite und sprich auf keinen Fall", sagte ich zu Vivien und legte alles, was ich an Befehlskraft hatte, in diese Worte.

Sie stieß weder Drohungen aus noch sträubte sie sich gegen meine Anweisung. Sie bestätigte allerdings auch nicht, dass sie mir gehorchen würde. Vivien folgte mir einfach, als ich die Treppe hinunterging. Ich schob meine Hände in die Taschen und ging durch die sich teilende Menge. Die Clubbesucher tanzten und unterhielten sich in Zeitlupe, ohne auf unsere Bewegungen zu achten.

Die Frau blickte noch immer nicht auf. Warum auch? Sie war es gewöhnt, zuerst angesprochen zu werden.

„Was machst du hier, Qwynn?" Meine Stimme war leise, bei der sinnlichen Musik jedoch leicht zu hören.

Qwynn hob den Kopf, als würde sie meine Anwesenheit überraschen.

„Oh, Grim, ist das *dein* Club?"

„So ist es", bestätigte ich, obwohl ich genau wusste, dass sie sich ihrer Umgebung bewusst war.

Ein Lächeln umspielte ihre sinnlichen Lippen und sie hatte ein verruchtes Funkeln in den Augen. „Ich hätte es wissen müssen. Allein die Einrichtung zeugt von deinem Geschmack. Sie ist einfach bezaubernd."

„Was willst du, Qwynn?", fragte ich und war dankbar,

dass ich meine Hände bereits in den Taschen hatte. Alles, nur, um sie von ihr fernzuhalten.

Sie fuhr mit einem Finger über den Tresen. „Ach, nichts weiter, nur einen Drink. Und vielleicht ein Gespräch mit jemand Interessantem." Sie schaute unter ihren Wimpern zu mir auf. Es war ein Blick, der über ein Jahrtausend geübt und perfektioniert worden war. Er hatte Männer dazu gebracht, sich ihr zu Füßen zu werfen, ihre Liebsten im Stich zu lassen und Kriege anzufangen – einfach nur, um so angeschaut zu werden.

„Wenn das alles ist", sagte ich mit erzwungener Gleichgültigkeit und wandte mich zum Gehen. Ich dankte meinem Glücksstern, dass Vivien gehorcht hatte. Sie stand zwar in der Nähe, verhielt sich jedoch ruhig.

„Nun, da du schon mal hier bist...", sagte Qwynn und hielt mich auf. Sie nahm einen Cosmopolitan, der plötzlich neben ihr stand und hielt ihn mir entgegen. „Stoße mit mir an, bevor du gehst."

„Ich trinke heute Abend nicht", sagte ich, zog eine Hand aus der Tasche und richtete mich auf.

„Das habe ich aber anders gesehen." Ihre dunklen Augen deuteten auf die Stelle, an der ich gestanden und mit einem Manhattan in der Hand die Menge beobachtet hatte. „Komm schon, nur ein Drink. Was kann das schon anrichten?"

Viel. Es könnte alles kaputt machen.

Ich nickte kurz. Ein Glas Cognac erschien in meiner freien Hand.

Mit der raubtierhaften Eleganz eines Panthers glitt sie auf mich zu und hob ihr Glas. „Auf die Geschichte", sagte sie mit triumphierendem Lächeln. Der Duft von teurem Parfüm, verbotenen Früchten und Sex hüllte mich ein.

Unsere Gläser berührten sich. Das Klirren hallte wider

und übertönte die Sängerin. Während wir tranken, richteten sich Qwynns Augen in letzter Sekunde auf Vivien.

„Ich vermisse dich." Sie fuhr mit dem Finger am Rand ihres Glases entlang und tauchte ihn dann in die pinke Flüssigkeit. Ihre Fingerkuppe verschwand in ihrem Mund und sie lutschte den Alkohol ab.

„Schon gelangweilt von deinem neuesten Spielzeug?", fragte ich.

Sie zog einen Schmollmund. „Sie bedeuten mir nichts, Grim. Das weißt du doch, nicht wahr?"

Ich machte mir nicht die Mühe, zu antworten.

„Ist sie deins?", fragte Qwynn mit seidiger Stimme und ihre forschenden Augen landeten wieder auf Vivien. In ihnen konnte ich einen leichten Anflug von Hunger erkennen. Sie wurde also auch von Viviens strahlendem Licht angezogen. Im nächsten Augenblick war dieser Funke des Interesses fast verschwunden und Qwynn blieb von Viviens Wirkung unbeeindruckt.

Meine Miene blieb versteinert. „Ist wer mein was?"

„Ist die Domina zu deiner Linken, die mir gerade Löcher in die Stirn bohrt, dein Spielzeug?" Qwynn sprach langsam, um sicherzustellen, dass ich jedes ihrer Worte verstand. Dann schob sie sich eine Kirsche in den Mund, nachdem sie zuvor demonstrativ mit ihrer Zunge um sie herumgefahren war. Ich erinnerte mich daran, was diese Zunge tun konnte. Das konnte ich nicht vergessen, selbst wenn ich es versucht hätte.

Mit einem schnellen Blick überzeugte ich mich davon, dass sie nicht unrecht hatte. Vivien sah aus, als würde sie Qwynn im nächsten Moment anspringen und zu Hackfleisch verarbeiten.

„Rein geschäftlich, das versichere ich dir."

„Dann vielleicht ein Haustier?", fragte Qwynn. Ihre Augen glühten jetzt vor Macht.

„Vorsicht, ich beiße", sagte Vivien hinter mir. Dann kläffte sie und knurrte wie ein Hund.

Der Drang, zu lachen überraschte mich, doch ich unterdrückte ihn.

Qwynn ließ mich nicht aus den Augen, aber Zorn blitzte in ihnen auf, bevor sie ihn verbergen konnte. Vivien hatte ihren Schild aus kühler, distanzierter Macht durchbrochen. Viviens feindselige Kräfte waren beeindruckend. Aber das wusste ich ja bereits.

Qwynn zuckte die Schultern, dann sagte sie: „Schön, dich zu sehen, Grim."

Ich hob nur leicht den Kopf, mehr gewährte ich ihr nicht.

Die Zeit wurde wieder schneller und die Musik hämmerte um uns herum. Die tanzende Menge wand sich wieder enthusiastisch, und Qwynn war verschwunden. Die Partygäste füllten die Lücke, die sie hinterlassen hatte. Ich zog meine andere Hand auch aus der Tasche und atmete tief durch. Dann leerte ich mein Glas.

„Wer zum Teufel war das denn?", wollte Vivien wissen.

„Das spielt keine Rolle", sagte ich und ging zu einem großen, runden Tisch am Rand der Tanzfläche. Ich stellte das leere Glas ab. Vivien folgte mir.

„Sie war mächtig, wie du, wie Bianca."

„Ja", bestätigte ich und wollte nicht mehr darüber sprechen. Doch Vivien blieb natürlich beharrlich.

„Aber sie können keine Seelen sammeln?"

„Nein, sie sind...sie haben andere Kräfte." Ich wandte mich Vivien zu. „Mit Qwynn ist nicht zu spaßen."

„Warum? Weil sie mir die Haare ausreißen und die Augen auskratzen könnte? Oder weil sie deine Ex ist?" Sie verschränkte die Arme und forderte mich heraus, das Gegenteil zu behaupten.

Ich öffnete meinen Mund, doch es kam kein Ton heraus. Wie machte sie das nur? Mich vollständig zu überrumpeln?

Als hätte sie meine Gedanken gelesen, winkte sie ab. „Bitte, es ist offensichtlich, dass sie dich zurückhaben will. Ich bin doch kein Idiot." Mit einer verletzlichen Geste, die für sie untypisch war, schob sie sich das Haar hinters Ohr. „Was ist zwischen euch beiden vorgefallen? Und was für ein Mädchen datet den Tod?"

„Eines, mit dem man sich nicht anlegen sollte", gab ich zurück und warf Vivien einen warnenden Blick zu. „Sie war nicht wegen mir hier. Sie war wegen dir hier."

Vivien kam näher. Ihre Anwesenheit löschte die Überreste von Qwynn aus, die mich noch umgaben. „Was? Woher weißt du das?"

„Ich habe ein paar wichtige Dinge über meine Exfrau mitbekommen, also weiß ich, dass sie hier war, um nach dir zu sehen, nicht nach mir."

„Ehefrau", wiederholte sie leiser, als müsste sie diese Tatsache verinnerlichen.

Ein Schrei unterbrach uns und durchdrang irgendwie die Geräuschkulisse des Clubs. Die Musik stoppte und die Menge teilte sich erneut, aber diesmal vor Panik. Ein Mann baumelte in den Armen eines großen, muskulösen Vampirs. Sein Blut strömte über die ganze Tanzfläche und seine Kehle war herausgerissen.

15

VIVIEN

DER SCHLÄGERTYP WAR WIEDER DA UND ANSCHEINEND HATTE er einen Snack gefunden. Immerhin hatte ich ihn davon abgehalten, an Miranda zu nagen, also musste der Arme hungrig sein.

Das Chaos brach aus, als schreiende Menschen in einer Massenpanik in alle Richtungen durcheinanderliefen.

Mein Magen schlug Purzelbäume und ich wusste nicht, ob das an dem verzweifelten Gesichtsausdruck des Opfers lag oder am verlockenden Geruch von heißem, menschlichem Blut, das nach mir rief. Das Opfer fiel zu Boden wie ein Sack Kartoffeln und der Schlägertyp schritt zu dem zuckenden Mann hinüber. Die Scheinwerfer des Clubs betonten seine gebrochene, dicke Nase.

Ein Teil von mir hoffte, dass sein Gehirn wieder überlastet werden würde, seine Gewalttätigkeit verschwinden und er sich umdrehen und in die Richtung abhauen würde, aus der er gekommen war.

Er schaute mich mit gefletschten Zähnen verheißungsvoll an.

Oder auch nicht...

Grim trat vor mich. Seine Kraft entlud sich und hüllte ihn ein wie ein Umhang. Die meisten hatten sich verzogen, sodass nur noch wir Übernatürlichen übrigblieben, um das auszufechten. Als Grim sprach, war seine Stimme so vielschichtig und sonor wie damals, als er mich wegen meines Mistress-Kitty-Outfits angebrüllt hatte. „Du kommst in meinen Club, verletzt einen meiner Gäste und glaubst, du kommst hier lebend raus?"

Der Schlägertyp schnappte sich den nächstbesten Gegenstand – einen Lautsprecher von der Größe eines Kompaktwagens. Er schleuderte die Klangbox und ich sah zu, wie sie durch die Luft segelte und dann in Grim krachte. Sowohl Grim als auch der Lautsprecher verschwanden, als sie gegen die gegenüberliegende Wand prallten, während die flüchtenden Clubbesucher aus dem Weg sprangen.

Mein Herz krampfte sich zusammen.

Bevor ich versuchen konnte, ihm zu helfen, trat ein Begrüßungskomitee ein, bestehend aus drei blonden Mädchen in den Zwanzigern mit blutroten Augen. Sie zischten mich an wie ein Rudel wütender Mungos. Mit ihren schönen Gesichtszügen, den definierten Muskeln und ihren engangliegenden Spandexanzügen hätten sie das schwedische Olympia-Turnteam sein können. Nein. Sie trugen zu viel Glitzer und ihre Outfits...

Zwei von ihnen machten beeindruckende Salti und Schrauben, die durchaus zu einem Turnwettbewerb passten. Ach, Blutgerinnsel. Ich wusste, woher ich sie kannte. Jemand hatte Artistinnen aus dem Cirque de Soleil in Vampire verwandelt. Ich hatte das Schraubentrio auf Plakaten gesehen.

Wenigstens hatte der Meister nicht die Blue Man Group verwandelt und hinter mir hergeschickt. Diese Typen jagten mir wirklich eine Höllenangst ein.

„Nennt mich verrückt, aber ich würde liebend gern mit euch Mädels einen Zöpfchen-Zug machen", sagte ich voll ehrlicher Bewunderung ihrer flachsblonden Locken.

Sie griffen an.

„Das ist dann wohl ein Nein?"

In letzter Minute trat ich zur Seite und wich der Ersten aus. Durch ihren Schwung stürzte sie hinter mich. Als das zweite Mädchen auf mich losging, packte ich ihren Arm und warf sie mit einer Drehbewegung um. Sie landete so hart auf ihrem Rücken, dass der Boden unter mir beim Aufprall zersprang.

Meine Lippen verzogen sich zu einem animalischen Grinsen. Die Vampirkraft hatte noch nicht nachgelassen.

Die dritte Blondine machte einen Salto über meinen Kopf und versetzte mir dann einen Schlag in meine Mitte. Wenn ich noch hätte atmen müssen, wäre mir jetzt die Luft weggeblieben. Mein Magen schmerzte von dem Schlag, aber ich stand noch. Haha, leck mich, Turnbarbie!

Als ich einen Schritt zurückging, knickte mein Knöchel um und ich fiel hin wie ein Clown, der auf einer Bananenschale ausrutscht. Verdammte Peeptoe-Heels. Ich wusste, ich hätte lieber Kampfstiefel anziehen sollen. Mein Hintern bekam die Wucht des Sturzes ab. Schmerz strahlte zu meinem Steißbein und meiner Wirbelsäule aus, aber mein Ego war viel angeknackster.

Die dritte Blondine verschwendete keine Zeit, krabbelte auf mich und hielt meine Arme fest. Blondine Nummer zwei packte meine Beine. Ich wand mich, zuckte, trat und schlug um mich, so gut ich konnte, aber ihre Griffe waren wie Eisen.

„Ananas, Ananas!", schrie ich. Kannten sie denn nicht das allgemeingültige Sicherheitswort? „Nein heißt nein. Und Ananas heißt Nein, verdammt", erklärte ich ihnen.

Doch trotz meiner hilfreichen Lektion in Sachen Einwilligung weigerten sie sich, ihre Griffe zu lockern. Die letzte Blondine kam dazu und zog eine Kette hinten aus ihrer engen Hose. *Boah. Wo hatte sie das Ding denn versteckt?*

„Wenn die in deiner Spalte war, dann will ich nicht, dass sie irgendeinen Teil von mir berührt, hörst du?", sagte ich todernst. Sie ignorierte mich und legte mir das kalte Metall um die Handgelenke.

Igitt.

Die drei Vampirinnen flogen von meinem Körper, als hätte sie ein explosiver Wind weggefegt. Ich legte den Kopf schief und sah, dass Grim wieder auf den Beinen war. Dunkelheit umgab ihn, als hätte er ein schwarzes Loch geöffnet. Gold blitzte und funkelte aus seinen Augen. Seine Hände verwandelten sich erneut und die Finger verlängerten sich zu schwarzen, albtraumhaften Krallen. Seine Gesichtshaut kräuselte und veränderte sich, als wäre er im Begriff, sich in etwas anderes zu verwandeln. Sein Lächeln ließ mir das Blut in den Adern gefrieren.

Ich war mir nicht sicher, ob ich seine Verwandlung, die anscheinend kurz bevorstand, wirklich sehen wollte, doch ich war dankbar, dass das große, gruselige Monster auf meiner Seite war...für den Moment.

Mit Leichtigkeit sprangen die Blondinen wieder auf die Beine und gingen auf Grim los.

Grims krallenbewehrte Faust traf die erste Vampirin und schleuderte sie quer durch den Raum. Dann schlug er auf die zweite ein, sodass sie in die Bar krachte, dass die Gläser zersprangen. Er packte den Kopf der dritten Blondine und riss ihn ihr mit einer scharfen, brutalen Drehung ab.

Boah. Das ist also eine Art, einen Vampir zu töten. Hat er vor, mich auf diese Weise zu erledigen?

Als ich auf die Beine kam, schloss sich erneut eine Hand um meinen Arm.

„Du kommst mit mir", knurrte der Schlägertyp.

„Zum letzten Mal, ich gehe nicht mit dir zum Abschlussball. Du wirst ein anderes glückliches Mädchen fragen müssen. Ich schlage vor, du schaust dir mal die Komapatienten im Sunrise Hospital an."

„Der Meister will dich."

Die Möglichkeit, mit ihm zu gehen und die Antworten zu bekommen, die ich brauchte, schoss mir durch den Kopf. Nach einer halben Sekunde verwarf ich diese Idee wieder. Ich würde Antworten bekommen, aber zu meinen Bedingungen. Der Meister würde sich seinen „Nervenkitzel" woanders holen müssen.

Ich holte aus und zielte auf seine Nase, aber er fing meine Faust ab. „Glaubst du, du wirst damit fertig, du Schlampe?", fragte der Schlägertyp und sein schlechter Atem schlug mir ins Gesicht. Dann schaute er mich von Kopf bis Fuß an, als würde er mich mit seinen Augen ausziehen, und leckte mit der Zunge über seine Reißzähne. „Obwohl, wir könnten unterwegs anhalten und ein wenig Spaß haben, da du in deinem nuttigen Aufzug offensichtlich um einen guten Fick bettelst." Er führte meine Hand zu seinem Gehänge. Ich verzog das Gesicht, als er meine Fingerknöchel über die größer werdende Wölbung gleiten ließ. Und man sagte ja, Ritterlichkeit sei tot.

„Hey, du großer Widerling, dieses Outfit ist keine sexuelle Einladung! Ich ziehe mich für mich selbst an." Ich ließ den Teil, dass ich den hautengen Anzug nur trug, um Grim verrückt zu machen, aus. „Wenn es dir so gut gefällt, dann kauf dir selbst einen Catsuit und stolziere damit herum!"

Während ich erneut gegen den Schlägertypen kämpfte,

fragte ich mich, wie wahrscheinlich es wäre, dass ich ihm den Kopf abreißen könnte, so, wie Grim es bei der Turnbarbie gemacht hatte. Bei einem Blick auf den dicken Nacken des Schwachkopfs fand ich meine Chancen nicht allzu gut. Deshalb rammte ich ihm mein Knie in den Schritt. Mit einem schmerzerfüllten Knurren krümmte er sich und ließ mich los.

Grim tanzte noch immer Tango mit den Zwillingen, die jetzt schlauer waren und außerhalb seiner Reichweite blieben. Also musste ich wohl den großen Jungen alleine erledigen. Stilettos hatten sich während eines Schlagabtausches als nachteilig erwiesen. Ich musste die Schuhe loswerden und kickte zuerst den einen weg, dann den anderen.

Weil ich mir über meine Kraft nicht im Klaren war, schlugen die Schuhe nicht nur Purzelbäume in der Luft, sie rasten los wie Raketen. Der erste blieb in der gegenüberliegenden Wand stecken, der zweite landete mit dem Absatz zuerst in der Augenhöhle des Schlägertypen.

Hoppla.

Mit einem zornigen Schrei packte der Schlägertyp den Schuh und zog ihn, begleitet von einem nassen Sauggeräusch, aus seinem Auge. Blut quoll aus seiner nun verstümmelten Augenhöhle. Mörderische Wut flammte in seinem guten Auge auf und er schritt auf mich zu. Ich war zwar kein Mädchen, das vor einem Kampf zurückschreckte, doch diese mörderische Wut entlud sich bei ihm in weißglühenden Wellen. Ich hätte meinen linken Busen darauf verwettet, dass der Schlägertyp dopte, das würde die pulsierenden Adern auf seinem kahlen Kopf erklären. Nicht meinen rechten Busen. Der war mein Liebling und ich würde ihn nie aufs Spiel setzen.

Ich wich zurück und fragte mich, ob Vampire wohl auch

‚Roid Rage' bekamen, konnte mich jedoch nicht entscheiden, ob das ein guter Zeitpunkt war, zu fragen oder lieber nicht.

Dann, wie bei meiner letzten Begegnung mit dem Schlägertypen, verlor sein Gesicht jeglichen Ausdruck, obwohl noch immer fast schwarzes Blut aus seiner Augenhöhle quoll. Es war, als hätte er beide Male eine Schwelle der Gewalt überschritten, die zu viel für sein Spatzenhirn war, das daraufhin einen Schalter umlegte, und ihn ausschaltete, bevor er explodierte. Der Schlägertyp drehte sich um und raste aus dem Club.

„Oh nein, das machst du nicht", sagte ich und sprintete dem überraschend schnellen Vampir hinterher. Ich hatte den Bastard jetzt zweimal gesehen und hatte zwar keinen Bock darauf, dass er mich zum Meister schleppte, wollte den Schlägertypen jedoch festhalten und selbst ein paar Antworten verlangen.

Mit dem Trottel Schritt zu halten, war nicht das Problem, aber die Straßen waren voller Menschen, die einen beschissenen Hindernisparcours abgaben. Der Schlägertyp war damit zufrieden, sich seinen Weg durch die Menge zu bahnen, und raste hindurch wie eine Abrissbirne. Ich war nicht so scharf darauf, Leute in den Straßenverkehr zu schleudern und verlor deshalb Boden.

Wenigstens wurde ich nicht müde oder geriet außer Atem. Ich hätte die ganze Nacht so rennen können. Würde ich es schaffen, bis zum Morgengrauen an ihm dranzubleiben? Wir waren bereits an vier Hotels vorbeigekommen, als ich es hörte.

Komm zu mir.

Es war nur ein Gedankenfetzen, kaum wahrnehmbar, dennoch stach er heraus wie eine Nonne in einem Puff, denn die Worte drangen in einer Männerstimme durch.

Der Schlägertyp hatte etwas Vorsprung auf mich gewonnen und bog links ab.

Ich habe dich vermisst.

Die Stimme war lauter, deutlicher.

Aber, aber, sagte ich mir. Jetzt war ein schlechter Zeitpunkt, um verrückt zu werden. *Wir sind gerade sehr beschäftigt, Vivien. Keine Zeit für mentale Zusammenbrüche.* Ich bog in eine weniger belebte Straße ab. Der Schlägertyp war nirgends zu sehen, doch ich lief weiter.

Irgendetwas zog an mir, trieb mich an.

Ich verlangsamte meinen Sprint und joggte jetzt.

Nein, du musst zu mir kommen.

„Ja, nein, ich glaube, ich passe", sagte ich laut, obwohl außer mir niemand da war.

Die schizophrene Stimme in meinem Kopf hatte die Nachricht, dass ich nicht interessiert war, nicht bekommen.

Du kommst, wenn du gerufen wirst. Ich habe dich geschaffen.

Die magnetische Anziehungskraft verdoppelte sich und riss mich fast von den Füßen. Ich blieb komplett stehen und schaltete auf Durchzug. Ich konzentrierte mich auf das Kratzen des Asphalts an meinen bloßen Füßen. Der Schlägertyp wollte mich zwar fangen, doch ich vermutete, dass er mich an einen bestimmten Ort führte.

„Ich bin nicht dein verdammter Hund, und meine Mama hat mich geschaffen, wo immer sie auch sein mag", sagte ich durch zusammengebissene Zähne. Meine Muskeln spannten sich an und bekämpften die unsichtbare Macht, die mich drängte, weiterzulaufen. Ich trat zurück und hielt mich am Geländer einer Treppe fest, die nach unten zu einer Kellerbar führten.

Niemand sagte mir, wo ich hingehen sollte. Niemand würde mich zwingen, irgendetwas zu tun, das ich nicht wollte.

Nein? Dann möchtest du vielleicht lieber trinken?

Ein paar lachende Mädchen gingen vorbei. Ich konnte erkennen, dass sie getanzt und Wodka getrunken hatten. Ein dünner Schweißfilm bedeckte noch immer ihre Haut. Eine berauschende Mischung aus Parfüm, Aufregung und Adrenalin stieg mir in die Nase.

Der Durst traf mich mit voller Wucht und ich krümmte mich keuchend. Es war genauso schlimm wie damals, als ich in der Leichenhalle zu mir kam. Jeder Teil meines Körpers schrie danach, die kurze Entfernung zu überbrücken, ihre Halsschlagadern herauszureißen und mir ihr frisches Blut in den Mund laufen zu lassen. Das Verlangen befahl mir, die hohle, kalte Leere in mir zu füllen.

Ich suchte meinen Körper nach dem tollwütigen Hund ab, der versuchte, sich aus mir herauszufressen. Jedes Atom meines Seins bestand darauf, dass ich sterben würde, wenn ich nicht sofort trinken würde. Mein Körper würde sich selbst von innen heraus fressen. Ich wusste nicht, ob das stimmte, aber die Realität verschwand schnell.

Die zufriedene Selbstgefälligkeit des Meisters hallte in meinem Kopf nach und machte mich wütend. Es war fast, als könnte ich seine Hände spüren, die mich steuerten, von wo immer er auch war. Er quetschte und drückte, entfachte den Durst in mir, bis ich dachte, ich würde jegliche Kontrolle verlieren.

Ich verharrte, aus Angst, dass nur eine einzige Bewegung mich dazu bringen würde, auf die Mädchen zuzurennen, die schnell davongingen. *So ist es gut. Lauft weg, Mädchen. Lauft weit weg von hier.*

Gerade, als ich mich in Sicherheit wähnte, strömten Menschen auf die Straße. Die meisten trugen dasselbe pinke T-Shirt mit dem Gesicht eines Popsängers auf der

Vorderseite. Ein Konzert war gerade zu Ende gegangen. So viel Blut, Aufregung und Begeisterung erfüllte die Luft. Ich stöhnte, als diese Welle mich überflutete, und schottete alle meine Sinne ab.

Das Metallgeländer verbog sich mit quietschendem Protest unter meinem festen Griff. Blut quoll aus den Schnitten und lief mein Handgelenk hinunter. Das war ein aussichtsloser Kampf. Der Meister hatte mich in seiner Gewalt und es war keine Frage, *ob* er mich brechen würde, sondern wann. Hoffnungslosigkeit stieg in mir auf und schwächte meine Abwehrkräfte nur noch schneller.

Grim tauchte auf. Sein Gesicht war eine wütende Maske. „Hast du gedacht, du könntest entkommen?"

Ich packte ihn am Revers. „Bring mich hier weg", sagte ich. Meine Stimme klang abgehackt und verzweifelt.

Zögern trat an die Stelle seiner Wut, als wollte er herausfinden, ob ich versuchte, ihn auszutricksen. Eine pochende Ader erregte meine Aufmerksamkeit. Mein Kopf flog herum und mein Blick richtete sich auf den entblößten Hals eines Mannes, der mit seiner Freundin vorbeiging. Mein Körper zitterte vor Verlangen. Mir war kalt bis ins Mark und die Wärme dieses Pärchens konnte mich retten.

Im Gegensatz zu den wandelnden Blutbeuteln, die mich mit ihrer Anwesenheit in Versuchung führten, hatte ich kein Verlangen danach, meine Reißzähne in Grim zu versenken. Dafür war ich dankbar. Wer hätte gedacht, dass ich in den Armen des Todes Sicherheit finden würde?

„Klar", sagte Grim mit einem gewissem Verständnis. Er packte meinen Arm und zog mich weiter die Straße entlang, weg von der Menge. Ich ließ sein Revers los und hielt mich stattdessen mit eisernem Griff an meinen Armen fest.

Das bist nicht du, versuchte ich mir einzureden. Das war

jedoch ein schwieriges Argument, da ich ja nicht wusste, wer ich war und kurz davorstand, durchzudrehen und zum wilden Dämon zu werden.

Das bist du, sagte die Stimme des Meisters. *Dafür habe ich dich geschaffen. Wir können alles teilen.*

Du kannst dich ins Knie ficken und dabei von einer Klippe stürzen, schrie ich in meinem Kopf zurück. Trotz meiner klugen, kreativen und derben Retourkutsche blendete der Durst mein rationales Denkvermögen total aus, bis ich nur noch das urtümliche Rauschen in meinen Ohren hörte, das mich antrieb, zu jagen und zu trinken.

Grim beendete ein Telefongespräch. Ich wusste nicht, wen er angerufen oder was er gesagt hatte.

„Ich kann nicht glauben, dass ich diese Wette gewinnen werde." Sein Tonfall deutete an, dass er gelangweilt war.

Seine Worte drangen irgendwie durch den Blutrausch. „Was?"

„Timothy und ich haben eine Wette abgeschlossen. Er wettet, dass du eine Vampirin bist, die ihr Wort hält und die nicht um sich schlagen und jemanden verletzen würde, weil er meint, du seist zu stur, um diesem Durst nachzugeben. Ich hielt dagegen, dass du beim ersten Zeichen der Schwäche einknicken und wie ein tollwütiges, wildes Tier auf einen Menschen losgehen würdest."

Ich hasste ihn. Ich verabscheute die Herablassung und Überlegenheit in seinem hübschen Gesicht, mit der er mich von oben herab anschaute. Und am allermeisten hasste ich die Sicherheit, die ich in seiner Gegenwart fand. Er war der Einzige, der mich nicht zu mörderischer Gewalt verleiten konnte. Zumindest nicht sein Blut, doch die Art, wie Grim mich behandelte, trieb mich an den Rand des Wahnsinns. Dennoch entschied immer noch ich, ob ich mich auch hinabstürzen würde oder nicht.

„Du bist nicht der Tod", knurrte ich. „Du bist der Teufel. Du wurdest hergeschickt, um mich zu quälen."

Er zog seine sinnlichen Lippen zu einem einseitigen, leicht verdutzten Lächeln hoch. „Komisch, dasselbe könnte ich über dich sagen."

Ich wollte gerade alle Methoden aufzählen, mit denen ich vorhatte, ihn zu foltern – eine davon erforderte eine Autobatterie und eine Wassermelone – als eine glänzende, schwarze Limousine am Randstein hielt. Sie stand jetzt zwischen mir und all den Menschen. Die Abgase des Motors mischten sich in den berauschenden Geruch des Blutes. Grim öffnete mir die Tür.

Früher hätte ich mir lieber den Arm abgehackt, als wieder sein kleiner Vampirköder zu sein, doch nun gab es keinen sichereren Ort als hier bei ihm. Ich stampfte zur Limousine und tat so, als wäre ich nicht dankbar, dass ich mich auf den Rücksitz des langen Wagens setzen konnte. Ein geschlossenes Fenster trennte uns von dem menschlichen Fahrer.

Grims Telefon läutete. Er ging ran und Timothys Gesicht erschien im Videoanruf. „Ist der Wagen gut angekommen?"

Ich hätte schwören können, dass er eigentlich „rechtzeitig" sagen wollte, aber das war vielleicht nur meine Einbildung.

„Ja, danke, Timothy", erwiderte Grim und warf mir einen schnellen Blick zu.

„Bitte sagen Sie Ms. Vivien, dass ich bereits einen Becher Blut für sie aufwärme. Ich habe den Fahrer angewiesen, Sie über die Garage zum Hintereingang zu bringen."

„Danke, Timothy." Grim klang schroff und beendete dann das Telefongespräch.

Die Kontrolle, die der Meister über mich hatte, schwand

dahin, und ich konnte seine Frustration durch unsere übersinnliche Verbindung spüren. Je weiter wir in die entgegengesetzte Richtung fuhren, in der der Meister war, desto stärker erlangte ich die Kontrolle über meinen Körper zurück. Der Durst allerdings blieb. Mir war so kalt und ich war so hungrig, ich fragte mich, ob sich in meinem Knochenmark Eiskristalle gebildet hatten.

Kämpfe nicht gegen das an, was du bist. Ein letztes Mal schlichen sich die Worte des Meisters in meinen Kopf.

Ich machte mir nicht die Mühe, zu antworten. Vielmehr lehnte ich meine Stirn ans Fenster und schloss die Augen.

„Worum habt ihr gewettet?", fragte ich.

„Wie bitte?"

„Worum hast du mit Timothy gewettet?" Ich drehte mich schließlich zu ihm.

„Wenn Timothy gewinnt, muss ich eine Woche Urlaub machen. Wenn ich gewinne, muss er sich als französisches Dienstmädchen verkleiden und mir Abendessen servieren."

„Hmm. Tja, tut mir leid, dich enttäuschen zu müssen, aber du hast in diesem Rennen aufs falsche Pferd gesetzt."

„Es scheint so." Trotz seines Eingeständnisses konnte ich keine echte Enttäuschung feststellen, und das war auch nicht schlimm. Er wollte nicht, dass ich von irgendjemandem trank, damit er eine Wette gewann. Nobler Kerl.

„Aber du hast noch viel Zeit, um mir das Gegenteil zu beweisen", fügte er mit kalter Gewissheit hinzu.

Ich legte meinen Kopf auf den Sitz zurück und versuchte, das heftige, nagende Gefühl in mir zu beruhigen. „Wieso will ich dein Blut nicht trinken? Hast du keins?", fragte ich, einfach nur, um mich abzulenken.

Als er nicht antwortete, hob ich den Kopf. Grim war so still geworden, er hätte eine von Madame Tussaud's Wachsfiguren sein können. Seine dunklen Augen waren uner gründlich. Ich hätte in sie hineinfallen können und hätte noch immer nicht gewusst, was er dachte. Seine verschränkten Finger ruhten auf einem Knie, seine Pose erinnerte an Rodins *Der Denker*.

Was sagte er mir nicht? Es gab etwas Wichtiges, das er mir vorenthielt – mal ehrlich, wahrscheinlich waren es mehrere wichtige Dinge. Als ich nach seinem Blut gefragt hatte, kam ich gefährlich nah an etwas heran, das er vor mir verbergen wollte.

Eine Welle des Durstes rollte durch meinen Körper. Ich stand zwar nicht mehr unter der Kontrolle des Meisters, musste aber dennoch trinken. Er hatte mich angestachelt, und Entfernung würde mein Gleichgewicht nicht wiederherstellen. Das schafften nur ein oder zwei Liter lebensspendenden Blutes.

„Lass mich raten." Meine Stimme klang kratzig. „Du lebst von Koffein und den Seelen der Toten."

Grim zog kurz besorgt die Augenbrauen zusammen, dann glättete sich seine Miene wieder. Gleichgültig betrachtete er seine Nagelhaut. „Hast du schon jemals in Betracht gezogen, dass mein Blut zu reichhaltig für dich ist?"

„Komm schon, vielleicht solltest du für einen guten Zweck spenden? Mit nur ein paar Tröpfchen pro Tag könntest du einem bedürftigen, hungernden Vampir helfen." Meine Sally-Struthers-Imitation war nicht besonders gut, aber ich gab mein Bestes.

Er beugte sich vor. „Das klingt nicht so, als wäre es steuerlich absetzbar."

„Blaublüter", scherzte ich, obwohl sich meine Kehle so anfühlte, als hätte ich Rasierklingen verschluckt. Ich schluckte schwer und schloss die Augen. „Werde ich sterben, wenn ich nicht trinke?"

„Ja." Er sagte das so, als wäre er ein Arzt, der eine

Diagnose stellte und den Patienten dabei nicht über seinen sicheren Tod im Unklaren lassen wollte.

„Das mag ich so an dir, G. Du redest nicht um den heißen Brei herum." Ich sagte das mit Leichtigkeit, meinte es aber ernst. Aus irgendeinem Grund wusste ich, dass ich es nicht ertragen könnte, wenn der Tod ein Lügner wäre. Aber nein, er versteckte sich nicht hinter Rätseln oder Halbwahrheiten. Bei ihm hieß es alles oder nichts.

Ich spürte ein scharfes Stechen in meinen Augen. Nein, ich würde nicht vor dem Tod weinen. Ich weigerte mich. „Würdest du meine Seele raffen, wenn ich hier und jetzt sterben würde?"

„Nein."

Als ich ihn wieder anschaute, sah ich nicht mehr seine übliche kalte, harte Überlegenheit. Mitleid lag in seinem Blick und ich hasste das. Lag es daran, dass ich nicht gut genug für ihn war, um sich mit mir zu beschäftigen, oder daran, dass ich keine Seele mehr hatte? Der Gedanke, seelenlos zu sein, gefiel mir nicht, aber alle Vampirüberlieferungen sagten eindeutig, dass Vampire keine Seele hatten. Trotzdem haderte ich noch mit mir. Wenn ich ein Gewissen hatte, bedeutete das dann nicht, dass ich auch eine Seele hatte? Wenn Grim also meine Seele nicht raffen wollte, dann konnte es nur daran liegen, dass ich keine hatte, oder, dass sie zu kaputt war, um gerafft zu werden.

„Das ist schon in Ordnung", sagte ich missmutig. „Ich habe dein Yelp-Profil gesehen. Viele Ein-Sterne-Bewertungen, G. ‚Würde ich nicht empfehlen. Das Raffen war erst halb abgeschlossen, da ist der Tod rausgegangen, um ein Sandwich zu holen.' Und ein Typ sagte, du hättest ihn gerafft, während er noch auf der Toilette war. Eine Schande." Ich plapperte, aber das war mir egal. Jedes Atom drückte mich wie ein Schraubstock und forderte, dass ich trank. Es war die reine Qual.

Grim zückte sein Telefon und fing an, zu tippen.

„Langweile ich dich?" Ich wollte ihn schlagen. Wollte ihm diesen dummen, teilnahmslosen Gesichtsausdruck wegwischen. Wenn ich direkt hier auf dem Boden seiner Limousine dahinscheiden würde, dann würde er ganz sicher einfach seine Füße hochheben und die Nachricht an irgendein Sexhäschen weiterschreiben, mit dem er unbedingt ins Bett hüpfen wollte, damit er noch ein Kleid zu seiner ohnehin schon beeindruckenden Sammlung hinzufügen konnte.

Er sagte, der Schrank voller Frauenkleidung war Timothys Werk gewesen. Aber zumindest ein Teil davon musste von seinen Eroberungen stammen. Ich sah, wie die Leute ihn anglotzten. Als ich ihn zum ersten Mal gesehen hatte, schlug sein Wesen bei mir ein wie eine Abrissbirne, daran erinnerte ich mich noch genau. Das Bedürfnis, vor ihm auf die Knie zu gehen und ihn anzuflehen, mich gleich an Ort und Stelle zu nehmen, kämpfte gegen das Verlangen, wie der Teufel vor seiner überirdischen Intensität wegzurennen.

Ich konnte nicht begreifen, warum ich wollte, dass Grim sich etwas aus mir machte. Vielleicht, weil es sonst niemand tat? Weil ich allein und unbedeutend war.

Die Limousine hielt an. Doch anstatt auszusteigen, hob Grim die Hand und signalisierte mir, zu warten. Ich hatte angefangen, zu zittern. Die Kälte in mir war beißend.

Er ließ das Fenster herunter. Eine Hand reichte eine Thermosflasche herein. Grim öffnete sie und reichte sie mir. „Trink", befahl er.

Ich dachte nicht darüber nach, ob das eine gute Idee war, sondern griff einfach nach der Thermosflasche und trank. Heißes, menschliches Blut rann meine Kehle hinunter und ich gab einen Laut von mir, der irgendwo zwischen einem Miauen und einem Stöhnen lag.

Ich hasste es, dass der Meister Kontrolle über mich hatte. Ich hasste es, dass ich Blut brauchte. Und ich hasste es, dass ich nicht wusste, was Grim dachte, während er mich untätig beobachtete.

16

GRIM

Schmerz war mir vertraut. Ich begegnete ihm mit solcher Regelmäßigkeit, dass ich für seine Existenz abgestumpft war. Doch beim Anblick von Vivien, die vor Schmerzen zuckte und mit ihrem Durst kämpfte, ertappte ich mich dabei, ihre Verzweiflung zu teilen.

Ich faltete meine Hände, um mich davon abzuhalten, etwas zu tun, was ich niemals tat: Sie zu trösten.

Dennoch war ich versucht, mich neben sie zu setzen und sie festzuhalten, bis sie aufhörte, zu zittern. Vielleicht auch noch etwas Beruhigendes sagen, obwohl ich nicht wusste, was.

Die Sekhor zitterte und stöhnte, als sie von der Thermosflasche voller Blut trank.

Vivien wusste nicht, wie gefährlich ihre Frage war, von mir zu trinken. Wenn sie die Wahrheit über mein Blut wüsste und was das mit ihr machen würde, wer wusste schon, was sie dann tun würde?

Doch sie überraschte mich auf Schritt und Tritt. Vivien tat alles in ihrer Macht Stehende, um ihre Natur zu bekämpfen und andere zu schützen.

Als sie fertig war, ließ sie sich sichtlich erleichtert in ihren Sitz fallen. Ein bisschen Blut lief an der Seite ihrer jetzt rubinroten Lippen herunter. Dann öffnete sie abrupt die Augen und setzte sich auf, als würde sie sich daran erinnern, wo sie war und um sich vor plötzlichen Bedrohungen zu schützen. In ihrem Blick lag eine stumme Schuldzuweisung, vielleicht weil ich sie zum Sinopolis zurückgebracht hatte...mal wieder.

„Entspann dich", wies ich sie an. „Wir werden hier noch ein paar Minuten sitzen, bis ich sicher bin, dass du nicht auf die Hotelgäste oder das Personal losgehst."

Sie sank zurück in den Sitz. „Hat dir deine Mutter denn nicht beigebracht, dass es unhöflich ist, zu starren?"

Ah, deshalb also dieser Blick. Ich hatte sie gesehen, als sie am verletzlichsten war. Sie wischte sich mit dem Handrücken das restliche Blut weg.

„Meine Mutter hatte wenig mit meiner Erziehung zu tun", sagte ich. „Also kann sie kaum schuld sein."

„Ist deine Mutter der Grund, warum du so einen miesen Frauengeschmack hast?"

Ich runzelte die Stirn.

„Uuups? Habe ich ins Schwarze getroffen?"

„Von einem rein psychologischen Standpunkt könnte man sicher zu einem Schluss kommen, der diese beiden verbindet." Ich gab es nur äußerst ungern zu, aber Vivien wiederholte eine Vermutung, die Timothy einst geäußert hatte. Sehr zu meinem Missfallen war sie mir im Gedächtnis geblieben. Man wollte wohl kaum Ähnlichkeiten zwischen seiner Geliebten und seiner Mutter entdecken. Zum Glück sprach sie nicht weiter darüber.

„Ich bin überrascht, dass du jetzt nicht bei Qwynn bist", sagte sie. So, wie sie den Namen meiner Ex aussprach, hätte man denken können, sie hätte an einer Zitrone gesaugt.

Meine Nackenmuskeln spannten sich an. „Warum sagst du das?"

„Ich meine, abgesehen davon, dass sie so aussieht, wie...na ja, wie sie aussieht. Die Frau sieht aus, als wäre sie bereit, dich auf jede erdenkliche Art und Weise umzuhauen. Sind dir spektakulär schöne, bereitwillige Frauen langweilig geworden?" Ihrem schlagfertigen Kommentar folgte eine leise Feststellung. „Du hast ausgesehen, als könntest du es nicht erwarten, sie zu berühren."

Ihr Wahrnehmungsvermögen überraschte mich.

„Du hast recht. Ich musste alles aufbieten, um nicht die Hände auszustrecken, und..." Resignation und – das wagte ich zu behaupten – Enttäuschung huschten über ihr Gesicht, bevor ich weitersprach. „Ihr den Hals umzudrehen."

Viviens Augenbrauen schossen hoch, obwohl sie selbst an ihrem Sitz kleben blieb.

„Sie ist ein zerstörerischer Succubus, nur die Hülle eines Wesens. Eine lange Zeit glaubte ich, dass in ihr so viel mehr steckt. Ich glaubte, dass sie...eine Seele besäße." Unfähig, Viviens forschenden, neugierigen Augen zu begegnen, zupfte ich einen unsichtbaren Fussel von meiner Hose. „Ich lag falsch. Die Frau ist ein geistloses Weibsstück."

Vivien setzte sich aufrechter und schien wieder mehr sie selbst zu sein. „Boah, sie hat dir übel mitgespielt. Was hat sie getan, um dich zu verarschen? Bist du nicht der Typ, der Seelen richtet?"

Meine Lippen verzogen sich zu einem schmalen, ironischen Lächeln. „Qwynn hat das Handwerk perfektioniert, sich auf eine Zielperson einzuschießen und ihr das Gefühl zu geben, sie sei der Mittelpunkt des gesamten Universums, bevor sie sie dann in ihr Loch der Lust und Sünde hinabzieht." Ich räusperte mich, während Vivien interessiert den

Kopf neigte. Bevor sie nach Qwynns sexuellen Fähigkeiten fragen konnte, fuhr ich fort. „Aber manchmal frage ich mich, ob ich in ihr nicht das gesehen habe, was ich wollte. Ich entschied mich, die Teile von ihr zu ignorieren, die nicht meinem Ideal entsprachen. Und sie ließ mich in meiner Fantasie schwelgen, die zu sein, die ich in ihr sehen wollte.“

Vivien wurde ruhig, in Gedanken verloren. Ich war kurz davor, mit dem Fuß zu wippen, um die Limousine irgendwie zu beschallen und von meinem plötzlichen Unbehagen abzulenken. Warum erzählte ich ihr das alles? Wieso fand sie ständig neue und andere Methoden, um mir unter die Haut zu gehen?

„Also, was hat sie so Schreckliches getan?“, fragte Vivien schließlich.

„Das spielt keine Rolle mehr“, sagte ich und rückte meine Armbanduhr zurecht.

Vivien beugte sich vor, stützte die Ellbogen auf die Knie und gewährte einen großzügigen Einblick in ihr Dekolleté über dem tiefen Latexausschnitt. „Offensichtlich doch, wenn du sie erwürgen willst und es nicht fertigbringst, laut zu sagen, was sie dir angetan hat.“

„Das war vor langer Zeit.“ Meine Stimme war fest und autoritär.

„Wenn es so lange her ist, dann macht es ja nichts, wenn du es mir erzählst.“

„Es ist geschmacklos, die Vergangenheit wieder heraufzubeschwören.“

„Es ist geschmacklos, Blut zu trinken, und doch habe ich in letzter Zeit viel davon schmecken können...“

„Sie aß Leichen“, sagte ich laut und fiel ihr ins Wort, um dieses wahnwitzige Geplänkel zu stoppen.

Vivien blinzelte. „Sie...was?“

Ich senkte meine Stimme auf eine normale Lautstärke

und sagte: „Du musst verstehen, dass ich dachte, ich wäre unwiderruflich in Qwynn verliebt. Sie war alles, was ich...nicht war. Sie ist spontan, leidenschaftlich, und sie versteht sich auf die dunklen Künste der Lust. Sie nahm meine Hand und führte mich in Genüsse ein, die ich mir selbst nie zugestehen würde. Schon bald war ich süchtig nach allen möglichen Lastern. Und vor allen Dingen war meine Liebe zu Qwynn zu einer Obsession geworden." Ich wurde noch leiser. „Das hat es ihr noch leichter gemacht, mich zu betrügen und zu manipulieren."

Ich beugte mich vor und strich mit meinem Handrücken über ihren nackten Arm, während ich weitersprach. „Ich richte nicht nur Seelen, ich beschütze auch die Körper der Verstorbenen. Der Körper ist ein Tempel für die Seele und muss mit Respekt behandelt werden, selbst im Tod."

Vivien erschauerte, als ich mit meinen Fingerknöcheln immer weiter nach oben zu ihrer Schulter strich. Mein Zeigefinger fuhr ihre Halswirbelsäule nach. Unsere Blicke trafen sich. Obwohl die Blutlust ihre Augen rot gefärbt hatte, waren sie dennoch ausdrucksvoll und betörend. Ihre Pupillen weiteten sich, als versuchte sie, mich hineinzuziehen.

Meine Erregung machte sich bemerkbar und drückte gegen meine Hose. Ihre seidige Haut bettelte darum, tagelang berührt, gekostet, geleckt und gereizt zu werden. Mein Blick fiel auf ihre Seite. Diese Streifen entblößter Haut waren letztendlich eine zu große Versuchung für mich, der ich nicht mehr widerstehen konnte. Ich senkte meine Hand und strich mit dem Daumen über die nackte Haut in der Nähe ihrer Brust. Sie stoppte mich nicht. Ihre Finger hielten die Thermosflasche fest umklammert und sie bewegte keinen Muskel.

„Der Körper verdient Verehrung in allen Formen. Von

nahrhaftem Essen bis hin zu viel Wasser. Er schützt die Seele vor den Elementen, eine komplizierte Maschine, aber auch ein empfindliches System." Meine Stimme wurde noch leiser und heiser. „Er braucht Berührung und sehnt sich danach. Er kann unzählige Gefühle, Texturen und Drücke verarbeiten."

Meine Augen waren auf den Weg meines Daumens gerichtet, der sich ganz langsam unter den engen Stoff schob, in Richtung ihres Busenansatzes. Als ich das tat, zuckten Viviens Hüften kurz.

Die Bewegung brachte mich zur Besinnung. Was machte ich da?

Du bist kurz davor, in diesem Wagen über sie herzufallen. Das käme jedoch einer Vergewaltigung gleich.

Ich ignorierte Viviens verzweifeltes Wimmern, lehnte mich zurück und faltete die Hände in meinem Schoß, um die steife Wölbung dort zu verbergen. Dann kehrte ich zu meiner Ausführung zurück. „Kannibalismus ist eine der schlimmsten Gräueltaten."

„Was erklärt, warum du kein großer Fan von Sekhors bist." Vivien ließ ihre Schultern nach hinten kreisen, als versuchte sie ebenfalls, wieder zur Besinnung zu kommen. Doch ich konnte die harten Spitzen ihrer Brüste durch ihren Anzug sehen, und ihre Schenkel, die eng zusammengepresst waren.

Ich nickte zustimmend und konzentrierte mich wieder auf ihre Augen. Das Rot war verschwunden und jetzt waren sie wieder funkelnd Grün. „Für Sekhors sind Menschen nichts als eine Mahlzeit. Doch selbst Menschen haben Gräueltaten an den Toten begangen. In der Vergangenheit haben die Leute menschliche Überreste gemahlen und zu Tinkturen verarbeitet, um etwas herzustellen, das sie für Medizin hielten. Es war abscheulich und ich tat, was ich konnte, um das zu stoppen. Dank der neuen medizinischen Kenntnisse des achtzehnten Jahrhunderts starb diese Praxis schließlich aus." Mit einem tiefen Atemzug bereitete ich mich auf den nächsten Teil vor. „Ich hätte mehr tun können, um die Menschen von solch grausamen Praktiken abzuhalten, doch ich war selbst verloren. Meine ganze Zeit verbrachte ich damit, Qwynn zu verehren und in ihrer Lasterhöhle zu spielen. Dann, im viktorianischen Zeitalter, bekam ich Wind davon, dass die Menschen Mumien kauften und sie bei privaten Partys auswickelten, während alle anderen zusahen. Und dann aßen sie vom Fleisch der Pharaonen."

Viviens Nase kräuselte sich. Zwischen ihren Augenbrauen erschien eine Falte, während ihre Augen jedes schreckliche Detail aufzunehmen schienen, das ich preisgab.

Meine Erregung von vorhin wurde von schlechten Erinnerungen vertrieben. „Ich versuchte, die Schuldigen zu entlarven und dem ein Ende zu bereiten, doch sie entkamen mir immer wieder. Eines Tages bestand Qwynn schließlich darauf, dass ich meine Nachforschungen einen Abend lang ruhen lassen sollte, um an einer ihrer Dinnerpartys teilzunehmen. Das war auch so eine ihrer extravaganten Angewohnheiten."

Nur die reichsten, dekadentesten Gäste durften teilnehmen. Qwynn engagierte Kellner, die nackt herumliefen. Das einzige, das sie trugen, waren unbezahlbare Juwelen und Goldfarbe, mit der sie von Kopf bis Fuß bemalt waren. Das Haus war allgemein als Höhle der Ungleichheit bekannt geworden. Ich erinnerte mich, wie Qwynn den Kopf zurückgeworfen und gelacht hatte, als sie das hörte. Dann hatte sie ein Schild für das Haus anfertigen lassen und es offiziell so genannt.

In jener Nacht war der Wein exquisit und Opium erfüllte die Luft, bis jeder Raum vom Nebel eingehüllt war. Ich ging auf der Party mit schleppenden, schwerfälligen Bewegungen und einem benebelten Kopf herum. Ich beobachtete unsere Gäste, als würde ich durch einen Traum gehen. Ich sah nur die schönsten Anzüge und Kleider, außer an denjenigen, die sich entschieden hatten, sich auszuziehen und wie die Karnickel auf den antiken Möbeln zu ficken. In einer Ecke stand sogar ein Käfig mit zwei Löwen. Eine der großen Katzen lag auf dem Boden und blinzelte schläfrig, während die andere in dem kleinen Gehege herumlief und immer wieder frustriert brüllte. Die Zuschauer quietschten und lachten laut, wenn der Löwe versuchte, durch die Gitterstäbe nach ihnen zu schnappen.

Alles von diesem Abend hatte sich in mein Gedächtnis gebrannt.

„Und dann wurde das Abendessen auf abgedeckten, silbernen Platten serviert. Die Deckel wurden gehoben und enthüllten dünne Streifen von getrocknetem, grau gewordenen Fleisch." Selbst jetzt stiegen Abscheu und Wut noch ebenso stark in mir auf wie damals. „Und Qwynn, die neben mir saß, lächelte mich mit funkelnden Augen an, als sich alle genüsslich und voller Elan über das Fleisch hermachten. Sie dachten, es würde ihnen ein langes Leben und dauerhaften Status gewähren. Eine Lüge, die Qwynn sich ausgedacht hatte, um diese schreckliche Praxis in Mode zu bringen."

Vivien stieß einen leisen Pfiff aus. „Verdammt. Was hast du getan?"

„Ich habe die Party beendet", sagte ich.

So, wie sich Viviens Augenbrauen hoben, wusste ich, dass sie die Art und Weise, auf die ich das getan hatte, erraten hatte.

Ich war von Gewalt überrollt worden. Ich hatte den langen Esstisch umgedreht und ihn auf einige der Esser geworfen. Ich verlor voll und ganz die Kontrolle, während Kellner und Gäste schrien und voller Panik das Haus verließen. Alle, außer Qwynn, die sitzengeblieben war. Ihre Miene war nur leicht unbehaglich, während um sie herum das Chaos ausbrach. Ich wollte sie töten.

„Von all den Nummern, die sie im Lauf der Jahre abgezogen hatte, war die hier unverzeihlich, und das wusste sie."

Vivien legte die Thermosflasche weg und beugte sich vor. „Warum hat sie das getan?"

„Sie behauptete, ich müsste beweisen, dass ich sie mehr liebte als alles andere. Wenn ich das Fleisch der Toten gegessen hätte, wäre das der Beweis, dass ich sie mehr liebte als meine Pflicht. Als ich ihrer Forderung nicht nachkam, beschuldigte Qwynn mich, sie zu vernachlässigen und sie zu verstoßen um der wahren Liebe meiner Existenz willen."

Mit gerunzelter Stirn hob Vivien eine Hand. „Damit ich das richtig verstehe: Sie war sauer, weil du deinen Job mehr geliebt hast als sie? Den Job, Seelen zu sammeln?"

„Meine Aufgabe ist heilig und lebenswichtig für das Wohlergehen dieses Planeten, und ich dachte vielleicht, dass daran etwas Wahres sein könnte." Selbst jetzt ging mir die Anschuldigung durch und durch. Obwohl ich jetzt genug wusste, um Qwynns Reihe von Liebhabern einer bodenlosen Grube der Eitelkeit zuzuschreiben, konnte ich ihre Vorwürfe noch immer nicht abschütteln.

„Was für ein egoistisches Miststück. Hat sie von dir erwartet, dass du deinen Job aufgibst, sie mit Trauben fütterst, ihr Haar streichelst und ihr tagaus und tagein sagst, wie schön sie ist? Selbst wenn du getan hättest, was sie wollte, wäre es ihr letztendlich langweilig geworden. Nein, sie ist nur ein anspruchsvolles, unglückliches Flittchen, das darauf aus ist, andere wie Spielzeug zu benutzen.“

Noch während sie diese Worte sagte, legte sich ein Gefühl der Bestätigung über die Erinnerungen, die noch immer genug Macht hatten, um mich zu verletzen.

„Du klingst, als hättest du damit Erfahrung.“

Vivien zuckte die Schultern. „Wenn es so wäre, würde ich es nicht wissen. Aber ich kann dir sagen, dass deine Ex eine egoistische Narzisstin ist. Vielleicht steckt sie sogar hinter diesem ganzen Vampir-Ding. Hast du schon einmal daran gedacht? Sie war zufällig im Club, kurz bevor der Schlägertyp und seine Bande von Arschgesichtern die Party ruiniert haben.“

Ich schüttelte den Kopf. „Sie mag die Zunge einer Schlange haben, aber es würde ihr nichts bringen, Vampire zurück an die Macht zu bringen.“ Ich konnte sehen, dass Vivien im Begriff war, zu protestieren, und fügte hinzu: „Ganz zu schweigen davon, dass die Dreistigkeit und Gerissenheit, die für eine solche Verschwörung vonnöten sind, jenseits ihrer Fähigkeiten liegen. Sie mag eine Lügnerin und Manipulatorin sein, aber sie ist keine Vordenkerin. Hier ist etwas Größeres im Gange. Ich weiß nur noch nicht, was.“

„Hmm“, sagte sie, nicht überzeugt. „Und ich denke, du willst nicht glauben, dass sie involviert ist, weil du ihr um jeden Preis aus dem Weg gehen willst. Ich sage ja nur, dass wir sie im Auge behalten sollten.“

Während ich Vivien betrachtete, erkannte ich plötzlich, dass ich der Ansicht gewesen war, dass sie viele Eigenschaften mit Qwynn gemeinsam hatte. Ich hielt sie beide für Abrissbirnen, die darauf aus waren, meine Welt zu zerstören, um ihre eigenen Bedürfnisse zu verfolgen. Doch während Vivien jede Möglichkeit hatte, Menschen zu schaden und Seelen zu fangen, indem sie weitere Sekhors schuf, hegte sie keine solchen Absichten. Nun, da ich die beiden nebeneinander gesehen hatte, waren sie so unterschiedlich wie Nacht und Tag.

Was sie jedoch gemeinsam hatten, war weitaus gefährlicher: Die Fähigkeit, einen Teil von mir herauszulocken, der sich nach Vergnügen, Spiel und Zuflucht von meiner nie enden wollenden Pflicht sehnte.

Ein Klopfen am getönten Fenster rettete mich vor meinen Gedanken. Ich ließ es herunter und Timothy reichte mir die High Heels sowie gefaltete Kleidung herein.

Ich legte sie auf den Sitz neben mir und sagte zu Vivien: „Ich steige jetzt aus, damit du dich umziehen kannst."

„Moment, was?", fragte sie und rutschte näher an mich heran.

„Wir müssen noch einen letzten Stopp einlegen, bevor der Morgen dämmert. Deine Kleidung ist für den nächsten Ort nicht angemessen." Ich drückte auf den Knopf, um das Fenster mit einem elektrischen Summen wieder hochfahren zu lassen.

„Wir haben keine Zeit, dass ich schnell hineingehen und mich in einem Badezimmer umziehen kann oder so?"

„Die Müdigkeit, die du inzwischen spüren müsstest, sollte dir sagen, dass es schon sehr bald hell werden wird. Es bleibt keine Zeit. Ich darf dich nicht aus den Augen lassen und wir müssen noch an einen letzten Ort." Ich öffnete die Tür und stieg aus.

Vivien rutschte an den Platz, an dem ich gesessen hatte. Sie schaute mich mit ihren großen, grünen Augen an. Zum blutsaugenden Fluch meiner Existenz, es überraschte mich, wie sie in diesem Anzug, der ihre Brüste hochschob, damit ich sie betrachten konnte, gleichzeitig so ernst und so wollüstig aussehen konnte.

Ich schluckte und verdrängte Gedanken daran, wie ich

mit meinen Fingern über ihr einladendes Fleisch strich oder mich vorbeugte, um ihre Lippen in einem heißen, verlangenden Kuss zu erobern.

„Wir fahren zum Original." Auf ihren ausdruckslosen Blick hin stellte ich klar: „Wir besuchen den allerersten Vampir."

17

VIVIEN

Timothy begleitete uns nicht, weil er sagte, er sei immer noch mit den Aufräumarbeiten im „Wolf Town" beschäftigt. Ich fragte mich, was Timothy alles zu tun hatte. Es war ja nicht alleine mit dem Aufräumen getan. Da waren noch verängstigte Partybesucher, um die er sich kümmern musste, und außerdem die Polizei. Er schien von seiner Aufgabe jedoch eher genervt als überfordert zu sein. Dennoch hatte er irgendwie Zeit gefunden, die Thermosflasche mit Blut vorzubereiten und mir ein Outfit zu liefern.

Die Kleidung, die Timothy mir geschickt hatte, gefiel mir. Es waren dieselben hochhackigen Stiefel, die ich schon einmal getragen hatte, dazu ein rotes Neckholder-Top, eine Lederjacke und Jeans. Sogar einen Gürtel mit glitzernden rubinroten Lippen als Schnalle hatte er dazu gepackt.

Obwohl es die kälteste Stunde der Nacht war, brauchte ich nach meinem Snack meine Jacke nicht. Wir hatten den Strip verlassen und fuhren etwa fünfzehn Minuten auf einer Straße, die sich in ein verlassenes Gebiet schlängelte. Das Gebäude lag versteckt und war nicht zu sehen.

Ich schloss die Autotür und schaute Grim mit hochgezogener Augenbraue an. „Dort ist der erste Vampir?"

Anstatt zu antworten, streckte Grim die Hand aus, um mich aufzufordern, vorzugehen.

„Lion's Den Pflegeanstalt? Ist das Original hierhergekommen, um sich wegen seiner Blutsucht behandeln zu lassen?" Ich lachte nervös auf. „Vielleicht sollte ich als Nächste einchecken?" Nachdem ich so kurz davor gewesen war, die Kontrolle zu verlieren, war das nicht nur als Scherz gemeint.

Grim versuchte, sein Lächeln zu verbergen, aber ich sah es trotzdem. Ihn lächeln zu sehen, verursachte komische, flatterige Gefühle in meinem Bauch. Ich schob es darauf, dass er sündhaft sexy war. Ich fragte mich, ob er so reizend aussah, um den Menschen zu helfen, mit dem Übergang zum Tod fertig zu werden. In etwa so: ‚Pass auf, du musst zwar sterben, aber wenigstens wird dich dieser umwerfend gutaussehende Mann ins Jenseits befördern.'

Ich hatte aber auch seine gruselige Seite gesehen, und das reichte aus, dass ich mir vor Angst fast in die Hosen gemacht hätte. Der Gedanke an einen weiteren Fluchtversuch kam mir in den Sinn, wurde dann von mir aber verworfen. Grim hatte recht. Es war nur noch etwas mehr als eine Stunde bis zum Morgengrauen und ich konnte bereits spüren, wie sich Lethargie in meinem Körper breitmachte. Ich freute mich schon darauf, einzuschlafen, und ganze zwei Tage wie eine Tote zu schlafen. Das Wortspiel war beabsichtigt. Der Versuch, Grim abzuwehren, ihm davonzulaufen oder ihn zu überlisten, kam für mich momentan nicht in Frage. Ich musste den richtigen Zeitpunkt abwarten.

Grim drückte auf einen Summer und nach wenigen Minuten erschien ein Pfleger, der die Glastür einen Spalt öffnete. Er war Anfang Dreißig, mit rundem Gesicht und funkelnden, braunen Augen. Mit seinem Lächeln würde ihn jedes Mädchen, das bei klarem Verstand war, mit nach Hause zu Mama und Papa nehmen. Auf dem glänzenden Namensschild stand Kabir. Sein Blick blieb kurz an mir hängen und sein Lächeln vertiefte sich. Dann sah er Grim. Ein Anflug von Unsicherheit huschte über sein Gesicht und er schien zu überlegen, ob er nervös sein musste. Er hatte ja keine Ahnung.

„Kann ich Ihnen helfen?"

„Wir sind hier, um meine Tante zu besuchen", erklärte Grim.

Kabirs Blick wanderte von Grim zu mir und wieder zurück. „Sie sind ein wenig früh dran für einen Besuch. Sie müssen um zehn Uhr wiederkommen."

„Sie können eine Ausnahme machen." Die gebieterische Kälte in Grims Worten verlangte Gehorsam von Kabir.

Der Tod hatte eine kurze Zündschnur, wenn es um Geduld ging, stell dir vor!

Der Mund des Pflegers wurde dünn. „Ich befürchte, Sie werden morgen zur Besuchszeit wiederkommen müssen."

Grim trat einen bedrohlichen Schritt nach vorne. „Hören Sie mal, Sie..."

Ich drückte eine Hand an Grims Brust. „Geben Sie uns einen Moment", sagte ich zu Kabir und zwinkerte ihm kokett zu. Das Funkeln kehrte in seine Augen zurück, als ich Grim ein paar Schritte von der Tür weg und außer Hörweite führte. Ich tat mein Bestes, nicht auf seine festen Brustmuskeln zu achten. Ein Kribbeln schoss durch meine Hand, dann weiter in meinen Arm, und erwärmte schließlich meinen ganzen Körper.

Ich flüsterte Grim zu: „Versuchst du immer, auf diese Weise deinen Willen zu kriegen?"

„Ich werde schon dafür sorgen, dass er uns reinlässt", sagte Grim und seine Kinnpartie wurde hart. Ich fragte mich, ob er nur halb so gefährlich aussah ohne den Dreitagebart um seinen sinnlichen, magnetischen Mund. Die Hitze wanderte von meiner Hand zu meinem Arm und sammelte sich schließlich in meinem Bauch.

Ich zog meine Hand zurück, als hätte ich Feuer berührt und sagte: „Die Bulldozer-Methode ist nicht immer die Beste. Manchmal braucht man eine sanftere Vorgehensweise."

Seine Lippen wurden dünn. „Sagt die Sekhor, die angezogen war wie ein Sexspielzeug und ihren Stiletto ins Auge ihres Gegners geschleudert hat."

Anstatt auf seine lächerlichen und völlig korrekten Anschuldigungen zu antworten, hob ich eine Hand und machte ihm schweigend klar, zu warten. Dann ging ich zurück zur Tür, auf deren anderen Seite Kabir mit seinem Telefon spielte. Als er mich kommen sah, öffnete er sie wieder einen Spalt, aber diesmal weiter als zuvor. Er warf einen misstrauischen Blick über meine Schulter in Grims Richtung.

„Es tut mir leid, ich darf Sie noch immer nicht hereinlassen", sagte er mit ehrlichem Bedauern in seiner Stimme.

Ich hob beide Hände. „Natürlich, Sie machen nur Ihren Job. Ein paar Leute tauchen mitten in der Nacht während Ihrer Schicht auf und belästigen Sie. Ich würde uns auch nicht reinlassen. Aber sehen Sie diesen Kerl dort drüben?", fragte ich und deutete auf Grim. „Ich möchte Sie keiner Gefahr aussetzen, aber dieser Typ ist bei der Mafia. Jemand hat seine Tante bedroht und er war so um ihre Sicherheit besorgt, dass wir gleich hierhergerast sind, um uns zu vergewissern, dass es ihr gut geht. Er wird nicht ruhen, bis er sie gesehen hat."

Ich konnte nicht sagen, ob Kabir mir meinen Schwachsinn abkaufte, doch als er Grim betrachtete, wusste ich, er könnte zumindest die Möglichkeit, dass Grim zur Mafia gehörte, schlucken. In diesem schwarzen Anzug und mit seinem gebieterischen und doch bedrohlichen Auftreten sah er auf jeden Fall so aus, als hätte er schon so manche Finger mit seinem teuren Zigarrenschneider abgeschnitten.

Kabirs Blick wanderte wieder zu mir. „Ich wünschte, ich könnte es, aber ich kann nicht. Besuchszeit ist morgen von zehn bis drei.“

Als allerletzten Versuch legte ich meine Hand auf Kabirs Handgelenk, um ihn daran zu hindern, von der Tür wegzugehen. „Kabir, es ist von größter Wichtigkeit. Wir müssen seine Tante sehen. Bitte helfen Sie uns.“ Ich drückte sein Handgelenk noch einmal. Plötzlich war ich mit seinen Augen, seinem Innersten, seinem ganzen Wesen verbunden. Es war, als hätte ich ihn mit einem Traktorstrahl eingesaugt, von dem ich nicht gewusst hatte, dass ich ihn überhaupt besaß. Seine Anspannung schien zu schwinden und seine Kiefermuskeln entspannten sich.

„Klar“, sagte er, öffnete die Tür und bat mich herein. Seine Augen wurden leer und seine Antwort klang monoton und seltsam.

Was zum Teufel war denn das?

Trotzdem wollte ich mich nicht beschweren, dass ich meinen Willen bekommen hatte. Ich nickte Grim über meine Schulter zu und trat ein. Sogar als Kabir bis zur Rezeption voranging, wo das Anmeldeformular lag, spürte ich, dass wir verbunden waren.

Ich frage mich...

„Wir brauchen uns nicht einzutragen“, sagte ich und schenkte ihm mein süßestes Lächeln.

Kabir nickte. „Ich schaue nach ihrer Zimmernummer. Wie ist der Name?"

Heilige Blutbeutel, es funktionierte! Ich setzte vampirische Gedankenkontrolle bei Kabir ein. Wenn ich schon früher von dieser Fähigkeit gewusst hätte, dann hätte ich mir das Leben während der letzten zwei Wochen viel einfacher machen können. Ich hätte einfach in ein Krankenhaus oder eine Metzgerei schneien und *vorschlagen* können, dass sie mir etwas Blut geben, anstatt mich von dreckigem Ungeziefer zu ernähren.

„Nicht nötig", sagte Grim, der jetzt an meiner Seite war. „Ich weiß, wo meine Tante ist."

Ich folgte ihm durch die Schwingtür und die Flure entlang, die mit süßen Glockenblumen tapeziert waren und nach Talkumpuder rochen.

„Was hast du gesagt, um ihn so verzückt und gefügig zu machen?", fragte Grim neben mir. Sein Ton klang etwas steif. Wenn ich es nicht besser wüsste, hätte ich denken können, ich hätte ihn eifersüchtig gemacht.

Der Tod, eifersüchtig darauf, dass du Aufmerksamkeit bekommst? Er will dich als Köder benutzen und dich dann umbringen. Du bedeutest ihm nichts. Krieg das in dein verrücktes Hirn.

„Ich hab ihm Honig ums Maul geschmiert. Du müsstest das doch wissen. Wo ist dieser magnetische Charme geblieben, den du auf die ahnungslosen Massen versprüht hast? Bist du stinkig? Brauchst du auch einen Snack?"

Grim gab einen Laut von sich, der irgendwo zwischen einem Schnauben und einem spöttischen Auflachen lag.

Ich hatte nicht vor, ihm zu sagen, dass ich gerade Gedankenkontrolle bei dem guten, alten Kabir angewendet hatte. Ich wusste nicht einmal, was ich davon halten sollte. Vielleicht hatte ich es mir nur eingebildet? Dennoch, der Pfleger kam nicht hinter uns hergerannt. Aber wenn er uns verfolgen sollte, würde ich meine Chance bekommen, folgenden Spruch auszuprobieren: „Das sind nicht die Droiden, die ihr sucht."

Vor Zimmer 7000 blieb Grim stehen und öffnete die Tür. Das rhythmische Piepsen eines Herzmonitors war das einzige Geräusch im Raum. Eine Frau mit rabenschwarzem Haar lag schlafend im Bett. Früher mochte sie vielleicht gebräunte Haut gehabt haben, aber jetzt war sie bleich. Ihre Nase und Wangenknochen waren von königlicher Eleganz. Ihr Körper war schlank und ihre Wangen waren eingefallen, doch ich konnte sie mir leicht als muskulös und gelenkig vorstellen. Sie gehörte zu jenen Frauen, die entweder zwanzig oder vierzig Jahre hätten sein können.

Grim bemerkte, dass ich an der Tür stehenblieb. „Das Original wird nicht aufwachen. Sie liegt im Koma. Schon seit geraumer Zeit."

Ich ließ die Schultern sinken und entspannte mich. Je näher wir der Morgendämmerung kamen, desto schwächer wurde ich. Ich hatte nicht vor, mich mit irgendeiner großen, bösen Macht auseinanderzusetzen. Ich brauchte eine Auszeit.

„Das ist also der erste Vampir." Ich lachte nervös. „Soll ich sie Mama nennen?"

Grim ging auf die andere Seite des Bettes und schaute auf die Frau herab. In seinem Blick lag etwas, das ich nur als einen Anflug von Traurigkeit deuten konnte, oder vielleicht Reue?

„Wie lange ist sie schon hier?", fragte ich.

Grim blickte auf, als würden ihn seine eigenen Gedanken aufschrecken. „In dieser Pflegeeinrichtung? Vielleicht seit zehn Jahren, aber wir müssen sie von Zeit zu Zeit verlegen, damit das Personal keinen Verdacht schöpft."

„Wie alt ist sie wirklich?“

„Fünftausend Jahre alt.“

Es fiel mir schwer, das zu schlucken.

„Bianca sagte, etwas ist mit ihrem Arm passiert“, murmelte Grim und hob sanft das Handgelenk des Originals hoch.

„Wenn sie eine Vampirin ist, braucht sie dann kein Blut in ihrem Komazustand? Und hast du keine Angst, dass sie gebraten wird?“, fragte ich und deutete auf die halboffenen Jalousien, die das Sonnenlicht hereinlassen würden, wenn die Sonne aufging. Sie hatte auch einen Herzschlag, was mich erstaunte. Doch ich wusste, wenn ich Grim mit zu vielen Fragen bombardierte, würde er zuschnappen wie eine Auster.

„Nein, das Original ist...“, er hielt inne und schien zu überlegen, wie er antworten sollte. „...anders.“ Wieder hatte er diesen nostalgischen Blick in seinen Augen. Er kannte sie. Vielleicht von vor fünftausend Jahren. Was für ein Trip.

„Noch eine Ex?“, fragte ich. Meine Stimme klang weicher als ich eigentlich wollte.

Bei meiner Frage blickte er auf und sagte: „Was? Nein, aber ich schätze, man könnte sagen, dass wir verwandt sind.“

Ich nickte, obwohl ich jetzt noch weniger verstand. Der Tod hatte eine Familie? Ich meine, er hatte eine Ex-Frau, einen Assistenten und eine Freundin, die ein Orakel war, also, warum nicht?

„Warum liegt sie im Koma?“

Grims dunkler Blick schweifte durch das Zimmer. „Sie ist zu gefährlich, um auf dieser Welt zu wandeln.“

„Dann verstehe ich nicht, warum du...“ Ich wusste nicht, warum ich innehielt, aber ich spürte, dass dies eine persönliche Angelegenheit war.

„Sie nicht tötest?" vollendete er. „Sie ist die Original-Sekhor, und sie darf nicht getötet werden. Aber es ist das Beste, wenn sie weiter schlummert." Er strich mit seinen Fingern über ihre Arme, langsam, sicher. Ich erschauerte, als ich beobachtete, wie seine Fingerkuppen auf ihrem Unterarm entlangglitten. Er hatte starke, sichere Hände mit eleganten Fingern. Ich konnte mir vorstellen, wie er damit komplizierte Operationen durchführte oder mit geübtem Druck über nacktes Fleisch strich.

„Ist dir kalt?", fragte er, ohne aufzublicken.

„Ja", sagte ich automatisch. Doch die Temperatur hatte nichts mit diesem elektrischen Schlag zu tun, der in meinem Körper emporschoss, während ich ihn beobachtete. Ich hatte mir vorgestellt, wie sich seine zarten Berührungen auf meinem Arm oder anderswo anfühlen würden.

„Da", sagte er und deutete auf die Innenseite ihres Ellbogens. „Siehst du das?"

Ich stellte mich auf die gegenüberliegende Seite des Bettes und richtete meinen Blick auf den Fleck neben seinem Finger. „Sieht aus wie ein kleiner blauer Fleck von einer Nadel. Na und?" Ich deutete auf ihren anderen Arm, der an einen Tropf mit Salzlösung und Gott weiß, was sonst noch, angeschlossen war, um sie am Laufen zu halten. Oder eher am Liegen.

Er schüttelte den Kopf. „Nein, das hat Bianca gesehen. Jemand ist gekommen und hat dem Original Blut abgenommen."

„Wie viele Leute wissen, wo das Original ist?"

„Nur Timothy, ich selbst und ein paar weitere vertrauenswürdige Personen." Als er seinen Kopf hob, lag eine Sturmwolke des Zorns in seinen Augen. „Jemand kam hierher, nahm ihr Blut ab und hat daraus einen Meistervampir gemacht."

„So macht man einen Meistervampir?"

Seine Stimme klang schneidend wie ein Gummiband. „Du sprichst mit niemandem darüber."

Ich stemmte eine Hand in meine Hüfte. „Wem sollte ich es denn sagen? ‚Wir sind die Vampir-Groupies' vielleicht? Falls du es noch nicht bemerkt haben solltest, ich bin kein Fan meiner neuen Brüder."

Er fand meinen Scherz nicht lustig und murmelte etwas davon, dass er mich am Ende sowieso töten würde.

Um ihn von etwaigen Mordplänen meinetwegen abzulenken, ging ich durch das Zimmer. Plötzlich schwankte ich, weil ich einen Schwindelanfall bekam. Ich war kurz davor, mit dem Gesicht voran auf den Boden zu knallen, und streckte die Hand nach der Wand aus, in der Hoffnung, mich dort festhalten zu können.

Im nächsten Moment war Grim an meiner Seite und stützte mich. Er hatte mich mit seinen stahlharten Armen umschlossen, dennoch hatte diese Geste etwas Behutsames an sich. „Wir müssen gehen", sagte Grim kurz angebunden. „Der Morgen graut."

Ich nickte und bekämpfte den Drang, mich an ihn zu schmiegen. Als ich meinen Kopf hob, um ihm in die Augen zu schauen, sah ich die Besorgnis in seinem Gesicht. Und darunter einen wachsenden Hunger. Fasziniert von seinen whiskeyfarbenen Augen beobachtete ich, wie in ihnen Hitze aufstieg. Und plötzlich wurde ich mir unserer Nähe noch stärker bewusst. Ich legte meine Hand auf seinen Arm. Seine festen Muskeln strahlten Hitze aus. Mein Magen schlug einen Purzelbaum und mir lief das Wasser im Mund zusammen. Er verströmte pure Macht und eine gefährliche Energie, die flüssige Hitze zwischen meinen Schenkeln ansammelte. Wir hatten ja bereits festgestellt, dass ich verrückt war und eine Todessehnsucht hatte.

Das Verlangen, ihn zu küssen, war so überwältigend, dass es alle anderen Gedanken verjagte, damit es sich als mein alleiniger Fokus in meinem Kopf niederlassen konnte. Ich fragte mich, ob er so gut schmeckte, wie er roch. Grim sagte, er sei einst in eine Grube des Lasters und der Lust gefallen, und genau dort wollte ich jetzt sein, ihm seinen Anzug ausziehen und eine andere Art des Hungers stillen, den er in mir entfacht hatte.

Seine Hand fuhr langsam in mein Haar, während die andere gegen meinen unteren Rücken drückte, und mich an ihn presste. Mein Mund öffnete sich zu einem „o", als ich seine Erregung an meinem Schenkel spürte. Mein Verstand konnte die Größe seiner Erregung nicht ganz verarbeiten, während er gleichzeitig zu begreifen versuchte, dass Grims Gedanken die meinen widerspiegelten.

Wenn irgendjemand in der Nähe ein Streichholz angezündet hätte, wäre der ganze Ort in Flammen aufgegangen.

Als ich mich von ihm wegschob, gab mir der Engel auf meiner Schulter stehende Ovationen, während der Teufel auf der anderen seine Mistgabel nach dem Engel warf, in der Hoffnung seinen keuschen Heiligenschein oder einen Augapfel zu treffen.

Grim hatte recht. Wir mussten gehen, bevor ich noch etwas tat, was ich bereuen würde, wie zum Beispiel, mir die Kleider vom Leib zu reißen und ihn zu bitten, mich neben einer Komapatientin zu nehmen, die zufällig meine vampirische Vorfahrin und möglicherweise auch mit Grim verwandt war.

Das reichte. Die Triebwerke hatten sich ganz offiziell abgekühlt.

18

VIVIEN

Als wir das Penthouse betraten, war ich überrascht, dort einen schlanken, schwarzen Hund stramm sitzend vorzufinden. Er sah genauso aus, wie der, den ich im Leichenschauhaus und in der unterirdischen Kammer gesehen hatte, nur, dass seine Augen golden glühten.

Grim rieb sich die Stirn. „Ja, ja, die Arbeit wartet nicht."

Als der Hund mich entdeckte, knurrte er leise und stürmte dann auf mich zu. Ein Aufschrei blieb mir im Halse stecken, als ich blitzschnell erkannte, dass ich keinen Hund verletzen wollte, nicht einmal in Selbstverteidigung. Meine Körperteile konnten nachwachsen, bei dem Hündchen war ich mir jedoch nicht so sicher.

Ich schützte mein Gesicht und bereitete mich darauf vor, zerfleischt zu werden. Zwei Pfoten landeten auf meiner Brust. Der Hund war leicht genug, um mich nicht umzuwerfen. Er schaute mich erwartungsvoll an.

„Ähm, braver Hund?", sagte ich, ließ meine Arme sinken und strich ihm mit einer Hand über den Kopf. Der Hund schloss seine glühenden Augen, als würde er meine Berührung genießen.

„Was hat das zu bedeuten?", fragte Grim beleidigt.

„Ich habe deinen seltsamen Hund im Krankenhaus gesehen, gleich, nachdem ich als Vampir aufgewacht bin." Der Hund ließ sich wieder auf alle vier Pfoten fallen. Ich ging auf die Knie, um ihn an mich zu drücken und seine Seite zu streicheln. Er war ein süßes, übernatürliches Hündchen. „Du solltest deine Haustiere wirklich in den Griff kriegen. Wenn ihn jemand anderes im Krankenhaus gesehen hätte, hätte er einen hysterischen Anfall bekommen."

„Dich meine ich nicht", blaffte Grim und schaute dann meinen neuen, pelzigen Freund an. „Erkläre dich, Assilem."

Der Hund wandte seinen Kopf, um Grim anzuschauen. Seit wann war Fido als Hundename nicht gut genug?

„Ich weiß, sie kann dich sehen. Sie ist untot", sagte Grim. „Was ich wissen will, ist, warum du dieses Verhalten für angemessen hältst, während du bei der Arbeit bist. Was hast du zu deiner Verteidigung zu sagen?"

„Hey, verrückter Mann", sagte ich und winkte mit einer Hand, während ich mit der anderen den Hund weiterstreichelte. „Sprichst du gerade mit dem Hund? Weil, er kann nicht reden."

Grims Augen blitzten auf und meine Sinne warnten mich vor Gefahr. Vielleicht lag es an der langen Nacht oder daran, dass ich seinen Hund streichelte, aber er schien mit seinen Nerven am Ende zu sein. Wenn ich ihn noch weiter nervte, würde er vielleicht ausrasten und mich jetzt töten.

„Das ist kein Hund", sagte er, als würde er es einem unausstehlichen, dummen Kind erklären. „Assilem ist einer meiner Sammler, und obwohl er eigentlich würdevoll handeln und auf seine Pflicht achten sollte, scheint er es für angemessen zu halten, dich anzubetteln, seinen Bauch zu kratzen." Er rümpfte die Nase und sprach die letzten Worte aus, als hätte er Essig getrunken. Grim hielt abermals inne.

„Ja, ich weiß, du bist immer bei der Arbeit." Ich brauchte einen Augenblick, um zu begreifen, dass er wieder mit dem Hund sprach.

Assilem hatte sich auf den Rücken gerollt, während ich ihm voller Schwung den Bauch kraulte. So müde ich auch war, war es ein schönes Gefühl, das weiche Fell des Sammlers zu streicheln. Das war das Beste, was mir jemals passiert war, und kam gleich nach einer heißen, frischen Mahlzeit. Wie sich herausstellte, war die Felltherapie bei Übernatürlichen ebenso wirkungsvoll.

Timothy wählte diesen Augenblick, um zu uns ins Penthouse zu kommen. Trotz dieser verrückten Nacht sah er so tadellos aus wie immer. Es hatte nicht den Anschein, als hätte er sich mit einem Haufen Leichen, einer Horde panischer Gäste und den Behörden herumschlagen müssen. Vergiss Blut. Was immer er auch trank, das wollte ich auch haben.

Timothy blieb wie angewurzelt stehen, als er uns sah. Grim beugte sich fauchend über mich, während ich auf dem Boden saß und Assilems liebenswertes Gesicht kuschelte.

„Was geht hier vor?" fragte Timothy und sein Tonfall verriet, dass er wusste, dass er sich mit Vorsicht nähern sollte. Die Art, wie sich sein Gesicht rot färbte, ließ vermuten, dass er entweder in Gelächter ausbrechen oder den spannungsgeladenen Raum fluchtartig verlassen wollte.

Grim ignorierte seine Frage. Seine Aufmerksamkeit war immer noch auf den Sammler gerichtet. „Es ist mir egal, was Nire dir erzählt hat, das hier ist völlig inakzeptabel."

„Wer ist Nire?", fragte ich und hatte Mühe, ihm zu folgen.

Grim schaute mich mit schmalen Augen an. „Auch einer meiner Sammler, dem du offensichtlich begegnet bist, und den du mit deinem erniedrigenden Verhalten becirct hast.“

„Erniedrigendes Verhalten? Du meinst den Hund, den ich in deinem Verlies gestreichelt habe?“ Als Grims Augen für den Bruchteil einer Sekunde aufglühten und er sofort aufgebracht war, verbesserte ich: „Den *Sammler*, den ich deinem Verlies getroffen habe?“

„Ja, er hat mir deinen Hang zur Zuneigung vermittelt, und jetzt sind meine Sammler alle ganz wild auf dieses Bedürfnis von Haustieren.“ Er verzog seine Lippen. Timothy warf einen Blick auf Grims Miene und zog sich weiter ins Penthouse zurück.

Ich griff nach Assilems Gesicht und streichelte es ordentlich, dann drückte ich einen Kuss auf seinen schlanken, schwarzen Kopf. „Bekommen sie normalerweise keine Zuneigung? Wer könnte schon die Finger von so einem süßen Hündchen lassen?“, sagte ich in Babystimme zu Assilem.

Timothy kehrte mit einem Glas Scotch zurück. Die Aromen in der Luft verrieten mir, dass er viel älter war als ich. „Kein Mensch kann die Sammler sehen“, erklärte Timothy schnell und reichte Grim das Glas, der es mit einem zustimmenden Knurren entgegennahm.

Grim schwenkte den Scotch. „Sie sind keine streunenden Hunde, die sich wie gewöhnliche Hunde erniedrigen müssen. Sie holen die Seelen der Toten, dann sortieren sie sie und schicken sie an ihren angemessenen Bestimmungsort.“ Er nippte von seinem Drink und schloss die Augen, als wäre die Flüssigkeit Ambrosia, die ihm half, seine Sorgen zu lindern.

So sehr ich mich auch anstrengte, ich konnte einfach nicht anders, als ihn zu beobachten. Ich hatte Grim noch nichts anderes tun sehen, als zwischen einem finsteren

Blick und einem tödlichen Blick hin und her zu wechseln. Doch als er trank, sah ich zum ersten Mal, wie Vergnügen seine Gesichtszüge glättete. Ihn so zu erleben, fühlte sich so intim an, als würde ich in einen privaten Augenblick platzen.

Mädchen, du wirst in diesem Penthouse gefangen gehalten. Du hast hier genug Freiheit, du könntest dir seine Unterwäsche herausfischen, sie dir über den Kopf ziehen und herumtanzen, wenn du wolltest. Er feuchtet sich nur die Kehle an.

Ich zog Assilem näher zu mir. „Ich dachte, es wäre dein Job, Seelen zu sortieren? Wieso zwingst du diese süßen Hündchen dazu, deinen Job zu machen? Das ist Tierquälerei." Dann fiel es mir ein. „Oh, stimmt ja. Du nimmst nur die ganz besonderen Fälle an, so wie der Oberste Gerichtshof. Trotzdem ist es ein Verbrechen, dass du deinen süßen kleinen Sammlern nicht ein bisschen Liebe und Zuneigung schenkst." Assilem drängte sich weiter in meine Arme.

Timothy öffnete den Mund und schaute von Grim zu mir, als würde er den Ausbruch des Dritten Weltkriegs erwarten.

Anstatt zu mir zu eilen und mir den Kopf abzureißen, stieß Grim einen gequälten Seufzer aus und drückte die Finger auf seinen Nasenrücken.

Ein Hoch auf die Wirkung brauner Flüssigkeit auf die Bestie.

Dann schnippte er mit den Fingern und deutete neben sich. Assilem leckte mir freundlich die Wange und trottete dann hinüber, um sich neben Grim zu setzen. Grim leerte das Glas und stellte es mit einem Klirren auf den Tisch.

„Unterlasse es, meine Sammler wie gewöhnliche Hunde zu behandeln, oder ich lege dich an die Leine", warnte Grim.

Ich machte mir nicht die Mühe, aufzustehen, sondern zog die Knie an und schlang meine Arme um sie. „Abartig,

G. Wo war die denn, als ich dieses Outfit vorhin im Club getragen habe? Da hätte sie den Look total vervollständigt."

Ein ersticktes Geräusch veranlasste uns, uns zu Timothy umzudrehen. Er verbarg sein Gesicht hinter seinem Tablet und tat so, als wäre er darin vertieft, doch tatsächlich musste er sich das Lachen verkneifen.

Diesmal funkelten Grims Augen golden. Er zeigte mit dem Finger auf mich. „Du wirst hierbleiben. Du wirst nicht gehen, bis ich zurückkomme. So wahr mir Gott helfe, wenn du das doch tust, werde ich dir den Kopf abreißen, wie diesen anderen fiesen Sekhors."

Mit beeindruckender Geschicklichkeit schwang ich meine Beine hoch und landete auf den Füßen. Ich salutierte. „Aye, aye, Käpt'n."

Grim würdigte mich keines weiteren Blickes, sondern stapfte zum Aufzug. Nur Assilem warf mir einen sehnsüchtigen Blick zu, als er seinem Meister folgte.

Als sie weg waren, ließ Timothy sein Tablet sinken. Sein Gesicht war noch röter als zuvor. Erst, als der Aufzug nach unten gefahren war, sprach er: „Ich frage mich, warum du den Drang verspürst, ihn so zu verärgern?"

Ich zuckte die Schultern, ging zu einem der glatten, grauen Sofas und ließ mich darauf fallen. Mit geschlossenen Augen sagte ich: „Ich bin vielleicht hier, um als Köder zu dienen, aber er kontrolliert mich nicht. Wenn Grim glaubt, er kann mich davon abhalten, einen bezaubernden Hund zu streicheln, Sammler oder nicht, dann braucht er einen Realitätscheck. Und vielleicht sollte er auch dafür sorgen, sich den Stock aus seinem wohlgeformten Arsch ziehen zu lassen."

Du solltest dich freiwillig melden. Du würdest nur zu gerne seinen nackten Arsch berühren.

Die Erinnerung an seine forschende Berührung in der

Limousine jagte mir erneut einen Hitzeschauer durch den Körper. Ich hatte gewollt, dass er noch weiter geht. Zum Teufel, ich wollte, dass er bis zum Ende geht. Die raue, feste Kuppe seines Daumens so nah an meinem Nippel hätte mich fast um den Verstand gebracht, verdammt nochmal.

Timothy gab ein Summgeräusch von sich. Er war nicht überzeugt. „Ja, nun. Ich weiß nicht, in welcher Realität du lebst, aber ich kann erkennen, dass du Ordnung total missachtest. Grim mag es, wenn die Dinge in Ordnung sind. Ohne seinen unermüdlichen Einsatz würde die Welt im Chaos versinken. Ich versichere dir, er vergisst das nicht einmal für eine einzige Sekunde." Dann murmelte er: „Obwohl ich mir das manchmal wünschen würde."

Ich stützte mich auf einen Arm. „Ist er überhaupt fähig, sich zu entspannen? Ich könnte mir vorstellen, dass er sich in schwarze Konfetti verwandeln würde, sobald er es versuchte."

Etwas von der Heiterkeit wich aus Timothys Augen. „Ich habe gehört, du bist Qwynn begegnet?"

„Oh ja", sagte ich und ließ mich wieder auf die bequeme Couch fallen. „Die ist vielleicht anstrengend."

Timothy nickte. „Der Meister ist durch und durch ein hingebungsvolles Wesen. Obwohl sie ihn verletzt hat, liebte er sie entgegen jeder Vernunft. Ein Teil von mir glaubt, das liegt daran, dass sie Begierde ins Spiel gebracht hat. Aber das, was sie hatten, war toxisch und es hätte ihn bei mehreren Gelegenheiten fast zerstört. Er gesteht sich selbst kein Vergnügen zu, damit nichts Schreckliches passiert, wenn er sich entspannen würde."

„Das ist ein bisschen extrem. Was er beschrieben hat, war Obsession, nicht wahre Liebe oder wahres Spiel. Qwynn respektiert ihn nicht. Es klingt so, als hätte sie ihn an einer Leine gehabt, bis er es abgebrochen hat. Er muss wissen, dass es nicht immer so ist."

Nicht, dass ich das wüsste. Ich erinnerte mich ja an überhaupt nichts, doch gesunder Menschenverstand sagte mir, dass es Milliarden von Arten von Liebe gab und Grim dachte, es gäbe nur diese eine. Oder dass er vielleicht nur zu einer Art fähig war, und da tat er mir leid. Ich fragte mich, was seine Hoheit von meinem Mitleid hielt.

Timothy schürzte die Lippen. „Ja, nun, sie hatte ein Jahrhundert Zeit, ihn zu ruinieren."

Jahrhundert. Wenn Qwynn keine Vampirin war und auch nicht der Tod wie Grim, was war sie dann? Was war Bianca? Selbst Timothy würde ich als „schräg" einstufen. Unbehagen regte sich in meinem Bauch wie eine Horde Würmer. Mir gefiel der Gedanke nicht, dass Grim mit dieser Harpie zusammen war. Er verdiente etwas...Besseres.

Was geht es mich an, was er verdient? Er kann zusammen sein, mit wem er will. Er ist der Tod, du liebe Zeit.

Dennoch sagte ich mir, dass es niemand verdiente, so manipuliert und betrogen zu werden. Qwynn war entschlossen, ihn um den Finger zu wickeln wie ein Spielzeug. Qwynn machte sich nichts aus Grim. Und wenn Timothy recht hatte, machte Grim das durchaus etwas aus.

„Warum erzählst du mir das alles? Das ist super persönliches Zeug. Hast du keine Angst, dass ich diese Information an die falsche Person weitergeben könnte?"

Er ließ sich sehr lange Zeit mit seiner Antwort. Dann sagte er: „Ich nehme an, es ist sicher, sich Fremden anzuvertrauen."

Der einzige Grund, warum sich jemand einem Fremden anvertraute, war, weil er nicht glaubte, dass der Fremde noch hier sein würde, um den Verräter des Geheimnisses an seine Sünden zu erinnern.

Timothy erzählte mir das nicht, weil ich irgendein beliebiger Mensch war, den er nie wiedersehen würde. Er konnte es mir erzählen, weil diese Geheimnisse mit mir sterben würden. Wenn das alles hier vorbei und erledigt war, beabsichtigte Grim immer noch, mir meinen Kopf abzudrehen wie einen Schraubverschluss.

Mein Magen krampfte sich zusammen, selbst als ich meine Augen schloss und meinen Kopf in die Hände stützte. Mir war wieder kalt. Ich war versucht, mir eine der flauschigen Überwurfdecken zu schnappen. Darin wollte ich mich einwickeln wie in einen Kokon, um mich zu wärmen. Doch ich tat es nicht. Ich musste um jeden Preis frostig bleiben. Das war auch der Grund, warum ich nicht im Gästezimmer schlafen wollte. Ich musste in der Nähe des Ausgangs bleiben, um jeden mitzubekommen, der kam oder ging.

„Du hast ihn wirklich gern", sagte ich und versuchte, gleichgültig zu klingen. Doch meine Stimme hörte sich kratzig an.

„Du auch", sagte Timothy. Dann ging er und ließ mich schlafen wie eine Tote.

19

VIVIEN

Das leise Bimmeln des Aufzugs zwang mich dazu, meine Augen zu öffnen. Meine Instinkte erkannten, dass es mitten am Tag war und mein Körper kämpfte darum, tief und traumlos weiterzuschlafen. Wenn Grim dachte, er könnte mich aufwecken, um den Köder zu spielen, dann würde er mich dorthin tragen müssen, wo er die große Kiste und den Stock aufbewahrte, um mich darunter zu legen.

Bilder von Grim, der mich über seine breite, muskulöse Schulter warf, lösten ein wärmendes Gefühl in meiner Magengrube aus. In meinem Halbschlaf stellte ich mir vor, dass er mich gleich zu seinem riesigen Bett mit den schwarzen Seidenlaken bringen würde.

Bevor meine Gedanken jedoch allzu jugendgefährdend wurden, stieg mir der Geruch eines Fremden in die Nase. Ich schoss auf der Couch hoch und schaute in die Mündung einer vertrauten Waffe.

„Miranda, nicht wahr?", fragte ich und spähte am Lauf vorbei in das nicht minder vertraute Gesicht. „Schön, dich wiederzusehen. Ich würde dir ja was zu trinken anbieten, aber dann könntest du mich erschießen." Ich freute mich nun wirklich gar nicht darauf, erschossen zu werden.

Ihr dunkles, lockiges Haar fiel über ein Auge, während sie mich zielsicher anstarrte. Sie war bis an die Zähne bewaffnet. Um den Hals trug eine Kette mit mehreren Kreuzen sowie eine Knoblauchkette, ein hölzerner Pfahl steckte in einem Halfter an ihrer Seite. Die Security-Uniform hatte sie abgelegt. Stattdessen trug sie ein schwarzes, langärmliges „Under Armor"-Shirt und eine Armeehose, dazu Kampfstiefel. Ihre Kleidung war ebenso taktisch wie ihr stählerner Blick. Sie war geschäftlich hier.

„Moment mal, wie bist du hier hereingekommen?" Ich schaute auf den Aufzug. Die Sicherheitsvorkehrungen hier waren äußerst streng.

„Alle Rettungskräfte wissen, wie man einen Aufzug außer Kraft setzt."

„Bist du bei der Feuerwehr?", fragte ich skeptisch. Mir gingen die Augen über und ich richtete meinen Fokus wieder auf die Waffe. Würde mich eine Kugel in den Kopf töten? Ich meine, Grim riss Köpfe ab und das erfüllte seinen Zweck. Vielleicht galten für einen Kopfschuss die Zombie-Regeln?

„Nein." Sie zuckte mit einer Schulter. „Aber ich kann überall rein- und rauskommen."

„Schule für Sicherheitskräfte?", fragte ich so beiläufig, als würde ich mich nach dem Alter ihres Kindes erkundigen.

„Armee", sagte sie und bestätigte damit meinen Anfangsverdacht.

„Ah", sagte ich, hob die Hände und ließ meine Stimme locker klingen. „Dann bist du also gekommen, um mich zu töten? Schon irgendwie unhöflich, jemanden zu erschießen, der gerade versucht, sich aufs Ohr zu hauen."

„Nenne mir einen Grund, warum ich einen blutsaugenden Vampir nicht töten sollte." Trotz ihrer entschlossenen Miene lag in dem Satz eine richtige Frage.

„Weil ich dein Leben gerettet habe? Weil ich dein Kind davor bewahrt habe, von ein paar betrunkenen Arschlöchern zerquetscht zu werden? Weil ich zu hübsch bin, um zu sterben?" Mir gingen die Antworten aus. *So viel zum Thema „Cool bleiben".*

In ihrem Blick lag der Anflug eines Zögerns, aber der Finger am Abzug blieb angespannt. „Warum will dich der Besitzer des Sinopolis? Weshalb hält er dich hier oben fest? Bist du so etwas wie ein blutsaugendes Haustier für ihn?"

Ich verzog das Gesicht. Das hörte ich nun schon zum zweiten Mal. „Ich bin niemandes Haustier." Die Worte kamen barscher heraus als beabsichtigt. Sie zog den Hahn ihrer Waffe zurück.

Ich wurde mir des Blutes bewusst, das durch Miranda pulsierte. Es rief mir zu, flehte mich an, eine Ader zu öffnen und zu trinken. Gleich nach dem Aufwachen war ich immer ausgehungert. In meinem Magen spürte ich das vertraute, nagende Hungergefühl, und wenn ich nicht bald etwas trank, würde wahrscheinlich etwas Schlimmes passieren.

„Entschuldige meinen Tonfall, ich habe…Hunger. Und wenn du nichts dagegen hast, würde ich mir gerne was zu trinken holen, damit ich mich nicht blamiere." Ich deutete mit den Fingern in Richtung Küche.

„Das läuft nicht", sagte sie und hob mit der anderen Hand ein Kreuz hoch, dessen unteres Ende zu einem Pfahl gespitzt war.

Ich nutzte die Gelegenheit, vor dem Kreuz zurückzuschrecken. Ein zufriedenes Lächeln erschien auf ihren Lippen. Blitzschnell schnappte ich mir ihre Waffe. Panik wich Mirandas Sicherheit, als sie erkannte, dass das Kreuz nichts bewirkte und ich jetzt ihre Waffe auf sie richtete.

„Ja, sorry, das mit dem Kreuz ist ein falscher Mythos. Das habe ich bei der ersten Gelegenheit ausprobiert, die ich bekam. Dasselbe gilt für den Knoblauch. Allerdings muss ich sagen, dass ich den hölzernen Pfahl ins Herz noch nicht getestet habe. Das erschien mir dann doch zu riskant...“

Sie trat mir die Waffe aus der Hand und ihr Arm mit dem behelfsmäßigen Pfahl schoss durch die Luft und war auf mein Herz gerichtet. Bevor sie ihn mir in die Brust rammen konnte, packte ich ihre Handgelenke.

„Boah, boah, ich habe nicht gesagt, dass ich das jetzt ausprobieren will.“ Der Duft ihres Adrenalins befeuerte die Flammen meines Hungers.

Nein, ich bin kein Monster. Ich werde ihr nicht wehtun.

Mit vampirischer Kraft stieß ich sie zurück. Sie flog rückwärts und landete mit dem Hintern voran auf einer Couch. Ich hatte eine sanfte Landung geplant, doch die Couch rutschte zwei Meter zurück, genau in ein Podest, auf dem eine etwa einen Meter große Glaspyramide stand. Mit einer gewaltigen Explosion zerbarst das Glas auf dem Boden. Oder war das Kristall? Bei Diamanten würde das doch nicht passieren, oder ? Grim würde nicht allzu sauer sein, wenn es Kristall war. Hoffte ich.

Mirandas dunkle Augen wurden groß, als sie mich von der anderen Seite des Zimmers betrachtete. Ich nahm die Waffe und den Holzpfahl und ging in die Küche. Mit einem lauten Geräusch legte ich beides auf die Anrichte. Okay, ich hatte sie also abgelegt. Ich nahm einen Blutbeutel aus dem Kühlschrank und riss ihn auf wie eine Saftpackung. Die kühle Flüssigkeit lief in den Becher, den ich dann in die Mikrowelle stellte. Sobald der Timer mit einem lauten Piep abgelaufen war, nahm ich den Becher heraus und füllte den

Inhalt in einen Trinkpokal. In letzter Sekunde nahm ich eine Kirsche und ein kleines Cocktailschirmchen, wie Timothy es getan hatte. Nach einem langen Schluck erkannte ich, dass es mit ein wenig Extravaganz tatsächlich besser schmeckte. Mein Schmerz ließ nach, als die Wärme mich erfüllte.

Ich wollte gerade noch einen Drink nehmen, als mir Miranda einfiel, die noch immer auf der Couch saß und mich anschaute. „Sorry", sagte ich und zuckte entschuldigend die Achseln. „Ich werde sauer, wenn ich hungrig bin."

Sie stand von der Couch auf und kam auf mich zu. Oder sie versuchte, näher an den Aufzug zu kommen, um fliehen zu können.

Ich sprach weiter, als ob das völlig normal wäre und sie nicht vor zwei Minuten versucht hatte, mich zu pfählen. „Die Wahrheit ist, dass ich super erleichtert bin, dass du gekommen bist. Ich wollte eigentlich auch schon zu dir."

Ihre Kinnmuskeln spannten sich an und ihre Augen wurden schmal.

Ich verdrehte meine. „Nicht so. Ich brauche deine Hilfe wegen der Überwachungskamera in deinem Hotel. Dort war ein Typ, der mich erkannt hat, bevor er wie ein geölter Blitz abgehauen ist. Ich muss wissen, wohin er gegangen ist."

„Was willst du von dem Mann?"

„Das Komische an meiner Verwandlung zum Vampir ist, dass ich nicht mehr weiß, wer ich bin." Ich setzte mich an den Tresen und hoffte, dass sie sich dadurch wohler fühlen würde.

„Vampiramnesie?", sagte sie mit mehr als nur einer Spur Skepsis.

Ich erzählte ihr von den ersten zwei Wochen meines Daseins als Vampir, bis dahin, als ich Grim getroffen hatte.

Dass ich herausfinden musste, wer ich war und dass dieser Kerl meine einzige Verbindung zu meiner Vergangenheit war. Ich hoffte, sie würde verstehen, dass ich ein guter Vampir war, der Blut nur so trinken musste, wie sie Wasser brauchte.

Oder zumindest hoffte ich, sie würde mich verstehen. Sie hätte ja auch einfach nur Zeit schinden können, um die Waffe zurückzubekommen und mir dann eine Kugel ins Gehirn zu jagen, nachdem sie mir zugehört hatte.

„Warum will dich Grim Scarapelli?", fragte Miranda.

Es war eine Sache, über mich selbst auszupacken, aber ich würde nichts über Grim verraten. „Er...hilft mir."

„Es sieht eher so aus, als hielte er dich gefangen."

Ich stellte den Pokal auf die Insel. Miranda war zu verdammt klug. Sie hatte gesehen, wie der Schlägertyp und ich vampirisch wurden und ging mit der Information über die Untoten recht gut um. Ich schrieb ihre Coolness in unerwarteten Umständen ihrer Militärausbildung zu. Dennoch hatte ich das Gefühl, dass es sie überfordern würde, wenn ich ihr sagte, dass der Tod selbst das Hotel neben ihrem führte.

„Es ist eine...Verbindung wider Willen. Grim ist ein..." Ich versuchte, mir etwas einfallen zu lassen. „Ein Vampirjäger. Und du hast ja den Großen, Bösen gesehen", sagte ich in Anspielung auf den Schlägertypen. „Im Gegensatz zu mir hat dieses Reißzahn-Arschloch kein Problem damit, an den Unschuldigen zu nagen." Ich wedelte mit der Hand durch die Luft. „Noch mehr böse Vampire tauchen überall in Vegas auf, wie Gänseblümchen auf der Wiese. Und Grim hat die Absicht, sie zu stoppen."

„Und was hat das Auffinden des Mannes im Hotel gestern mit dem Jagen weiterer Vampire zu tun?"

Eine Frau mit scharfem Blick. Ich hasste das. Hauptsächlich, weil ich nicht dieselbe Superkraft hatte. „Ähm, nichts." Ich stand auf und ging um den Tresen herum, weil ich mich jetzt sicher genug fühlte, näher bei Miranda zu sein. Sie wich nicht vor mir zurück, das musste man ihr lassen. Sie stand da wie ein Fels in der Brandung und forderte jeden heraus, sie umzuhauen.

„Und weshalb sollte ich helfen?"

„Weil…" Ich hatte keine gute Antwort. „Du ein netter Mensch bist?"

Sie machte ein Geräusch wie ein Summer.

Ich stellte mich auf, stemmte die Hände in die Hüften und bereitete mich vor. „Was willst du?"

Ich hoffte, sie wollte mir nicht ins Gesicht schießen.

„Ich will Informationen", sagte sie mit einem entschlossenen Funkeln in ihren Augen. „Ich will alles über die Vampire erfahren. Wenn etwas in meiner Stadt passiert, in meinem Hotel, vor meiner Nase, muss ich das wissen."

Oh, das würde Grim *gar nicht* gefallen. Aber Miranda war der einzige Hinweis darauf, wer ich war, den ich hatte.

Ich tat, als würde ich darüber nachdenken und sagte dann: „Bring mir Infos über den Typen von gestern und ich sage dir, was ich weiß."

Ich hielt ihr die Hand hin. Sie betrachtete sie, als würde sie überlegen, ob das ein Trick war oder ob sie mich vielleicht doch töten sollte. Dann nahm sie meine Hand und schüttelte sie fest.

„Übrigens", fügte sie ganz beiläufig hinzu. „Du hast einen Blutschnurrbart auf deiner Lippe."

20

GRIM

Aus einem Fall wurden drei, dann zwanzig, und als ich über die Seelen gerichtet hatte, die mir von meinen Sammlern gebracht wurden, war der Tag fast vorbei.

Da ich zögerte, ins Penthouse zurückzukehren, machte ich einen Rundgang durch das Sinopolis. Ich begrüßte jeden Mitarbeiter mit Namen und erkundigte mich nach seinem Wohlbefinden.

Als ich mit meinem Rundgang fertig war, musste ich mich fragen, warum ich Vivien aus dem Weg ging. Biancas Worte, Vivien nicht von der Seite zu weichen, kamen mir wieder in den Sinn. Doch die Sekhor war am zweitsichersten Ort auf dem Strip. Ich konnte mir nicht vorstellen, dass sie es freundlich aufnehmen würde, wenn sie in der besonderen Kammer bleiben müsste, die an mein „Büro" unter dem Hotel angrenzte.

Nachdem ich Viviens Wirkung auf meinen Sammler gesehen hatte, war ich verblüfft, wie sehr sie meinen normalen Ablauf veränderte. Es war meine Aufgabe, die Dinge in Ordnung zu halten, aber wohin Vivien auch ging, folgte eine Spur des Chaos.

Auf dem Rückweg zum Vestibül hatte ich Assilem eine ordentliche Standpauke gehalten, doch ich war mir nicht sicher, ob der Sammler überhaupt zuhörte. Mitten in meinem Vortrag fing er an, sich am Ohr zu kratzen. Unverschämter Kerl.

Allerdings musste ich zugeben, ebenfalls von Viviens Berührung in Versuchung geführt worden zu sein. Mittlerweile mehr als einmal. Die Anziehungskraft, die sie auf mich hatte, war zum Verrücktwerden. Zumindest würde sie jetzt wahrscheinlich noch schlafen, da die Sonne erst in einer Stunde unterging.

Als ich das Penthouse betrat, schlug mir der Geruch von Verbranntem entgegen. Vivien war in der Küche und Rauch drang aus dem Backofen.

Ich betrachtete die Katastrophe und zog meine Hände aus den Taschen. „Du lieber Gott, bist du erst zufrieden, wenn du das gesamte Hotel niedergebrannt hast?"

Vivien stand mit dem Rücken zu mir. Sie reagierte nicht auf mein Gebrüll. Als ich näherkam, bemerkte ich, dass sie mit glasigen Augen auf eine Ecke der Küche starrte, während sie mit einem Steakmesser in ihre Handfläche stach. Meine Haut kribbelte. Sie hatte sich ein Wort in ihr Fleisch geritzt und vollendete gerade den letzten Buchstaben. Das Wort lautete: *Mein.*

Der Meister hatte sie in seinem Griff. Er kontrollierte sie und schickte eine Botschaft. *Verdammt in alle Ewigkeit.*

Ich riss Vivien das Messer aus der Hand und warf es quer durch die Küche. Es traf klappernd auf eine Wand und rutschte daran herunter. Der nächste Schritt war, die Küche vor dem Abbrennen zu bewahren. Ich griff nach einem Geschirrtuch, öffnete den Backofen und zog den riesigen Teigklumpen heraus. Dann warf ich die rauchende, verkohlte Masse mitsamt dem Backblech ins Waschbecken und ließ Wasser darüber laufen, damit der Rauchmelder nicht losging. Es wäre mehr als unangenehm, wenn die Sprinkleranlage des Hotels aktiviert werden würde. Ich drehte mich wieder zu Vivien, packte sie an den Schultern und schüttelte sie leicht.

„Vivien! Vivien, komm zurück zu mir!"

Mit glasigen Augen blickte sie in die Ferne und blieb in Trance. Obwohl sie nicht atmen musste, gab sie leise, keuchende Geräusche von sich. Ich wickelte ein sauberes Geschirrtuch um ihre Hand, um die Blutung zu stoppen. Ich war versucht, sie ins Badezimmer zu zerren, um ihre Schnittwunde zu verbinden, erinnerte mich jedoch daran, dass sie eine Sekhor war und die Wunde innerhalb von Minuten verheilen würde.

„Vivien, glaube nicht, dass du das, was du in meiner Küche angerichtet hast, einfach so auf sich beruhen lassen kannst. Es wird eine Strafe geben", schalt ich. „Vielleicht sollte ich dich zwingen, den Backofen zu schrubben oder ich lege dich übers Knie und gebe dir einen Klaps auf deinen Allerwertesten."

Den letzten Teil hatte ich nur gesagt, um sie zu provozieren, aber sie blieb distanziert. Angst durchzuckte mich. Hatte ich sie verloren? Konnte der Meister ihr Bewusstsein vollständig kontrollieren?

Nein, sie war zu stark für ihn. Sie hatte zu oft bewiesen, dass sie ihren Willen beherrschte, als dass ich glauben könnte, ich hätte sie verloren.

Ich sprach weiter mit ihr, während ich sie ins Wohnzimmer führte. „Warum, oh, warum nur habe ich nicht einen dieser Vampire, die uns angegriffen haben, als Geisel genommen? Dann hätte ich mich deiner entledigen und aus ihnen Informationen über den Meister herauspressen können. Aber nein, jetzt haben wir den Salat. Ich muss den

Babysitter für eine Vampirin spielen, die man nicht alleine lassen kann, ohne dass sie alles um sie herum zerstört."

In Wahrheit hatte ich mich bereits wegen meiner überstürzten Vernichtung der Sekhors gestern Abend gescholten. Aber der Drang, zu Vivien zu gelangen und sie zu beschützen, hatte mich dazu getrieben, sie alle zu töten, sodass keiner mehr übrig war, der mich zum Meister hätte führen können.

Nachdem ich Vivien auf die Couch gesetzt hatte, hielt ich ihre Arme fest und untersuchte ihr Gesicht. Brauchte sie Blut? Sollte ich ihr ein Glas Eiswasser ins Gesicht schütten? Oder vielleicht bei meinem Wort bleiben und ihr ein ordentliches Spanking verpassen?

Der Drang, sie zu küssen, bis sie aus ihrer Trance erwachte, überkam mich. Ich beugte mich vor, bis uns nur noch ein paar Zentimeter trennten. Jede Faser meines Seins verlangte, dass ich meine Lippen auf ihren leicht geöffneten Mund legte, bis sie reagierte. Dennoch gestattete ich mir nicht, sie zu küssen.

Ich stand am Abgrund und rang mit mir.

„Du würdest mich vermissen", stieß Vivien schließlich hervor, doch sie hatte noch immer diesen leeren Blick.

Ich stieß einen kleinen Seufzer der Erleichterung aus. Dann fragte ich: „Was meinst du mit ich würde dich vermissen?" Meine Stimme klang kalt und gebieterisch. Ich hatte gelernt, dass diese Haltung sie reizte. Und ich gab nur ungern zu, dass sie mich erschreckt hatte.

Vivien blinzelte und ihre Augen richteten sich auf mich. „Ich bin der einzige Sekhor, mit dem du fertig wirst. Alle anderen würden dich bei lebendigem Leib fressen." Ihre leicht nach oben gezogenen Mundwinkel verrieten mir, dass sie allmählich zu sich kam.

Ich ließ die Schultern sinken und entspannte mich,

blieb aber viel zu nah bei ihr. Mein Blick fiel auf Viviens Mund und kehrte dann zu ihren überwältigenden, grünen Augen zurück. Um ihre Pupillen war ein goldener Ring, der für den leuchtenden Farbton des Meerglases verantwortlich war. Ich war fasziniert von den Streifenbildungen in ihren Augen und konnte nicht umhin, den Duft von Zucker und Leder einzuatmen, der von ihr ausging.

„Ich danke dir", sagte Vivien und schluckte sichtbar, „dass du mich davon abgehalten hast, mir die Hand abzuschneiden."

Als ich das Geschirrtuch von ihrer Hand nahm, rieb ich mit dem Daumen über die Stelle, an der die Schnitte gewesen waren. Sie waren jetzt fast vollständig verheilt. Der einzige Hinweis waren nur noch leuchtend rote, zornige Linien. Ich wischte das restliche Blut mit dem Tuch weg.

„Es ist ja nicht so, dass du deinen Zweck nicht auch ohne Hand erfüllen würdest, aber Timothy wäre alles andere als erfreut, wenn ich ihn bitten würde, nach dir sauberzumachen. Er ist bereits wegen des Massakers von letzter Nacht angefressen."

„Er war in meinem Kopf", sagte Vivien und beendete meine Unbeschwertheit. Ihre Miene war so ernst, wie ich sie noch nie gesehen hatte. Ihr Blick war ernst, die Lippen fest zusammengekniffen.

„Du hast doch nicht etwa Angst, oder?" Selbst, als ich es sagte, glaubte ich es nicht. Diese Vampirin, diese Frau, hatte weder Angst vor mir noch vor sonst etwas, außer vielleicht davor, jemanden zu verletzen.

„Ich werde nicht zulassen, dass er mich kontrolliert." Ihre Stimme war leise und ihre Miene gequält. Das veranlasste mich dazu, über ihre Vergangenheit nachzudenken. Vivien konnte sich nicht an ihr früheres Leben erinnern, aber Traumata aus der Vergangenheit gruben sich in Psyche und Körper ein. Wahrscheinlich hatte sie früher irgendjemand kontrolliert und sie tat alles in ihrer Macht Stehende, dass sich das nicht wiederholte. Sogar ihre eigenen Instinkte und Bedürfnisse schien sie als etwas zu betrachten, dass sie bekämpfen musste.

In diesem Punkt glichen wir uns. Keiner von uns wollte die Kontrolle abgeben. Zwar verkörperte Vivien für mich totale Unordnung und Chaos, aber sie hatte ihren eigenen Kodex, den der Meister zu brechen versucht hatte. Nicht, weil sie selbst ein Kontrollfreak war. Nein, Vivien hatte entschieden, wer sie war und handelte entsprechend dieser Entscheidung. Und sie hatte entschieden, kein Monster zu sein.

Eine Welle der Gefühle für sie überrollte mich. Trotz ihres Drangs, mich zu reizen, sorgte sie dafür, dass ich mich lebendiger fühlte. Ihr Strahlen zog mich an.

Ich wehrte mich gegen den Ansturm der Gefühle. Das war eine Sekhor. Für sie gab es keine Zukunft. Das durfte ich nicht erlauben. Selbst wenn ich ihre Existenz für akzeptabel hielt, würden es die anderen niemals gestatten. Vivien war gefährlich und sie kannte nicht einmal die Hälfte der Gefahr, die von ihr ausging.

Die gelassene Miene, die ich bei der Verkündung der Urteile aufgesetzt hatte, war wieder da. „Dann lasse es auch nicht zu. Je mehr du ihn in deinen Kopf lässt, desto fester wird sein Griff auf deinen Geist. Wenn er dich vollständig kontrolliert, werde ich dich sofort töten."

Ich erwartete, dass sie aufsprang und mit beleidigenden Kommentaren auf mich losging, wie etwa, dass sie mich mit allen Mitteln bekämpfen würde, bevor sie zuließe, dass ich sie tötete. Stattdessen schaute sie auf ihre inzwischen verheilte Handfläche und ballte eine Faust. „Gut."

Bei ihrer Zustimmung fühlte ich mich unbehaglich und

wechselte das Thema. „Du hast mir die Frage noch nicht gestellt, die jeder stellt, wenn er den Tod trifft."

„Vielleicht will ich die Antwort gar nicht wissen."

„Jeder will sie wissen."

„Nach dem, was du angedeutet hast, sind meine Möglichkeiten begrenzt."

„Stimmt..." Ihre fehlende Neugier überraschte mich.

Sie drehte sich, um mich besser anschauen zu können, und tat, als würde sie sich auf irgendeine Prüfung vorbereiten. „Na gut, wenn es dich so sehr stört, können wir dein übliches Drehbuch durchgehen. Also, Tod", sagte sie in abgehackten Worten, als wäre sie eine Reporterin, die ein Interview führte. „Ich bin tot. Was passiert jetzt? Gibt es einen Himmel? Gibt es eine Hölle?"

Meine Lippen zuckten. „Ja und Nein. Tatsächlich gibt es ein himmlisches, opulentes Leben nach dem Tod. Aber wenn ein Mensch kein ethisches Leben geführt hat, wird seine Seele zerstört."

Ihre Pupillen weiteten sich und ihre Nasenflügel blähten sich auf. Ich wusste, dass sie gerade daran dachte, was sie im Vestibül gesehen hatte. Was ich dieser Frau angetan hatte. Ich bereute meine Handlungen nicht, aber ich bereute, dass Vivien das Urteil mitangesehen hatte.

In ihrer normalen Stimme fragte Vivien: „Ein ethisches Leben? Klingt wie ein mathematisches Problem, das mir Kopf- und Magenschmerzen bereiten würde."

Zum zweiten Mal drohten meine Lippen, sich nach oben zu ziehen. „Mehr oder weniger, das ist die Summe dessen. Meine Sammler ordnen die Seelen oft ihrem rechtmäßigen Bestimmungsort zu, aber, wie ich schon sagte, es gibt viele Fälle, die mein endgültiges Urteil erfordern."

„Also, Tod", sagte sie wieder in ihrer Interviewstimme, die jetzt jedoch leiser klang. Vivien blickte aus dem Fenster, doch ich hatte ihren verletzlichen Blick gesehen. „Ich bin ja jetzt ein untoter Blutsauger, was ist mit meiner Seele passiert, nun, da ich eine Sekhor bin? Oder vielmehr, was passiert jetzt, da ich keine Seele mehr habe und wohin ist sie verschwunden?"

Ich betrachtete sie lange und eingehend. Wie sie ihre Wimpern nach unten schlug und sich auf die Innenseite der Wange biss, als wäre ihr die Antwort egal. Ihre Finger spielten an ihrem Knöchel herum. Der Drang, die Hand auszustrecken und das Haar zu berühren, das ihr über die Wange gefallen war, war so stark. Ich musste meine Finger mit der anderen Hand festhalten.

„Du hast deine Seele nicht verloren", sagte ich schließlich.

Diese Wimpern wurden wieder aufgeschlagen und sie schaute mir in die Augen. Mein Magen krampfte sich zusammen. Was machte sie mit mir? Kontrollierte sie meine Gedanken? Nein, ich kannte die Antwort. Sie hatte keine hypnotischen Fähigkeiten. Das war unmöglich.

„Als du in eine Sekhor verwandelt wurdest, wurde deine Seele in alle Ewigkeit in deinem Körper gefangen."

„Innen eingefroren", flüsterte sie vor sich hin.

„Kristallisiert. Ich weiß nicht, ob du dir des Strahlens bewusst bist, das von dir ausgeht. Deine Seele ist einem unglaublichen Druck ausgesetzt gewesen und jetzt geht von dir ein übernatürliches Strahlen aus, wie von einem Diamanten. Und deine Seele ist..." *Bezaubernd? Magnetisch? Unwiderstehlich?* Ich räusperte mich, wählte keines der Worte, die mir sofort in den Sinn kamen, und fuhr fort. „Eine Sekhor zu sein hat dich unwiderruflich verändert und ich kann die Seele nicht aus deinem Körper holen, um sie ins glorreiche Jenseits zu begleiten."

„Aber du kannst sie auch nicht zerstören?"

Ich schüttelte den Kopf. „Nein, aber ich kann das Gefäß zerstören und dadurch geht auch die Seele zugrunde."

„Hm", sagte sie und schaute jetzt in eine Ecke des Zimmers.

„Was?" Ich wollte tatsächlich wissen, was sie dachte.

„Als ich verwandelt wurde, hat mich der Meister jedes Fünkchens dieses glorreichen Jenseits beraubt, von dem du sprichst. Ich überlege mir gerade, wie ich das finde. Obwohl ich ja gar nicht weiß, ob ich dort hineingekommen wäre, da ich ja keine Ahnung habe, wer ich vor alldem hier war."

„Vielleicht ist es das Beste, nicht in deiner Vergangenheit zu graben?"

Sie schnaubte. „Stimmt, denn wenn ich herausfände, dass ich irgendein Mutter-Teresa-Typ war, dann wäre ich total angepisst, weil ich meine Chance auf einen Himmel mit Keksen und Poolpartys und männlichen Gogo-Tänzern verpasst hätte."

Sie bemerkte meinen Gesichtsausdruck und funkelte mich wütend an. „Okay, ja, nach dem, was wir über mich wissen, war ich wohl kaum auf Missionsreisen unterwegs. Aber vielleicht war ich eine nette Bäckerin, die kostenlose Cupcakes an kleine, alte Damen verteilt hat oder an Leute, die vom Pech verfolgt waren?"

„Dann stimmst du mir also zu, dass es eine schlechte Idee ist, in deiner Vergangenheit zu graben?"

„Was? Nein, das habe ich nicht gesagt. Mehr denn je will ich wissen, wer ich war. Und wenn ich dann diesen Bastard finde, der mich verwandelt hat, muss er dafür bezahlen. Denn er hat mich entweder um meine Chance auf das glorreiche Jenseits gebracht oder ich bin ein sadistischer Psycho und Rache liegt in meiner Natur. Hallo, mein Name ist Vivien. Du hast mein Leben nach dem Tod gestohlen. Bereite dich darauf vor, zu sterben." Sie schaute einen imaginären Feind mit schmalen Augen an und machte Handbewegungen, als würde sie mit einem Messer zustechen.

Ich schüttelte den Kopf. „Vielleicht warst du auch einfach geistig verwirrt." Ich stand auf, um zu gehen, hielt jedoch inne. „Wenn du darauf bestehst, in deiner Vergangenheit zu graben, denke ich, solltest du dir über eines im Klaren sein."

„Ach ja?" Erwartungsvoll schaute sie mich an. Einen Augenblick lang erschien sie fast wie ein Kind, begierig darauf, wissen zu wollen, was ich sagen würde, aber ängstlich wegen dem, was sie erfahren würde.

„Du hast vielleicht vampirische Stärken und Sinne erlangt, aber du erlangst keine anderen angeborenen Fähigkeiten."

Verwirrt schaute sie mich an.

„Das heißt, wenn du eine Bäckerin warst, würdest du dich in der Tat daran erinnern, wie man einen Cupcake macht. Nach allem, was du in der Küche angestellt hast, hast du deinen natürlichen Neigungen keine Beachtung geschenkt."

„Zum Beispiel?"

Mein Blick wanderte zum Aufzug. „Warum wusstest du, dass du nach einem Notschlüssel für den Aufzug suchen musst? Wieso kannst du kämpfen?"

Sie runzelte die Stirn. „All die anderen Vampire, denen wir begegnet sind, konnten kämpfen."

Ich nickte. „Das stimmt. Der Meister wählt bestimmte Menschen aus und verwandelt sie. Er verwandelt keine Hausfrauen oder Hausmänner oder Computerprogrammierer. Er will eine Armee." Ich schürzte kurz meine Lippen. „Aber Soldaten gibt es wie Sand am Meer, wenn man sie machen kann. Warum will er also unbedingt dich?"

Sie zuckte sie Schultern. „Eine gewinnende Persönlichkeit bringt einem Menschen viel Aufmerksamkeit ein. Aber davon hast du ja keine Ahnung."

„Wenn du damit meinst, mich bis an die Grenze meiner Belastbarkeit zu reizen, dann ja, dann gewinnst du tatsächlich."

Vivien gab mir zwei Daumen hoch. Wir waren wieder dort, wo wir angefangen hatten. Sie war eine widerspenstige Abweichlerin und ich ihr Kerkermeister. Sobald wir den Meister gefunden hatten, würde diese unverbindliche Allianz vorüber sein und ich würde sie vernichten, als wäre sie nichts. Ich achtete nicht auf das Gefühl der Enge in meiner Brust, das diesen letzten Gedanken begleitete.

„Wir wissen, dass er dich will. Wir werden heute Nacht mit dir hinausgehen und er wird sicherlich jemanden schicken, um dich zu holen. Diesmal werden wir vorbereitet sein." Ich klang, als hätte ich die Kontrolle wieder. Das hier war rein geschäftlich, nichts weiter. „Mach dich sauber und komm dann wieder. Wir treffen uns hier in zehn Minuten."

Vivien schlenderte auf mich zu und hatte ein nicht zu identifizierendes Strahlen in ihren Augen, als sie in meinen persönlichen Bereich eindrang. Ich erstarrte und wagte nicht, mich zu bewegen. Mein Instinkt befahl mir, eine Hand an ihre Taille zu legen und sie näher zu mir zu ziehen.

Mit einem lasziven Lächeln steckte sich Vivien einen Finger in den Mund und zog ihn langsam wieder heraus.

Jeder Gedanke, den ich hatte, war wie weggeblasen, während ich mich voll und ganz auf sie konzentrierte. Die Art und Weise, wie sie ihren Finger über ihre Lippen gleiten ließ, ließ mich unter der Gürtellinie steif werden und mein Atem ging flach. Ein tiefer, animalischer Hunger machte sich in mir bemerkbar und ich senkte meinen Kopf weiter herab.

Oh Gott, wusste sie überhaupt, was sie da tat? Als dieser perfekte Fingernagel aus ihren feuchten Lippen herausglitt, war ich nur Sekunden davon entfernt, meinen Mund auf den ihren zu drücken und ihr zu zeigen, was es bedeutete, wahren Hunger und wahres Verlangen zu spüren. Ich hatte gute Lust, sie in mein Schlafzimmer zu zerren, sie festzubinden und ihr eine Kostprobe des schmerzvollen Verlangens zu geben, das sie in mir erweckte. Ich würde sie betteln und flehen lassen, die Lust zu befriedigen, die ich in ihr entfachte. Doch ich würde ihr die Erleichterung verwehren, bis sie mich anschrie, sie zu brechen.

Dann steckte sie ihren kalten, nassen Finger direkt in mein Ohrloch. Ich zuckte zusammen und griff nach ihrem Handgelenk, doch sie war bereits wegstolziert, in Richtung der Gästezimmer.

Ich nahm alles zurück. Sie zu töten war die einzige logische Schlussfolgerung.

21

VIVIEN

Dank Miranda, meiner persönlichen GI Jane, hatte ich weniger Schlaf bekommen als sonst. Nachdem sie mich geweckt hatte, konnte ich nicht wieder einschlafen. Deshalb mein Streifzug in die Küche bei Tageslicht. Wegen meiner Halskette und meines Bauchgefühls war ich mir sicher gewesen, ein Betty-Crocker-Typ zu sein. Es betrübte mich, zu erkennen, dass ich nicht Frau Superbäckerin war, aber Grim hatte angedeutet, dass ich eher so etwas wie eine Ninja war. Diese Vorstellung gefiel mir auch ganz gut.

Vivien, Vampirin, Ninja-Prinzessin. Auf der Jagd nach dem großen, bösen Meistervampir, um ihn in den Hintern zu treten und die Lage zu retten.

Während ich mich fertig machte, überlegte ich, ob das wohl zu lang war, um auf eine Visitenkarte zu passen. Ich zog ein rotes Neckholder-Top und eine schwarze Lederhose an und machte mich frisch. Doch selbst, nachdem ich mir kaltes Wasser ins Gesicht gespritzt hatte, war mein Kopf immer noch benebelt, weil ich tagsüber wach gewesen war. Oder vielleicht rührte die Müdigkeit auch daher, dass der Meistervampir mein Gehirn untersuchte wie ein Medizinstudent, der für seine Anatomie-Abschlussprüfung lernt. Ich hasste es, dass er bei mir die Fäden zog, als wäre ich eine Marionette. Ich wusste, dass er dort drinnen war und ich hatte versucht, ihn aufzuhalten. Aber sein Griff war so stark, dass ich nach dem Messer gegriffen und einfach drauflos geritzt hatte.

Als Grim und ich die Lobby des Sinopolis betraten, fragte ich mich, ob Kaffee mir immer noch dabei helfen könnte, den Hamstern in meinem Kopf in ihre flauschigen Hintern zu treten, damit sie wieder am Rad drehten. Ich hatte ihn gar nicht gefragt, wohin er mich brachte.

Aber das erschien mir nicht richtig. Woher sollte er wissen, dass ich mir Gedanken machte, wenn ich ihm nicht ständig auf die Nerven fiel? Ich wollte ihn gerade nach unserem Ziel fragen, blieb jedoch wie angewurzelt stehen. Grim ging noch ein paar Schritte weiter, dann bemerkte er, dass ich stehengeblieben war. Mir wurde am ganzen Körper eiskalt.

Grim kam die paar Schritte zurück und sagte in barschem Tonfall: „Wir müssen gehen."

„Etwas...stimmt nicht." Ich schluckte schwer, unfähig, das seltsame Gefühl, das mich gefangen hielt, besser zu beschreiben.

Die Lobby verschwamm und der Fokus war auf bestimmte Elemente gerichtet. Durch die überwältigenden Düfte der üppigen Grünpflanzen und Blumen nahm ich einen Hauch von Kupfer wahr. Das war Blut, vertrautes Blut. Ich drehte mich um, als würde ich mich im Wasser bewegen, und sah die zwei Gestalten noch immer an der Eingangstüre stehen, während alle anderen vorbeigingen und nichts mitbekamen.

„Oh Gott, Miranda", hauchte ich.

Ich spürte Grim neben mir.

Der Schlägertyp war da und hielt Miranda West vor sich. Trotz der Wut und des Hasses, die aus ihren Augen strömten, blieb sie bewegungslos. Für alle anderen musste er wie ein anhänglicher Freund gewirkt haben, weil sein Körper so eng an ihren Rücken gepresst war. Doch von dem Aussichtspunkt, den Grim und ich hatten, schwebte sein Mund nur ein paar Zentimeter über ihrem Hals, bereit, ihr die Kehle herauszureißen. Selbst wenn ich mit übernatürlicher Geschwindigkeit zu ihnen eilte, hätte der Sekhor noch immer genug Zeit, sie zu töten.

Das kaputte Boxergesicht verzog sich zu einem bösen Grinsen. Er wusste, dass er mich hatte.

Neben mir entfaltete sich Grims Macht wie ein Umhang und hüllte mich in dasselbe Gefühl ein, wie beim ersten Mal, als ich ihm begegnete. Als würde ich am Abgrund von allem und nichts stehen. Ich hatte das Gefühl, als würde sich der Boden unter meinen Füßen auftun, während sich eine allesverschlingende Finsternis um mich herum ausbreitete. Ich konzentrierte mich auf Mirandas tief in Falten gezogene Stirn und verankerte mich in ihrer Angst.

Um uns herum wurden Schreie laut, aber nicht wegen des Schlägertyps. Der musste erst noch irgendetwas tun. Auf Grims anderer Seite zog ein Mann eine Waffe unter seinem Designerjackett hervor. Ein wilder Blick verzerrte sein Gesicht. Es war Bradley. Den dunklen Augenringen und dem Geruch von Bourbon, der von ihm ausging, nach zu urteilen, war Amerikas Liebling seit seiner letzten Begegnung mit Grim im „Wolf Town" nicht mehr ganz bei Sinnen gewesen.

„Du", stotterte der Schauspieler. „Du bist ein Monster. Und du kannst mich nicht in die Hölle schicken, weil du zuerst dorthin gehst."

Fan-verdammt-tastisch. Ein durchgeknallter Fratboy.

Das Grinsen auf dem Gesicht des Schlägertypen sagte mir, dass das nicht Teil des Plans war, aber es gefiel ihm trotzdem.

Grim hob die Hände, doch ich bezweifelte, dass er sich um seine eigene Sicherheit ebenso sorgte, wie um die aller anderen. „Bradley, hör mir zu...“

Bradley hörte aber nicht zu. Die Waffe ging mit einem Knall los und noch mehr Schreie wurden laut. Dann war Grim blitzschnell vor ihm. Seine Todesmaske schimmerte durch, als er Bradley packte. Nein, nicht Bradley...sein inneres Wesen. Es hatte eine geisterhafte Ähnlichkeit mit Bradley und wurde in Grims Griff heller und strahlender. Mit einem abscheulichen Knacksen trennte Grim die Seele des Schauspielers von seinem Körper. Der Schrei war schrill und ohrenbetäubend, kam jedoch nicht aus Bradleys geöffnetem Mund. Die Seele selbst schrie in purer Agonie, als würde sie gefoltert werden. Bradleys Augen waren runde, angsterfüllte Löcher und ich wusste, dass er ebenfalls sehen konnte, was Grim mit seinem Geist machte.

Der Schlägertyp sprach und zog meine Aufmerksamkeit wieder auf sich. Ich hörte seine Worte vom anderen Ende der Lobby. „Der Meister wollte, dass ich dir noch eine Nachricht überbringe.“

Die Reißzähne des Schlägertypen senkten sich in Mirandas Hals. Sie riss die Augen auf, dass das Weiß zu sehen war. Der Geruch ihres Blutes erfüllte die Luft, als er ihre Haut durchstach. Mein Magen drehte sich um und krampfte sich dann zusammen.

„Nein.“ Das Wort war lauter als ein Murmeln und ich konzentrierte mich auf den Schlägertypen, der mich anstarrte. Ich nutzte dieselbe Kraft, die ich eingesetzt hatte, um den Pfleger zu umgarnen, und verband mich mit dem Sekhor auf der anderen Seite der Lobby. Wie ein Sicherheitsgurt, der einrastet, setzte ich mich in seinem Kopf fest. Der Schlägertyp hielt inne, kurz, bevor er ihre Kehle herausreißen wollte.

Ich konnte Mirandas Blut in der Luft schmecken, richtete jedoch meine ganze Konzentration auf den übergroßen Vampir. Verwirrung flackerte in seinen Augen auf, als ich ihn zwang, seinen Kopf von ihrem Hals zu heben. Er hatte geplant, eine große, anschauliche Show daraus zu machen, sie direkt hier in der Lobby zu töten, vor allen Leuten. Er wollte, dass ich sie in einem schrecklichen Spektakel sterben sah.

Offensichtlich gab sich der Meister nicht damit zufrieden, einem Mädchen Blumen zu schicken. Er wollte mich mit Blutvergießen und Gewalt umwerben.

Etwas drängte sich in meinen Kopf und versuchte, meinen Griff auf den Schlägertypen zu lockern. „Oh nein, wirklich nicht", presste ich zwischen den Zähnen heraus. „Du lässt sie in Ruhe."

Die Stimme des Meisters drang in meinen Kopf. *Gib meinen Diener frei. Lass ihn deine falschen Verbindungen auslöschen. Komm zu mir. Wir gehören zusammen.*

Ich antwortete nicht, weil mich die Konzentration, die ich brauchte, um den Schlägertypen festzuhalten, körperlich erschöpfte. Es fühlte sich an, als würde ich einen Bullen reiten, der alles in seiner Macht Stehende tat, um mich abzuwerfen. Ich stellte mich auf die sprichwörtlichen Hinterbeine und klammerte mich fest. Wenn ich das nicht täte, würde der Schlägertyp sie im Handumdrehen töten.

Die Hände des Schlägertypen griffen fester um Mirandas Arm, bis ich ein Krachen hörte. Sie verzog das Gesicht und stöhnte. Trotzdem war ich auf der Siegerstraße. Das Gesicht des Schlägertypen entfernte sich unglaublich langsam, aber stetig, weiter von ihrem Hals.

Das hatte der Meister also mit dem Schlägertypen und mit Milchauge gemacht. Sie waren zu gewalttätig geworden, deshalb hatte er sich in ihren Köpfen festgesetzt und sie aufgehalten. Aber er war stärker oder hatte mehr Übung als ich.

Ich wurde allmählich müde. Meine Konzentration schwankte und mein Körper fühlte sich an, als wäre er unter einer enormen Last begraben. Wenn ich nur den Geist des Schlägertypen losließe, wäre ich von dieser Anspannung befreit.

Nein. Ich musste Miranda retten. Sie war die Einzige, die mir helfen würde, diesen Kerl zu finden, und damit meine Vergangenheit. Und – wer hätte das gedacht – ich war zu verdammt stur, um mir von irgendjemandem meine Chance wegnehmen zu lassen, das zu finden, was mir gehörte.

Als ich den Schlägertypen mit einem letzten Stoß zwang, seinen Griff zu lockern, verlor Miranda keine Zeit. Sie riss sich los und rannte wie ein geölter Blitz, bis sie neben mir stand.

Der Schlägertyp verlor seinerseits keine Zeit und ging auf eine Frau los, die ihm zu nahegekommen war. Ich festigte meinen Griff auf seinen Geist wieder und er stolperte. Die Frau rannte davon.

Panik stieg in mir auf. Hier waren zu viele Leute. Ich konnte die Blutlust im Wesen dieses verhassten Vampirs spüren. Er wurde nicht von Hunger getrieben. Er *wollte* diejenigen um ihn herum foltern, verstümmeln und verletzen.

Ich nutzte meine Kraft, um den Schlägertypen umzudrehen. Das erste Paar der automatischen Türen nach draußen öffnete sich. Als er durchging, fing er an, Flüche auszustoßen. Der Meister schlug zurück, und zwar heftig. Ein stechender Schmerz durchzuckte mich, als ich mich weigerte, ihn loszulassen. Ich sank auf ein Knie und spürte, wie das Gewicht von hundert Ziegeln mich niederdrückte. Etwas tropfte von meiner Nase. Blutströpfchen verzierten jetzt den gefliesten Boden.

Der Schlägertyp blieb stehen. Noch ein Schritt, und das zweite Paar Türen würde sich öffnen. Es war gerade noch hell genug, um den Arsch zu räuchern.

Lass ihn gehen. Die Stimme in meinem Kopf war gebieterisch, doch Schock und Enttäuschung schwangen in ihr mit.

Du zuerst, gab ich diesmal zurück.

Der Schlägertyp hob einen Fuß, stellte ihn dann jedoch wieder auf seinen Ausgangspunkt zurück.

Blutbeutel.

Ich wurde müde. Der Meister würde gewinnen. Ich wollte Miranda sagen, dass sie von mir weggehen solle. Die offene Wunde an ihrem Hals, gepaart mit ihrem pochenden Herzen, zog mich an wie ein Magnet. Sie lenkte meinen Fokus weg von dem Schlägertypen.

Dann war Grims Macht da. Sie peitschte hervor und gab dem Schlägertypen einen „Stoß". Die Türen öffneten sich und er flog hinaus in den Sonnenschein. Sein Schrei wurde erstickt, weil sein Körper sofort Feuer fing. Das Trommeln in meinen Ohren wurde von den Schreien der verängstigten Menschen übertönt.

Ich brauchte Blut. Der Hunger nagte so fest an mir, dass ich froh war, bereits am Boden zu sein. Doch ich konnte meinen Blick nicht von dem brennenden Wesen abwenden.

Mein Hals wurde trocken, während ich zusah. Wenn ich in die Sonne hinausginge, würde mir dasselbe passieren. Es war ja nicht so, dass ich nicht sterben konnte. Ich wusste, dass ich es konnte, aber es zu sehen, machte es so viel realer. So wollte ich nicht sterben. Schreiend und in Flammen stehend.

Endlich fiel der Körper des Schlägertypen zu Boden, eine rauchende, verkohlte Masse.

Plötzlich war Timothy da, und mit ihm ein paar Hotelangestellte. Sie dirigierten die Leute und versuchten, die Situation zu beherrschen.

Dann hing ich in der Luft. Zuerst dachte ich, der Meister hätte es geschafft, mein Gehirn zu zermatschen, oder der Hunger hätte mich schwindelig gemacht. Doch ein schneller Blick nach unten bestätigte, dass ich ein paar Meter über dem Boden schwebte.

„Du bist der Meister", knurrte mir Grim ins Gesicht. Seine Augen leuchteten golden. Vielleicht lag es daran, dass es mich erschöpft hatte, den Schlägertypen zu kontrollieren, aber ich fand, dass eine elegante Schönheit in Grims wildem Gesichtsausdruck lag. Ich wollte die angespannten Muskeln seiner Kinnpartie berühren und mit der Hand durch sein dunkles Haar fahren. Ein paar Strähnen hingen ihm jetzt in die Stirn.

War das jetzt der Moment, in dem er mir den Kopf abriss? Wäre das besser, als zu verbrennen? Es wäre wahrscheinlich schneller.

Seine Anschuldigung drang in mein vernebeltes Gehirn. „Ich bin nicht der Meister."

Ich blickte über seine Schulter und sah Bradleys Leiche auf dem Boden. Sein Gesicht war eine erstarrte Hommage an seine letzten, schrecklichen Momente.

„Ach, wirklich?" Ekel leuchtete aus Grims Augen. „Wie hast du dann den Geist dieses Sekhors kontrolliert? Das kann nur ein Meister. Du schleichst dich tagsüber irgendwie hinaus und verwandelst Menschen, nicht wahr? Du bist für all das verantwortlich."

Ich hatte nicht die Energie, gegen Grims Wut anzukämpfen. Miranda stand an der Seite und hatte eine Hand an ihrem Hals. Wenn sie die wegnähme, und das Blut in die Luft gelänge, würde ich wahrscheinlich zu einer zitternden, begierigen Masse werden. Mir war jetzt schon so kalt. Meine Zähne klapperten. Wenn ich meine Reißzähne ausgefahren hätte, könnte ich mir die Lippe abbeißen.

„Majestät." Timothys Stimme drang durch. „Vielleicht sollten wir das lieber an einem etwas diskreteren Ort besprechen."

Grim antwortete nicht, sondern starrte mich nur weiter an. In seinen Augen lag brennender Hass und...Verrat?

Das tat weh. Mehr als ich es für möglich gehalten hätte. Grims Meinung von mir war wichtig. Ich trieb ihn zur Weißglut und sorgte dafür, dass sein Blutdruck stieg, aber es tat weh, dass er dachte, ich hätte ihn angelogen. Ich war keine Lügnerin.

Diesmal klang Timothys Stimme schneidend wie eine Peitsche. „Ich habe bereits meinen Putztrupp damit beauftragt, dieses Chaos zu beseitigen. Wenn Sie sich des Sekhors entledigen wollen, dann bitte ich Sie, das anderswo zu tun."

Im nächsten Moment schleifte mich Grim hinter sich her.

„Ms. West, Sie kommen am besten auch mit", hörte ich Timothy sagen.

Grim führte uns zu einer Spiegelwand. Ich erhaschte einen Blick auf meine blutunterlaufenen Augen und mein fahles, bleiches Gesicht. Ich sah wirklich erbärmlich aus.

Der Meister der Toten enthüllte eine Geheimtür in der Spiegelwand. Wir betraten ein privates Glücksspielzimmer, das leer stand. Zigarrenrauch, teurer Scotch, gepaart mit Schweiß, Macht und Angst lagen hier in der Luft. Hier in diesem Raum waren Vermögen gewonnen und verloren worden.

Nachdem er mich auf einen Stuhl geworfen hatte, ging

Grim vor mir auf und ab. „Du hast gedacht, du könntest mich zum Narren halten? Du denkst, ich weiß nicht, dass der Meister Gedanken steuern kann? Na, da hast du falsch gedacht." Er beugte sich vor. Reißzähne fuhren in seinem Mund aus und seine Augen glühten so hell wie die Sonne. Es brannte, ihm in die Augen zu schauen. Ich bekam am ganzen Körper eine Gänsehaut, die so schlimm war, dass ich mir am liebsten mit der Hand über die Arme gestrichen hätte. Doch ich hatte das Gefühl, wenn ich irgendwelche abrupten Bewegungen machte, würde er mich gleich hier vernichten.

„Ich weiß nicht, wovon du sprichst. Ich habe erst in der Pflegeeinrichtung herausgefunden, dass ich die Gedanken von jemandem steuern kann. So sind wir dort hineingekommen. Ich habe Kabir mit einem Bann belegt, ohne zu wissen, das ich das überhaupt beherrsche. Ich habe es erst jetzt wieder eingesetzt, nur, um Miranda zu retten."

Der Meister machte deutlich, dass er mich wollte, aber jetzt versuchte er, alle anderen Verbindungen zu kappen, die ich hatte. Das war das typische Verhaltensmuster eines obsessiven Psychopathen. Miranda aus dem Weg zu räumen, bedeutete, die Wahrscheinlichkeit, dass ich zu ihm gehen würde, wäre höher. Er war bereit, alles Nötige zu tun, um mich zu isolieren und in die Enge zu treiben. Ich zitterte und mein Magen machte Überschläge.

Grim sah immer noch aus, als stünde er kurz davor, mich in winzige Stückchen zu zerreißen. Um ihm zu zeigen, dass ich keine Angst hatte, schaute ich ebenso wütend zurück. Aber ich hatte Angst. Ich hatte Panik. Ich wusste nicht, was das für ein Leben – oder Unleben – war. Ich hatte keinen verdammten Halt und mir schwirrte der Kopf, weil ich versuchte, mit allem Schritt zu halten, während ich andauernd die zahllosen Hände abwehrte, die sich um meinen Hals legten. Ganz zu schweigen davon, dass ich ohne Blut hilflos wie ein Baby war, und ich hasste meine Abhängigkeit.

Alles war total verkorkst. Wie auch immer mein Leben davor gewesen war, es musste besser gewesen sein als das hier. Scheiß auf das, was Grim sagte. Ich würde lernen, wie man backt und eine Bäckerei eröffnen, eine, die nur nachts geöffnet hatte, natürlich. Solange ich mich noch bewegen konnte, würde ich Pläne machen und nach meinen eigenen Regeln leben.

„Ms. West, wären Sie so freundlich und würden sich dort hinsetzen." Timothy führte sie in die gegenüberliegende Zimmerecke.

Miranda richtete sich auf, obwohl sie eine Hand an ihrem Hals hatte und ihr gebrochener Arm in einem komischen Winkel herunterhing. „Ich weiß nicht, wie, aber sie hat mir gerade das Leben gerettet, und nicht nur einmal, sondern zweimal. Ich werde nicht zulassen, dass er ihr etwas antut."

Ihr musste entgangen sein, was Grim mit Bradley Hansen gemacht hatte. Oder vielleicht war es so wie mit den Sammler-Hunden, und sie hatte nicht wie ich gesehen, dass er ihm die Seele herausgerissen hatte. Es hatte wahrscheinlich den Anschein gehabt, Bradley sei zusammengebrochen.

„Ja, aber wenn Sie weiterhin mit Ihren offenen Wunden so dicht bei ihr stehen, könnten Sie nur noch mehr Probleme verursachen", erklärte Timothy.

Ich gab nicht klein bei in unserem Duell der wütenden Blicke und sagte es Grim noch einmal in aller Deutlichkeit: „Ich bin nicht der Meister. Ich weiß nicht, was vorgeht. Ja, ich habe den Meister wegen der Herrschaft über diesen Koloss mit der gebrochenen Nase bekämpft, aber wenn du den großen Jungen nicht zur Tür hinaus gestoßen hättest, hätte ich den Kampf womöglich nicht gewonnen. Glaub mir, ich will nicht mehr, dass der Widerling in meinem Kopf ist und mich herumkommandiert."

Das Glühen wich aus seinen Augen. Ihr Farbton war jetzt ein warmes Braun. Mein Blick fiel immer wieder auf die verbliebenen Reißzähne. Sie waren nicht so scharf wie meine Vampirzähne. Seine waren dicker, bedrohlicher. Meine Reißzähne stachen, während seine zerreißen und zerfleischen würden, wie die Zähne eines Tieres.

Als er wieder in seinem rauen Tonfall sprach, stellten sich mir die Nackenhaare auf. „Die einzige Möglichkeit, dass du eine solche Macht haben kannst, ist, dass du Blut von der Ersten erhalten hast."

Etwas von meinem Hochmut wich von mir. „Was?"

Er stützte seine Hände auf die Armlehnen des Stuhls und kam mir so nahe, dass ich seinen heißen Atem spüren konnte und sofort von seinem Duft umgeben war. Mein Körper wäre beinahe nach vorne geschnellt, um seiner Hitze zu begegnen. Ich wollte mich darin einwickeln, wollte mich in ihn einwickeln.

„Du musst Blut des Originals getrunken haben. Von der allerersten Sekhor. Du sagst, du erinnerst dich nicht daran, wer du warst und ich sage vielleicht, dass du die ganze Zeit gelogen hast. Du hast mich manipuliert."

„Um was zu tun?", schoss ich zurück und fand meine Kraft wieder. Ich würde nicht einfach hier sitzen und für etwas beschuldigt werden, das ich nicht getan hatte. „Wie könnte ein kleiner Vampir wohl den Tod manipulieren, irgendetwas zu tun? Und was sollte ich von dir wollen?"

Ich spürte Timothys Veränderung mehr, als dass ich sie sah. Grims Gesichtsausdruck wurde leer, als hätte er Angst, dass ich etwas in seinem Gesicht lesen könnte. Die beiden wussten etwas, das ich nicht wusste. „Soweit ich gesehen habe, brauchst du nur Vampirköpfe abzudrehen wie Schraubverschlüsse und dann gibt es kein Problem mehr. Warum sollte ich mir also die Mühe machen, zu dir zu kommen? Warum sollte ich so hart daran arbeiten, herauszufinden, wer ich war? Warum sollte ich Miranda bitten, mir zu helfen, nur, damit sie getötet würde, bevor ich die Informationen bekomme, die ich brauche?"

Grim richtete sich auf und die Luft wurde kalt und leer, wo er gerade noch gestanden hatte. Er strich sich sein Revers glatt und seine Augen wurden wieder bernsteinfarben. Aber er machte den Mund zu, deshalb wusste ich nicht, ob alles an ihm wieder normal geworden war.

„Ja, da gibt es den Fall, dass Ms. West in mein Penthouse eingebrochen ist. Darüber müssen wir noch sprechen, nicht wahr?", sagte Grim mit eisigem Tonfall.

Ich stand auf. „Du wusstest davon?"

Dann wurde mir klar, dass er ebenfalls wusste, dass der Meister die Sekhors kontrollierte. Als ich die plötzliche Lobotomie des Schlägertypen erwähnte, hatte Grim das Thema gewechselt. Nicht, weil es ihn nicht interessiert hatte, sondern, weil er bereits wusste, wie mächtig der Meistervampir war. Verdammt, wie hatte mir das entgehen können?

Mit einem leichten, dezenten Schnauben verdrehte Timothy die Augen. „Du bist einmal entkommen, hast du gedacht, wir würden dich nicht beobachten?"

Ich verschränkte die Arme. „Ich bin überrascht, dass ich dafür kein Spanking bekommen habe. Für alles andere scheinst du mich ja bestrafen zu wollen."

Grims Kopf fuhr herum und ein Funken Gold blitzte wieder in seinen Augen. Ich ließ die Arme sinken. Okay, vielleicht war jetzt kein guter Zeitpunkt, um ihn noch mehr zu verärgern. Aber mir war kalt, ich hatte Hunger und war erschöpft nach meiner übernatürlichen Gedankenkontrolle-Magie.

„Nun, warum sehen wir uns nicht an, was Ms. West ausgegraben hat, was?", sagte er.

Ich wusste nicht, ob es an seinem Tonfall lag, der sich hart an der Grenze zu großer Gefahr bewegte, oder ob sie etwas in seinem Gesicht gesehen hatte, aber die knallharte Miranda, die selten vor einem Kampf zurückschreckte, trat einen Schritt zurück.

22

GRIM

ZUERST WAR ICH DAGEGEN GEWESEN, VIVIENS VERGANGENHEIT zu untersuchen, doch jetzt sah ich ein, dass es unvermeidlich war. Vielleicht hätte ich mir ihre Geschichte ansehen sollen, als ich mich entschloss, sie als Köder zu nehmen, und herausfinden, warum der Meistervampir sie so unbedingt wollte.

Warum hast du es dann nicht gemacht, du Narr?, schimpfte meine innere Stimme. *Weil du dieser Sekhor nicht näherkommen wolltest als nötig? Weil du dich bereits zu ihr hingezogen fühlst und keinen weiteren Grund brauchst, um dich mit ihr zu verbinden?*

Ich trat hinter Miranda, die ein schnelles Tempo vorlegte, angesichts dessen, was sie gerade durchgemacht hatte. Timothy hatte einen Arzt gerufen, der uns im Camelot, einem benachbarten Hotel, treffen würde, um sich ihre Wunden anzusehen. Doch wir konnten nicht länger auf die Informationen warten. Timothy hatte Mirandas Hals verbunden und aus einem T-Shirt, das er aus einem Souvenirshop genommen hatte, eine provisorische Schlinge für ihren Arm angefertigt. Dann zog sich mein Assistent zurück, mit der Versicherung, sich in Kürze wieder zu uns zu gesellen.

Ich weigerte mich, Vivien loszulassen und hielt ihren Arm mit brutaler Kraft fest. Sie ließ sich jedoch nicht anmerken, dass mein Griff sie störte. Ihr Kinn war vorgereckt und sie hatte mich nicht angeschaut, seit wir das Glücksspielzimmer verlassen hatten. Timothy hatte ihr eine Sonnenbrille besorgt, um ihre roten Augen zu verbergen und sie hatte Mühe, Schritt zu halten. Der Durst verzehrte sie.

Wenn sie dachte, sie könnte mir Schuldgefühle einimpfen, weil ich sie beschuldigt hatte, der Meistervampir zu sein, irrte sie sich. Ich schuldete ihr nichts, schon gar kein Vertrauen.

Ich war wütend. Wütend auf mich selbst, weil ich nicht besser aufgepasst hatte. Ich war auch wütend auf Vivien, weil sie Ms. West in diese Angelegenheit verwickelt hatte. Und es half auch nicht gerade, dass Bradley mich gezwungen hatte, bei ihm extreme Maßnahmen zu ergreifen. Ich hatte ihn vor seiner Zeit gerafft, eine der fürchterlichsten Strafen, zu denen ich imstande war. Aber er hatte mich dazu gezwungen.

„Ich weiß nicht, warum du so angepisst bist", brummte Vivien. „Ich bin es ja schließlich, die du beschuldigt hast, ein Meistervampir zu sein. Wenn du mir von diesen Kräften der Gedankenkontrolle erzählt hättest, dann hätten wir zwei und zwei zusammenzählen können."

„Und warum hast du mir nicht gesagt, wie du diesen Pfleger so gekonnt becirct hast, als wir zum Original gefahren sind?"

Sie zuckte die Schultern. Ihre Unterlippe war zu einem Schmollmund verzogen. „Ich war mir nicht hundertprozentig sicher, dass es passiert ist. Ein Teil von mir bestand darauf, dass ich mir das nur ausgedacht habe, und dass er es sich einfach anders überlegt hat."

Die Logik, die sie anführte, gefiel mir nicht, deshalb änderte ich die Taktik. „Du hast Ms. West in dieses Schlamassel hineingezogen. Sie ist menschlich und darf nicht in übernatürliche Angelegenheiten verwickelt werden."

Sie machte ein unanständiges Geräusch. „Miranda ist ein eigenständiger Mensch und sie hat sich selbst darin verwickelt. Sie hätte das Weite suchen können, aber ich glaube nicht, dass das in ihrem Naturell liegt. Und nein, es gefällt mir ebenso wenig wie dir, dass der Meister sie als Ziel ausgewählt hat. Wenn sie wegen mir gestorben wäre oder Schlimmeres..." Sie brach ab, als sie sich das Horrorszenario ausmalte. Dann sagte sie: „Ich will den Meister auch tot sehen. Aber ich will ihm nicht auf seinem Terrain begegnen, deshalb renne ich jedes Mal davon, wenn seine Gorillas auftauchen. Seine Macht wird größer und ich bin mir nicht so sicher, dass ich noch eine Schlacht der Willenskraft gewinnen werde."

„Er verwandelt mehr Menschen und stellt eine Horde zusammen. Ihre Macht nährt ihn."

„Also, eines will ich mal klarstellen. Ich habe nicht vor, einen Haufen Leute in Vampire zu verwandeln, um ihn zu bekämpfen. Hast du das kapiert? Wenn die Zeit kommt, wirst du die Drecksarbeit erledigen und ihn vernichten."

„Einverstanden." Wir wechselten einen Blick und unsere Augen verharrten viel zu lange ineinander. Ihr Strahlen pulsierte um sie herum wie ein warmes Signalfeuer, das mich einlud, weiterzugehen, doch ich widerstand. Ich würde immer widerstehen.

Die Spannung, die sich zwischen uns aufgebaut hatte, wich. Sie mochte vielleicht ein Meistervampir sein, aber sie wusste in Wahrheit gar nicht, was sie war. Sie hatte mich nicht belogen oder manipuliert. Das sollte mir eigentlich kein Trost sein, war es aber.

Als wir im Sicherheitsbüro des Camelot angekommen waren, benutzte Miranda ihre Schlüsselkarte, um die Tür zu öffnen.

Ein Mann spanischer Herkunft mit einem bleistiftdünnen Schnurrbart und scharfen, grauen Augen drehte sich auf seinem Schreibtischstuhl vor der Wand mit den Überwachungskameras herum. Der Raum war kleiner als mein Schrank. Der Junge, den ich zuvor mit Ms. West gesehen hatte, saß auf einem Sitzsack in der Ecke und spielte auf einem Tablet. Beide sprangen auf, als sie Mirandas Zustand sahen.

Sie hob die Hand, ausgerechnet die blutige, was die Verzweiflung der beiden nicht minderte. „Javier, ich brauche das Zimmer.“

Dennoch bewegte sich keiner von ihnen. Javiers Augen wanderten zu jedem von uns und schätzten uns ruhig ein. Er war kein Sicherheitsmann, der nur untätig herumsaß. Ich konnte sehen, wie er die Informationen, die wir ihm lieferten, verarbeitete und die Bedrohung einschätzte, die wir darstellten.

Schade, ich würde ihn wahrscheinlich töten müssen. Ich hatte gerade für niemanden Zeit, der mir in die Quere kam.

„Sind das Freunde von dir?“, fragte Javier mit einem skeptischen Unterton. Als er aufstand, wanderte seine Hand zu seiner Waffe. Er war bereit, sie zu ziehen, falls Ms. West andeutete, dass es nötig sei. Es überraschte mich, zu sehen, dass mein Nachbarhotel so aufmerksames Personal beschäftigte. Ich würde den Hotelbesitzer loben müssen, wenn ich ihn das nächste Mal sah.

Miranda erklärte: „Sie sind wegen einer heiklen Sicherheitsangelegenheit hier und ich brauche das Zimmer.“ Als er seine Haltung noch immer nicht änderte, sprach Miranda seinen Namen mit einem schmeichelnden Tonfall aus.

„Weiß Mr. Landis darüber Bescheid?", fragte Javier und ließ schließlich seine Waffe sinken. Er meinte den Leiter des Sicherheitsdienstes.

Es gab wenig, was ich nicht über die benachbarten Hotels wusste.

„Nö", sagte sie und schaute ihn mit einem festen Blick an, der ausdrückte, dass sie nicht die Absicht hatte, irgendjemanden über unseren Besuch zu informieren. Zwischen diesen beiden herrschte tiefes Vertrauen und Kameradschaft.

Mit einem knappen Nicken entspannte Javier seine Haltung, ging an mir vorbei und schloss die Tür hinter sich.

„Er wird wohl nicht genug bezahlt, um zu plaudern, nehme ich an", sagte Vivien.

„Wir haben zusammen zwei Einsätze in Falludscha gemacht. Ich habe ihm diesen Job besorgt", erklärte Miranda.

Der Junge bewegte sich auf die Tür zu. „Nein, Jamal. Du musst hierbleiben, wo ich dich im Auge behalten kann."

Das Kind schaute mich beunruhigt an. Ich versuchte zu lächeln. Er trat einen Schritt zurück. Kinder konnten normalerweise spüren, dass etwas an mir anders war. Sie wussten tief in ihrem Inneren, dass der Tod nahe war, ganz gleich, wie sehr ich versuchte, mich zu tarnen.

Ein Klopfen an der Tür lenkte uns ab. Ich öffnete, bereit, meine ganze Wut zu entfesseln, um denjenigen, der draußen stand, zum Gehen zu bewegen. Es war Timothy, der mit gelassener Miene dastand und einen Reisebecher in der Hand hielt.

„Sehr furchteinflößend, Meister", sagte er und es klang irgendwie drollig.

Ich öffnete die Tür weiter, um ihn hereinzulassen. Er reichte den Becher Vivien, die ihn voller Hoffnung anlächelte. „Jeeves, hast du mir einen speziellen Saft gebracht?"

Timothy zuckte zusammen. „Jeeves?"

„Wie wär's dann mit Alfred? Ist das besser?", fragte sie.

Timothy rümpfte die Nase.

Ich nahm ihr den Becher weg. „Entschuldige dich."

„Das ist wirklich nicht notw...", protestierte Timothy, doch ich schnitt ihm das Wort ab.

„Jetzt", sagte ich zu der Sekhor mit einem stählernen Unterton.

Vivien öffnete den Mund, als wollte sie noch etwas Beleidigendes sagen, schien sich dann jedoch zu besinnen. Sie wandte sich wieder meinem Assistenten zu und sagte einsichtig: „Sorry, Timmy. Danke dir dafür." Sie machte eine Kopfbewegung zu dem Reisebecher, den ich in der Hand hielt.

„War das so schwer?", fragte ich und gab ihr den Drink zurück. Sie schluckte den Inhalt des Bechers, während sie versuchte, mich durch ihre Sonnenbrille wütend anzuschauen.

Dem Kind entfuhr ein Kichern, dann schnaubte es.

„Häng dort drüben mit deinem iPad ab", wies Miranda Jamal an. Als sich der Junge nicht bewegte, brüllte sie ihn mit einer Autorität an, die beängstigender war als jeder Militärtonfall – sie benutzte ihre Mama-Stimme: „Beweg dich, junger Mann!"

Jamal erschrak und zog sich dann auf seinen Sitzsack zurück.

„Ich lasse meinen Sohn nicht allein zu Hause, bei allem,

das gerade los ist", erklärte Miranda. „Hier kann er sich unterhalten, entweder mit mir oder Javier als Gesellschaft."

„Alleinerziehende Mutter?", fragte Vivien zwischen zwei Schlucken.

„Sein Vater ist vor drei Jahren im Einsatz ums Leben gekommen." Miranda trug diesen Satz mit geübter Effizienz und einer gehörigen Portion Stolz vor. Dennoch sah ich den Anflug von Schmerz in ihren Augen.

Ich fragte mich, ob ich über die Seele ihres Mannes gerichtet hatte oder ob ihn vielleicht einer meiner Sammler einsortiert hatte. Wieder starrte mich Jamal an, als ob er meine Gedanken erriet.

„Keine Sorge, Junge", sagte Vivien, die seinen Blick ebenfalls bemerkt hatte, und stieß mir mit dem Ellbogen in die Rippen. „Er beißt nicht. Und ich auch nicht." Sie nahm die Sonnenbrille ab, um ihm zuzuzwinkern. Die Mundwinkel des Kindes verzogen sich als Antwort darauf zu einem leichten Lächeln.

Miranda setzte sich an den Computer und tippte. Vivien verlor keine Zeit, ließ sich auf den leeren Stuhl neben ihr fallen und legte die Sonnenbrille auf den Tisch. Ihre Augen hatten jetzt wieder ihren normalen, meergrünen Farbton.

„Ich glaube, ich habe deinen Typen gefunden", sagte Miranda. „Ich brauche nur einen Moment, um das Filmmaterial aufzurufen."

Während wir warteten, drehte sich Vivien auf dem Stuhl herum. Bei jeder Drehung quietschte er durchdringend, doch das hinderte sie nicht daran, sich weiter zu drehen. Das rostige Kratzen zerrte an meinen Nerven.

„Hörst du wohl damit auf", sagte ich nach der vierten Drehung.

„Was machst du, wenn ich nicht aufhöre?", fragte sie und schaute mir direkt in die Augen. Sie unterbrach den

Augenkontakt nur, um eine weitere, volle Umdrehung zu vollführen.

Mir kamen einige Ideen in den Sinn. Nicht alle davon waren familienfreundlich.

„Jetzt geht's los", sagte Miranda und rief das Video auf, das zeigte, wie ich Vivien zurück zum Sinopolis schleppte. Erneut sahen wir, wie der Mann wie angewurzelt stehenblieb und sie ganz offensichtlich erkannte. Dann rannte er davon.

Vivien hatte den Reisebecher leer getrunken und stellte ihn ab. Ihre Wangen hatten wieder Farbe bekommen und ihre Augen strahlten vor Interesse, als sie sich mit leicht geöffnetem Mund vorbeugte.

Miranda vergrößerte das Gesicht des Mannes noch etwas mehr. Wenn sie es noch größer machte, würde sein Gesicht zu verpixelt werden, aber es war ausreichend. Breite Nase, kleine Augen und hellbraunes Haar. Er trug weite Shorts und ein Hawaiihemd.

Vivien flüsterte etwas.

Miranda ersparte mir die Mühe, zu fragen. „Was war das?"

„Skip", sagte Vivien diesmal lauter. „Sein Name ist Skip."

„Woher kennst du ihn?", fragte ich und steckte die Hände in die Taschen. „Ein früherer Liebhaber vielleicht? Das würde erklären, warum er das Weite gesucht hat."

Vivien funkelte mich wütend an, während Miranda die Augenbrauen hochzog. Ein Lächeln umspielte ihre Mundwinkel.

„Nein", protestierte Vivien. „Oder, ich weiß es nicht. Ich glaube nicht und ich weiß nicht, woher ich ihn kenne. Ich weiß nur, dass sein Name Skip ist."

Ich stellte mich hinter Vivien, stützte meine Hände auf die Lehne ihres Stuhls und beugte mich vor, um besser sehen zu können. Das Personal war hier zwar exzellent, aber sie könnten größere Monitore gebrauchen.

Während ich mich auf den Mann auf dem Bildschirm konzentrierte, erwog ich seine Verbindung zu Vivien. Ich hatte es durchaus ernst gemeint, als ich fragte, ob er ein früherer Liebhaber war, hatte aber auch gelernt, nichts hinter irgendjemandem zu vermuten. Es gab eine Million Gründe, warum er sie erkannt hatte und abgehauen war. Er war kein Vampir, dessen war ich mir sicher. Ihm fehlte das ätherische Strahlen, das von Sekhors ausging.

Während ich über die Schlussfolgerungen nachdachte, bemerkte ich, dass Vivien still geworden war. Als ich meinen Kopf wandte, tat sie dasselbe, bis wir uns in die Augen schauten. Mein Atem stockte. Spannung stieg zwischen uns auf und erdrückte mich förmlich. Diese vielschichtigen grünen Augen wanderten zu meinen Lippen und sie schluckte.

Viviens Lippen waren erneut nur wenige Zentimeter entfernt und die magnetische Anziehungskraft zwischen uns war so stark. Ich musste ihren Stuhl fester umklammern, um mich davon abzuhalten, die Entfernung zwischen uns zu überbrücken. Dabei streiften meine Fingerknöchel ihren entblößten Rücken. Ihre Haut war samtig weich und der Duft von Leder und Vanille hüllte meine Sinne abermals ein.

Die Vorstellung, ihren Stuhl herumzudrehen und meinen Mund auf ihre Lippen zu pressen, jagte einen Hitzeschwall durch meinen Körper. Ich wollte sie nicht nur kosten, ich wollte an ihrem Hals saugen und knabbern, bis hinunter zum Ansatz ihrer Brüste. Dann würde ich ihre Brustwarzen durch ihr Top mit der Zunge bearbeiten, bis sie unter dem Stoff hart wurden. Ich würde ihre Haut und ihre empfindsamsten Teile mit meiner neugierigen, forschenden Zunge liebkosen, bis sie unter mir um Erlösung betteln würde.

Viviens Pupillen weiteten sich und verschlangen mich fast ganz.

Miranda durchbrach meine intensive Fantasie und bewahrte mich davor, nach meinen verrückten Gedanken zu handeln. „Ich habe die Kameras benutzt, um ihm zu seinem Zimmer zu folgen", sagte sie. „Zehnter Stock, Zimmer 1009. Hier ist Skip. Er hat eilig zusammengepackt und in weniger als zehn Minuten das Weite gesucht. Er hat für das Zimmer bar bezahlt, gebucht wurde es unter dem Namen Raoul Duke."

„Falscher Name", verkündete Vivien laut.

„Wenn ich Skip heißen würde, dann würde ich auch einen falschen Namen benutzen", sagte Miranda, immer noch in den Bildschirm vertieft.

Vivien schloss die Augen und konzentrierte sich. „Ich kenne diesen Namen, Raoul Duke." Mit einem triumphierenden Lächeln schnippte sie mit den Fingern. „Moment, ich weiß. So heißt Johnny Depps Figur im Film *„Angst und Schrecken in Las Vegas"*."

„Und doch kannst du dich nicht an deinen Namen erinnern", bemerkte ich.

Ihr siegessicherer Blick verdunkelte sich zu einem wütenden Funkeln.

Miranda fuhr fort: „Ich habe das Reinigungspersonal rechtzeitig erwischt und sie davon abgehalten, hineinzugehen, bis ich euch informiert habe."

Ich blieb hinter Viviens Stuhl, damit ich niemanden mit der steinharten Erektion erschreckte, die ich mittlerweile bekommen hatte. Zwar versuchte ich, mich auf Mirandas Worte zu konzentrieren, konnte aber nur daran denken, dass ich in jeder anderen Situation mit Leichtigkeit jede

Frau, die meine Aufmerksamkeit erregte, verführen und mich um mein *Problem* kümmern konnte. Ich behandelte meine Bedürfnisse mit derselben Effizienz, mit der ich mir die Zähne putzte. Doch mit Miranda und Jamal im Zimmer musste ich mich strikt auf das Geschäftliche konzentrieren und meine plötzlichen und dringenden Bedürfnisse vernachlässigen.

Ich ließ meine Schultern nach hinten kreisen und erinnerte mich daran, wie ich jeden Tag zurechtkam. Ich schob meine eigenen Bedürfnisse beiseite, um mich um meine Aufgaben zu kümmern, und nur so konnte es sein. Qwynn hatte mich gelehrt, dass es gefährlich ist, Vergnügen über seine Pflicht zu stellen. Und Vivien stellte dieselbe Gefahr dar wie meine Ex-Frau. Ich könnte in ihr ertrinken und alles andere vergessen.

„Wir sollten uns das Zimmer ansehen", sagte Vivien, drückte ihre Hände auf den Schreibtisch und stand mit einer plötzlichen nervösen Energie auf. Ich wich zurück, damit die Rollen ihres Stuhls meine Schuhe nicht beschädigten. Der Becher Blut, den sie geleert hatte, hatte sie wahrscheinlich belebt.

Als mein Blick auf Timothy fiel, beobachtete der mich mit einem seltsamen Gesichtsausdruck. Spürte er, dass ich mich immer stärker zu der Sekhor hingezogen fühlte?

Das war wahrscheinlich. Einen Augenblick lang fragte ich mich, ob es mein Assistent den anderen erzählen würde, oder noch schlimmer...nein, ich durfte nicht daran denken, was wäre, wenn *er* irgendetwas davon erfahren würde.

Timothy wandte seinen Blick wieder zum Monitor. Ich tat dasselbe und versuchte dabei, den Aufruhr in meinem Magen zu ignorieren.

Miranda erhob sich ebenfalls und sagte: „Ich komme auch mit."

„Ma'am", wandte Timothy ein, „der Arzt wird gleich kommen, um sich Ihren Arm anzusehen. Ich denke, Sie sollten hier warten und die beiden ohne Sie gehen lassen."

Mirandas Mund wurde dünn. „Sie haben mich für den Moment ganz gut zusammengeflickt. Wenn Sie denken, ich würde eine Gelegenheit verpassen, herauszufinden, was zum Teufel hier vorgeht, haben Sie sich gründlich geirrt."

Mein Assistent und ich wechselten einen Blick. Es war offensichtlich, dass man sie nicht würde umstimmen können.

Seufzend gab ich nach. „Wir nehmen den Jungen auch mit. Ich möchte nicht, dass er unbeaufsichtigt ist, nachdem die Sekhors Ms. West angegriffen haben."

Wir gingen zur Tür. Hinter mir fragte Miranda Vivien: „Sekhors?"

„Ein anderer Name für Vampire", erklärte Vivien.

Timothy ging neben mir, während Jamal mit Kopfhörern in den Ohren hinter seiner Mutter herlief.

„Klingt irgendwie…unanständig", sagte Miranda leise.

Vivien wurde hellhörig. „Das habe ich mir auch gedacht." Dann dämpfte sie ihre Stimme, damit Jamal es nicht hören konnte, und sagte: „Ich dachte, er nennt mich Sackhure, als er es zum ersten Mal gesagt hat."

Neben mir hörte ich ein Schnauben. Ich warf Timothy einen finsteren Blick zu. Er tat so, als würde er sich räuspern.

Die Laken waren verknittert und halb von dem Hotelbett heruntergezogen. Und das Zimmer stank nach billigem Alkohol, ungewaschenem Mann und dem ranzigen Geruch von Gras. Im Gegensatz zu den Suiten im Sinopolis war das

Zimmer im Camelot so gewöhnlich wie ein Zimmer in jedem anderen Drei-Sterne-Hotel. Billige Laken und ein Fernseher mit einer ordentlichen Größe, aber es hatte einen exzellenten Blick auf den Strip. Ich ging durch das Zimmer, um die Vorhänge zuzuziehen, damit Vivien eintreten konnte, ohne in Flammen aufzugehen.

Vivien verlor keine Zeit und ging daran, sich im Zimmer umzusehen. Ihre Bewegungen waren geübt und methodisch. Sie zog die Laken zurück und schaute in alle Schubladen. Mit zielstrebiger Konzentration ging sie durch das Zimmer. Ich glaubte nicht, dass sie sich bewusst war, dass sie anscheinend in eine Art Routine gefallen war.

„Was suchst du?", fragte Jamal. Miranda hatte sich das Blut von der Hand gewaschen und sie auf seine Schulter gelegt, um ihn in der Nähe zu behalten. Timothy stand draußen, während wir anderen das Zimmer betraten. Wir würden ihn rufen, wenn wir ihn brauchten.

„Alles, das mir etwas darüber sagen kann, wo er zuvor war, oder wohin er gehen könnte", sagte Vivien geistesabwesend. Sie bemerkte nicht, dass sie es wieder tat. Sie kehrte zu einer unbewussten Angewohnheit zurück, wie sie es getan hatte, als sie gegen die Vampire gekämpft hatte. Es war mit ihrer Vergangenheit verbunden und ich hatte das Gefühl, wir waren kurz davor, die richtigen Strippen zu ziehen, damit sich die ganze Sache vor unseren Augen lösen würde.

„Kann ich helfen?", fragte Jamal Vivien, bevor er zu seiner Mutter schaute.

Vivien hielt beim Öffnen der Schubladen inne. „Klar, Junge, geh und schau im Badezimmer und notiere alle persönlichen Gegenstände, die er vielleicht zurückgelassen hat, und komm dann zurück und sag mir, was du gesehen hast." Gerade, als er verschwinden wollte, hielt sie ihn zurück. „Denk daran, den Deckel des Spülkastens der Toilette aufzuheben und sag mir, ob etwas darin ist."

Vivien wollte gerade den Schrank schließen, als Jamal mit einem Bericht aus dem Badezimmer zurückkam. „Keine persönlichen Sachen. Er hat sogar die Hotelseifen mitgenommen. Ich hab den Deckel gehoben, wie du gesagt hast, aber da war nichts drinnen, außer ein paar Resten von einem Klebeband."

Vivien grinste und klopfte dann Jamal auf den Rücken. „Klasse gemacht, Junge." Sie verschwand im Badezimmer. Ich folgte ihr mit Jamal auf den Fersen.

Miranda entspannte sich, während ihr Zehnjähriger sie voller Stolz albern angrinste.

Ich verschränkte die Arme und wartete darauf, dass Vivien den Grund ihrer Begeisterung preisgab.

Keramikteile kratzten aneinander, als Vivien selbst den Deckel hob und auf den Waschtisch legte. Zusammengeknüllte Handtücher bedeckten Boden und Waschtisch. „Tja, zumindest können wir jetzt vermuten, warum er abgehauen ist", sagte Vivien und deutete auf das Klebeband.

„Was bedeutet das?", fragte Jamal. Tatsächlich war ich ebenfalls neugierig wegen ihrer Begeisterung.

Ein siegessicheres Strahlen lag in ihren Augen. „Manche Männer mögen den Zimmerservice, verstecken aber ihre Wertsachen im Spülkasten."

„Warum nicht im Zimmersafe?", fragte ich und deutete zum Schrank. Safes gehörten bei Zimmern in diesem Hotel zum Standard.

„Die Hotelleitung kann die Safes trotzdem öffnen", sagte Vivien, „aber er wollte, dass das, was er einpackte, voll und ganz unentdeckt blieb. Und dass es an einem sicheren Ort ist, wo es niemand finden würde."

„Du glaubst, dass er Drogen verschoben hat?", fragte Miranda.

Vivien formte ihre Finger zu einer Waffe und richtete sie auf Miranda. „Genau." Dann sagte sie, an mich gewandt: „Glaubst du, ich bin irgendeine Art Bulle? Vielleicht ist Skip deswegen abgehauen? Ich könnte irgendeine tolle Spitzen-Polizeibeamtin sein. Vielleicht bin ich ja im Drogen-dezernat."

„Ja", sagte ich. „Weil du ja so hervorragend bist in Situa-tionen, in denen du Regeln befolgen und dich einer Auto-rität beugen sollst." Trotz ihrer ermittlerischen Fähigkeiten bezweifelte ich, dass sie eine Gesetzeshüterin war.

Vivien runzelte die Stirn. „Hey, das könnte doch sein. Ich bin mehr so ein Bulle wie Mel Gibson. Ich habe wahr-scheinlich eine tragische Vergangenheit, und das macht mich verrückt, aber auch ganz schön clever." Sie schnippte mit den Fingern. „Ich wette, dass ich sogar irgendwelche armen Trottel foltere, die ständig versuchen, mir den Schädel einzuschlagen, aber stattdessen spiele ich ich mit ihren."

Jamals Gesicht leuchtete auf. „Und dein Chef ist ständig angepisst, weil du einen Haufen Autos geschrottet hast, um deinen Mann zu kriegen."

„Ja, ja." Vivien nickte energisch. „Aber ich bin zu gut, um gefeuert zu werden, also müssen sie mich an Bord behalten."

Die beiden stachelten sich jetzt gegenseitig an mit ihren unsinnigen Theorien.

„Vielleicht hast du auch einen Partner, der dich deckt. Unberechenbare Polizisten haben immer einen gewissen-haften Partner, der ihnen den Rücken freihält."

„Auszeit." Miranda formte ein T mit ihren Händen, wenn auch wegen ihrer Schlinge an der Seite. „Ich glaube, das Einzige, das wir hier bestätigen können, ist, dass sowohl du als auch mein Sohn Actionfilme liebt. Aber das hilft uns trotzdem nicht, Skip zu finden."

„Du hast recht", sagte Vivien und runzelte abermals die Stirn. Sie ging an uns vorbei und direkt zum Mülleimer neben dem Frisiertisch. Sie zog Papiere heraus und glättete sie auf dem Tisch. Konzentriert zog sie die Augenbrauen zusammen, und eine Falte bildete sich zwischen ihnen. „Wie lange war er hier, hast du gesagt?", fragte Vivien Miranda.

„Sieben Tage. Er hatte für dreizehn gebucht, ist aber abgehauen, als er dich entdeckt hat."

„Dieser Typ hat eine Schwäche für Luiggi's Pizza Palace", sagte sie. „Die Adresse ist ein bisschen abseits vom Strip. Er hat hier drei Quittungen und bestellt jedes Mal dasselbe. Der Typ hat eine Gewohnheit und so werden wir ihn finden."

Jamal starrte Vivien mit großen Augen voller Bewunderung an. „Das ist ja der Wahnsinn! Du schnappst diesen Kerl mit einer Pizza?"

„Jap", sagte sie. „Und das nächste Mal, wenn er eine Pizza bestellt, gehen wir zu ihm und zwingen *ihn*, uns ein paar Antworten zu liefern."

„Hammer", hauchte der Junge.

Ich wechselte einen Blick mit Miranda. Ohne ein Wort zu sagen, waren wir uns einig, dass ihre Entdeckung brauchbar war und dass wir nicht nur ein Kind, sondern zwei Kinder vor uns hatten.

23

VIVIEN

Grim und ich kehrten zum Penthouse zurück, wo er den Pizza Palace anrief. Dort hatten sie zwar eine Adresse zu seiner Telefonnummer, aber Skip bestellte von verschiedenen Orten. Grim nutzte seine Überredungskünste, um sie davon zu überzeugen, ihm Bescheid zu geben, wenn er seine übliche Bestellung machte. Die Falle war ausgelegt, jetzt brauchten wir nur noch zu warten.

Ich war froh, dass Grim meinen Plan, den Brotkrumen meiner Vergangenheit zu folgen, unterstützte. Aber was zum Teufel war nur in meinem früheren Leben passiert, dass ein Meistervampir von mir besessen war? Habe ich sein Auto mit einem Schlüssel zerkratzt? Habe ich ein Date mit ihm ausgeschlagen?

Immerhin wusste ich, dass Antworten kommen würden, und sie würden uns zum Meister führen. Jetzt konnten wir uns also zurücklehnen und uns entspannen, bis Skip eine Pizza bestellte.

„Hast du Lust, ein bisschen am Haken zu zappeln?", fragte Grim, nachdem er aufgelegt hatte.

So viel zum Thema Zurücklehnen. Ich war aber nicht

allzu schockiert. Grim war wirklich nicht der Typ, der sich zurücklehnte und wartete.

„Fragst du gerade den Köder, wie sich das anfühlt? Das klingt gar nicht nach dir", sagte ich und legte meinen Handrücken an seine Stirn, als wollte ich seine Temperatur fühlen. Grim nahm meine Hand und legte sie an seine Brust, anstatt sie loszulassen.

Wieder einmal war ich in seinem besonderen Bann gefangen, wie auch schon im Sicherheitsraum. Das Bedürfnis, ihn am Hals zu packen und für einen intensiven, heißen Kuss heranzuziehen, bis wir beide den Verstand verloren, war überwältigend. Wärme strömte in meinen Bauch und dann weiter nach unten, als ich mich Hals über Kopf in diesen bourbonfarbenen Augen verlor. Ich wollte ihn. Unbedingt.

In dem Moment, in dem er vom Schuldzuweisungsmodus in den „Tu-etwas-dagegen"-Modus wechselte, schmolz die Spannung zwischen uns dahin. Doch die Anziehungskraft schien exponentiell zu wachsen.

Aber ich brauchte meine Freiheit mehr. Ich trat zurück. Er ließ meine Hand los. Ich wollte, dass er mich wieder packte. Ich wollte sein frisches, schwarzes Hemd aus seiner Hose ziehen und mit meinen Fingern über seine Bauchmuskeln streichen, um zu sehen, ob sie so definiert waren, wie ich sie mir vorstellte.

„Klar", sagte ich und schaffte es, nicht so hauchig und besorgt zu klingen, wie ich mich fühlte. „Was schwebt dir vor?"

Grims Augen wanderten mit einer Hitze an meinem Körper auf und ab, die mich überraschte. Plötzlich war ich mir nicht mehr so sicher, was er mit „zappelndem Köder" meinte.

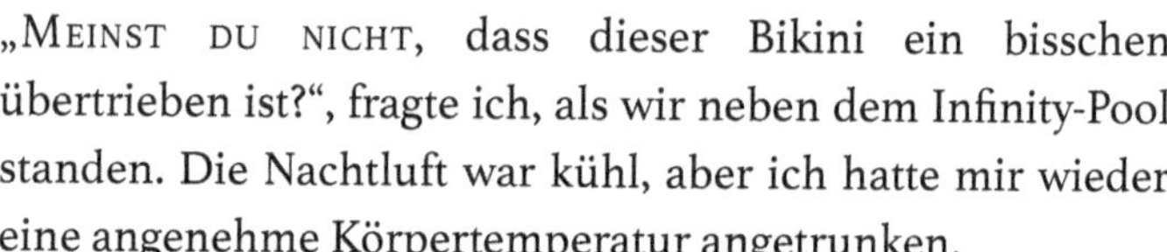

„Meinst du nicht, dass dieser Bikini ein bisschen übertrieben ist?", fragte ich, als wir neben dem Infinity-Pool standen. Die Nachtluft war kühl, aber ich hatte mir wieder eine angenehme Körpertemperatur angetrunken.

Mit den Händen an meinen Hüften drehte ich mein Becken so, dass das strassbesetzte Bikinihöschen die Außenbeleuchtung einfing. Die reflektierenden Punkte wanderten dabei auf Grims Gesicht hin und her. Das Oberteil war genauso pompös. Auf dem blutroten Bikini waren so viele Kristalle, dass er eigentlich neben ein paar königlichen Diademen in einer Vitrine eingeschlossen gehörte. Eine passende, juwelenbesetzte Kette zierte meinen Hals anstelle des Lederbandes, mit dem ich sonst meine Narben verdeckte.

Ich tanzte um den privaten Pool und die Umkleidekabinen des Sinopolis herum und erfüllte meinen Teil. Ich zappelte am Haken und wartete darauf, dass wieder ein Sekhor vorbeikam.

Komm schon, Meister-Schwachkopf. Komm heraus und zeig dich, wo immer du auch steckst.

Es war erst Mitternacht und unten, am Gemeinschaftspool des Sinopolis ging die Post ab. Dort fand eine Party mit irgendeinem berühmten DJ statt. Hier oben konnte man das rhythmische Wummern des Bodens spüren und das Gebrüll der Menge hören, wenn der Beat aussetzte. Die Klänge strichen über meine nackte Haut. Ich konnte das Leben und die Begeisterung schmecken, die von unten kamen.

Grim hatte mir versichert, dass der private Pool ein besserer Ort sei. Wenn Sekhors in den Club „Wolf Town" gekommen waren, wäre es für sie nicht schwer, zum privaten Pool des Sinopolis zu gelangen. Hier am Privatpool waren nur wenige Leute, hauptsächlich, um die riesigen Hot Tubs zu nutzen.

Grim hatte sich in einem Liegestuhl positioniert, lehnte sich jedoch nicht zurück. Er saß da, hatte ein Bein auf jeder Seite des Liegestuhls, und beobachtete, wartete.

Während ich mitten in der Nacht in einem Bikini herumstolzierte, hatte sich seine Majestät herabgelassen, sein Jackett auszuziehen und zwei Knöpfe seines Hemds zu öffnen, wobei er eine ordentliche Menge schwarzes Brusthaar enthüllte. Ich wollte meine Hand dort hineinstecken, mit meinen Fingern hindurchfahren und die festen Muskeln erkunden, die herausspitzten. Ich stemmte die Hände fester in meine Hüften, um mich davon abzuhalten.

Grim musterte mich mit einem Blick, den ich nur als berechnende Gleichgültigkeit deuten konnte. „Wir wollen, dass du auffällst, damit der Meister dich ins Visier nimmt, und diese Kleidung ist", er hielt inne, „zufriedenstellend."

Zufriedenstellend? Da hätte er ja auch gleich das F-Wort aussprechen können. Wenn er gesagt hätte, dass ich gut aussah, hätte ich ihn auf der Stelle verdroschen. Selbst ich wusste, dass ich wie eine glitzernde Sexgöttin aussah. Mein kastanienbraunes Haar war zu einem Messy Bun hochgesteckt, ein paar Strähnen hingen heraus und fielen auf meine Schultern. Der Bikini unterstrich die Rundung und den Farbton meines langen Oberkörpers perfekt und betonte gleichzeitig die Wölbung meiner Brüste. Selbst das Höschen war perfekt geschnitten, um meinen Hintern knackig aussehen zu lassen. Bei den Kitten Heels hatte ich allerdings einen Schlussstrich gezogen. Das war viel zu offensichtlich.

Ich hatte damals den BDSM-Bodysuit angezogen, um Grim zu ärgern, doch diesmal war mir das Outfit in einer mit Seidenpapier ausgelegten Schachtel überreicht worden. Ich wusste nicht, ob ich das Geschenk deshalb bekommen hatte, weil Timothy und Grim nun glaubten, es wäre nach meinem Geschmack, oder weil meine letzte Kostümierung die Bösewichte so wirkungsvoll angezogen hatte. So oder so fühlte ich mich in diesem Aufzug nicht wohl. Aber ich wollte verdammt sein, wenn ich Grim mein Unbehagen spüren ließ.

Innerlich grinsend wollte ich sehen, ob ich sein kühles Auftreten knacken könnte. Ich entdeckte einen Penny, drehte mich um und bückte mich, um ihn aufzuheben. Dabei zog ich eine Mördershow ab. Timothy hatte liebenswürdigerweise ein schnelles, hausinternes Waxing organisiert, als ich den Bikini sah. Deshalb wusste ich, dass sein Ausblick makellos war.

Ich drehte mich um und hielt ihm den Penny hin. „Wolltest du das?", fragte ich mit einem unschuldigen Blinzeln, wobei ich das letzte Wort betonte und mehr als die Münze meinte.

„Nein, danke", sagte er und sprach die Worte mit kühler Gleichgültigkeit aus. Trotz seines Tonfalls und seiner harten Kinnpartie glühten seine Augen golden und seine Nasenflügel blähten sich auf.

Erwischt.

Ich warf die Münze in die Luft. Sie flog in einem perfekten Bogen zu Grim hinüber. Mit blitzschnellen Reflexen streckte er den Arm aus und fing sie zwischen Daumen und Mittelfinger. Dann steckte er den Penny in seine Tasche. Sein erhitzter Blick klebte dabei noch immer an mir. Verärgerung flackerte in seinen feurigen bernsteinfarbenen Augen auf.

War ich in meinem früheren Leben eine große Schlampe?

Ich dachte einen Augenblick darüber nach, verwarf den

Gedanken dann jedoch. Ich ließ nicht zu, dass mein Trieb mich willkürlich unter seiner Fuchtel hatte. Mein Ziel war vor allem, Grim zu irgendeiner Reaktion zu bewegen. Das unterstellte, dass ich ein widerspenstiges kleines Miststück war, wie Timothy bereits bemerkte.

Selbst wenn ich versuchte, Grim zu verführen, wer konnte es mir verdenken, verdammt nochmal?

Die Luft kühlte spürbar ab, als er den Blickkontakt beendete, sein Smartphone zückte und sich plötzlich darin vertiefte. Seine Finger flogen, als würde er die Truppenbewegungen ganzer Armeen koordinieren und ich ärgerte mich über seine plötzliche Gleichgültigkeit.

Vielleicht ignorierte er mich, um Candy Crush zu spielen, einfach nur, um sich die Zeit zu vertreiben, während ich hier mit dem Arsch wackelte. Wem wollte ich etwas vormachen? Grim hatte wahrscheinlich noch nie von dieser App gehört. Das würde ja zu sehr an Spaß grenzen, und so etwas machte er ja nicht. Immer nur Arbeit und kein Vergnügen – das machte Grim zu einem Langweiler.

Während ich am Pool entlang zum Hotel schlenderte, war ich versucht, Disney-Lieder zu singen. Bestimmt würde mein unschuldiges, nuttiges Jungfrau-in-Nöten-Gehabe meinen Stalker herauslocken.

Ein Mann, der während der letzten Stunde, in der ich hier war, zwischen Hot Tub und Liegestuhl hin- und herwechselte, fiel mir jetzt zum dritten Mal auf.

Er war gutaussehend, Mitte zwanzig, muskulös und gelenkig, was darauf hindeutete, dass er viel Zeit im Fitnessstudio verbrachte. Und seiner blanken Brust nach zu urteilen, rasierte er sich glatt. Er hatte hellblaue Augen und mich jedes Mal leicht angelächelt, wenn ich vorbeigegangen war, ohne zu verbergen, dass er mich beobachtete. Ich wusste nicht, ob es daran lag, dass ich vampirische Sinne hatte oder eine gute Beobachterin war, aber ich konnte manche Leute anschauen und sie als reiche Schnösel einordnen. Irgendwie war ihre Haut ein bisschen frischer und ihre Zähne waren ein wenig weißer.

Als sich unsere Blicke trafen, wurde sein Lächeln breiter und entblößte perfekte Zähne. *Oh-oh.* Er nahm zwei Drinks vom Tisch neben ihm und kam näher. Er roch nach teuren Gesichtscremes und Cornflakes.

„Der Kellner hat zwei Mojitos gebracht", sagte der Mann und lächelte mir abermals strahlend zu. Es lag gerade genug Bescheidenheit darin, dass es nicht überheblich wirkte. „Sie wollen nicht zufällig den zweiten?"

Lässig. Aber der Gedanke, von einem Fremden einen Drink anzunehmen, machte mich derart unbehaglich, dass ich ihn schon fast von mir wegstoßen wollte.

„Ich hatte gerade etwas zu trinken, bin also nicht durstig", sagte ich und log dabei eigentlich nicht. Sein Blut lockte mich, doch ich hatte mehr als genug getrunken, um widerstehen zu können.

Mit einem verschämten Lachen schaute er auf die Drinks. „Ja, ich schätze, das war ein ziemlich lahmer Anmachspruch."

„Funktioniert er denn normalerweise?", fragte ich, ehrlich neugierig.

Er stellte die Mojitos wieder auf den Tisch neben seinen Liegestuhl. Achselzuckend fuhr er mit den Fingern durch sein dunkelblondes Haar. „Manchmal."

Der Kerl hatte etwas so Sauberes und Ordentliches an sich. Ich mochte wetten, dass er rechtzeitig seine Steuern zahlte, niemals ein falsches Gerät benutzte und sich hervorragend darauf verstand, dass die Leute sich bei ihm wohlfühlten. Das erklärte wahrscheinlich auch, dass er irgendeinen gut bezahlten Job hatte, der ihm Zugang zum privaten Pool des Sinopolis gewährte. Seltsamerweise fand ich, dass ihm etwas fehlte.

Du hast keine Angst, dass er dich jeden Moment umbringen würde.

Toll, ich verglich diesen sympathischen, stinkreichen Typen mit dem finsteren, total geschäftsorientierten Meister des Todes am anderen Ende des Pools.

„Ich schätze, ich habe gedacht, oder vielmehr gehofft, dass Sie weiter hier vorbeigehen würden, damit ich Hallo sagen könnte", sagte er.

„Oh, ich war..."

Warme Finger liebkosten mein nacktes Fleisch und eine Hand legte sich um meine Taille. „Anderweitig gebunden", vollendete Grim für mich. Ich schaute zu ihm um. Sein Blick war starr, gefährlich.

Die Ken-Puppe versuchte, die Fassung zu bewahren, aber ein lästiges Stottern schlich sich in seine Worte. „Mr. Scarapelli, es tut mir leid. Ich wollte Sie nicht belästigen und auch nicht Ihre..." Seine Augen wanderten kurz zu mir, aber er beendete diesen Satz nicht. „Ich bin oft geschäftlich im Sinopolis. Ich gehöre sogar zu Ihren VIP-Gästen. Ihr Hotel ist unübertroffen, was den Komfort angeht."

Ich konnte dem Kerl seine Nervosität nicht verdenken. Ich wäre fast aus der Haut gefahren, als Grim plötzlich neben mir auftauchte. Jetzt hätte ich mich am liebsten unter seiner leichten Berührung gekrümmt. Mein Blut war heißer als zuvor und mir war plötzlich schwindelig.

Lehne dich nicht an ihn. Lehne dich nicht, ich wiederhole, lehne dich nicht an ihn.

Dachte der Mistkerl etwa, ich würde mich überschlagen, einfach nur, weil er mir Aufmerksamkeit schenkte? Er schien sich um nichts und niemanden zu scheren, deshalb konnte er sich ja alles nehmen, was er wollte, wenn er seine volle Kraft darauf verwendete. Und mir war nicht entgangen, dass er mich gerade als tabu für die Ken-Puppe markierte.

Im Augenblick war ich dankbar, dass mein Bikini-Oberteil derart mit Juwelen bedeckt war, denn meine Nippel verhärteten sich und wollten unbedingt berührt werden. Obwohl die gierigen Nervenenden an meinen Hüften darauf bestanden, dass ich mich enger an ihn drückte, schaffte ich es irgendwie, die Kontrolle über mich zu behalten.

Mit einem leichten Kopfnicken entließ Grim den Mann aus seiner Anbiederung. „Es freut mich zu hören, dass Sie unsere Gastfreundschaft genießen. Diese Runde geht auf mich." Er blickte auf die beiden Drinks. Dann führte Grim mich dorthin zurück, wo er gesessen hatte. Ich versuchte, der Ken-Puppe noch ein letztes freundliches Lächeln zu schenken, doch er schien in Gedanken versunken und ließ seine fehlende Coolness vor dem Hoteleigentümer Revue passieren.

Grim nahm die Hand nicht von meiner Hüfte, aber die Berührung war nur die leichte Liebkosung eines Gentlemans. Dieser Typ hatte sich immer unter Kontrolle.

Ich leckte mir die Lippen und versuchte, an alles zu denken, außer an Grims Berührung. Ich wartete, bis wir außer Hörweite waren, um meine Frage zu stellen. „Kannst du erkennen, was für eine Seele die Menschen haben, bevor du sie raffst?"

„Meistens", sagte er. „Obwohl Seelen ständig im Fluss sind. In dem Augenblick, in dem ich ihnen begegne, weiß ich oft, wohin sie sortiert werden, aber innerhalb ein paar Tagen können sie sich vollkommen verändern."

„Was ist mit dem süßen Kerl dort hinten?", fragte ich,

weil ich wissen wollte, ob er so nett war, wie es den Anschein hatte.

Grim verzog das Gesicht, ließ meine Taille los und stellte Abstand zwischen uns her. Störte es ihn, dass ich in seinen Seelensammler-Fähigkeiten herumschnüffelte? Oder lag es am Spitznamen, den ich diesem Fremden gegeben hatte? Was es auch war, ich war dankbar, dass er mich losgelassen hatte. Mein Hirn war kurz davor, zu schmelzen und aus meinen Ohren zu laufen, weil ich mich bemühte, ihm nicht an die Wäsche zu gehen.

Grim schob seine Hände wieder so lässig in die Hosentaschen, wie es Models taten, um ihre Designerhosen zu präsentieren. „Ihm würde Zugang zum Jenseits gewährt werden. Er ist ein netter, unauffälliger, friedfertiger Mann. Vielleicht ein bisschen egoistisch, weil er von wohlhabenden Eltern erzogen wurde und ein bisschen naiv, was die Machenschaften seiner Geschäftspartner angeht.“

Ich rieb mir den Arm, plötzlich erpicht darauf, von hier weg und aus diesem auffälligen Outfit herauszukommen. „Es ist jetzt schon über eine Stunde vergangen. Meinst du nicht, der Meister oder einer seiner Gorillas wäre inzwischen schon aufgetaucht?“

„Geduld.“ Grim blickte über den Rand des Treppenabsatzes und hinunter auf die Party unter uns. Die Menge wogte im Lichtermeer und in den tiefen Klängen der Technomusik. Es war dieselbe Haltung, die er auch im „Wolf Town“ eingenommen hatte. Als würde er sein Königreich von irgendeinem entlegenen Turm aus beobachten und trüge eine große Last und Verantwortung auf seinen Schultern. Ich war überrascht von meinem Drang, das unsichtbare Gewicht zu verringern, das ihn beinahe zu erdrücken schien. Wer hätte gedacht, dass der Tod so...menschlich erscheinen konnte?

„Warst du jemals dort unten?", fragte ich und stellte mich neben ihn.

„Gelegentlich. Ich gehe bei größeren Veranstaltungen hinunter und zeige mich kurz", sagte er.

Ich stieß ihn mit meiner Schulter an. „Das habe ich nicht gemeint. Warst du jemals dort unten, um zu tanzen, zu trinken und dich gehen zu lassen?"

Ein Lächeln umspielte seine Mundwinkel. „Mich unters Volk mischen?"

Ich verdrehte die Augen und schubste ihn diesmal wirklich. „Ich meine Spaß haben. Spaß, Grim. Weißt du, was das ist?"

Als er mich anschaute, waren seine Augen dunkel, entweder vor Bedauern oder vor Abneigung. „Ich habe viele Leben voller Erfahrungen mit Vergnügen."

Ich verstand, worauf er anspielte. „Ich spreche nicht von dem, was du mit Qwynn gehabt hast." So, wie er diese Zeiten beschrieben hatte, war das ein Heavy-Metal-Trip voller pausenloser Orgien und Drogen. „Beim Spaß geht es nicht nur um Laster. Wenn du dich vielleicht hier und da ein bisschen locker machen könntest, würdest du nicht in ein so tiefes Loch fallen, wenn du dich endgültig gehen lässt."

Seinem schmalen Mund nach zu urteilen, stimmte er nicht zu. Und ganz sicher schien es ihm nicht zu gefallen, dass ich mich einmischte und meine Meinung darüber sagte, wie er sein ewiges Leben lebte.

Mit einem Blick auf den Pool fragte ich: „Wann warst du das letzte Mal schwimmen?" Ich ging zum Rand des glitzernden, beleuchteten Beckens. Der Geruch von Chlor und teurem Wodka war mir in die Nase gestiegen, als wir hergekommen waren. Doch die vielen tropischen Pflanzen, die überall auf dem Gelände gepflanzt waren, milderten die Schärfe der ursprünglichen Gerüche.

Grim folgte mir zum Beckenrand. „Ich schwimme oft Bahnen. Besonders nach einem langen Arbeitstag. Ich finde das belebend.“

Ich sog meine Wangen ein, unmittelbar, bevor ich einen Arm ausstreckte und Grim vom Beckenrand in den Pool stieß. Er hatte kaum die Hände aus den Taschen gezogen, da schlug er auch schon mit einem gewaltigen Platsch im Wasser auf. Ich war nicht schnell genug, um mich mit meinen Armen zu schützen und mich davor zu bewahren, fast völlig durchnässt zu werden.

Grims Kopf tauchte auf, er prustete erschrocken. Bevor er mit einem Ausbruch mörderischer Kraft herauskommen konnte, sprang ich. Ich hielt meine Beine fest und rief: „Arschbombe!“ Dann schlug ich im Wasser auf, wie eine Explosion in der ruhigen Atmosphäre des Privatpools.

Als ich ins Wasser tauchte, umgaben mich Freude und Frieden. Ich ließ mich langsam untergehen und genoss das Gefühl. Vielleicht war eine unsterbliche Existenz doch nicht so schlecht, wenn man sein Leben mit mehr Augenblicken wie diesem zusammenflicken konnte.

Schließlich stieß ich mich ab und schwamm an die Oberfläche. Als ich in der Nachtluft auftauchte, schob ich mein jetzt loses, nasses Haar zurück. Grims tadellos zerzaustes Haar tropfte in seine glühenden Augen. Seine Unterlippe glänzte. Er zog eine Schnute, die bedrohlich und bezaubernd zugleich war.

„Hey“, sagte ich und ließ ein Lächeln auf meinem Gesicht erscheinen. „Ich habe gerade festgestellt, dass ich schwimmen kann!“ Ich reckte eine Faust in die Luft, während ich Wasser trat. „Wahnsinn!“ Dann, bevor er mich ausbremsen konnte, schwamm ich zu ihm und schlang meine Arme um seinen Hals.

Grims Blick wechselte von wütend zu überrascht, als mein Gesicht nur Zentimeter von seinem entfernt war. Trotz des Lärms, den ich gemacht hatte, ließen sich die anderen Gäste nichts anmerken und kümmerten sich hervorragend um ihre eigenen Angelegenheiten.

„Ich wette, dass ich etwas kenne, das du in deiner ganzen Existenz noch nie gemacht hast", murmelte ich und leckte mir die Lippen.

Meine Bewegung fesselte seinen lusterfüllten Blick. „Wette nie mit dem Tod", brummte er. „Vor allem nicht, wenn ihm ein Kasino gehört."

Ich unterdrückte das Lächeln und fragte: „Um was sollen wir wetten?"

Seine Hände lagen endlich auf meinen nackten Rippen. Wieder war seine Berührung aufreizend leicht. Verlangen pochte in meiner Mitte. Ich wollte, dass er seine Hände an mich presste, sie über meine Brüste gleiten ließ und dann weiter nach unten.

„Der übliche Einsatz würde deine Seele einschließen, aber..." Er brach ab.

„Richtig, Vampir", sagte ich verstehend. „Nun, wie wäre es, wenn ich meinen Gewinn später abhole?"

Dann, bevor er noch etwas sagen konnte, gab ich meinem Impuls nach und küsste ihn. Unsere Lippen waren bereits nass vom Pool und glitten mit einer sinnlichen Hitze aneinander. Ich seufzte an seinem Mund, als er den meinen öffnete. Als sich unsere Zungen trafen, explodierte ein Feuerwerk in mir. Jegliches rationale Denken verschwand, während ich in seinem Geschmack ertrank.

Ich hatte recht. So könnte ich sterben. Dann wäre ich nicht einmal böse darüber.

Grim küsste mich tief und ausgiebig, er erweckte alle Nervenenden in meinem Wesen. Der Druck unserer Lippen versprach Sex, der mir die Haut vom Körper schälen würde. In seinem Kuss lag ein roher, verzweifelter Hunger und ich fragte mich, wann er das letzte Mal so etwas getan hatte.

Meine Beine legten sich von ganz alleine um seine Taille. Seine Hände sanken zu meinem Po und pressten mein Geschlechtsteil an seine Härte. Ein gequältes Stöhnen kam aus meiner Kehle, als die Unterwasser-Reibung das unglaubliche Verlangen in mir anheizte.

Mehr. Alles in mir schrie nach mehr.

Als ich mich zurückzog, fiel sein Haar in einer sexy Unordnung über seine Augen. Gefahr und kaum gezügelte Macht gingen von seinem kraftvollen Körper aus. Gold schimmerte in seinen Iriden. Es machte mir Angst und erregte mich zugleich. Ich hatte Grims Totenmaske gesehen. Ich hatte gesehen, wie er sich in eine Bestie verwandelte und ich hatte beobachtet, wie er jemandem die Seele herausgerissen hatte, mit einer Gewalt, von der ich nicht gewusst hatte, dass sie existierte.

Ich wusste nicht, ob ein Monster in diesem Mann steckte oder ein kleiner Mann in diesem Monster.

So oder so, meine Dämonen wollten mit ihm tanzen.

„Es scheint, als werde ich derjenige sein, der hier den Gewinn abholt", sagte Grim. In seinen Worten lag eine Schärfe, vielleicht war es aber auch ein Versprechen.

Ich tat mein Bestes, um mein rasendes Verlangen zu zügeln. „Oh, *das* habe ich nicht gemeint."

Er zog fragend eine Augenbraue hoch.

Dann strich ich mit einem koketten Lächeln mit dem Daumen über seine volle Unterlippe und sagte: „Du bist es!" Ich hob meine Beine an, stellte meine Füße unter Wasser an seinen Brustkorb und stieß mich von ihm ab.

24

GRIM

Vivien plantschte weg von mir und lachte dabei wie verrückt. Hatte sie mich ernsthaft gerade zum Fangen spielen aufgefordert?

Ich fragte mich, was sie wohl sagen würde, wenn ich ihr erzählte, dass ich mit Marco Polo selbst Wasserspiele gespielt hatte? Wahrscheinlich würde sie ihren Kopf zurückwerfen und lachen, und es wäre ihr egal, wie laut oder wer es hörte.

Plötzlich bestand meine einzige Mission darin, zu sehen, ob ich sie dazu bringen konnte, ausgelassen zu lachen. Ich ging zum Brustschwimmen über und wollte den Abstand zwischen uns verringern. Sie konnte zwar schwimmen, aber nicht sonderlich elegant oder schnell. Sie spritzte furchtbar bei ihren Versuchen, mir zu entkommen. Selbst voll bekleidet würde ich sie mühelos überholen.

Vivien blickte über ihre Schulter und entdeckte mich. Ihr Plantschen verdoppelte sich. Mein Herz klopfte vor Aufregung und ich brauchte eine Sekunde, um zu realisieren, dass ich von einem Ohr zum anderen grinste. Sie quietschte, als ich zu ihr aufholte.

Ich tauchte unter und beschloss, sie aus dem Hinterhalt anzugreifen und gleichzeitig ihr Spritzen zu vermeiden.

Meine Finger streiften beinahe über ihren nackten Rücken, als plötzlich etwas mit einem donnernden Knall auf dem Wasser aufschlug. Ich wollte gerade wieder auftauchen, als ich eine große, dunkle Gestalt in Vivien krachen sah.

Ich schoss nach vorne, angetrieben von meiner Kraft, und packte den Angreifer. Wir taumelten unter Wasser, weg von Vivien. Ich konnte nicht sehen, ob sie es aus dem Pool geschafft hatte, während ich mit einer muskulösen Person rang, die mir nicht nur an Stärke, sondern auch an Geschwindigkeit ebenbürtig war.

Als ich die Identität meines Gegners erkannte, löste ich mich und war in kürzester Zeit aus dem Pool heraus. Ich fand eine tropfende Vivien, die jetzt bleich wie ein Gespenst war. Ihre Augen waren aufgerissen und ihre Pupillen vor Schreck geweitet. Auch ich war tropfnass. Der andere Mann stieg aus dem Pool und ich stellte mich zwischen die beiden. Meine Haltung war starr und ich war bereit, falls er sie erneut angreifen würde.

Der andere Mann war fast ebenso groß wie ich, zwar schlanker, aber muskelbepackt. Seine Gesichtszüge waren heller als meine und sein linkes Auge, das von einer grässlichen Narbe gezeichnet war, glühte blau. „Anu", sagte er. „Wir müssen die Sekhor töten."

„Anu?", wiederholte Vivien leise.

„Ich brauche sie, Bruder", sagte ich und neigte leicht meinen Kopf. Wenn es zu einem Schlagabtausch kam, würde ich alles daransetzen, ihn von ihr fernzuhalten, doch ich betete, dass es nicht dazu kommen würde.

„Anubis, dafür haben wir keine Zeit", sagte er und schritt nach vorne.

Meine Finger verlängerten sich zu dämonischen Krallen und meine Fangzähne fuhren aus. Meine Haut wurde schwarz wie Schlick. Ich trat vor, setzte meine Kraft frei und verwandelte mich in meine gottgleiche Gestalt, die über zwei Meter groß war. Stoff zerriss laut um meine Muskeln, als ich nun einem höllischen, schwarzen Hund auf zwei Beinen ähnelte. Mit meinem peripheren Blick konnte ich sehen, dass Vivien erschauderte. Manche hatten meine Kraft so beschrieben, als würde man neben dem Vergessen stehen. Sie war desorientierend und erschütterte die meisten bis ins Mark.

Meine Stimme war harsch und monströs. „Ich möchte nicht gegen dich kämpfen, Bruder. Du bist ebenso mächtig wie ich und ein Zusammenstoß zwischen uns würde zweifellos zu Kollateralschäden führen."

Mein Bruder löste sich aus seiner aggressiven Haltung und öffnete den Mund, hatte jedoch keine Antwort parat. Ich wusste, dass ich ihn verwirrt hatte, aber das konnte ich nicht ändern.

„Anu, hast du den Verstand verloren?", fragte er. „Sie ist eine Sekhor. Man darf sie nicht am Leben lassen. Wenn du sie nicht vernichtest, werde ich es tun."

„Ich weiß, dass das, was ich sage, keinen Sinn ergibt, aber du musst mir vertrauen, Bruder."

Fallons Blick wanderte zu Vivien zurück und tauchte sie in den Glanz seines blauen Lichtes. Ich wusste, dass er gerade mit sich rang, ob er sie angreifen sollte oder nicht.

„Du vertraust mir also nicht?" Empörung stieg in mir auf. Meine Macht peitschte um mich herum wie hundert Nattern, die voller Wut schnappten. Meine Muskeln schwollen an und brachen durch mein Hemd und meine Hose. „Dann wirst du an mir vorbeimüssen, um zu ihr zu gelangen." Mein Gesicht platzte auf und verwandelte sich in die Schnauze eines riesigen Schakals. Ich knurrte und entblößte meine Zähne mit glühenden Augen. Meine Stimme wurde noch rauer. „Willst du das?"

Fallon richtete sich auf und knirschte mit den Zähnen. Er deutete auf Vivien. „Du weißt, was die anderen tun würden, wenn sie wüssten, dass sie am Leben ist. Sie wären nicht so vertrauensselig."

Ich brüllte. „Ich kümmere mich um die Situation."

Fallon hob sein Kinn und nickte mir kurz zu, obwohl sein Gesicht noch immer von Unmut darüber verzerrt war, dass er Vivien nicht auf der Stelle töten konnte.

Mit diesen Worten drehte ich mich um. Vivien starrte mich mit runden Augen an. Blanke Furcht stand in ihnen. Ich würde Fallon keine Gelegenheit geben, seine Meinung zu ändern. Ich hob Vivien auf, nahm sie in meine Arme und eilte davon. Ich wählte eine geheime Route hinten um das Hotel herum, die zu einer Tür führte, die für alle anderen verborgen war. Ich stieß sie auf und ging zu einem Aufzug, der uns zum Penthouse bringen würde. Ich musste mich ducken, um in den Aufzug zu passen. Als wir drinnen waren, stellte ich Vivien auf den Boden.

Ich schloss meine Augen, holte tief Luft und ließ meinen Körper wieder seine menschliche Gestalt annehmen. Mein Hemd war weg und meine Hose war zerfetzt. Sobald sich meine Klauen wieder zu menschlichen Fingerkuppen zurückgebildet hatten, drückte ich den obersten Knopf.

In mir kollidierten die Emotionen. Ich konnte nicht klar denken. Hatten wir uns nicht erst vor ein paar Minuten im Pool gegenseitig angespritzt? Wir hatten uns geküsst, bis ich beinahe jegliche Kontrolle verloren hätte, verdammt nochmal. Ich hatte den Blick für die Gefahr verloren und verfluchte mich, weil ich so töricht gewesen war. Hatte ich denn nicht gelernt, dass Spaß, wie Vivien es nannte, zu nichts als Schwierigkeiten und Chaos führte?

Was Vivien anging, so wich ich ihrem Blick aus, weil ich ihre Angst nicht sehen wollte und auch nicht ihren Ekel, weil sie mich in meiner Tiergestalt gesehen hatte. Schweigend fuhren wir im Aufzug nach oben. Glücklicherweise hatten die wenigen Gäste alle den Pool verlassen, als Vivien und ich unser Intermezzo hatten, deshalb hatten sie den Kampf und meine Verwandlung nicht mitbekommen. Ein Chaos weniger, das Timothy aufräumen musste.

Vivien blickte überrascht drein, als sich die Türen in der Bibliothek meines Penthouse öffneten und sich die Bücherregale teilten. Während der Aufzug, den ich benutzt hatte, um Vivien von der Lobby des Sinopolis zu meinem Domizil zu bringen, nur dreimal hielt, wovon der dritte Stopp mein Vestibül war, fuhr der geheime Lift, der zu meiner Bibliothek führte, auf einer viel komplexeren Route. Und es kam absolut nicht in Frage, dass ich das vor Vivien preisgeben würde. Es war schon ärgerlich genug, dass ich gezwungen war, den Hintereingang zu benutzen, und das vor Vivien offenzulegen.

Ich ging direkt in mein Badezimmer und nahm ein Handtuch, um das verbliebene Wasser des Pools abzutrocknen. Dann hängte ich es mir um den Hals und ging zu meinem begehbaren Kleiderschrank.

„Also, wann wirst du es mir sagen?", fragte Vivien, die in meinem Türrahmen stand.

„Dir was sagen?", fragte ich steif, während ich meine Kleidung durchsuchte.

„Was du bist." Ihre Stimme war sanft und vorsichtig, als hätte sie Angst, dass ich mich umdrehen und ihr den Kopf abbeißen würde. Sie sollte auch Angst haben.

„Ich bin der Tod. Das weißt du doch", blaffte ich. Wut

und Verwirrung tobten in mir und durchzuckten mich wie Stromleitungen.

Weshalb bin ich wütend? Es gelang mir sofort, mehrere Gründe aufzuzählen.

Weil ich Fallon das Ausmaß des Sekhor-Problems nicht sagen konnte. Ich tat mein Bestes, um die Angelegenheit schnell und leise aus der Welt zu schaffen, doch wenn er die anderen mit hineinzog, würde es ein Schlamassel mit katastrophalen Dimensionen werden.

Und nun hatte es den Anschein, als hätte ich Geheimnisse, anstatt meine Familie zu beschützen. Ich scherte mich nicht um Anschein, aber ich respektierte meinen Bruder und es sah so aus, als hätte ich ihm eine Sekhor vorgezogen.

Der nächste Gedanke war viel verstörender. Ich *hatte* Vivien meinem Bruder vorgezogen. Ich brauchte sie, um den Meister zu finden, aber es steckte noch mehr dahinter. Ich war mir nicht mehr sicher, dass ich sie würde töten können.

Diese erschreckende Erkenntnis überkam mich. Egal, wie sehr ich mir meine Pflicht ins Gedächtnis rief, hatte ich Gefühle für Vivien entwickelt. Ich wollte sie. Ich wollte ihr diesen Bikini mit meinen Zähnen vom Leib reißen und sie von vorne bis hinten bearbeiten, bis sie zum zweiten Mal ihren Namen vergaß. Außerdem brachte sie mich zum Lachen. Sie war stur, aufsässig, eine tickende Zeitbombe, aber gleichzeitig war sie auch aufmerksam, clever und anders als alle anderen, die ich jemals kennengelernt hatte. Und ich war schon unzähligen Seelen begegnet. Aber sie stach dennoch hervor, ein heller, brennender Stern unter einer Milliarde Meteoren.

„Wenn es keine Rolle spielt, dann kannst du es mir ja sagen", sagte Vivien jetzt mit einem härteren Tonfall.

Ich wandte mich ihr zu. Noch immer kochten meine

Emotionen unter der Oberfläche. In ihren Augen lag ein Zögern, dennoch drängte sie weiter. Das schien in ihrer Natur zu liegen, diese törichte Frau.

„Willst du das wirklich wissen?" Ich näherte mich ihr und legte absichtlich die ganze Bedrohlichkeit eines Raubtiers an den Tag. Dennoch zuckte sie weder zusammen noch wich sie zurück. Vielmehr streckte Vivien ihr Kinn vor und ihre Augen teilten mir mit, dass sie mit allem fertig werden würde, was ich ihr vorsetzte.

Nun, wir würden es herausfinden.

„Ich bin ein Gott."

25

VIVIEN

Ein Gott?

Ich legte eine Hand an den Rahmen von Grims riesigem Schrank, um mich zu stützen, da meine Beine auf magische Weise plötzlich durch Gummi ersetzt worden waren. Mein Magen sank mir in die Kniekehlen, während die Räder in meinem Gehirn ihr Bestes taten, um sich schneller zu drehen. Ich stellte mir vor, wie winzige Menschen in der pinken Substanz in meinem Schädel herumrannten und sich panisch zubrüllten.

Wie verarbeitet sie es, Jenkins?

Sieht nicht gut aus, Sir.

Verdammt, Jenkins, fangen Sie an, die Hebel zu betätigen. Aber halten Sie sich um Himmels willen von dem fern, der Sabber freisetzt. Sie braucht nicht noch dümmer auszusehen, als sie es ohnehin schon tut.

Ich werde es versuchen, Sir, aber wir werden ihr wohl die volle Dröhnung verpassen müssen.

Herausforderung brodelte in Grims Augen. Zuvor war er auf eine zugeknöpfte, zurückhaltende Art beängstigend gewesen. Was mich verunsicherte, war, dass ich zwar wusste, dass er sich in ein furchterregendes, mächtiges Wesen verwandeln konnte, aber ich wusste nicht, wann das war oder wodurch das ausgelöst wurde.

Jetzt war er gänzlich wild und urtümlich. Diese ungestüme, wilde Seite von ihm war mir lieber. Als würde ich in die Augen der Bestie blicken und genau wissen, was auf mich zukam.

„Okay, du bist ein Gott. Der Gott des Todes." Ich wiederholte das in meinem Kopf noch ein paar Mal und versuchte, den Blickkontakt aufrechtzuerhalten. „Dein Bruder, ist er ein Gott?", fragte ich langsam. „Und Bianca?"

Grim nickte.

Ich erbleichte. „Timothy?"

Er nickte ein zweites Mal.

„Deine Ex?" Wann war meine Stimme denn so leise geworden?

Grim fixierte mich mit diesem durchdringenden Blick. Er brauchte kein weiteres Mal zu nicken. Ich verstand das Gesamtbild. Ich befand mich inmitten buchstäblicher Götter. Mein Erbsenhirn würde wahrscheinlich explodieren, wenn ich zu stark darüber nachdachte, deshalb zählte ich im Geiste die Namen der Kardashians auf, um mich vor dem Zusammenbruch zu bewahren.

Ein Gott. Ein Gott? Klar. Das passte. Denn jetzt gerade war ich mir zu tausend Prozent sicher, dass Grim ein Sexgott war.

Jede Zelle meines Körpers vibrierte, weil ich mir dessen bewusst war, in der Nähe des halbnackten Meisters des Todes zu sein. Entschuldigung, des Gottes des Todes.

Die Vermutungen, die ich darüber angestellt hatte, was er unter diesen Anzügen verbarg, wurden bestätigt. Er hatte definierte Bauchmuskeln, die zum Lecken einluden, und absolut perfekte, muskulöse Arme. Ein Tattoo bedeckte seine linke Schulter und reichte herunter bis zum Bizeps. Es zeigte einen Schädel mit dem Kopfschmuck eines Pharaos. Sein Oberkörper lief V-förmig nach unten zu, auf die Überreste seiner Hose, die gefährlich tief auf seinen Hüften saß. Grims unbekleideter Zustand half meinen Fähigkeiten, alles zu verarbeiten, kein bisschen.

Und dann betätigte Jenkins versehentlich den Sabber-Hebel. Ich biss mir auf die Lippen, um es unter Kontrolle zu halten.

„Dein Bruder hat dich Anu genannt", sagte ich, saugte die Spucke wieder ein und versuchte, dem Ganzen einen Sinn zu geben. All das waren Bruchstücke einer Geschichte, die ich schon einmal gehört hatte, an die ich mich aber nicht mehr erinnern konnte.

Grim drückte eine Hand auf die Türzarge über meinem Kopf und beugte sich dicht zu mir. Chlor und Grims maskuliner Duft drangen in meinen privaten Bereich ein. „Ich bin der Gott des Todes, auch bekannt als Anubis."

„Der ägyptische Gott", flüsterte ich. Die Dinge fügten sich zusammen. Wieso hatte ich das zuvor nicht bemerkt? Seine Sammler waren Schakale. Die Gestalt, die er am Pool angenommen hatte, ähnelte einem riesigen, monströsen Schakal. Verdammt, sogar seine Einrichtung war ein Mix aus Moderne und altem Ägypten. Das Vestibül stammte direkt aus einem Mumienfilm. Der Typ wohnte in einer richtigen Pyramide. Wie hatte mir das entgehen können?

Ich meine, du wurdest in einen Vampir verwandelt und hast deinen eigenen Namen vergessen. Vielleicht gehst du nicht so streng mit dir ins Gericht, weil du lebendig gewordene antike Mythologie nicht erkannt hast.

Den Gedanken zu verdauen, dass ich mit dem Tod durch die Stadt lief, war schon ein riesiger Schritt gewesen. Ich fand, dass ich mit dieser Neuigkeit erstaunlich gut umgegangen war. Aber die Informationen türmten sich in Schichten auf und ich hatte Mühe, Schritt zu halten.

Trotz dieser neuesten Enthüllung schwirrten mir noch hundert weitere Fragen im Kopf herum. Jeder andere Mensch hätte die Fragen wahrscheinlich gut durchdacht, um dann die sachdienlichsten herauszusuchen. Aber ich platzte mit der ersten heraus, die mir in den Sinn kam.

„Was machst du außerhalb Ägyptens?"

Grims dunkle, grüblerische Miene wurde von Überraschung verdrängt. Er ließ seinen Arm sinken und richtete sich auf. „Das ist deine erste Frage?" Was noch von seinem Tier in ihm war, verschwand einfach so, und Grim war irgendwo zwischen wild und beherrscht.

Oh, Blutgerinnsel. Das war wirklich die blödeste erste Frage. Warum hatte ich nicht etwas anderes fragen können? Aber nun, da ich es gefragt hatte, konnte ich an nichts anderes mehr denken.

Er trat zurück. „Als die Welt sich vergrößerte, haben sich die Götter überallhin verstreut und viel Zeit in verschiedenen Teilen der Erde verbracht."

„Ist das der Grund, warum Bianca eher wie eine Barbie aussieht, als wie eine Ägypterin?"

Grim zog an den Enden des Handtuchs um seinen Hals. Dabei spannten sich seine Muskeln an. Mein Magen schlug einen fantastischen Purzelbaum. Mein ganzer Körper schrie ‚Yay!', als würde ich bei einem Konzert die Arme hochreißen und nach einer Zugabe brüllen.

Konzentriere dich. Du steckst sowieso schon bis über beide Ohren drin, auch ohne dich in diese intensive, heiße Anziehungskraft hineinzusteigern, die du ihm gegenüber empfindest.

„Weil", erklärte Grim, „Bianca Jahrhunderte in Europa, in den Niederlanden verbracht hat. Wir passen uns im Lauf der Zeit an unsere Umgebung an, dazu gehören auch unser Erscheinungsbild und unsere Namen."

Ich warf ihm einen misstrauischen Blick zu. „Und du hast dir einen italienischen Gangsternamen ausgesucht, weil du lange Zeit bei der Mafia warst?"

Er zog die Augenbrauen zusammen.

Vielleicht doch nicht.

Ich musste bessere Fragen stellen. „Warum mögen Götter Sekhors nicht? Du hast gesagt, Unsterblichkeit verdirbt einen durch und durch. Wenn Götter unsterblich sind, warum ist es dann in Ordnung, dass du ewig lebst, aber ich nicht?" Zuerst war ich stolz, dann entrüstet, als mir klar geworden war, wie gut meine Frage war. Ich stemmte die Hände in die Hüften.

Grims Finger legten sich um das Handtuch. „Es ist genau so, wie ich dir gesagt habe. Die Menschheit kann verdorben werden. Als Götter hatten wir von Anfang an keine Menschlichkeit."

Ich zeigte mit dem Finger auf ihn. „Aha! Dann bist du also derjenige, der seelenlos ist!"

Er verdrehte leicht die Augen und schüttelte den Kopf. „Nein. Wir haben keine Seelen. Wir sind göttliche Wesen. Das ist nicht dasselbe."

„Na, wenn du ewig leben kannst, ohne böse zu werden, kann ich das auch. Um also meine kristallisierte Seele vor dem Verkümmern zu bewahren, muss ich die Seelenversion von Liegestützen machen. Vielleicht bedeutet das, regelmäßig in einer Suppenküche auszuhelfen. Das würde helfen."

Er schüttelte den Kopf und zog erneut die Stirn in Falten. „Das ist schwer zu erklären."

„Ich bin ebenfalls unsterblich, ich habe Zeit", erwiderte ich und deutete auf mein Handgelenk, wo normalerweise eine Armbanduhr wäre.

„Sekhors waren einst die Sklaven der Götter."

Mir klappte die Kinnlade so weit herunter, dass sie ganz sicher am Boden aufschlagen würde.

„Wie bitteee?"

„Viele Jahrhunderte lang lebten wir in einer Symbiose und sorgten füreinander. Doch die Sekhors wurden immer machthungriger und unzählige Städte wurden in Feuer und Blutvergießen gestürzt. Schließlich wurde beschlossen, dass die Sekhors nicht mehr existieren durften. Wenn sie ausgelöscht wurden, würde die Zerstörung ein Ende haben."

So war das also? Die Vampire waren gewalttätig und grausam, und deshalb löschten die Götter sie aus. Ich schluckte schwer, obwohl das jetzt eine Pille war, die ich nicht schlucken konnte.

Ein Telefon läutete und ließ mich zusammenzucken.

Grim ging zu einer Kommode hinüber und öffnete die oberste Schublade. Auf einem Stück blauen Samt waren Handys aufgereiht. Grim ging an das, das läutete, ließ mich jedoch nicht aus den Augen. Er sagte kein Wort und ich wusste nicht, ob er noch in dem Augenblick mit mir gefangen war oder aufmerksam zuhörte.

Obwohl die Gestalt des zwei Meter großen Monsters, die er am Pool angenommen hatte, so furchterregend war, dass ich mir beinahe in die Hose gepinkelt hätte, hatte er seinen eigenen Bruder bekämpft, um mich zu beschützen.

Weil er dich als Köder braucht.

Dennoch, zu sehen, wie er Beschützerinstinkte entwickelte, hatte mich Dinge fühlen lassen, die ich noch nicht ganz verarbeitet hatte. Es hatte etwas in mir entfacht. Hoffnung? Sofort versuchte ich, diese Vorstellung zu verscheuchen. Was dachte ich mir denn? Dass er mich am Leben lassen und bitten würde, seine Freundin zu sein? Er war der Tod. Der antike Gott des Todes, Anubis.

Dann fiel mir etwas Neues ein. Das hätte eigentlich mein

allererster Gedanke sein müssen, aber die kleinen Kerle, die mein Gehirn betrieben, machten ohnehin schon Überstunden.

Wenn das Original, das im Koma lag, eine Göttin war, bedeutete das dann, dass mir göttliches Blut verabreicht worden war?

„Ja, danke, dass du mir Bescheid gesagt hast, Timothy. Wir sind unterwegs." Grim schaltete das Telefon aus. „Wir müssen gehen, jetzt." Sein Ton duldete keinen Widerspruch.

Aber ich wollte widersprechen. Ich wollte heftig widersprechen.

Dieses Gespräch war noch nicht beendet. Und beim nächsten Mal würde es mehr Kleidung geben, weniger Sabber und mehr Antworten.

26

VIVIEN

Sobald sich die Tür öffnete, ließ ich den Pizzakarton sinken, damit er mein Gesicht unter der Ballonmütze nicht mehr verdunkelte. „Hi Skip", sagte ich.

Skip riss die Augen auf. Er versuchte, die Tür zu schließen, doch eine Hand hielt ihn auf. Grim drängte sich in die Wohnung. Ich folgte ihm und stieß die Tür mit dem Fuß zu. Sie knirschte hinter mir im Rahmen.

Richtig, vampirische Stärke.

Ich musste mich beruhigen. Aber die Aufregung hämmerte unter meiner Haut. Endlich würde ich ein paar Antworten kriegen.

Grim deutete auf den La-Z-Boy-Armsessel. „Setz dich."

Skip öffnete seinen Mund, um zu protestieren, doch Grims Augen glühten wie geschmolzenes Gold.

Skips Hintern landete so schnell auf dem Sessel, dass er fast das ganze Ding umgeworfen hätte. Sein Fuß wippte aufgeregt auf und ab. Ich verzog das Gesicht. Socken und Sandalen. Oh Gott, ich hoffte, Grimm irrte sich und das war nicht mein Freund. Ich würde wirklich sterben, wenn ich herausfand, dass ich mich mit einem dieser Socken-und-Sandalen-Typen eingelassen hatte.

Oder, ich meinte natürlich, noch einmal sterben.

Ich platzierte die Ballonmütze und den Pizzakarton auf einem ramponierten Holztisch. Meine Kleidung hatte ich im Penthouse gewechselt und trug jetzt wieder eine dunkle Hose und ein Neckholder-Top.

„Kennst du sie?", fragte Grim und seine Stimme hatte einen enormen Widerhall.

Skips Augen wanderten hektisch zwischen ihm und mir hin und her.

„Heute noch, du Genie", blaffte ich.

Skip nickte.

„Wie heißt du?" Grims Bedrohlichkeit war greifbar. Sie ging in schweren, schwarzen Wogen von ihm aus und war ganz auf Skip gerichtet.

„Dev...Devon Seward."

„Er lügt", sagte ich. Ich wusste sehr wenig, aber ich wusste, dass ich Blut trank, Grim nackt sehen wollte und dieser Typ Skip hieß.

Grim deutete mit der Hand auf mich. Oh nein, das machte er nicht. Sagte er mir gerade ‚erzähl's meiner Hand'? Denn ich könnte sie ihm direkt abbeißen.

„Wie heißt sie?", war Grims nächste Frage.

Ein Anflug von Verwirrung huschte über Devons Gesicht, als fragte er sich, ob das hier irgendein Streich war. Skip oder Devon schaute abermals von Grim zu mir, bis ihm klar wurde, dass keine Pointe kam. „Jane", stotterte er.

Irgendetwas sank auf den Grund meines Magens. Erkenntnis. Enttäuschung.

So viel dazu, dass ich mich gerne als Vivien oder Persephone gesehen hätte.

„Nachname?", bohrte Grim. Dunkle Wolken des Todes

stiegen weiterhin auf, legten sich um seine Schultern und erstickten die Luft. Sogar ich spürte die erdrückende Last von Grims Macht.

„I...ich weiß nicht, Mann. Ich weiß nur, dass sie Jane heißt." Devons Stimme klang erstickt, fast schon hysterisch. Tränen rannen ihm aus den Augenwinkeln.

„Woher kennst du sie?" Grim fuhr sein Angst-o-Meter um ein paar Stufen zurück. Eine gute Entscheidung, denn es sah so aus, als würde es Skips ganze Konzentration erfordern, sich nicht direkt auf dem grauen Ledersessel in die Hosen zu scheißen.

Skips Stimme überschlug sich, als er ausrief: „Sie ist eine Kopfgeldjägerin!"

Jede Faser meines Seins erstarrte, während ich das verdaute.

Ich war eine Kopfgeldjägerin.

Fühlte sich das für mich stimmig an? Ich spürte in mich hinein und dachte an das, was Grim gesagt hatte. Wieso konnte ich kämpfen und wusste Dinge, die nur ein zwielichtiger Krimineller wusste? Wieso war ich in der Lage, Skip aufzuspüren, nachdem ich sein Hotelzimmer durchsucht hatte? Ich hatte ja sogar Chad aufgespürt, als ich Informationen brauchte.

Als ich Grims Blick begegnete, schien er auf eine Bestätigung meinerseits zu warten. Ich schluckte, meine Kehle war plötzlich trocken. „Skip. So nennt man jemanden, der auf Kaution draußen ist und abhaut."

Devons Worte drangen in mein Innerstes, und sie entsprachen der Wahrheit. Ich wusste, dass er recht hatte, auch wenn der Rest meiner Erinnerungen und meiner Identität verborgen blieb.

Ich trat vor und übernahm das Ruder bei dieser Inquisition. „Kennst du mich, weil du versucht hast, abzuhauen, als du auf Kaution draußen warst, Devon?"

Devon bekam sich wieder in den Griff und schüttelte den Kopf. „Nein, ich weiß nur, dass du hinter mir her warst. Meine Ex sagte, du seist vor ein paar Wochen zu ihr nach Hause gekommen und du hast mir ein Bild von ihrer Türklingel mit der Kamera geschickt und gesagt, du würdest versuchen, mich zu finden."

„Wurdest du geschnappt, weil du mit Drogen zur Party erschienen bist, Devon?", fragte ich und legte meine Hände auf beide Armlehnen, wie Grim es bei mir gemacht hatte. Ich wollte, dass Devon sich festgenagelt fühlte, klein und gefangen. Dieses Gefühl hatte Grim mir wiederholt gegeben. Ich wollte, dass Devon sich wand, so wie ich in diesen Situationen. Ich würde ihn für meine Enttäuschungen bestrafen.

„Ja, die texten und ich liefere aufs Zimmer." Nun, da Grim nicht derjenige war, der ihm auf der Pelle saß, kehrte etwas von Devons Haltung zurück. „Und du schikanierst mich, weil ich eine Dienstleistung erbringe. Wenn ich es nicht täte, würde es jemand anders tun. Du solltest deine Schlampen-Nase nicht in mein Geschäft stecken."

Eine dunkle, seelenverschlingende Macht flammte hinter mir auf, als Devon mich eine Schlampe nannte. „Oh, es wird dir noch leidtun, das gesagt zu haben", sagte Grim tonlos. Er bewegte sich nicht und gab mir ausreichend Raum zum Arbeiten.

Eine Falte bildete sich zwischen Devons buschigen Augenbrauen, als er über meine Schulter spähte. „Hetzt du jetzt wieder das Monster auf mich?"

Grim lachte dunkel. „Er denkt, *ich* sei hier das Monster."

Der verwirrte Devon brauchte eine Sekunde, um seinen Fokus wieder auf mich zu richten. Ich öffnete den Mund, ließ meine Reißzähne ausfahren und zischte ihm ins Gesicht. Das durchdringende Kreischen, das Devon ausstieß, hätte Glas zerspringen lassen können. Er sprang von seinem Sessel auf, aber ich knockte ihn aus, damit er die Klappe hielt.

Wir standen lange schweigend in Devons beschissenem Apartment.

„Jane", sagte ich schließlich und zog eine Grimasse. „Igitt." Zumindest konnte es ja wohl auf keinen Fall sein, dass mein Nachname auch noch Doe war. Oder?

„Das reicht für einen Anhaltspunkt", sagte Grim. „Mit deinem Beruf, deinem Vornamen und diesem", er grinste spöttisch auf den auf dem Rücken liegenden Devon, „jungen Mann haben wir alles, was wir brauchen, um den Rest herauszufinden."

Ich erwiderte seinen festen Blick und stellte die offensichtliche Frage: „Wofür braucht ein Meistervampir eine Kopfgeldjägerin?"

„Ich weiß es nicht", sagte er. „Aber wir werden es herausfinden."

Ich verließ Devons Apartment mit zielstrebigen Schritten, achtete aber nicht darauf, wo ich hinging. Ich fühlte mich benommen. Meine Vergangenheit würde gleich enthüllt werden.

Was denn, hatte ich wirklich gedacht, dass ich irgendeine hochrangige Polizistin war? Es spielte keine Rolle. Aber es würde jemanden geben, der mich vermisste, der nach mir suchte. Es würde jemanden oder vielleicht auch mehrere Menschen geben, die nachts vor Sorge wach lagen und sich fragten, wo ich war. Und die würde ich finden.

GRIM HATTE RECHT. Timothy brauchte nicht lange, um meine Identität aufzudecken. Von dem Augenblick an, als wir an der Adresse vorfuhren, unter der ich gemeldet war, verstand ich, warum ich gedacht hatte, ich sei eine Bäckerin gewesen. Ich wohnte in einem Apartment, das direkt über einem Laden mit dem Namen „The Cupcakery" lag.

Ich hatte meinen Schlüssel nicht, aber es war einfach, das Schloss zu knacken. Zögernd stand ich an der Schwelle und scheute mich davor, einzutreten. Der Duft von frisch gebackenen Kuchen und Zucker erfüllte meine Wohnung. Der Mond war voll und hell und erleuchtete das Zimmer, sodass ich mir nicht die Mühe machte, das Licht einzuschalten. Ich konnte mir nicht helfen, ich fand, dass die Wohnung tot war, wie ich. Das wollte ich nicht stören.

Hier würde ich meine Antworten finden, hier würde meinem Gedächtnis vielleicht auf die Sprünge geholfen werden. Oder vielleicht war der Teil von mir, der hier gewohnt hatte, ebenfalls gestorben und mein Gespür für mich würde nicht mehr zurückkommen, egal, wie viel ich in meiner Vergangenheit herumstöberte. Der Drang, mich umzudrehen und zu Grims Wagen zurückzugehen, überwältigte mich fast. Er war diesmal selbst gefahren, anstatt die Limousine zu nehmen. Das wäre in diesem Teil der Stadt zu auffällig gewesen.

Trotz meiner Vorbehalte zwang ich mich, hineinzugehen. Jetzt gab es kein Zurück mehr.

Grim folgte mir, blieb aber in der Tür stehen, als spürte er, dass ich einen Augenblick brauchte.

Es war eine Einzimmerwohnung mit weißen Wänden und alten Geräten. Ein schneller Blick in den Kühlschrank förderte einige abgelaufene Joghurts sowie gefrorene Fertiggerichte und Eis im Gefrierfach zutage. In den Schränken waren ein Behälter mit Ramen und zwei Becher. Der eine hatte die Form eines Einhorns. An einer Seite war ein Stück abgebrochen. Der andere war mit einem Haufen Totenköpfen bedruckt und trug die Aufschrift: „Lieber tot als koffeinfrei." Ich warf Grim einen Seitenblick zu, der zog eine Augenbraue hoch. Er konnte es lesen, von dort, wo er stand.

An meinem klapprigen Eichentisch standen zwei Stühle, die nicht zusammenpassten, und die Matratze lag in einer Ecke auf dem Boden. Wenigstens war sie mit geblümter Bettwäsche in leuchtendem Violett bezogen. Das war eines der fröhlichsten Dinge, die ich je gekauft hatte.

Alles kam zu mir zurück. Mit jedem Schritt in meine alte Wohnung kamen die Erinnerungen wieder. Ein Stapel Taschenbücher, fünfzehn an der Zahl, war neben meinem Bett zu einem gewagten Turm aufgebaut.

„Keine Familienfotos", sagte Grim. Seine Stimme war tief und passte irgendwie zu der Stille des Raumes. Er lehnte am Türrahmen und wurde von der Treppenbeleuchtung angestrahlt.

„Ich habe keine Familie." Ich berührte den Tisch, der vom Mondlicht beleuchtet wurde. In meiner Brust spürte ich den stechenden Schmerz der Enttäuschung. „Oder vielmehr eine Familie, zu der ich schon lange keinen Kontakt mehr hatte. Meine Eltern sind gestorben, als ich noch klein war. Dann bin ich zu meiner Tante und meinem Onkel gezogen. Wir haben uns nicht verstanden. Sie wollten, dass ich mich auf eine bestimmte Art und Weise verhielt, um in ihr perfektes Leben zu passen. Aber ich wollte nach meinen eigenen Regeln leben."

Ich wartete darauf, dass er etwas Bissiges sagte, aber er hielt sich zurück. Das musste ihn fast umgebracht haben.

Während der letzten Wochen hatte ich mir alle Möglichkeiten ausgemalt, von der Polizeibeamtin über eine Wissenschaftlerin, die versuchte, Krebs zu heilen, bis hin zu einer Bäckerin mit einem Ehemann und ein paar Kindern.

Verglichen mit all meinen Theorien war die Wahrheit klein, grausam und deprimierend. Was noch viel schlimmer war, ich war alleine. Keine Familie, keine Freunde. Niemand hatte mich vermisst. Ich war seit mehr als zwei Wochen verschwunden und es gab niemanden, der sich darüber Gedanken machte. Einem Teil von mir hatte das früher gefallen. Ich konnte kommen und gehen, wie es mir passte, ohne jemandem Rechenschaft zu schulden.

Doch als mein Gedächtnis ausgelöscht wurde, hatte ich mir ausgemalt, wie ich mein Leben haben wollte: Ich machte etwas Wichtiges und war von Menschen umgeben, die mich liebten. Die Realität konnte da nicht mithalten. Ich legte eine Hand auf den Tisch, um mich zu stützen, weil das nagende Gefühl in meiner Mitte mich fast heruntergezogen hätte.

Ich atmete den Duft von Zucker und Kuchen ein, um mich zu beruhigen. Als ich die Kette an meinem Hals berührte, erinnerte ich mich daran, dass sie mir die Besitzerin der Bäckerei einmal zum Geburtstag geschenkt hatte, zusammen mit meinem Lieblings-Cupcake. Ihr Name war Cheri. Sie war immer nett zu mir gewesen und machte guten Kaffee. Wir standen uns nicht nahe genug, um uns als Freundinnen bezeichnen zu können, doch in meinem Kopf waren wir das. Sie war der Mensch, der für mich einer Freundin am nächsten kam, aber sich jede Woche in der Bäckerei etwas Süßes zu holen, konnte nicht gerade als wirkliche Freundschaft angesehen werden. In ihren Augen war ich eine Stammkundin. Dennoch hatte mir die Kette mehr bedeutet, als sie ahnen konnte.

„Ich war seit drei Jahren Kopfgeldjägerin." Ich fuhr fort, über das eingedellte und beschädigte Holz des Tisches zu streichen. „Davor hatte ich eine Reihe von beschissenen Gelegenheitsjobs. Aber dann hatte ich endlich etwas gefunden, das mir wirklich lag.“

„Menschen zu jagen?“, fragte Grim, der sich endlich aufrichtete.

„Ja“, sagte ich nachdenklich. „Was sagt das über mich aus?“

Grim kam herein und stellte sich an die andere Seite des Tisches. Sein Gesicht war immer noch von Schatten bedeckt und ich war dankbar, dass ich seine Miene nicht sehen konnte. Es musste für den Gott des Todes höchstpersönlich so entwürdigend sein, eine solch kleine, beschissene Behausung zu betreten.

„Es bedeutet, was immer du darin sehen willst.“

Ich schnaubte. „Ich hause wie ein Waschbär, verdiene meinen Lebensunterhalt damit, zwielichtige Kriminelle zu jagen, und niemand hat mein Verschwinden bemerkt.“

Grim überraschte mich damit, dass er um den Tisch herumging und eine Hand unter mein Kinn legte. „Du wirst nicht nach dem beurteilt, was du tust, nicht einmal danach, wie sehr du geliebt wurdest. Was zählt, ist, dass du auf eine Weise gelebt hast, die deiner Seele entsprach.“

Das Mondlicht schien in seine Augen und verwandelte sie in flüssigen Bernstein. Dann hatte ich das Gefühl, dass wir in einer Blase eingeschlossen waren. In unserer privaten Zone war es sicher und warm. Es spielte keine Rolle, dass er das tödlichste Wesen auf Erden war. Das Bedürfnis, mich ganz in seine Arme zu legen, war überwältigend. Ich wollte mit Grim verschmelzen. Er sollte mich bis zur Besinnungslosigkeit küssen, auch wenn er mich danach tötete.

Ich hatte so viel Zeit damit verbracht, die Menschen auf Abstand zu halten, seit meine Eltern gestorben waren, obwohl ich mir einredete, dass ich das so wollte. Doch während der letzten Wochen, in denen ich gezwungen wurde, seine Gefangene zu sein, hatten wir gelernt, uns gegenseitig zu verstehen. Zugegeben, wir ärgerten uns und brachten uns zur Weißglut, doch inmitten von alldem gab es einen Keim der Intimität.

Grim war der Einzige, dem es etwas bedeutete, dass ich lebte, auch wenn es nur deshalb war, um mich als Köder zu benutzen. Ich wollte, dass er mich brauchte.

Meine Stimme klang heiser, als ich sprach: „Willst du mir damit sagen, dass Leute, die den Beliebtheitswettbewerb gewinnen, nicht automatisch einen Freifahrtschein bekommen?"

Er kam noch näher, und jetzt strich sein Daumen leicht über mein Kinn. „Ich will damit sagen, dass ich ein exzellenter Richter der Seelen bin und *du* hast in so enger Verbundenheit mit deiner Seele gelebt, dass du nicht weißt, wie du etwas anderes tun oder sein solltest."

Meine Sicht verschwamm, aber ich schaute ihm weiter in die Augen. Grim neigte seinen Kopf und seine Lippen näherten sich den meinen. Seine Finger strichen an meiner Kinnpartie entlang, dann glitten sie in mein Haar und jagten mir heiße Schauer über den Rücken.

Obwohl ich nicht atmen musste, wurde mir schwindelig und ich vibrierte förmlich vor Verlangen. Meine Hand presste sich an die Tischplatte und ich bereitete mich auf das vor, was kommen musste. Meine Augen schlossen sich.

Das Licht ging an und verjagte unsere Intimität mit brutaler Grellheit. Grim und ich sprangen auseinander.

Timothy stand mit hochgezogener Augenbraue da und musterte uns beide. Er war in einem separaten Wagen gekommen, weil er noch etwas zu erledigen hatte, bevor er zu uns stieß. Nach einem Moment des angespannten

Schweigens fragte er: „Etwas gefunden, das uns zum Meister führen kann?"

„Mein Laptop", platzte ich heraus. Ich drehte mich um und ging zu meinem Bett. Dort hob ich den äußersten Rand meiner Matratze auf und zog einen alten, generalüberholten Computer hervor.

Ich öffnete ihn, und es dauerte nicht lange, bis er hochfuhr. Zwar konnte ich mich nicht an mein Passwort erinnern, doch meine Finger flogen über die Tastatur, gesteuert vom Muskelgedächtnis, und tippten es automatisch ein.

Das Erste, das aufpoppte, war das Fahndungsfoto eines Mannes. Ein Lächeln umspielte seine Mundwinkel, als würde er ein Geheimnis bewahren, das er mit niemandem teilen wollte. Er hatte dünnes, blondes Haar, helle Augen und einen gestutzten Bart. Er sah durchschnittlich und unauffällig aus, dennoch bekam ich eine Gänsehaut, als ich ihn ansah.

Grim legte eine Hand auf meinen unteren Rücken, um mich an seine Anwesenheit zu erinnern. Dann beugte er sich vor. „Landon Crane. Hier steht, er wurde wegen einer Reihe von unbezahlten Strafzetteln festgenommen. Er hatte seinen Gerichtstermin vor zwei Monaten verpasst und niemand hatte ihn finden können. Sie dachten, er sei auf der Flucht."

Mein Körper wurde so kalt wie damals, als ich in diesem Kühlbehälter aufgewacht war. Ich konzentrierte mich auf die Hitze von Grims Hand, während ich mich an beiden Seiten meines Laptops festklammerte. „Es sollte eigentlich leicht verdientes Geld sein. Ich fand ihn auf einer Dating-Plattform und vereinbarte ein Treffen. Das hatte ich schon ein paar Mal in diesem italienischen Restaurant gemacht. Ich brachte die Skips dazu, mit mir wegzugehen, bevor das Abendessen kam. Ich vermittelte ihnen den Eindruck, dass ich heiß und leicht zu haben war. Die meisten von ihnen sind darauf hereingefallen, aber dieser Typ nicht", sagte ich kopfschüttelnd.

„Warum hast du die Täter nicht sofort festgenommen, nachdem du sie gefunden hast?", fragte Timothy, der sein Tablet ausnahmsweise einmal weggelegt hatte.

„Weil es nicht nur besser war, etwas zu trinken, damit sie ihre Abwehrhaltung aufgaben, sondern auch, weil ich die Restaurantbesitzer mochte. Sie wussten, was ich machte, und die Kellner wussten, dass sie nicht einmal die Essensbestellungen aufgeben mussten. Ich wollte nicht, dass ihr Restaurant ruiniert wurde. Normalerweise brachte ich die Skips dazu, mir durch den Hinterausgang zu folgen, wo ich ihnen dann in der Gasse Handschellen anlegen konnte, ohne Aufsehen zu erregen."

Grims Finger strichen mit beruhigendem Druck außerhalb von Timothys Blickfeld über meinen bloßen Rücken. „Was ist passiert?"

„Ich wollte fünfzehn Minuten vor unserem Date im Restaurant sein, aber Crane war bereits dort." Ich erinnerte mich, dass mein Instinkt in höchster Alarmbereitschaft war, obwohl ich mir nicht erklären konnte, warum. Crane schien freundlich und entspannt zu sein. Er war ein Angestellter aus der Mittelschicht, der in irgendeinem Technologieunternehmen arbeitete. Das Interessanteste an ihm war, dass er gerne Artikel von Brookstone kaufte und zu Ballspielen ging, wenn er Zeit hatte.

„Als ich vorschlug, die Party woanders weiterzufeiern, sagte er, er wolle die Dinge lieber langsam angehen lassen. Ich merkte, dass er keine Anstalten machen würde, also haben wir eine Weile gequatscht."

Grims Hand wurde still. „Worüber?"

Ich wünschte, er würde mit dieser leichten Massage

fortfahren, sagte aber nichts. „Über nichts Besonderes. Ich erzählte ihm meine Tarngeschichte, dass ich eine Uber-Fahrerin zwischen zwei Jobs sei. Das gibt Männern die Gelegenheit, einem zu sagen, was man ihrer Meinung nach tun sollte und man lernt ziemlich schnell eine Menge über sie. Er hat das nicht gemacht. Ich hatte das Gefühl, er wusste, dass ich log. Stattdessen haben wir Wein getrunken und geredet, über...“ Ich durchforstete mein Gedächtnis. „Feuer und Eis und vielleicht irgendwas über die Erderwärmung. Es ist verschwommen.“

Timothy schüttelte den Kopf, als würde er versuchen, darin irgendeine Bedeutung zu finden, was ihm aber nicht gelang.

„Was dann?“, bohrte Grim und strich wieder über meinen Rücken.

„Nichts.“ Ich zuckte die Schultern. „Danach erinnere ich mich an nichts mehr. Ich bin als kalter Klumpen in einer Leichenschublade aufgewacht.“

Timothy und Grim wechselten einen Blick. „Dieser Mann ist entweder unser Meister oder er ist mit ihm verbunden“, sagte Timothy. Mit einer Bewegung zu meinem Laptop fragte er: „Darf ich?“

Ich nickte und trat zurück, während er mit seinem Tablet alle sachdienlichen Informationen fotografierte. Mein Rücken lehnte an Grim und seine Hände hielten meine Arme fest. Er berührte mich nicht so wie damals, als wir uns das erste Mal begegneten, wie ein Stück Fleisch, auf das er aufpassen musste, damit es nicht abhaute. Jetzt fühlte es sich eher an, als wollte er mich stützen, mir zu verstehen geben, dass er da war. Ich wandte den Kopf und schaute ihm in die Augen.

In seinen bernsteinfarbenen Tiefen schien Aufmerksamkeit und Bedauern zu liegen. Als wäre ihm ebenfalls bewusst, dass meine Nützlichkeit fast erfüllt war und dass unsere Zeit bald zu Ende gehen würde.

Ich sagte mir, dass ich etwas hineinprojizierte. Ich war diejenige, die nicht sterben wollte. Ich war diejenige, die sich hinaufrecken und diese Lippen erneut küssen wollte. Ich fragte mich, ob er mir einen letzten Kuss geben würde, oder hey, vielleicht eine Nummer im Bett, bevor er mich tötete. Er ließ seine Hände sinken und trat einen Schritt zurück. Meine Haut wurde kalt.

Dann erinnerte ich mich daran, dass er Anubis, der ägyptische Gott des Todes, war. Ich hatte noch immer keine Zeit gehabt, zu verarbeiten, was das alles bedeutete. Aber ich vermutete stark, dass Götter Vampiren, die auf dem Schlachtblock lagen, keinen Abschiedsfick gewähren würden.

Timothy sprach, während er an meinem Laptop arbeitete. „Ich habe vielleicht ein paar Ressourcen, oder vielleicht würde mir Ms. West dabei helfen, tiefer in die Identität dieses Mannes zu schauen."

Ich riss meinen Blick von Grim los, schaute Timothy an und sagte: „Lass Miranda da raus. Ich weiß, sie will helfen, aber sie steckt schon zu tief drin und ich will nicht, dass ihr oder ihrem Kind etwas passiert."

„Einverstanden." Grim ging zum Fenster und schaute hinaus.

Timothy stand auf und steckte sein Tablet unter den Arm. „Ich bin da dran. Ich nehme den Wagen zurück zum Sinopolis, dann schicke ich den Fahrer, um euch beide abzuholen, um euch noch mehr Zeit zu geben, zu...ermitteln."

„Also", sagte ich und atmete aus. „Dann ist mein Name also nicht Vivien."

Grim sagte kein Wort.

Ich schwang meine Arme vor und zurück und versuchte dabei, den festen Knoten zu lösen, der sich in meiner Brust gebildet hatte. „Ich bin eine Jane. Eine langweilige Jane." Dann murmelte ich: „Geschieht mir recht."

„Ich finde, Vivien passt zu dir", sagte er und drehte sich zu mir um. „Du solltest dabei bleiben."

Ich biss mir auf die Unterlippe.

„Wirklich", fuhr er fort. „Du bist gestorben und wurdest im Grunde wiedergeboren. Und ich bin mir nicht so sicher, ob Jane es mit Vivien aufnehmen könnte." Eine Seite seiner Lippe ging nach oben.

„Meinst du?", fragte ich und ließ meine Unterlippe los. „Tja, Vivien hat für heute genug in Erinnerungen geschwelgt. Dann also zurück zu meinem angesehenen Job als Wurm am Haken." Dann sagte ich lachend: „Vielleicht sollte ich gleich hier zappeln, um zu sehen, ob der Meister oder seine Lakaien in meiner Bude auftauchen."

Das Fenster zu unserer Rechten explodierte und eine Gestalt schoss hindurch. Ich schloss meine Augen, um sie vor den Glassplittern zu schützen. Weitere Scheiben wurden eingeschlagen und ich hörte, wie zahllose Stiefel auf dem Boden aufschlugen. Als ich meine Augen wieder öffnete, fand ich zehn Personen in meinem Apartment vor. Nein, keine Personen. Sekhors.

„Ich würde es hassen, wenn jetzt eine Million Dollar und eine Panzerfaust in meinen Händen erscheinen würden", verkündete ich laut.

Leider funktionierte mein Zaubertrick nur bei dem, was ich als erstes sagte. Verdammt.

27

GRIM

Meine Hände verlängerten sich zu Klauen, damit ich die Sekhors zerreißen konnte. Vivien war neben mir. Sie trat, schlug und prügelte auf unsere Angreifer ein. Scharfe Zähne bohrten sich in meine Arme und Beine, in meinen Rücken und in meine Brust, als sie sich auf mich stürzten. Diejenigen, sie ihre Zähne in mein Fleisch geschlagen hatten, mussten zuerst sterben. Sie durften das Blut eines Gottes nicht trinken.

Ganz gleich, wie viele Vampire ich auch enthauptete oder zerriss, es kamen immer mehr. Der Geruch ihres Blutes hing schwer in der Luft und die Wände waren blutbespritzt. Als die ersten das Fenster durchbrochen hatten, schob ich Vivien hinter mich, weil ich vorhatte, sie alle zu bekämpfen. Doch sie hatten mich im Handumdrehen überwältigt, Vivien gepackt und weggezogen. Langsam aber sicher war sie gezwungen, sich weiter von mir zu entfernen. Sie trennten uns absichtlich.

„Vivien", schrie ich.

Ihr Blick fand den meinen, kurz bevor ihr ein Sack über

ihren Kopf gezogen wurde. Drei Sekhors banden sie mit einem Seil fest und brachten sie weg.

Ich versuchte, ihnen zu folgen, doch ich wurde von sechs Sekhors angegriffen. Einer biss mich ins Bein und schmeckte mein Blut, ein anderer in meinen Arm. Ich durfte es keinem einzigen gestatten, mein Blut zu trinken und zu leben, und das hielt mich davon ab, zu Vivien zu gelangen. Ich verlor Zeit und die Entfernung zwischen uns vergrößerte sich.

Wut stieg in einer feurigen Glut in mir auf und der dicke, schwarze Rauch meiner Macht erfüllte den Raum. Gewalt übermannte mich, als sich Viviens Gesichtsausdruck, bevor sie entführt wurde, in mein Gedächtnis brannte. Dann ließ ich sie mit einem durchdringenden Schrei heraus, während mein Körper monströse Muskeln und Sehnen bekam und meine Haut so schwarz wurde, wie der Sand am Nil. Meine scharfen Reißzähne bohrten sich in den Kopf eines Sekhors, bevor ich ihn abriss. Blut spritzte in einer Fontäne aus seinem kopflosen Hals.

Ich würde sie alle töten und Vivien finden, und wenn es das Letzte war, das ich tat.

ALS ICH ZUM SINOPOLIS ZURÜCKKEHRTE, erwartete Timothy mich am Privateingang. Ich war mit Blut besudelt, nackt und mit Bisswunden übersät. Trotz meines Aufzugs enthielt er sich jedes Kommentars. Er folgte mir mit gezücktem Tablet zum Aufzug.

„Ich habe versucht, Ms. West herauszuhalten, aber sie bestand darauf. Mit ihrer Hilfe und einer Unterredung mit unseren Sammlern Acissej, Llij und Ekoorb waren wir in der Lage, herauszufinden, wer Landon Crane wirklich ist.

Der Mann wurde vielleicht wegen unbezahlter Strafzettel festgenommen, doch er hat sich viel schlimmerer Dinge schuldig gemacht." Ohne darauf zu warten, dass ich nachfragte, fuhr er fort. „Mr. Crane hat während der letzten zwanzig Jahre Frauen verfolgt und ermordet. Bis jetzt wissen wir von insgesamt sieben. Ich bin sicher, wir werden sogar noch mehr finden, wenn wir unsere Sammler befragen." Er folgte mir in mein Penthouse und mein Zimmer. Ich zog mir ein schwarzes T-Shirt über den Kopf und machte mir nicht die Mühe, erst das Blut abzuwaschen. Dann nahm ich eine Jogginghose. Ich wusste nicht, ob ich mich wieder in mein göttliches Abbild verwandeln musste, und Jogginghosen waren dankbarer.

Ich hatte über die Seelen von Stalkern und Mördern gerichtet. Oft fehlten ihnen Teile ihrer Seele oder sie waren verdorben worden. Hass und Bösartigkeit waren ein Krebsgeschwür, das ihre Seelen verdarb. Ich kannte ihre Art nur zu gut.

„Wie hat er seine Opfer ausgewählt?", fragte ich.

Timothy präsentierte eine Bildergalerie. Es waren lauter junge, blonde, blauäugige und hellhäutige Frauen. Ich erinnerte mich an die Turnerinnen, gegen die ich im „Wolf Town" gekämpft hatte. Sie entsprachen Cranes Geschmack. Wenn Landon Crane der Meistervampir war, erklärte das immer noch nicht, warum er Vivien wollte. Sie hatte kastanienbraunes Haar, smaragdfarbene Augen und war feurig.

Timothys Lippen waren so gut wie verschwunden. „Was glauben Sie, ist sein Plan?"

Ich schüttelte den Kopf. „Ich weiß es nicht, aber er hat Vivien. Ich muss sie finden. Ich muss sie zurückholen."

„Sie meinen, Sie müssen den Meister finden, damit Sie ihn töten können?"

Ein Knurren stieg in meiner Kehle auf und ich riss den Kopf zurück, um Timothy in die Augen zu schauen.

Anstatt auf meine Aggression einzugehen, bewahrte er eine kühle, besonnene Haltung. „Majestät, die Sekhor. Sie wissen, keiner der anderen würde erlauben, dass Vivien am Leben bleibt, ganz besonders nicht *er*."

Er sprach jetzt nicht mehr vom Meister. Mein Assistent spielte auf das eine Wesen an, dem ich Rechenschaft ablegte. Was immer *er* befahl, musste von allen befolgt werden.

„Ich werde nicht zulassen, dass irgendjemand ihr wehtut." Die Worte sprudelten aus meinem Mund, bevor ich denken konnte.

Ich wartete darauf, dass Timothy mir sagte, dass es unmöglich, unvernünftig und gefährlich war. Doch Vivien zu verlieren hatte mich aus der Spur gebracht und ich hing nur noch an einem seidenen Faden. Wenn er riss, würde das Wesen, das mir am nächsten war, meinen Zorn zu spüren bekommen, bevor ich diese Welt auseinandernehmen würde, um sie zu finden.

Ein Krachen ertönte draußen im Wohnzimmer. Timothy und ich rannten blitzschnell hinaus und sahen Ms. West auf uns zukommen. Das Weiß ihrer Augen verschlang fast ihre dunklen Iriden. „Jamal ist verschwunden."

Timothy und ich wechselten einen Blick. Mein Assistent sprach meine Gedanken aus. „Der Meister versuchte, Ms. West gegen Vivien einzusetzen, also können wir schlussfolgern, dass..."

Miranda zeigte mit dem Finger auf uns. „...dass ihr mir helfen werdet, meinen Sohn zu finden, oder ich werde euch beide begraben." Wut überrollte sie in Wellen. Sie war eine Lenkrakete, die ihren Sohn suchte, und sie würde alles zerstören, das ihr im Weg stand. Obwohl sie nur eine Sterbliche war, glaubte ich ihr, als sie sagte, dass die Hölle los sein würde, wenn wir Jamal nicht fanden.

Dann schien Miranda endlich meinen blutigen, ungepflegten Zustand zu registrieren. „Wo ist Vivien?"

Ich verlor keine Zeit und ging zum Aufzug. Miranda und Timothy folgten mir. „Sie ist entführt worden."

Biancas Worte kamen mir wieder in den Sinn. *Lass sie nicht aus den Augen.* Mein Magen krampfte sich zusammen.

„Was haben diese Vampire vor?", fragte mich Miranda, als wir die Hotellobby betraten. In ihren Augen spiegelten sich Angst und Wut.

„Ich weiß es nicht, aber ich habe nicht vor, abzuwarten und es herauszufinden. Ich kenne jemanden, der helfen kann", sagte ich, während Timothy und Miranda mit mir über den schwarzen Marmorboden eilten.

Die Sammler waren unterwegs, um nach einer Leichenspur zu suchen, aber das dauerte zu lang. Ich musste Vivien finden und weigerte mich, zu warten.

„Das ist unratsam, Majestät", sagte Timothy gepresst.

„Wen?", fragte Miranda.

„Jemanden, der die Fähigkeit hat, die Vampire zu finden", erwiderte ich.

Mirandas Kinnpartie wurde fest. „Dann tun Sie es."

Timothy hielt mir einen Arm vor das Gesicht, um mich aufzuhalten. Ich wollte ihn quer durch den Raum werfen, weil er sich mir in den Weg stellte, doch ich beherrschte mich.

Mir wurde klar, dass das alles war, was ich getan hatte. Ich hatte mich beherrscht. Bei Vivien, als ich mich davon abgehalten hatte, sie zu nehmen, obwohl ich sie wollte. Sie hatte etwas in mir entfacht, und nun, da sie verschwunden war, war das Feuer mit ihr verschwunden.

Anders als damals bei Qwynn, war ich nicht Viviens

Spielzeug, das sie manipulieren und verbiegen konnte. Vivien war kühn, respektlos, aber gleichzeitig auch verspielt, zielstrebig und unerbittlich in ihrem Streben nach dem, was sie wollte. Und ich hatte nicht vor, sie zu verlieren und zu meiner langen Liste des Bereuens hinzuzufügen.

Timothy wandte sich an Miranda. „Geben Sie uns einen Moment.“

Ihr Kind wiederzufinden war das Einzige, das für Ms. West zählte, doch sie sah den Blick in Timothys Augen, trat ergeben zur Eingangstür hinaus und ging vor dem Hotel auf und ab.

Timothy war ebenfalls ein Gott, und obwohl sich seine Macht und seine Talente gewaltig von den meinen unterschieden, erkannte ich, dass er seine Meinung zu dieser Angelegenheit sagen musste. „Wenn Sie zu Bast gehen, wird sie Vivien wahrscheinlich töten.“

„Und dir ist es wichtig, dass sie lebt?“, fragte ich. „Gib es zu, Mann, du hast Angst, dass ich sie nicht töte, wenn die Zeit kommt. Du hast gesagt, ich sollte mir Gedanken wegen der anderen machen, aber du bist derjenige, der besorgt ist.“

„Viven stellt eine Bedrohung dar. Das lässt sich nicht leugnen, auch wenn sie es nicht weiß. Doch ich habe genug Zeit und Leben transkribiert, um zu wissen, dass nichts sicher ist, schon gar nicht die Natur eines Menschen.“ Timothy schüttelte den Kopf. „Aber Sie sind derjenige, dem sie ans Herz gewachsen ist. Ich fange an zu glauben, dass Sie sich nicht mehr um die Regeln scheren.“

„Und was ist, wenn nicht?“, sagte ich und mein eisiger Tonfall ließ ihn erstarren.

„Verflucht seist du, du verlierst dich und merkst es nicht.“ Wenn Timothy sehr unter Stress stand, griff er auf ältere Flüche zurück. Ich brauchte aber eigentlich seine

Worte nicht, um mir das zu sagen. Sorgenfalten hatten sich um seine Augen gebildet. „Unabhängig davon, was wir beide von Vivien halten, wird es Konsequenzen haben, wenn sie am Leben bleibt."

„Ich werde mich um sie kümmern, wenn die Zeit reif ist." Ich sagte die Worte zwar, doch sie klangen hohl und ohne Versprechen.

„Anubis." Timothys Stimme wurde hart, was selten geschah. „Willst du wirklich die Welt wegen dieser Sekhor ins Chaos stürzen?"

„Jetzt geht es darum, den Meister zu finden", blaffte ich. „Ich kenne meine Pflicht. Glaube nicht, dass ich sie auch nur für eine Sekunde vergessen habe." Ich war fertig mit diesem Gespräch. Ich musste handeln. Ich musste Vivien und Jamal finden. Ich würde mir später um die Einzelheiten Gedanken machen. Oder besser niemals. Dafür hatte ich Timothy. Darum konnte er sich kümmern. „Nun, wir beide wissen, dass es nur eine Möglichkeit gibt, die Sekhors zu finden." Ich hielt erwartungsvoll inne.

Mein Assistent neigte den Kopf. „Sie finden sie im „The Kitty Claw Café."

ICH VERSCHWENDETE keine Zeit und fuhr den Strip hinauf. Ms. West konnte nicht untätig bleiben, deshalb schickte ich sie los, um die Sicherheitsaufzeichnungen zu überprüfen, falls uns jemand gefolgt sein sollte. Doch Timothy und ich wussten, dass ich zu der einzigen Person ging, die helfen konnte.

Ich öffnete die Tür des Katzencafés und Buchladens. Der Duft frischen Kaffees und neuer Bücher lag in der Luft. Tabbys, Siamkatzen und schwarze Katzen liefen frei im

Laden herum. Eine rutschte weg, um meinen schweren Schritten auszuweichen. Die meisten Katzen hatten sich in die Regale auf die Bücher gequetscht. Sie beobachteten mich aus halb geschlossenen Augen. Ich schritt zum hinteren Teil des Cafés, wo große Fenster den Blick auf den darunter liegenden Hotelpool freigaben. Eine Frau hatte es sich mit einem Buch und einem Glas Rotwein in einem übergroßen, Tiffany-blauen Sessel bequem gemacht.

„Ja, Anu", sagte die dunkelhaarige Frau ehrlich überrascht. „Was machst du denn hier?" Sie erhob sich mit lässiger Eleganz von ihrem komfortablen Platz und stellte den Wein beiseite. Eine Katze sprang mit unzufriedenem Miauen von ihrem Schoß. Ich bemühte mich, meine Lippen nicht zu verziehen. Ich hatte mir noch nie etwas aus Katzen gemacht.

„Ich brauche deine Hilfe, Bast."

Bast nannte sich jetzt Galina, doch als ich sie mit ihrem alten Namen ansprach, leuchteten ihre Augen kurz grün auf. Ich hatte ihre volle Aufmerksamkeit.

Zwischen Galinas Augenbrauen erschien eine Falte, als sie meinen blutigen, abgerissenen Zustand wahrnahm. Galina war groß, elegant und gelenkig. Ihr schwarzes, welliges Haar war auf Schulterlänge geschnitten. Sie trug eine Designer-Yogahose und einen weiten, weißen Pulli, der auf wundersame Weise frei von Katzenhaaren war.

Da mir die Zeit unter den Fingern zerrann, konnte ich mich nicht damit aufhalten, sie behutsam an die Dinge heranzuführen. „In unserer Stadt gibt es Sekhors. Ich habe einen von ihnen als Köder benutzt, um den Meistervampir herauszulocken. Doch es ist ihm gelungen, sie zu schnappen und in sein Versteck zu bringen. Sie war meine einzige Spur. Meine Sammler können keine Sekhors aufspüren, aber deine Diener schon."

Galina stand der Mund offen, sie war verblüfft. Einen Finger hatte sie noch immer in dem gebundenen Buch eingeklemmt, das sie gelesen hatte. Als sie sich erholt hatte, nahm sie ein Lesezeichen vom Tisch neben ihr, steckte es in das Buch und legte es weg. „Also wirklich, Anu, wir nennen sie nicht mehr Diener. Sie sind meine Gesandten." Die Katze, die von ihrem Schoß gesprungen war, setzte sich neben meine Füße. Sie streckte ein Bein in die Höhe und begann, sich das Genital zu lecken. *Zauberhaft.*

„Ich brauche deine Hilfe, Galina", drängte ich.

Galina hakte sich bei mir unter. „Erzähl mir alles. Wie hast du die Sekhors entdeckt?"

„Wir haben keine Zeit, Galina." Ich ballte die Fäuste und hätte am liebsten ein Loch in Zeit und Raum geschlagen, um zu Vivien zu gelangen.

Galina schaute mich mit festem Blick an und dachte einen Augenblick nach. „Wissen die anderen darüber Bescheid?"

„Nur Timothy und Bianca. Fallon weiß, dass ich mich um die Situation kümmere."

Ihr Mund wurde zu einer schmalen Linie. „Du hättest früher zu mir kommen sollen. Pss, pss, pss." Bei diesem Geräusch setzten sich alle Katzen auf und schauten sie an. Ein paar sprangen graziös von ihren Regalen herunter, gingen zu Galina und schenkten ihr ihre volle Aufmerksamkeit.

Ich erklärte ihr nicht, dass ich vorhatte, mich schnell und leise um die Situation zu kümmern. Dass es eine Panik auslösen würde, wenn ich die anderen alarmierte, und dass Götter nicht gut mit Angst umgehen konnten. Die Nachwirkungen hinterließen für gewöhnlich eine Spur verbrannter Erde auf der Welt.

Ihre Pupillen wurden zu dünnen Schlitzen. Ihre Augen

leuchteten grün und sahen aus wie Katzenaugen. Nach wenigen Augenblicken liefen alle Katzen auseinander, um Vivien zu finden. Ich konnte nur hoffen, dass sie Vivien und Jamal rechtzeitig fanden. Andernfalls würde diese Welt meinen Zorn zu spüren bekommen.

28

VIVIEN

Jemand zog mir den Sack vom Kopf und mein Haar war jetzt zerzaust und statisch aufgeladen. Ich konnte es mir nicht glatt oder aus dem Gesicht streichen, da meine Hände momentan an den Stuhl gekettet waren, auf dem ich saß. Kaltes Metall schnitt in meine Handgelenke und Knöchel. Der Geruch von zertrümmertem Beton und frisch geschnittenem Metall stieg mir in die Nase und ich verspürte den Drang, zu niesen.

Ich blinzelte gegen das helle Licht an, das mir ins Gesicht schien. Zwar konnte ich hinter dem Flutlicht nichts erkennen, doch ich erkannte den Geruch. Wir befanden uns in den Tunneln unter dem Las Vegas Strip.

Ich kämpfte gegen die Panik an, die in mir aufstieg.

Einen Tag lang war ich in den berüchtigten Tunneln geblieben, bis ich meinen Fehler erkannte. Unter dem Strip wimmelte es von Obdachlosen.

Als mich die Blutlust überkam, hatte mich der Drang, zu jagen ebenso stark gepackt, wie wenn ihn der Meister in mir schürte. Es war nicht nur das Blut der Menschen, das mich lockte. Ich wollte sie in der Dunkelheit verfolgen, sie vielleicht ein bisschen rennen lassen, bevor ich sie schnappte und leer trank. Diese Aussicht jagte mir Schauer über den ganzen Körper. Ein Teil von mir hatte geflüstert: ,*Das ist deine neue Natur. Kämpfe nicht dagegen an. Jage, trinke, töte.*'

Doch ich kämpfte dagegen an. Ich kämpfte mit aller Kraft dagegen an. Ich war bereit, hinaus ins Sonnenlicht zu gehen, bevor ich mich von meinen Impulsen übermannen ließ.

Irgendwie hatte ich mich genug unter Kontrolle bekommen, um zu einem entfernten Ende der Tunnels zu laufen, weit weg von allen Menschen. Ich war ein erbärmliches, hungriges, zitterndes Häufchen Elend gewesen, das abgewartet hatte, bis die Sonne unterging, um zu einem abgelegeneren Unterschlupf zu entkommen. Die Kanalisation, die ich gefunden hatte, war nicht annähernd so bequem wie diese Tunnels, und sie rochen ganz bestimmt nicht angenehm. Doch dort gab es keine Menschen, die ich in Gefahr bringen konnte.

Aber ich hatte Grim in Gefahr gebracht. Als ich ihn das letzte Mal gesehen hatte, kämpfte er gegen Sekhors, so gut er konnte. Trotz seiner übernatürlichen Kräfte überwältigten sie ihn. Tod und Gewalt umgaben ihn in einer schwarzen Wolke, als er sich wehrte. Doch selbst eine ganze Armee von Ameisen kann einen Elefanten überwältigen. Blut war aus seiner Kleidung gequollen, als die Vampire sich wie Blutegel an ihn hefteten.

Unmittelbar bevor ich entführt wurde, trafen sich unsere Blicke. Grims goldene Augen waren erfüllt von Angst und Schrecken. In diesem Augenblick wusste ich ganz sicher, dass seine Sorge über seine Absicht hinausging, mich als Fleischzwischenmahlzeit zu behalten. Sehnsucht und Verlangen erstreckte sich zwischen uns wie ein greifbares Band. Jedenfalls, bis ich wie eine Wurst verschnürt und weggebracht wurde. Grim wollte nicht, dass mir etwas zustieß, obwohl er behauptete, er würde mich töten müssen, sobald ich meinen Zweck erfüllt hatte.

Tiefes Verlangen und das Bedürfnis, wissen zu wollen, dass es ihm gut ging, schnürten mir die Kehle zu. Ich wusste, dass er ein unsterblicher Gott war, aber so, wie diese Sekhors über ihn hergefallen waren...sie hatten die Absicht gehabt, ihn zu zerreißen. Mein nicht schlagendes Herz krampfte sich zusammen bei dem Gedanken, dass sie ihn verletzen oder womöglich töten könnten.

Ich wollte unbedingt bei ihm sein, und zwar jetzt. Ich würde ihn über mein Outfit urteilen und über mich die Nase rümpfen lassen, und ich würde mich über seine andauernden finsteren Blicke lustig machen. Er könnte mich sogar in einem altmodischen Rüschenkleid zur Schau stellen, wenn er das wollte. Alles, solange ich wusste, dass es ihm gut ging.

Die Realität, dass ich Gefühle für den Tod und der Tod Gefühle für mich entwickelt hatte, war so falsch...und doch so richtig.

Er würde kommen und mich holen. Das wusste ich bis ins Mark meiner Knochen.

Eine Gestalt trat vor die Lampe. „So sieht man sich wieder."

Ich bekam Gänsehaut an Armen und Nacken. Angst erfüllte meinen Mund mit einem metallischen Geschmack. „Du."

Meine Augen passten sich an und nahmen die Gesichtszüge von Landon Crane wahr. Als ich ihn das letzte Mal gesehen hatte, sah er gewöhnlich aus, harmlos. Jetzt wusste ich, was er war. Ein Wolf im Schafspelz. „Was hast du mit mir gemacht?", wollte ich wissen und stellte damit die Frage, die mich seit Wochen gequält hatte.

„Ich würde sagen, die Frage ist, was hast du mit mir gemacht?"

Cranes Hände waren auf seinem Rücken verschränkt. Er trug ein gestreiftes Button-down-Hemd, das in seine Jeans gesteckt war, dazu einen Gürtel. Sein zurückgekämmtes, blondes Haar wurde an den Schläfen lichter. Er hatte sich den Bart abrasiert und zeigte ein schmales Kinn, das ihn zehn Jahre jünger aussehen ließ. Ein verhohlenes, verstörendes Lächeln umspielte seine Mundwinkel und seine Augen waren zu fixiert, so, als wollte er mit ihnen Informationen einsaugen. Er sollte eigentlich am Wasserspender irgendeiner Computerfirma stehen und über die Geschichten eines Kollegen lachen, und nicht in den Tunneln unter dem Vegas Strip herumschleichen.

Mein Gesicht verzog sich vor Verwirrung. „*Du* hast mich in einen Vampir verwandelt und mich dann in eine Gasse geworfen. Dann hast du einen Haufen Sekhors geschickt, um mich zu töten." Das passte nicht zusammen.

Er rieb sich das Kinn und trat von der Lampe weg. „Ja, ich verstehe, dass das alles keinen Sinn ergibt. Aber ich hatte nie die Absicht, dich zu töten. Ich hatte meine Leute geschickt, um dich *zurückzubringen*." Seine Lippen wurden dünn vor Verärgerung und seine Worte klangen abgehackt. „Leider setzen es sich diese Grobiane manchmal in ihre Erbsenhirne, vom Plan abzuweichen. Diese blutdürstigen Bestien sind es nicht gewöhnt, ihre Wut zu beherrschen. Aber ich habe nicht zugelassen, dass sie dir wehtun." Seine Augen wurden rund und glasig. „Ich würde nie zulassen, dass sie dir wehtun. Du bist etwas Besonderes. In dem Augenblick, in dem sie zu tickenden Zeitbomben wurden, habe ich ihren Willen kontrolliert und sie gezwungen, zu gehen."

Ich erinnerte mich daran, dass das Gesicht des Schlägertypen jedes Mal leer geworden war, wenn er überkochte, und dann war er weggegangen. So war es auch bei Milchauge gewesen. Der Meister hatte seine Lakaien an die Leine genommen und kräftig zurückgezogen. Nun, am Ende waren seine Schoßhündchen doch gestorben.

Er strich mein statisch aufgeladenes Haar zurück. „Ich habe versucht, dir zu zeigen, dass wir beide füreinander bestimmt sind, aber dir hat wohl die Liebesbotschaft nicht gefallen, die ich dir in der Gasse hinterlassen habe?"

Ich wollte meinen Kopf wegreißen, meine Haut sträubte sich gegen seine Berührung. Doch als ich ihm in die Augen schaute, sah ich mehr als nur einen sanften, harmlosen Mann.

Daran erinnerte ich mich. Etwas klopfte an mein Gehirn und weckte eine alte Erinnerung – den Augenblick, in dem ich erkannte, dass Landon Crane nicht der war, der er zu sein schien.

Als ich fünfzehn Minuten früher ins Restaurant kam, saß Landon bereits dort und wartete. Zwei Gläser Rotwein standen auf dem Tisch, aber er schien seines nicht angerührt zu haben. Ich machte auch keine Anstalten, vom Wein zu trinken, denn ich war a) ein Biermädchen und b) bei der Arbeit.

Ich hatte meine Hausaufgaben gemacht und Nachforschungen über ihn angestellt, um sicherzustellen, dass es keine Überraschungen geben würde. Crane war angehalten und festgenommen worden, als der Beamte entdeckte, dass der Fahrzeugschein des Wagens abgelaufen war und dass Crane mehrere unbezahlte Strafzettel wegen Falschparkens im ganzen Stadtgebiet hatte. Die meisten Leute wussten nicht, dass man aus dem Gefängnis heraus keine Strafzettel bezahlen durfte. Sie ließen ihn gehen, doch er bezahlte sie nicht, verpasste seinen Gerichtstermin und schien verschwunden zu sein. Das war vor vier Monaten.

Aber ich hatte ihn online unter einem Decknamen gefunden, Landon Bird (schlauer Teufel), und ihn dazu gebracht, einem Date zuzustimmen. Er war auf verschiedenen Dating-Seiten. Nach einer kurzen Vorstellung und dem Austausch allgemeiner Informationen im Restaurant – *Hi, ich arbeite als Uber-Fahrerin, liebe Hunde und hoffe, eines Tages mal durch Europa zu reisen* – machte ich meinen Schachzug.

Ich lehnte mich in meinem Stuhl zurück, warf ihm einen durchdringenden Blick zu, gepaart mit einem leichten, verführerischen Lächeln. „Warum kommen wir nicht gleich zur Sache, Landon? Ich bin hier, um mich zu amüsieren. Wir könnten zwar hier sitzen und ein paar oberflächliche Informationen über uns austauschen, aber wir beide wissen, dass wir in Wirklichkeit auf das warten, was am Ende des Abends kommt. Mir gefällt, was ich sehe, und ich schlage vor, wir tun das, was sich zwei Erwachsene, die sich einig sind, viel zu oft verwehren: Dessert vor dem Abendessen.“

Die meisten Kerle waren verblüfft über meinen direkten Vorstoß, doch letztendlich war ich wie eine frische Brise. Ich machte die Situation unkompliziert und versprach ein Schäferstündchen ohne Schuldgefühle, bei dem die meisten Männer gerne mitmachten.

Landon Crane blinzelte mich nur an.

Ich musterte ihn und fragte mich, ob er schwer von Begriff war. „Sex“, sagte ich schließlich. „Ich spreche von Sex, Landon.“ Der Kellner wollte gerade zu uns kommen, aber als er meine Worte hörte, tat er sein Möglichstes, um lässig an uns vorbeizugehen.

„Wenn wir uns die Höflichkeiten ersparen, geht dann

deiner Meinung nach nicht etwas von dem Erlebnis verloren?", fragte er schließlich.

„Willst du mir damit sagen, dass du kein Interesse an Sex hast?"

„Im Gegenteil, ich bin leidenschaftlich gerne auf der Suche nach Nervenkitzel." Etwas Unidentifizierbares lauerte in seinem Blick, als er mich musterte und hinzufügte: „Im Gegensatz zu meinem Aussehen."

Ich beschloss, die Taktik zu wechseln und ihn anzustacheln. Achselzuckend fuhr ich mit dem Finger über den Rand meines Weinglases. „Stimmt, wenn ich raten müsste, würde ich sagen, deine Vorstellung von einer wilden Nacht ist vielleicht, deine Steuererklärung zu machen."

Trotz all meiner Nachforschungen schien seine schlimmste Sünde ein Stapel unbezahlter Strafzettel zu sein, die überhandgenommen hatten.

„Jemand, der wahren Nervenkitzel sucht, sucht keine Aufmerksamkeit", sagte er und strich die Serviette auf seinem Schoß glatt.

Was zum Teufel sollte das heißen?

Manche Männer überschlugen sich sofort, weil sie ihre Männlichkeit oder ihre Sexualität beweisen wollten. Aber dieser Typ nicht, er war die Ruhe selbst.

Die Erkenntnis, dass ich tatsächlich bleiben und Essen bestellen musste, nervte mich. Aber andererseits, wenn er satt und lethargisch war, würde es viel leichter sein, ihm Handschellen anzulegen, wenn wir das Restaurant verließen. Dennoch hatte ich keine große Lust, mit diesem Typen zu essen. Er machte mich nervös.

Ich zwinkerte ihm kokett zu und musterte ihn auffällig von Kopf bis Fuß. „Welche Nervenkitzel suchst du?" Ich wollte, dass er den Köder schluckte, ich wollte das hinter mich bringen und weg von diesen gruseligen Schwingungen, die von Landon Crane ausgingen.

„Trägst du jemals Lippenstift?", fragte er und wechselte unvermittelt das Thema. Seine Stimme war zu ausdruckslos, leer. In ihm steckte ein unergründlicher Hunger, der drohte, mich vollständig zu verschlingen.

Ich unterdrückte ein Frösteln. „Nur, wenn ich muss." Ich hatte mich für einen Pflegestift von Chapstick mit Ananasgeschmack und ein bisschen Glanz entschieden, denn ein Lippenstift war sehr pflegeintensiv und oft endete es damit, dass er in meinem ganzen Gesicht verschmiert war. Ich war eher ein Mädchen für dunklen Lidstrich.

„Schade." Seine Augen wanderten zu meinen Lippen. „Du würdest mit dem Farbton „Fire and Ice" umwerfend schön aussehen."

Mein Blut gefror und alles in mir kam zum Stillstand. Meine Instinkte überschlugen sich und gipfelten in einer Welle der Erkenntnis, die so verrückt war, dass sie unmöglich wahr sein konnte. Meine Fantasie ging mit mir durch. Das hatte ich mein ganzes Leben lang gehört. Zu viele Marotten und lächerliche Vorstellungen. Dennoch konnte ich den Gedanken nicht abschütteln, der sich in meinem Gehirn festsetzte. „Würdest du mich einen Augenblick entschuldigen?", fragte ich mit einem verlegenen Lächeln. „Ich habe vorhin einen ziemlich großen Schluck getrunken und der kommt jetzt wieder zurück." Landon nickte kaum merklich.

Ich konnte meine Beine nicht spüren, obwohl sie mich zur Toilette trugen. In meinem Kopf gingen die Alarmglocken los und übertönten die Geräusche des Restaurants. Sobald ich den Riegel vorgeschoben hatte, zog ich mein Telefon heraus und gab eine Suche ein.

Der Lippenstift „Fire and Ice". Die Strafzettel. Das waren

Bruchstücke, die sich schnell zusammenfügten, als Landons Stimme in meinem Kopf widerhallte: „Ich bin leidenschaftlich gern auf der Suche nach Nervenkitzel."

Eine Reihe weiblicher Leichen tauchten im Laufe des letzten Jahres auf. Berichtigung: Leichen, denen die Gliedmaßen fehlten. In den Nachrichten hieß es, dass die Polizei von einem Serienmörder ausging, aber nichts war bestätigt. Doch ich brachte ja die Skips zum Polizeirevier und hörte, wie die Beamten über ein Verbindungsglied zwischen den Leichen sprachen. „Fire and Ice". Es war ein billiger, gewöhnlicher Lippenstift aus dem Drogeriemarkt, aber er war auf die Lippen jeder Frau aufgetragen worden, und zwar post mortem.

Ich suchte in meinem Telefon nach den Fundorten der Leichen und entdeckte das, von dem ich gehofft hatte, es würde sich als falsch herausstellen. Cranes Fahrzeug hatte in der Nähe von vier der sechs Fundorte Strafzettel bekommen. Ich atmete aus und lehnte mich an die Wand. Das war zu viel, um noch als Zufall zu gelten.

Konnte ich gehen? So tun, als hätte ich Cranes Fahndungsfoto nie gesehen? Die Bezahlung war die Gefahr nicht wert, in der ich mich plötzlich fühlte. Aber mein verdammtes Gewissen sagte mir, dass ich ihn so schnell wie möglich von der Straße holen musste. Ich würde mit den Polizisten auf dem Revier sprechen, ihnen sagen, was ich herausgefunden hatte, und das Ganze zu ihrem Problem machen.

Nachdem ich mir selbst im Spiegel gut zugeredet und mir kaltes Wasser ins Gesicht gespritzt hatte, ging ich wieder hinaus.

Als ich wieder saß, sagte Crane: „Einen Augenblick lang habe ich gedacht, du kommst nicht zurück."

Mein Lachen klang gezwungen. „So leicht wirst du mich nicht los."

Sein Verhalten änderte sich fast unmerklich. Es war, als würde er mir jetzt aufmerksamer zuhören.

Angst stieg in mir auf, bis ich nicht mehr atmen konnte. Ich hatte keine Ahnung, ob ich noch normal klang und mich normal verhielt und nicht so, als würde ich einem Serienmörder gegenübersitzen. „Du hast gesagt, ich würde mit „Fire and Ice" gut aussehen. War das eine Farbe, die deine Mutter getragen hat oder so?" Von dem, was ich wusste, hatten die meisten Serienmörder eine verkorkste Kindheit gehabt. Eine ganz besonders verkorkste Kindheit.

Dunkelheit flackerte einen Augenblick lang in seinen Augen. „Oder so."

Scheiße, ich hätte nicht fragen sollen. Aber jetzt, da ich einen Verdacht hatte, wer er war, prangte das Wort *Serienmörder* in großen Neonbuchstaben in meinem Kopf, dazu ein blinkender Pfeil, der auf seinen Kopf gerichtet war.

Landon spielte mit dem Stiel seines Weinglases. „Du hast recht. Warum sollten wir uns das Dessert verweigern? Hier mit dir zu sitzen hat mich ziemlich...hungrig gemacht." Dann machte er etwas, das richtig beängstigend war: Er lächelte.

Ich bezweifelte, dass seine Nachbarn Sätze sagen würden, wie etwa: „Ich hätte nie gedacht, dass der Typ ein Mörder ist." Sie wären zu hundert Prozent solche Zeugen, die sagten: „Er war schon immer etwas seltsam, aber was soll man machen?" Denn sein Lächeln versetzte mich total in Panik, wie ein Spielzeugclown aus den Siebzigern, der sich immer noch viel zu sehr freute, wenn er Leuten und ihren herrlichen Spleens begegnete.

Trotz seines furchterregenden Grinsens war ich dankbar, dass das hier fast vorbei war. Durch den Hinterausgang hinaus, dann eine kurze Autofahrt zu den Bullen mit ihm auf meinem vergitterten Rücksitz. Ich warf ihm einen Blick zu, der gleichzeitig scheu und feurig war.

„Aber zuerst" – er hob sein Weinglas hoch – „auf die Suche nach dem Nervenkitzel."

Ich nahm mein Glas und wir stießen an. Normalerweise hätte ich nur so getan, als würde ich einen Schluck nehmen, aber Crane leerte seines und schaute mich unverwandt an, um sicherzugehen, dass ich dasselbe tat. Der Pinot war mild, als er meine Kehle hinunterrann. Verdammt, er würde vielleicht meine Nerven beruhigen.

Ich schlug vor, dass wir hinten rausgingen, weil ich einen tollen Ort kannte, um mit der Party anzufangen. Er warf zwanzig Dollar auf den Tisch und folgte mir nach draußen.

Als wir an der Küche vorbeigingen, fühlte ich mich heiß und schwindelig. Mein Magen brannte. Doch erst, als sich die schwere Stahltür hinter uns geschlossen hatte, wurde mir klar, dass er mich unter Drogen gesetzt hatte.

Ich wollte mich umdrehen und an die Tür hämmern, damit sie jemand öffnete. Aber die dicke Tür verschloss sich automatisch, wenn sie zu war – normalerweise ein Bonus, damit meine Skips nicht wieder hineinlaufen konnten. Das Küchenpersonal war daran gewöhnt, jeglichen Aufruhr in der Gasse zu ignorieren, wenn ich da war.

Ich ging zwei Schritte auf wackligen Beinen, wie ein neugeborenes Fohlen, stolperte, ging noch einen und fiel dann in Cranes Arme. Während ich von der Dunkelheit verschlungen wurde, hallten seine Worte um mich herum nach: „Du erregst mich."

29

VIVIEN

„DU HAST MICH UNTER DROGEN GESETZT, DU HURENSOHN! Dann hast du mein Blut getrunken und mich in eine Gasse geworfen." Ich brüllte den Psychopathen an, der über mir türmte. Deshalb wollte ich den Rotwein im „Wolf Town" nicht trinken und deshalb lehnte ich auch den Drink der Ken-Puppe ab. Ich erinnerte mich zwar nicht mehr bewusst daran, aber mein Instinkt wusste es noch und hatte mich gewarnt.

Crane fuhr fort, mein Haar zurückzustreichen, obwohl ich vor ihm zurückzuckte. „Eine unglückliche Kalkulation meinerseits. Aber im Restaurant habe ich gemerkt, dass du etwas Besonderes bist. Normalerweise würde ich jemanden mit deinen Zügen keinen zweiten Blick mehr schenken. Ich bevorzuge einen helleren, kühleren Teint. Aber du warst anders als die anderen, klüger. Ich habe es in deinen Augen gesehen, als du herausgefunden hast, wer ich bin und was ich getan habe. Ich weiß nicht, wie du es gemacht hast, aber ich erkannte den Augenblick, in dem du es bemerkt hast." Er lachte leise. „Und wie du das von meiner Mutter gewusst hast..." Er brach verwundert ab.

Er ließ die Hand von meinem Haar sinken und trat zurück. Ich wollte dringend unter eine heiße Dusche springen und seine Berührung wegschrubben. Wären meine Gliedmaßen jetzt im ganzen Bundesstaat verstreut, wenn ich blond und blauäugig gewesen wäre? So wie die all jener Frauen, die er gefoltert und zerstückelt hatte? Untot zu sein schien von den beiden Schicksalen nicht das Schlechteste zu sein, doch darüber würde auch noch sprechen sein.

Er fuhr fort. „Weißt du, wie oft ich überrascht bin? Selten. Deshalb habe ich dir nicht nur Drogen in deinen Wein getan, sondern auch noch das Blut des Originals, als du auf die Toilette gegangen bist. Aber so oder so wollte ich, dass du an meiner Seite bist, um mir zu helfen, die Welt ins Feuer zu stürzen und neu zu gestalten. Schon so lange habe ich nach jemandem gesucht, der mir ebenbürtig ist und ich wusste, dass ich endlich die Richtige gefunden hatte. Ich würde sagen, ich bin vielleicht ein zu großer Romantiker geworden, wenn ich vorschlage, dass du meine Königin in einem neuen Land wirst."

Den letzten Teil sagte Crane mit der Schüchternheit eines Schuljungen, das kranke Arschloch.

„Hey, Psycho, wenn du gewollt hättest, dass ich deine Königin werde, wieso hast du mich dann in eine Gasse geworfen?"

Voller Unbehagen zupfte er an seinem Kragen und sagte: „Du hattest eine andere Reaktion auf das Blut als ich. Als ich das Blut des Originals getrunken hatte, veränderte ich mich in relativ kurzer Zeit, war aber bei Bewusstsein. Du bist anscheinend wirklich gestorben."

„Und dann hast du dir gedacht, du könntest gleich eine Mahlzeit einschieben?", fragte ich und drehte meinen Kopf zur Seite, um meinen vernarbten Hals zu zeigen, obwohl er durch mein Lederband verdeckt war.

Er zuckte die Schultern und es schien ihm gar nicht so peinlich zu sein. „Wenn du dich erinnerst, hatten wir ja nicht zu Abend gegessen. Als wir gingen, war ich am Verhungern. Spare in der Zeit, dann hast du in der Not." Dann grinste er. „Allerdings glaube ich, dass es uns psychisch verbunden hat, dass ich von dir getrunken habe. Deshalb hast du mein liebliches Flüstern in deinem Kopf hören können."

„Du hast mich dazu gebracht, mir deine Botschaft mit einem Steakmesser in die Hand zu ritzen", sagte ich und war jetzt komplett angepisst. Ich hatte mir einmal Sorgen darüber gemacht, dass der Meistervampir zuerst so war wie ich und sich dann in einen hasserfüllten, monströsen Bastard verwandelt hatte. Aber dieser Irre war von Anfang an pervers und gewalttätig gewesen und ich würde auf keinen Fall so enden wie er.

Er kniete neben mir und legte eine Hand auf die meine. Ich wünschte, ich hätte sie wegziehen könnten, aber ich war wirklich ordentlich angekettet.

„Eine weitere Botschaft, um dir zu versichern, dass ich dich holen würde. Seit ich von deiner Wiedergeburt erfahren hatte, war ich erpicht darauf, zu dir zu gelangen."

„Wenn du so erpicht darauf warst, warum bist du dann nicht selbst gekommen, um mich zu holen?", fragte ich.

Eine Frauenstimme antwortete für ihn. „Weil er versucht hat, zu verbergen, was er getan hat."

Qwynn trat ins Licht der Zelle.

„Ich wusste doch, dass dein nuttiger Arsch darin verwickelt ist!", rief ich aus und meine Ketten rasselten.

Ihre Arme waren vor etwas verschränkt, das aussah wie eine Reihe schwarzer Riemen, die sich im Zickzack-Muster über ihren Oberkörper und ihre Brüste zogen und zu einem Kragen zusammenliefen, der um ihren Hals geschlungen war. Wenn ich es nicht besser wüsste, würde ich denken, dass sie meinen BDSM-Look aus dem „Wolf Town" kopierte.

Die Hälfte ihres langen, schwarzen Haars war zu einem Pferdeschwanz gebunden und ihr Augen-Make-up war dunkel und verführerisch. Qwynns katzenähnliche Züge lagen zwischen Verärgerung und Belustigung. „Ich muss sagen, es steht dir, wie ein Hund angekettet zu sein."

Dann ließ sie ihre Arme sinken und wandte sich Crane zu. Ihre Verärgerung gewann die Oberhand. „Du kleine Schlange. Du hast versucht, vor mir zu verbergen, einen Meister geschaffen zu haben. Du wirst sie sofort töten, und komm ja nicht noch einmal auf die Idee, aus der Reihe zu tanzen, oder ich reiße dir den Kopf ab."

Crane war unbewegt. Er betrachtete sie kühl und gelangweilt, als wäre sie nichts weiter als ein dummes, nutzloses Mädchen. Ich fragte mich, ob sie sich dessen bewusst war, dass sie eine Göttin war. Die Göttin der manipulativen Schnallen, aber jedem das seine.

„Du brauchst mich", sagte Crane ungerührt. „Und du brauchst mich glücklich. Wenn du mich tötest, sterben alle Sekhors und du musst von vorne anfangen. Aber diesmal hast du dann bei den anderen nicht das Überraschungsmoment auf deiner Seite. Kannst du es dir wirklich leisten, mich zu töten?" Er ging zu mir und griff mit kalten, klammen Fingern an meinen Nacken. „Was kostet es dich, mich eine Königin haben zu lassen, damit wir dir beide dienen können?"

Qwynn sah aus, als wäre sie kurz davor, mit den Zähnen zu knirschen, aber ich vermutete, sie würde niemals etwas so offensichtlich Unattraktives tun. Sie senkte die Augenlider zu einem vernichtenden Blick voller Verachtung, der jedem Mann hätte das Blut in den Adern gefrieren lassen.

„Du hast noch einen Meister geschaffen. Hättest du sie einfach nur verwandelt, würden wir diese Unterhaltung jetzt nicht führen.“

„Ich kann sie kontrollieren“, erwiderte er, als würde er versuchen, seine Mutter davon zu überzeugen, ihm einen Welpen zu kaufen. *Ich schwöre, ich räume hinter ihr auf, gehe mit ihr Gassi und füttere sie jeden Tag.*

„Wohl kaum“, schnaubte ich.

Keiner der beiden machte sich die Mühe, mich anzuschauen. „Beweise es und du kannst sie behalten“, sagte Qwynn.

„Du liebe Zeit, glaubst du wirklich, du bist schon alt genug für so eine große Verantwortung?“, stichelte ich.

Crane ließ meinen Nacken los und ging zu Qwynn hinüber. Dabei grinste er, dass mir das Blut in den Adern gefror. „Ich habe genau die richtige Methode, um das zu demonstrieren.“ Er klatschte in die Hände und einer der Sekhors, der ein kleines Bündel über seiner Schulter trug, trat vor. Er legte den kleinen, menschlichen Körper auf den Boden. Ein Sack verdeckte den Kopf, Hände und Füße waren gefesselt. Lächelnd schlenderte Crane zu dem Neuankömmling und zog ihm den Sack vom Kopf, als würde er einen Zaubertrick vorführen.

Mein Magen gefror zu Eis und Panik durchzuckte mich. Das Kind hatte einen Knebel im Mund, seine Wangen waren tränenüberströmt und die Augen vor Angst weit aufgerissen. Es war Jamal.

30

GRIM

GALINAS GESANDTE SPÜRTEN DIE SEKHORS SCHNELL AUF, ABER nicht schnell genug für meinen Geschmack. Ich verlor keine Zeit, um in die Tunnels unter dem Strip zu gehen und schrieb Timothy und Miranda, um ihnen mitzuteilen, dass sie mich dort unten treffen sollten. Galina lieh mir eine ihrer Gesandten, die mich zu den Sekhors führte und am Tunneleingang auf Timothy und Miranda wartete. Ich wusste nicht, wo wir hineingeraten würden, aber ich hatte vor, die Spitze zu übernehmen.

Es war allgemein bekannt, dass Obdachlose in diesen Tunneln hausten und ich war bereits an einigen Pritschen, Kleiderhaufen und Taschenbüchern mit Wasserflecken vorbeigekommen. Doch mein Instinkt sagte mir, dass diese illegalen Siedler verschwunden waren. Genauer gesagt konnte ich spüren, dass der Tod in diesen Tunneln verweilte. Ein perfektes Versteck für den Meister und seine Sekhors.

Bedacht darauf, keinen Lärm zu machen, da die Geräusche hier unten widerhallten, folgte ich der flauschigen, weißen Perserkatze in die Dunkelheit.

Die Katze blieb stehen, um sich die Pfoten zu lecken und mir wurde klar, dass Galinas Gesandte nicht weitergehen würde. Meine Augen glühten und brachen Licht in den Tunnel, der sich schließlich zu einer weiten Fläche öffnete. Ein Haufen leerer Körper lag achtlos in einer Ecke.

„Sie gehört dir nicht, weißt du." Eine Männerstimme hallte durch den Raum.

Ich blickte mich um, sah jedoch niemanden. Dennoch antwortete ich. „Ich weiß nicht, was du meinst."

„Ich habe gesehen, wie du sie anschaust. Wie du sie beschützt." Der Meister. Das musste er sein. Seine Stimme klang kühl und distanziert, doch darunter konnte ich die hungrige Begierde fühlen, die in seinen Worten lag.

Die Stimme schien mich von oben kommend einzuhüllen – die Akustik ließ den Ton abprallen. Ich versuchte, auszumachen, von wo sie kam.

„Ich habe Vivien benutzt, um dich zu finden", sagte ich und versuchte, mit ihm im Gespräch zu bleiben, damit ich seinen Standort bestimmen konnte.

„Nein", zischte er. „Du bist wegen *ihr* gekommen. Ich verstehe das. Ich konnte ihr auch nicht widerstehen. Ich weiß nicht einmal, ob sie das versteht, aber du tust es. Jane ist etwas Besonderes. Ihr Geist ist unveränderlich und ihre Intelligenz ist einzigartig. Ich habe schon viele Frauen genommen und sie alle zerrissen, aber noch nie zuvor habe ich eine wie *sie* gesehen."

Crane sagte das mit der professionellen Distanz eines Chirurgen oder Wissenschaftlers. Er widerte mich an.

Er fuhr fort. „Aber in dem Augenblick, in dem ich Jane sah und in ihre Augen schaute, wusste ich, dass sie bereits durch das Feuer gegangen ist. Und jetzt hat sie keine Angst mehr davor, sich zu verbrennen und keine Angst vor den Veränderungen, die kommen werden, weil sie weiß, wer sie ist. Weißt du, wie viele Menschen sich selbst wirklich kennen?"

Meine Sinne weiteten sich aus, während ich versuchte, herauszufinden, von wo seine Stimme kam, doch sie war vernebelt und schwirrte in dem höhlenartigen Raum herum. Ich versuchte, seine Worte nicht durchdringen zu lassen, aber ich konnte nicht umhin, zuzustimmen. Vivien konnte mehr überleben, als sie selbst wusste.

„Ich habe so vielen Frauen gezeigt, wer sie sind, habe ihnen ihre schlagenden Herzen vor die Augen gehalten, doch sie konnten nicht mit der Wahrheit umgehen. Aber ich habe gesehen, dass Jane vor gar nichts Angst hat. Ist das nicht die Art Frau, die du an deiner Seite willst?"

„Warum tust du das?", fragte ich. „Woher hast du gewusst, das Blut des Originals zu nehmen?"

„Ich hab's ihm gesagt", antwortete eine weibliche Stimme. Qwynn trat aus einem der Tunnel heraus, hinter ihr folgten drei Sekhors.

„Qwynn, bist du verrückt geworden?"

Achselzuckend kam sie auf mich zu. „Bist du nicht müde, Anu? Hast du es nicht satt, dich um all diese Seelen zu sorgen? Möchtest du denn keine Pause?"

Sie versuchte, mich aus der Spur zu bringen. „Wo ist Vivien? Wo ist das Kind?"

Qwynn legte ihre Hände an mein Gesicht. „Ich habe das für dich getan." Das übliche spöttische Funkeln fehlte in ihren Augen. Sie meinte es ernst.

„Das wird nicht hingenommen", sagte ich.

„Bist du es denn nicht leid, über Seelen zu richten? In alle Ewigkeit ist das Richten deine Bürde."

„Meine Verantwortung ist wichtig und notwendig."

„Nicht, wenn es keine Seelen mehr zum Richten gibt." Sie zog die Augenbrauen hoch.

„Das ist es also. Wenn Sekhors auf die Welt zurückkehren und die Seele im Körper gefangen halten, dann denkst du, dass ich…was? Dass ich mehr Zeit für dich habe?"

„Bist du es denn nicht leid, im Verborgenen zu leben? Wir sind Götter, wir sollten über diese Welt herrschen. Doch man sagt uns, wir sollen den Kopf einziehen und das Gesetz befolgen." Für einen Augenblick ließ sie ihre Fassade fallen, als sie mich mit nacktem Verlangen in den Augen musterte. „Für uns. Aus Liebe, Anu. Ich versuche, dich zu befreien. Wir gehören zusammen in einer Welt, in der wir unsere eigenen Regeln aufstellen und auf ewig so leben, wie wir es für richtig halten. Schließe dich uns an und wir können die Sekhors benutzen, um diese sogenannte Ordnung zu stürzen und die Welt zu erobern."

„Wenigstens kannst du es endlich zugeben", sagte ich und legte meine Hände auf die ihren. „Dass du dich um nichts scherst, außer um Macht." Ich schob ihre Hände weg und trat zurück. „Du willst nicht, dass ich meine ganze Zeit damit verbringe, über Seelen zu richten, Qwynn? Ich glaube, das ist das Einzige, um das du dich jemals geschert hast – wie viel Macht ich ausübe und zu versuchen, diese nach deinem Willen zu formen." Ich ließ Macht in meine Stimme fließen. Sie baute sich auf und hallte von den Tunnelwänden wider. „Aber das endet jetzt, Qadesh."

Qwynns Blick wurde eisig. Sie schürzte die Lippen und trat zurück. Ich hatte all ihre Illusionen darüber zerstört, dass ich wieder ihr Verbündeter und Liebhaber werden würde. „Ich hätte wissen müssen, dass du so bist. Du konntest noch nie über den eigenen Kirchturm hinausblicken. Entschuldige", korrigierte sie sich mit einem abfälligen Lächeln. „über den Sarkophag."

Ich antwortete nicht mit Worten. Ich setzte meine Kraft frei. Dunkle Ranken des Todes umgaben mich. Ich schleuderte sie auf Qwynn, sodass sie durch den Tunnel flog, bis sie mit einem Knall gegen die Wand krachte. Die Tunnel erbebten bei dem Aufprall. In einem Betonregen fiel sie auf die Knie. Als sie aufblickte, schimmerten ihre zusammengekniffenen Augen bösartig und ein selbstgefälliges Lächeln umspielte noch immer ihre Lippen. „Denkst du wirklich, wir haben uns nicht gründlich vorbereitet, Anu? Crane", sagte sie lauter. „sei ein Schatz und schicke unsere Freunde herein."

Sekhors tauchten von allen Seiten aus den Tunneln auf, gewalttätige Soldaten mit leeren Augen, von deren Reißzähnen der Speichel lief. Ich hatte mich aus der großen Überzahl von Sekhors in Viviens ehemaliger Behausung befreit, doch hier unter der Stadt waren es zehnmal so viele, wenn nicht noch mehr. Meine Muskeln spannten sich an.

„Es tut mir so leid, mein Liebster", sagte Qwynn, stand auf und trat in die Traube von Vampiren zurück. „Sie sind alle ziemlich hungrig und ihnen wurde gesagt, dass das Blut eines Gottes eine köstliche Ambrosia ist, die sie sich nicht entgehen lassen dürfen." Sie verschwand in der Dunkelheit des Tunnels, als die Sekhors sich mit einem Schrei und wilder Blutlust auf mich stürzten.

Ich war gewaltig im Hintertreffen, weil sie von allen Seiten kamen. Diesmal wartete ich jedoch nicht, sondern verwandelte mich in mein gottgleiches Abbild. Knochen knackten und Muskeln verlängerten und vergrößerten sich, als ich zu einem riesigen schwarzen Schakal wurde. Mit einem Brüllen, der durch mein Sein hallte und den Raum erschütterte, schlug ich mit meiner Faust in eine Gruppe von Sekhors, die auf mich zurannten. Sie wurden zurückgeschleudert und rissen die Sekhors hinter ihnen mit sich um. Abermals schlug ich zu, fuhr die Krallen aus und trennte mehreren die Köpfe ab.

Die Bisswunden von vorhin waren verheilt, doch mein Fleisch riss abermals auf, als sie alle versuchten, ihre Zähne in mich zu schlagen und mich zu leeren.

In wenigen Augenblicken war ich unter Vampiren begraben. Ich dachte an Vivien, die irgendwo in diesen Tunneln war, so nahe. Sie brauchte mich. Ich konnte es spüren, als würde sie Botschaften durch den Äther schicken.

Macht stieg in mir auf, bis ich explodierte. Vampire flogen von mir herunter und zurück in ihre eigene Horde.

„Ich dachte, du könntest vielleicht Hilfe gebrauchen, aber es sieht so aus, als hättest du das im Griff", sagte Fallon, der durch denselben Tunnel hereinkam wie ich.

Ich packte die am nächsten stehende Sekhor, trennte ihr den Kopf ab und warf ihn auf einen anderen, der auf mich zukam. „Willst du hier nur herumstehen?", fragte ich meinen Bruder unwirsch.

Achselzuckend stürzte sich Fallon ins Getümmel und in wenigen Augenblicken leuchteten seine Augen vor Gewalttätigkeit. Er schlug sich durch die Traube, bis wir Seite an Seite kämpften.

Qwynn und Crane entkamen und nahmen vielleicht Vivien mit. Wenn Crane entwischen konnte, würde er noch mehr Sekhors schaffen.

In diesem Augenblick tauchten Timothy, Miranda und Galina auf. Sie verloren keine Zeit und stürzten sich in die Schlacht.

„Wo ist Jamal?", brüllte Miranda mir zu. Ein Vampir flog von links auf sie zu, doch sie fuhr herum und schoss dem Sekhor zwischen die Augen.

„Ich werde ihn finden", sagte ich und nutzte die Gelegenheit, in die Richtung zu laufen, in die Qwynn verschwunden war. Ich musste sie und Crane finden und stoppen. Die anderen würden die Sekhors aufhalten. Ich

vertraute Timothy und Galina, dass sie Ms. West beschütz-
ten, obwohl ich keinen Zweifel hatte, dass sie das auch
selbst konnte.

Mit Supergeschwindigkeit raste ich durch die Tunnel.
Ich hielt sofort an, als ich zu meiner Linken eine vergitterte
Zelle in einer Nische sah. Es war ein Neubau.

Drinnen war eine menschliche Gestalt. Sie saß vorn-
übergebeugt. Ich erkannte das warme Glühen eines
Sekhors, doch anders als bei Vivien war dieses hier
gedämpft und trüb. Wer immer es auch war, sagte: „Oh Gott,
oh Gott, oh Gott."

„Vivien?", fragte ich und meine Stimme hallte durch den
Raum. Die Gestalt drehte sich um und ich sah Viviens
Augen. Sie waren größer als sonst und blutrot.

Sobald sie mich sah, sprang sie auf und stolperte
schluchzend zu den Gitterstäben. Sie klammerte sich an sie,
als wäre sie hilflos. Ich packte die verschlossene Tür, riss sie
aus den Angeln und warf sie hinter mich. Mein Inneres
schrie vor Freude, als sich Vivien in meine Arme fallen ließ.
Es ging ihr gut.

Sie packte meine Arme und die Worte sprudelten
heraus. „Sag mir, dass das ein Traum ist. Sag mir, dass du
nicht wirklich hier bist. Das ist ein Albtraum und du bist
nicht hier." Vivien schien außer sich zu sein, ergriffen von
Furcht und Panik.

„Was hat er mit dir gemacht?", fragte ich und jeder Teil
in mir wurde aufmerksam.

Ein Schluchzen drang aus ihrer Kehle und sie schloss
fest die Augen. „Du bist hier, nicht wahr?" Ich strich ihr
das wilde, zerzauste Haar aus dem Gesicht, doch ihre
gequälten Gefühle konnte ich nicht glattstreichen. Sie
strömten aus ihr wie aus einer klaffenden Wunde. Dann
riss sie die Augen auf. „Du kannst das in Ordnung brin-

gen. Du bist der Einzige, der das in Ordnung bringen kann.“

Dann zog sie an mir und drängte mich, dorthin zu gehen, wo sie auf dem Boden gekauert hatte. Ich sah den Grund für ihren Schmerz und verzog das Gesicht.

Jamal lag auf dem Boden. Sein Hals war zerfetzt und blutig. Sie hatte von ihm getrunken. Seine warme, braune Haut war aschfahl geworden. Sogar in der Dunkelheit konnte ich sehen, dass sich seine Seele gerade so noch an seinen Körper klammerte. Sie hatte ihn fast vollständig ausgesaugt.

„Ich habe versucht, aufzuhören.“ Vivien zog an ihrem Haar und schloss abermals die Augen. „Ich habe alles in meiner Macht Stehende getan, um aufzuhören, aber der Meister war in meinem Kopf. Crane ist so viel stärker, seit er eine Armee von Sekhors geschaffen hat. Seine Macht wächst. Er hat mich gezwungen, zu trinken und dann meine Stärke genommen.“

Die Tatsache, dass sie überhaupt etwas von Jamal übriggelassen hatte, zeigte große Selbstbeherrschung ihrerseits, doch das Kind würde dennoch nicht mehr lange auf dieser Welt sein. Sie drehte sich zu mir und packte mich am Hemd. „Du musst ihn retten.“

„Das kann ich nicht“, sagte ich ruhig.

Sie zerknitterte den Stoff meines Hemdes in ihren Händen. „Ich habe seine Seele nicht in seinem Körper eingesperrt. Ich habe ihn nicht gezwungen, mein Blut zu trinken. Er wird kein Vampir werden. Du kannst ihn retten.“ Sie unterdrückte ein Schluchzen. „Du musst. Jamal verdient das nicht. Er hätte gar nicht hier sein sollen.“

Ich war mit den Bitten von Millionen von Seelen konfrontiert worden. Der Tod war ein Teil des Lebenskreislaufs. Dennoch zerrte Viviens Flehen an mir. „Ich kann nicht...Ich wollte niemals...Ich habe versucht, aufzuhören. Aber du kannst ihn retten." '

Ich packte ihre Arme mit brutaler Kraft. Ihr gequältes Geplapper hörte abrupt auf und sie konzentrierte sich auf mich. Ich sprach langsam und bedächtig. „Der Tod ist notwendig und er ist natürlich."

Ein neues Feuer erhellte ihre Augen, als sie auf Jamals liegenden Körper deutete. „Das ist nicht notwendig. Das ist unser Kampf, nicht seiner. Und wenn du die Macht hättest, ihn zu retten, dann würdest du es doch tun. Du warst derjenige, der gesagt hat, dass du menschliches Leben schätzt. Dass Qwynn dich verraten hat, als sie diese Sterblichen benutzt hat. Lass ihn nicht zu einem Kollateralschaden in dieser Schlacht werden. Lass sie nicht gewinnen. Lass diesen Bastard Crane nicht damit davonkommen." Am Ende brach ihr die Stimme. „Nimm meine Seele. Alles."

„Du weißt, dass du keine Seele hast, mit der du handeln kannst." Sobald ich das gesagt hatte, wurde mir klar, dass das nicht ganz stimmte. Keine Kraft in diesem Universum war ohne einen Preis. Zwar konnte ich Viviens Seele nicht nehmen, um Jamals Seele zu retten, aber es gab einen anderen Preis, den sie zahlen konnte, um das Gleichgewicht aufrecht zu erhalten. Es gab etwas, das ich ihr nehmen konnte und das mir gestatten würde, den Jungen zu retten und dabei die Waagschalen des Schicksals im Gleichgewicht zu halten.

Doch wenn ich eines über Vivien gelernt hatte, dann, dass sie diesem Preis niemals zustimmen würde.

„Es wird einen Preis geben." Die Worte kamen aus meinem Mund, bevor ich überhaupt wusste, was ich sagte.

Ihr Kopf wippte mit Nachdruck. „Alles. Tu es einfach. Tu es jetzt." Ihre Augen wanderten immer wieder zu Jamal. Sie wusste, dass ihm nur noch wenige Augenblicke blieben.

„Vivien, du musst den Preis kennen...“

„Jetzt, Anubis.“ Sie sprach mich mit meinem richtigen Namen an und Macht durchströmte mich. Als sie meinen richtigen Namen nannte, wurde mir schwindelig und neue Energie durchfloss mich. In einem Namen steckte Macht.

„Du musst mein Blut trinken.“

Viviens blutrote Augen weiteten sich. „Das kann ich nicht“, flüsterte sie. Sie dachte, sie würde mich verletzen. Sie dachte, das würde ein Monster aus ihr machen. Sie kannte die Wahrheit nicht und es blieb keine Zeit für Erklärungen.

„Dann stirbt der Junge“, sagte ich mit gefühlloser Stimme.

Da sie wusste, dass wir keine Zeit mehr hatten, schluckte sie und trat näher zur mir heran. Sie legte ihren Mund nahe an die Stelle, wo sich mein Hals und meine Schulter verbanden. Dort verharrten ihre Lippen einen Augenblick. Ihr Atem wärmte mein entblößtes Fleisch und jagte ein Prickeln durch meinen ganzen Körper.

„Wir haben keine Zeit mehr, um es dir noch zu überlegen. Wenn du den Meister vernichten und den Jungen retten willst, dann wirst du mein Blut trinken, und zwar jetzt“, befahl ich. Meine Stimme war erfüllt von Macht. Ich taumelte am Rand der Klippe und war kurz davor, einen Kopfsprung zu machen. Doch ich konnte jetzt nicht aufhören.

Emotionen rasten in einem verwirrenden Wechselspiel durch mich, während ich sie antrieb. Ich wollte das. Alles daran war falsch, aber ich konnte und würde jetzt nicht aufhören.

Dann bohrten sich Viviens Reißzähne in meinen Hals.

31

VIVIEN

Sobald sein Blut meine Zunge berührte, stöhnte ich vor Vergnügen. Zwar war ich durch Jamals Blut bereits gewärmt worden, doch nun stieg meine Temperatur weiter an.

Grim schmeckte nicht wie ein Mensch. Nein, das war anders als alles, was ich jemals erlebt hatte. Auf meiner Zunge breiteten sich Aromen aus, die ich ebenso wenig benennen konnte, wie die Farben, die meine Augen noch nie gesehen hatten. Ich klammerte mich an Grims festen Rücken und seine starken Arme und saugte wie ein Blutegel. Ich konnte hören, wie ich dabei weiter stöhnte und wimmerte.

„Genug."

Ich registrierte sein barsches Flüstern kaum.

Meine Knie zitterten, mein ganzes Wesen bebte. Oh Gott, ich brauchte mehr. Ich brauchte alles. Irgendwo in meinem Hinterkopf spürte ich ein Schnappen, als wäre eine Verbindung unterbrochen worden. Ich rieb mich an Grim. Meine Nippel hatten Gänsehaut bekommen und die Berührung seines starken Körpers entfachte das Feuer in mir nur noch mehr. Ich wollte verbrennen.

„Vivien, das reicht", sagte er etwas lauter.

Menschliches Blut bedeutete Leben, aber Grims Blut schloss den ganzen Kosmos ein. Als ich trank, hatte ich das Gefühl, durch das Universum zu fliegen, während mir gleichzeitig klar wurde, dass ich ebenfalls das Universum war. Alles bestand aus demselben Stoff. Ich bestand aus denselben brennenden Partikeln wie diese zusammengesetzten Sterne. Zeit und Raum dehnten sich aus und erstreckten sich endlos vor mir, und ich verstand alles. Dann fiel alles weg und nur noch Grim war übrig. Er war der Mittelpunkt meines Seins und ich durfte mich nie mehr von ihm lösen, sonst würde ich sterben. Ich brauchte alles von ihm auf jede Art und Weise. Ich würde sein Blut trinken, bis ich zu Asche wurde.

„Ich sagte, das reicht!" Seine Stimme dröhnte durch den Tunnel und durchbrach meinen sinnlichen psychedelischen Trip.

Eine kalte Hand ergriff meinen Willen mit eiserner Faust. Abrupt richtete ich mich auf und trat von Grim weg.

Obwohl ich sofort anfangen wollte zu weinen, weil ich mich von seinem Hals gelöst hatte, wusste ich, dass gerade etwas Schlimmeres geschehen war.

„Was hast du mit mir gemacht?", hauchte ich.

Seine Schultern hoben und senkten sich mit übertriebenen Bewegungen. Tiefes Bedauern war in Grims Gesicht zu sehen. Blut tropfte von der Stichwunde, aus der ich getrunken hatte. Der Drang, an seinem Hals zu lecken und mich wieder an ihn zu heften. ließ mich fast in die Knie gehen. Aber ich zwang mich, ihm in die Augen zu schauen, die vollkommen schwarz geworden waren. „Was hast du mit mir gemacht?", wiederholte ich.

Doch ich wusste es bereits. Mein Magen wurde zu Eis. Ich spürte, wie sich das Band zwischen uns festigte. Er hatte mir meinen Willen genommen. Er hatte mir befohlen, aufzuhören und ich hatte gehorcht.

Grim antwortete nicht, sondern ging zu Jamal hinüber. Ich sah einen seiner Sammler neben Jamal hin- und hergehen. „Nyliak“, murmelte Grim, und der Schakal wich zurück und neigte den Kopf.

Plötzlich konnte ich Jamals Seele sehen. Sie war wunderschön. Rein weiß und mit einem goldenen Licht reiner Energie. Sie schwebte über seinem Körper und war nur durch einen Faden an ihn gebunden. Grim griff nach ihr. Jamal, oder das helle, zarte Licht seiner Seele wand sich in seinem Griff. Grim schloss die Augen und konzentrierte sich. Langsam aber sicher stärkte er das Band zwischen Jamals Seele und seinem ausgesaugten Körper.

„Er kommt wieder in Ordnung“, sagte Grim, als er fertig war, schaute mich jedoch nicht an. „Er braucht aber trotzdem medizinische Versorgung.“

„Jamal!“ Mirandas Stimme hallte durch den Tunnel.

„Hier drüben!“, rief ich mit kratziger Stimme. Ich taumelte von Grim weg, ich musste weit weg von ihm. Er folgte mir nicht.

Mirandas Stimme führte mich weiter durch die Tunnels. Doch ich war den Nachwirkungen von Grims Blut erlegen.

Ich war an Grim gebunden. Ich brauchte ihn, sehnte mich nach ihm und es tat körperlich weh, von ihm wegzulaufen. Ich durfte nicht an seinen Gesichtsausdruck denken, als hätte er etwas so unglaublich Bedauernswertes getan, dass ich nun bemitleidet werden musste. Tränen brannten in meinen Augen.

Gedanken und Emotionen wirbelten in mir herum wie ein Tornado und ich fühlte mich eher wie eine Kuh, die in die Todeswinde von etwas getrieben wurde, das viel gewaltiger war, als ich verstehen konnte. Und ganz sicher hatte ich nicht mit Landon Crane gerechnet, der plötzlich vor mich trat.

Der Meister-Psycho packte mein Gesicht mit einer Hand und grub die Nägel in meine Wangen, dass meine Lippen Falten bildeten. Er drängte mich ein paar Schritte zurück. Cranes einst perfekt gekämmtes Haar war jetzt zerzaust und sein Button-Down-Hemd war zerknittert. Seine gedrungene Gestalt strahlte Gewalt und Frustration aus.

„Du gehst jetzt und tötest sie und dann kommst du zu mir zurück wie eine gefügige, kleine Schlampe." Er schüttelte mein Gesicht abermals und ließ mich dann los. Ich rieb mir das Gesicht und verzog die Lippen.

„Töte sie!" Crane deutete in den Tunnel, wo mein feines Vampirgehör Mirandas schnelle, leichte Schritte hören konnte.

Ich bewegte mich noch immer nicht.

Cranes Nasenflügel blähten sich auf, als er sich auf mich konzentrierte. Mit mehr Nachdruck sagte er: „Ich befehle dir, sie zu töten!"

Da erkannte ich den Grund für seine Wut und schaute ihn mit schmalen Augen an. „Sieht aus, als wäre unser übersinnliches Band durchtrennt worden, Landy-Boy."

„Nein!" Er stampfte mit dem Fuß auf wie ein zorniges, bockiges Kind, das gleich einen Anfall bekommen würde.

Ich rammte ihm mein Knie in die Eier. Crane krümmte sich mit einem Schmerzensschrei. Der wurde unterbrochen, als ich ihm einen Schlag ins Gesicht versetzte, der seine Nase brach. Blut spritzte in einer spektakulären Explosion nach allen Seiten.

„Ich weiß, das ist nicht „Fire and Ice", aber der Farbton steht dir", sagte ich in Anspielung auf das Blut, das aus seinem Mund auf sein Hemd tropfte.

„Aber ich glaube, du könntest eine zweite Schicht brauchen." Mein zweiter Schlag landete auf seinem Mund. Er heulte wie ein wütendes Kind.

„Weißt du, wie es ist, kontrolliert zu werden? Weißt du, wie es ist, verstümmelt und ermordet zu werden? Nein. Du denkst, du kannst Gott spielen."

Er versuchte, meinen nächsten Tritt abzufangen, aber ich war jetzt stärker. Er taumelte unter der Wucht meiner Wut zurück. Ich nutzte die Gelegenheit, noch einen Schritt zu tun und mich dann in einem Roundhouse-Kick zu drehen, der an der Seite seines Kopfes landete. Ich hörte, wie sein Genick brach, doch Crane war noch immer nicht erledigt. Er war mächtig, weil seine Armee von Sekhors seine Kraft nährte, doch ich hatte das Blut eines richtigen Gottes getrunken. Und außerdem war ich so fuchsteufelswild wie eine Katze, die in einem Tauchbecken gefangen war.

„Mein Leben ist nichts, das du kontrollieren oder mit dem du spielen kannst. Diese Mädchen waren nicht deine Spielzeuge und diese Welt ist nicht dein Spielplatz!" Ich setzte meinen wutentbrannten Angriff fort und untermalte jeden Punkt mit einem krachenden Schlag oder einem geschmeidigen, bösen Tritt.

„Aber da wir schon mal hier sind, könnte ich ebenso gut ein Experiment an *dir* durchführen."

Ein paar alte Kanthölzer, die nicht mehr gebraucht wurden, lagen auf einem Stapel und ich beförderte eines davon mit meinem Zeh in meine Hände. Bevor Crane noch einen Schritt gehen konnte, rammte ich ihm den behelfsmäßigen Holzpfahl in sein Herz.

Cranes ohnehin schon wächserne Haut wurde bleich. Sein Mund bildete ein „O" und Blut tropfte an den Mundwinkeln heraus.

Seine Haut platzte auf und es sah so aus, als würden sich

rote, glühende Flüsse wie auf einer Landkarte durch seinen Körper ziehen, bis hinauf zu seinem Nacken und seinem Gesicht. Mit einem letzten Ächzen explodierte er und wurde zu Asche.

„Du hattest Schlimmeres verdient", flüsterte ich. Als ich mich umdrehte, sah ich Grim in einiger Entfernung stehen. Er beobachtete mich. Ein Schatten huschte über seine Augen, doch ich konnte seine zusammengepresste Kinnpartie sehen.

Der Meistervampir war tot. Ich hatte meinen Zweck erfüllt. Grim hatte es nur allzu deutlich gemacht, dass er mich vernichten würde, sobald ich nicht mehr von Nutzen war. Ich wartete darauf, dass er zu mir kam und meine Existenz auslöschte. Vor allem jetzt, da ich sein Blut getrunken hatte.

Er bewegte sich nicht. Während die Minuten verstrichen, wurde mir klar, dass er mich nicht töten würde. Wollte er es später tun? Oder hatte es etwas damit zu tun, dass ich sein Blut getrunken hatte? Ich wusste es nicht, wollte mir jedoch meine geliehene Zeit zu Nutze machen. Jamal brauchte Hilfe, und zwar jetzt.

Ich drehte ihm den Rücken zu und rannte Mirandas Stimme entgegen. Als ich sie eingeholt hatte, fielen wir uns in die Arme, erleichtert über unser Wiedersehen.

„Jamal?", fragte sie und ihre Stimme klang gepresst vor Sorge.

Ihr Hals und Gesicht sowie ihre Arme waren blutverschmiert. Ich wollte gerade antworten, als mich eine Erkenntnis traf. „Ist das Vampirblut an dir?", fragte ich.

„Etwas davon ist von ihnen, etwas von mir", sagte sie und strich sich das Haar zurück. Dabei schmierte sie mehr Blut hinein. Sie trug noch immer eine Schlinge an einem Arm und der Geruch von Schießpulver umgab sie in einer dichten Wolke, die mich zum Niesen brachte. Sie war uns zu Hilfe gekommen und hatte starke Geschütze aufgefahren. Miranda West war wirklich eine knallharte Braut.

Dann fiel mir etwas auf. Jedes Mal, wenn ich in der Nähe von Menschen war, wurde ich von ihrem Blut angezogen, ganz gleich, wie viel ich bereits getrunken hatte. Es rief mich wie eine Sirene. Da ich so dicht bei Miranda stand, die blutverschmiert war, sollte ich eigentlich an ihr lecken wollen, wie man an einem heißen Tag ein Wassereis leckt, aber ich fühlte...nichts. Keine Anziehung, keinen Hunger, nichts.

Grim hatte etwas mit mir gemacht. Etwas, das ich nicht erklären konnte, doch ich wusste bis tief in mein Inneres, dass ich das nicht wollte.

„Später wirst du mir alles über Grim und seine Superhelden-Freunde erzählen müssen, aber sag mir jetzt", ihre Stimme wurde eindringlicher. „Weißt du, ob es Jamal gut geht?"

„Er braucht Hilfe, aber er kommt wieder in Ordnung", sagte ich und zog sie dorthin, wo ihr Sohn war.

Wir würden Hilfe holen. Jamal würde am Leben bleiben. Aber ich würde vielleicht getötet werden, wenn Miranda herausfand, dass ich diejenige war, die ihn gebissen hatte.

32

VIVIEN

Jamal erholte sich im Krankenhaus und Grim hatte mich gnädigerweise nicht getötet. Tatsächlich hatte er nicht mehr mit mir gesprochen, seit wir die Tunnels verlassen hatten. Er ging direkt duschen und sich umziehen, während Timothy, der so zerzaust aussah wie noch nie, weil er zusammen mit Miranda, Fallon und irgendeiner Frau – wahrscheinlich noch eine Göttin – namens Galina, die ganzen Sekhors ausgeschaltet hatte, Grim hinterher starrte.

„Du musst auch duschen und dich umziehen", sagte er zu mir.

„Warum?"

Er kniff die Lippen zusammen, als wollte er mir nicht sagen, was geschehen würde.

„Komm schon, Timmy", stachelte ich ihn an. „Sag mir, was los ist."

Normalerweise verriet Timothy durchaus das ein oder andere, entweder weil ich dadurch einen Vorteil hatte oder weil er sich mitteilen musste, aber diesmal war er verschlossener als ein Gefängnis nach einem Ausbruch.

„Es wird Wechselkleidung für dich bereit liegen, wenn

du mit dem Duschen fertig bist. Du wirst jemanden treffen, nämlich…" Er brach mit einer zerknirschten Miene ab, die ich erst verstand, als er bereits weg war. Als die Aufzugtüren im Begriff waren, sich zu schließen, fügte Timothy noch hinzu: „Vergiss nicht, dich hinter den Ohren zu waschen."

Angst. Angst hatte Timothys Erklärung abgebrochen. Timothy fürchtete sich vor demjenigen, den ich treffen sollte, wer auch immer das war. Als ich mich fragte, vor wem ein Gott Angst haben könnte, war meine beste Antwort: Vor einem riesigen, bösen „Stay Puft Marshmallow-Mann".

Nachdem ich geduscht hatte, fand ich ein weißes, fließendes Kleid auf dem Bett. Ich weigerte mich, das schöne, feminine Kleidungsstück und die zarten goldenen Sandalen, die dazugehörten, anzulegen. Stattdessen ging ich zum Schrank, weil ich wusste, dass ich dort etwas mit mehr Pep finden würde. Mein Selbstvertrauen war etwas erschüttert, deshalb würde ich in etwas schlüpfen, das mehr meinem Stil entsprach, um mich für das zu wappnen, was auch immer gleich passieren würde.

Wollte Grim eine Show daraus machen, mich zu töten? Würde er mich in dem weißen Kleid einem Vulkan opfern? Würde er es mir vom Leib reißen und mich auf irgendeinen Altar legen? Okay, die letzte Option sorgte dafür, dass meine Wangen heiß wurden und die Hitze auch zwischen meine Schenkel wanderte. Dennoch wollte ich nicht in seiner Nähe sein, nachdem ich sein Blut gekostet hatte.

Als ich den Schrank öffnete, sah ich, dass er ausgeräumt worden war. Nur ein großer Zettel und meine Kampfstiefel lagen auf dem Boden.

Liebe Vivien,
denk nicht einmal daran. Zieh das Kleid an.
Verbindlichsten Dank,

Jeeves

Touché, Timmy. Ich zog das Kleid an und konnte nicht anders, als dessen sanfte Textur an meiner Haut zu genießen. Jetzt fühlte ich mich wie eine Göttin, was einerseits stärkend war, mir aber andererseits einen schlimmen Fall von Blender-Syndrom verpasste. Ich ging zurück ins Wohnzimmer, aber es war leer. Da ich meine Hände irgendwie beschäftigen musste, flocht ich mein Haar zu einem französischen Zopf.

Als Grim aus seinem Zimmer kam, trug er nur eine schwarze Hose. Er war barfuß und sein fester, definierter Körper wurde zu meinem Vergnügen zur Schau gestellt. *Heilige Blutbeutel.* Ich unterdrückte den Sabber, der mir aus dem Mundwinkel rinnen wollte.

Verdammtes Hirn, hat Jenkins etwa diesen Hebel betätigt? Den Jungs, die mein Gehirn betrieben, würde ordentlich das Gehalt gekürzt werden. Aber Grims Körper war wirklich ein Meisterstück, angefangen von seinen breiten, muskulösen Schultern, bis zu seinem sich verjüngenden Waschbrettbauch. Er hatte ebenfalls geduscht und sein nasses Haar fiel ihm in die Stirn, obwohl er versuchte, es zurückzustreichen. Seine karamellfarbene Haut war noch feucht und glitzerte. Und, Gott helfe einem Vampir, aber der Verlauf seiner Hüften war wirklich sündig. Er war perfekt, um ihn mit dem Finger oder vielleicht mit einer Zunge nachzufahren.

Doch inmitten all dieses Verlangens, das mein Körper verspürte und mich drängte, Grim in einem Zug anzugreifen und zu bespringen, lag noch ein anderes Bedürfnis. Es machte mich schwach und benommen. Zuvor hatte ich noch nie entdeckt, was durch seine Adern floss, doch jetzt lockte mich das flüssige Gold unter seiner Haut. Ich wollte meine Reißzähne abermals in ihn schlagen und mich verlieren.

Meine Hände zitterten, bis ich sie zu Fäusten ballte. Ich lechzte. Schlimm. Menschliches Blut war eine Sache gewesen, doch ich durfte nie wieder von Grim trinken.

Die Gesichtszüge des Gottes vor mir waren aus Stein und gaben nichts preis. Ich fühlte mich schüchtern unter seinem Blick und mein Magen rebellierte. Deshalb hob ich mein Kinn und starrte zurück. Grim reagierte nicht, musterte mich nicht einmal von Kopf bis Fuß, was ich als etwas beleidigend empfand. Immerhin sah ich wie ein verdammter Engel aus. Ich hätte einen lockeren Spruch gerissen oder ihn herausgefordert, wenn da nicht etwas in der Luft gelegen hätte, seit wir aus den Tunneln zurückgekehrt waren. Es war so schwer wie tropfend nasse Wäsche an einer Leine.

Seine Augen fielen auf meinen Hals, dann auf meine Füße. Ich hatte das Lederband wieder um meinen Hals gebunden und die Sandalen gegen die Kampfstiefel mit Absatz getauscht.

Ich tat mein Bestes, um meine Lust, mein Verlangen und meinen Hunger zu zügeln, da Misstrauen die Luft zwischen uns teilte wie das Rote Meer. Sein Blut zu trinken hatte die Dinge zwischen uns auf einer grundlegenden, unbestreitbaren Ebene verändert. Ich würde nicht zulassen, dass mein körperliches Verlangen nach ihm meine Handlungen diktierte.

„Was bin ich jetzt?", fragte ich.

Als Grim endlich meinen Blick erwiderte, sagte er: „Du hast den Preis für die Seele des Jungen bezahlt."

„Du hast gesagt, du könntest meine Seele nicht raffen."

„Ich habe sie nicht gerafft, ich habe sie gebunden."

„Was bedeutet das?"

Er antwortete nicht, sondern starrte mich nur weiter mit seinem schwarzen Blick an, als wäre ich eine tote Frau. Aber ich war untot.

Obwohl Jenkins und der Rest der Crew die Zahnräder des gesunden Menschenverstands in meinem Gehirn bedienten, trat ich vor, bis ich direkt vor ihm stand. Ich konnte das schaffen. Ich konnte ihm nahe sein und mein schreiendes Bedürfnis kontrollieren.

Meine Stimme war leise und gefährlich. „Sag's mir. Ich frage nicht noch einmal."

„Wir haben einen Blutbund geschlossen und jetzt gehörst du mir."

„Ich gehöre dir?" Dann erinnerte ich mich. Grim sprach von den alten Zeiten, als die Sekhors Sklaven der Götter waren. „Du hast mich zu deiner Sklavin gemacht?"

Ich hatte vielleicht sein Blut getrunken, doch es war Grim, der Kraft von mir abgezogen hatte. Er nahm und nahm von mir, bis er mich beinahe vollständig besaß.

Dann fiel mir ein, wie er mir befahl, von ihm abzulassen und ich zurückgesprungen war. Ich hatte mich nicht aus eigenem Antrieb bewegt, Grims Befehl hatte mich kontrolliert. Es war dasselbe, wie das, was Landon Crane mit meinem Kopf gemacht hatte, als er den Durst in mir entfacht und mich auf Jamal gehetzt hatte.

„Doch es ist noch nicht endgültig über dein Schicksal entschieden worden." Ohne mich anzuschauen, bedeutete er mir, in den Aufzug zu gehen. „Es gibt eine Autorität, der nicht einmal ich mich widersetzen kann."

Ich erinnerte mich an Timothys Angst und folgte Grim in den Lift.

Ich dachte daran, wie er hier drinnen einmal seine Hände zu beiden Seiten meines Kopfes an die Wand geschlagen hatte. Wie seine Wut sich in Lust verwandelt und er sich an mich gepresst hatte. Selbst als er mich geschimpft hatte, war ich erregt gewesen und wollte ihm noch mehr unter die Haut gehen, so, wie er unter die meine gegangen war.

Jetzt war der Raum zwischen uns bleischwer und kalt. Er griff an mir vorbei, um den schwarzen Knopf zu drücken und der Aufzug fuhr zügig nach unten. Als sich die Türen wieder öffneten, nahm er meinen Arm. Ich wusste nicht, ob er es tat, um mich am Wegrennen zu hindern, oder ob ich vielleicht umkippen würde.

Die Erkenntnis, dass ich Grims Gefangene war, gab mir das Gefühl, Geröll eines umgestürzten Turms zu sein. Ich wusste nicht, was ich denken oder tun sollte, deshalb ließ ich zu, dass er mich durch sein Vestibül führte. Die Fackeln brannten und warfen bedrohliche Schatten in den Raum.

Vielleicht würde das Monster im Nebenraum mit mir abrechnen. Es war mir egal. Ich würde entweder eine Gefangene sein oder aufhören, zu existieren. So oder so gehörte mir mein Leben nicht mehr. Doch er führte mich um seinen Thron herum zu der Mauer dahinter. Es war mir zuvor noch nicht aufgefallen, dass ein antikes Wandbild einer riesigen Waage die Mauer zierte.

Grim legte seine Hand darauf und schloss die Augen. Licht erstrahlte um seine Hand herum, bis sich die Mauern schließlich in einem Lichtstrahl teilten. Wir traten hindurch. Als das Strahlen abebbte, stand ich mit Grim an einem schwarzen Sandstrand. Das hohe Schilf rauschte, schwarze Vögel kreischten und zogen ihre Kreise an einem klaren, blauen Himmel. Als ich hinter mich blickte, stellte ich fest, dass jegliche Spuren des Vestibüls verschwunden waren.

Ich warf die Hände über meinen Kopf und erwartete, zu Asche zu verglühen. Panik schnürte mir die Kehle zu. Grim zog meine Arme weg. „Hier bist du sicher. Das ist ein anderer Stern", sagte er und deutete auf die Sonne.

„Dann sind wir also nicht mehr auf der Erde? Sind wir auf einem anderen Planeten?"

Er schüttelte den Kopf. „Kein anderer Planet. Hierher kommen die würdigen Seelen, nachdem sie eines Lebens im Jenseits für würdig befunden worden sind."

„Moment mal, das hier ist der Himmel?" Meine Augen wurden vor Schreck so groß wie Untertassen.

„In gewisser Weise. Ja, es ist so bezeichnet worden", sagte Grim.

Hä? Ich sah hier keine Bäckereien oder Cafés. Wie toll konnte es im Himmel schon sein, wenn man nicht einmal Kekse bekam?

„Ahoi!", rief ein Mann. Ein grauer alter Mann mit Gliedmaßen wie Besenstielen und einem leuchtend weißen Bart winkte uns zu seinem glänzenden, schwarzen Boot, das mich an eine Gondel erinnerte. Er lehnte sich an einen Stab, den er ins Wasser getaucht hatte, um nicht davonzugleiten.

Ohne ein Wort hob Grim mich auf, trug mich durch den Sumpf und stellte mich dann ins Boot.

„Ich hätte auch selbst gehen können", grummelte ich und verschränkte die Arme. Grim sprang neben mir ins Boot.

„Und deine Kampfstiefel ruinieren?"

„Das ist sie also, was?", schnaubte der weißhaarige Mann und stieß das Boot vom Ufer ab. Er hatte die hellsten blauen Augen, die ich jemals gesehen hatte, aber einen derart finsteren Blick, der eine Nonne hätte beschämen können. „Sie ist der Grund für diese ganze Aufregung? Sie sollte nicht hier sein. Wenn er herausfindet, dass du sie hierhergebracht hast, wird die Hölle los sein."

„Sei still, Hraf-haf", sagte Grim.

„Sag ihm nicht, dass er still sein soll." Ich stemmte meine Hände in die Hüften. „Du kannst nicht jeden herumkommandieren. Wenn der Kapitän mich von Angesicht zu Angesicht richten will, dann komme ich schon damit klar."

Der alte Mann riss die Augenbrauen hoch. Dann grinste er über das ganze Gesicht. Ich fand, dass seine Zähne sogar weißer waren als sein Haar. „Oh, die hier gefällt mir." Dann sagte er, zu Grim gewandt: „Hast du das gehört? Ich bin nicht einfach nur ein gewöhnlicher Fährmann, ich bin ein Kapitän."

Ich klopfte ihm auf die Schulter, während er das Boot durch das kristallklare Wasser lenkte. „Auf jeden Fall. Ist nicht jeder Mann mit einem Boot ein Kapitän?" Hraf-haf, der Fährmann, fuhr fort, über sein Boot zu reden, dass er es selbst gebaut hatte und dass es kein vergleichbares gab. Obwohl ich nicht einmal die Hälfte von dem verstand, was er sagte, nickte ich wissend. Er half mir, mich von der Beklommenheit abzulenken, von der mir ganz schlecht wurde. Grim schwieg, doch anstatt dorthin zu schauen, wohin uns der Fährmann brachte, drehte er sich zu mir.

Als wir das andere Ufer erreicht hatten, blickte ich auf einen riesigen Palast. Er erinnerte mich an die ägyptischen Tempel. Doch während jene alte, bröckelnde Bauwerke waren, strahlte dieser hier, als wäre er ganz neu. Die Fassade war in hellen Blau-, Grün- und Weißtönen gestrichen.

Ich salutierte vor Hraf-haf und sagte, dass dies die beste Bootsfahrt meines Lebens gewesen war. Er lachte leise und gab mir einen Handkuss. „Es war wirklich schön, dich kennenzulernen, Mädchen. Schade, dass er dich wahrscheinlich töten wird."

Ein eiskalter Schauer jagte mir über den Rücken. Wer?

Wer würde mich töten? Das hier schien so ein schöner Ort zu sein. Ganz sicher würde hier niemand ermordet werden.

Bevor ich etwas erwidern konnte, hob Grim mich abermals auf und trug mich die kurze Strecke an Land.

Der Fährmann lehnte sich an seinen Stab und winkte.

Wir gingen durch den Tempel, bis wir zu zwei riesigen Türen kamen. Grim blieb stehen und betrachtete sie beklommen. Er wollte nicht hineingehen.

Dann zog er mich in einer einzigen Bewegung an sich und presste seine Lippen auf die meinen. Dieser Kuss war heiß. Feuer loderte in mir. Mein Inneres wurde zu einer zitternden, hoffnungslosen, hilflosen Masse. Ich wollte mich in Grim verlieren und alles vergessen, außer seinem rauen, unrasierten Kinn. Ich wollte diese perfekten, sexy Hände überall spüren. Ich war kurz davor, in einem feurigen Inferno zu explodieren, wenn ich ihm nicht die Kleider vom Leib reißen und jeden Zentimeter seiner dekadenten, karamellfarbenen Haut kosten konnte. Dann würde ich sein Blut trinken und rückwärts ins All stürzen, während mich seine Lebenskraft abermals durchströmte.

Trotz der Kakophonie meiner begierigen, lüsternen Verlangen schaffte ich es, unter seinem Mund vollkommen ruhig zu bleiben. Als er zurücktrat und den Kuss beendete, spürte ich eine Enge in meiner Brust. Ich verdiente einen goldenen Sterneaufkleber – ach was, ich verdiente eine Medaille, ein Diadem, Kronjuwelen, weil ich diesem Kuss widerstanden hatte. Irgendwie hatte ich es geschafft.

„Wofür war das?", fragte ich und war stolz, dass meine Stimme nicht annähernd so zittrig klang, wie ich gedacht hatte.

„Das war ein Glücksbringer", sagte Grim. Seine Augen hatten die Farbe von geschmolzener, dunkler Schokolade.

Ich ballte die Fäuste so fest, dass sich meine Fingernägel

in meine Handflächen gruben. Der Schmerz half mir, nicht von seiner mystischen Macht mitgerissen zu werden.

„Ich brauche kein Glück", brachte ich in einem schneidenden Tonfall heraus. Er brauchte nicht zu wissen, dass er mich in Pudding verwandelt und ein feuchtes Verlangen zwischen meinen Schenkeln zurückgelassen hatte.

Er zog kaum merklich eine Augenbraue hoch. „Wer sagt, dass ich von dir gesprochen habe?" Grim trat vor und klopfte fest und rhythmisch an.

Ich war verwirrt, erregt und panisch. Was meinte er damit, dass es nicht für mich war?

Wofür konnte der Gott des Todes wohl Glück brauchen? Er war doch unverwundbar. Oder?

Grim straffte seine Schultern. Er war nervös. Ich hatte Grim noch nie nervös gesehen. Angepisst, klar. Verärgert, oft, und das wegen mir. Aber nervös? Tja, wenn er nervös war, hieß das wohl, dass ich mir Ziegelsteine in meinen Slip stecken sollte.

Die Türen gingen auf, langsam und ohne dass jemand nachgeholfen hätte. Gemessenen Schrittes schritt Grim voran und ich tat, was ich konnte, um nicht über meine Füße zu stolpern. Plötzlich wünschte ich, ich hätte die Stiefel nicht angezogen. Sie hallten laut auf dem Steinfußboden.

Es war zum Teil ein Palast, zum Teil eine Oase. Verschnörkelte goldene Säulen rahmten alte ägyptische Bilder und Hieroglyphen ein, die in Braun-, Türkis- und Siennatönen gehalten waren. Wir gingen über den Sandsteinboden zu einer Art erhöhtem Podium unter einem Pavillon. Es erinnerte mich an den Thron, den ich in Grims Vestibül gesehen hatte, nur, dass dieser hier hundert Mal größer war.

Hier gab es keine Decke und die Mittagssonne wärmte

meine Haut. Die Thronplattform war von glitzerndem Gewässer umgeben, das als Miniatur-Wassergraben diente und mit hohen Gräsern und storchenähnlichen Vögeln gefüllt war.

Hinter dem Thron bewegte sich eine Wand zwischen einem weiteren verschnörkelten Wandbild und einer Oase hin und her, die allein durch das Betrachten Frieden ausstrahlte.

Aber was strahlte wohl keinen Frieden aus?

Der Typ, der auf dem Thron saß. Er hatte eisblaue Haut und vergrößerte, blaubeerfarbene Augen ohne Iriden. Er trug einen großen, weißen Hut, der sich oben leicht einrollte und zu seinem pyjamaartigen Outfit passte. Zuerst dachte ich, der wütende Blick käme von seiner weißen Kleidung, aber schon bald erkannte ich, dass es einfach zu schwer war, den Mann direkt anzublicken. Er glühte und versprühte eine rohe, ehrfurchtgebietende Macht, die mir durch und durch ging. Eine Fremdartigkeit umgab ihn, die mir Schauer über Nacken und Rücken jagte.

Er würdigte unser Näherkommen nicht.

Zugegeben, ich hatte mit Mythologie nicht viel am Hut, aber ich wusste ein paar Grundlagen aus der Schule. Und es gab keinen Zweifel daran, wer dieser große Zampano war. Wenn das Wesen neben mir Anubis war, dann war der Gott uns gegenüber Osiris.

Als er blinzelte, hätte ich mir fast in die Hose gepinkelt und wäre zu Boden gefallen. Ich konnte mich nicht daran erinnern, dass Grim meinen Arm genommen hatte, doch dieser Griff war das Einzige, das mich aufrecht hielt, weil meine Beine flüssig geworden waren.

Diese blauen Augen richteten sich auf mich und alles in mir erstarrte. Es fühlte sich an, als würden Laser von meinem Kopf bis zu den Zehen wandern und etwas suchen.

Als der Gott sprach, war es, als würde man hundert verschiedene Stimmen gleichzeitig hören. „Du hast den Meister-Sekhor getötet."

„Das hat sie", bestätigte Grim, brach jedoch ab, als Osiris die Hand hob.

„Lass sie selbst sprechen."

Ich unterdrückte einen Schauer der Angst. Einen Eiertanz aufzuführen war nicht meine starke Seite, ganz zu schweigen davon, bei einem Eiertanz zu sprechen.

„Das habe ich, eure, äh, Hoheit." Bei Grim war es Stichelei gewesen, aber bei Osiris meinte ich es so. In seiner Gegenwart war ich mir schmerzlich bewusst, welch bedeutungsloser Wurm ich war. Nein, ich war noch niedriger als das, ich war der Dreck, durch den ein Wurm kroch.

Osiris neigte leicht den Kopf. Abermals war ich verblüfft von seiner Fremdartigkeit. „Und doch bist du selbst eine Meister-Sekhor."

Ich nickte und traute mich nicht, etwas zu sagen. Mir wurde klar, dass Grim mich zu Osiris gebracht hatte, damit er über mich richtete. Kapitän Hraf-haf hatte es richtig erkannt. Ich brauchte mir keine Gedanken darüber zu machen, Grims Sklavin zu sein, Osiris würde meine Existenz auslöschen.

Osiris richtete seine Aufmerksamkeit auf Grim und ich fühlte mich erleichtert. Als wäre ich von irgendeinem Traktorstrahl befreit worden, der mich festgehalten hatte.

„Und du hast sie an dich gebunden." Abermals wurden die Worte mit einer leisen Neugier ausgesprochen.

„Das habe ich. Sie wollte, dass ich einen Jungen rette und hat dem Preis zugestimmt", sagte Grim.

„Einem verbotenen Preis."

„Sie wusste es nicht und sie ist eine nützliche Verbündete gewesen..."

Ein Donner hallte durch den Raum, obwohl es eigentlich gar keinen Ton gab. Grim hörte auf, zu sprechen.

Heiliger Strohsack. Mach dieses schöne Kleid nicht schmutzig, mach dieses schöne Kleid nicht schmutzig.

„In der Tat hat sie dabei geholfen, die Verschwörung aufzudecken", sagte Osiris und wandte seinen Blick wieder mir zu. Abermals spürte ich Druck von allen Seiten. Ich versuchte zwar, so unbedrohlich wie möglich auszusehen, doch ich war mir sicher, dass mir die Augen aus dem Kopf traten.

Grim sprach wieder. „Qadesh steckte hinter der Verschwörung, aber sie ist entkommen..."

Abermals hallte ein tonloser Donner durch den Raum.

Auf der Treppe, die zu Osiris hinaufführte, wurde etwas Schimmerndes sichtbar. Wie eine Fata Morgana sah ich schon bald Qwynn in der Luft schweben. Sie war vollständig nackt und schien sich unserer Anwesenheit gar nicht bewusst zu sein. Sie hielt sich die Ohren zu und in ihren Augen lag blanke Angst. Obwohl ich sie nicht hören konnte, sah es aus, als würde sie schreien.

Osiris sprach erneut. „Qadesh wurde festgenommen und ihre Strafe wird vorbereitet."

Die Art, wie er das sagte, ließ mich denken, dass sie gar nicht wirklich hier war, dass das vielleicht nur eine Art Hologramm von ihr war, wo immer sie auch war.

Ich mochte die Schlampe kein Stück, doch es juckte mir in den Fingern, sie aus dem Höllenzipfel herauszuziehen, in dem sie sich befand. Sie unter Schmerzen zu sehen, machte mich auf eine Weise wütend, die ich nicht erwartet hatte. Ich glaubte an Gerechtigkeit, aber nicht an Folter.

Qwynn verschwand wieder aus unserem Blickfeld und wir schwiegen. Nur das Quaken der Frösche und gelegentliche Flügelschläge erfüllten den Raum.

Erneut sprach Osiris. Diesmal war seine Stimme weniger vielschichtig, aber immer noch unheimlich. „Qwynn war nur eine Schachfigur, ebenso wie der Meister-Sekhor. Es gibt eine Verschwörung in unserer Mitte und ich weiß nicht, wer dahintersteckt."

Nach dem, was Grim mir erzählt hatte, war Qwynn weder zielstrebig noch klug genug, um so eine große Nummer abzuziehen, und anscheinend stimmte Papa Osiris zu.

„Ich muss wissen, wer versucht, das Gleichgewicht zu stören." Osiris blinzelte. Wieso konnte ein Blinzeln so beängstigend sein? Ich schwor mir, dass ich vor dem Spiegel üben würde, um ebenso einschüchternd zu blinzeln, falls ich das hier überleben sollte.

„Glaubst du, dass du selbst das Ziel bist?", fragte Grim.

„Das tue ich. Und ich glaube, dass es jemand von uns ist. Du hast dich als treu erwiesen. Ich wünsche, dass du die Quelle dieser Verschwörung aufdeckst und beendest und mir den Täter bringst."

Grim neigte den Kopf. „Wie du wünschst."

Osiris schaute Grim mit geneigtem Kopf an. „Was die Sekhor angeht, so hat sie sich als nützlich erwiesen, wie du sagst. Doch ihre Existenz ist verboten, ebenso wie der Blutbund, den du mit ihr geschlossen hast. Was hast du zu deiner Verteidigung zu sagen, Anubis?"

Als Grim nicht antwortete, riskierte ich einen Blick. Seine Kinnpartie war fest und seine Augen brannten. Vielleicht vor Loyalität? Stolz? Pflichtgefühl? Ich war mir nicht sicher, aber nach einem Augenblick nickte Osiris leicht und sagte: „Ich verstehe."

Ich verstand nicht. Grim hatte nicht laut geantwortet, wieso konnte Osiris also „verstehen"?

Die Vorstellung, dass ein Gott Gedanken lesen konnte,

erfüllte mich plötzlich mit Furcht. Für den Fall, dass er meine Gedanken belauschen wollte, zwang ich mich dazu, meinen Kopf mit nutzlosem Müll zu füllen.

Katzen-Memes, Schlamm, das Pimmelbild, das mir einer meiner Skips geschickt hat.

Verdammt.

Ein Cola-Jingle, die Strecke, die ich zu meinem Lieblingscafé immer gegangen bin, freizügige, derbe Amateurpornos.

Doppelt verdammt.

„Du wirst die Sekhor unter deiner Aufsicht behalten. Sie wird dir helfen, diese Verschwörung aufzudecken. Sie wird das tun, was sie am besten kann."

Moment, was?

Die Türen öffneten sich hinter uns wieder.

„Moment mal, das war's? Ich bleibe am Leben?"

Grim drückte meinen Arm so fest, dass ich dachte, meine Muskeln würden aus dem Fleisch hüpfen.

Osiris richtete seine Augen wieder auf mich und ich bedauerte, laut gesprochen zu haben. „Anubis kennt die Regeln. Du hast einen seltenen, vorübergehenden Vorteil. Lass mich nicht bedauern, ihn gewährt zu haben."

Ich widerstand dem Drang, zu salutieren, und Anubis zog mich hastig aus dem Thronsaal. Wahrscheinlich hatte er Angst, dass ich noch etwas sagen würde.

Wir gingen zurück zu Hraf-haf. Er grinste. „Es freut mich, dass du einen weiteren Tag erlebst, Miss."

33

VIVIEN

Ich wartete, bis wir wieder im Vestibül waren, um meine
Fragen zu stellen.

„Was hat er damit gemeint, ich werde das tun, was ich
am besten kann?"

Grim antwortete nicht sofort.

„Jetzt. Du wirst mir jetzt alles erzählen. Ich warte nicht
länger, also kannst du dir den kryptischen Scheiß an den
Hut stecken."

„Jagen. Du jagst Menschen und du jagst Sekhors. Du
hast sogar Qwynn verdächtigt, während ich einmal mehr
blind für ihre Fähigkeiten war. Osiris will, dass du mir hilfst,
die Verschwörung gegen ihn aufzudecken, weil du Jagen am
besten kannst. Einer der Götter will Chaos und Umsturz.
Das ist nicht gerade eine kleine Verfehlung."

Ich verschränkte die Arme und versuchte noch immer,
allem zu folgen. „Und wie sollen wir das anstellen? In der
ganzen Welt von Tür zu Tür gehen und jeden Gott fragen,
ob er es war? Wie viele gibt es überhaupt? Außerdem reise
ich nicht so gerne. Mir wird schlecht in Flugzeugen."

Grim verbarg sein Lächeln nicht.

„Was? Was ist so lustig?"

„Du schwafelst, wenn du nervös bist."

„Du streichst dir die Anzüge glatt, wenn du nervös bist", gab ich zurück.

Seine Miene wurde wieder ausdruckslos. „Wir müssen nicht um die Welt reisen, um die anderen Götter aufzusuchen."

„Und warum nicht?" Ich klopfte mit dem Fuß.

Grim saß in einer unglaublich verführerischen Pose auf der Armlehne seines Throns und hatte einen Fuß auf dem Sitz. „Weil sie alle hier sind. In Vegas."

Ich hörte auf zu klopfen.

Er verschränkte die Finger. „Alle Götter leben auf dem Strip. So, wie ich das Sinopolis besitze, haben sie ihr Revier mit anderen Hotels abgesteckt. Sie sind alle hier."

Alle Götter waren an einem Ort. In Vegas. Hatte das Sprichwort ‚*Was in Vegas passiert, bleibt in Vegas*' also hier seinen Ursprung? Denn andernfalls könnten die Götter einen zerschmettern.

„Wie sind die Regeln?", fragte ich und bezog mich wieder auf unser Gespräch mit Papi Osiris.

Er sprach langsamer. „Ich denke, du weißt mittlerweile, dass dich menschliches Blut nicht mehr versorgen wird."

Ich nickte, wagte aber nicht, zu sprechen.

„Das liegt daran, dass du jetzt an mich gebunden bist. Du benötigst mein Blut, und nur mein Blut, um am Leben zu bleiben."

Tat sich gerade der Boden unter mir auf? Ich schaute nach. Nö. Dann musste mir wohl das Herz aus der Brust gefallen sein. „Wirklich kein anderes Blut mehr? Nicht einmal das anderer Götter?"

Grim schüttelte den Kopf und sah dabei so ernst aus, wie nur der Tod selbst es konnte.

„Du kontrollierst nicht nur, was ich esse, du kannst auch meinen Willen kontrollieren. Wie ihr es früher gemacht habt", sagte ich und konnte das Knurren in meiner Stimme hören. „Das hat mir von Crane schon gereicht."

Er war im Handumdrehen auf seinen Füßen. „Ich werde diese Macht nicht missbrauchen, Vivien."

„Es reicht schon, dass du sie überhaupt hast." Er verstand nicht. Ich hatte so hart gearbeitet, um nicht mehr von irgendjemandem kontrolliert zu werden, nur, um jetzt so zu enden...Ich fragte mich, ob das für mich nicht schlimmer war als der Tod.

„Es gibt nur eine Regel, an die ich dich binden werde", sagte er und baute sich jetzt vor mir auf.

Mir stockte der Atem. Ich wollte nicht gebunden werden. Ich wollte nicht davon abhängig sein, von Grim zu trinken. Ich wollte in mein schäbiges Apartment zurück und nach einer Möglichkeit suchen, aus meinem bedeutungslosen Leben etwas zu machen, das ich wirklich wollte. Vielleicht tatsächlich Bäckerin zu werden und ein Geschäft zu eröffnen und eine schöne kleine Metzgerei zu finden, die mich mit Blut beliefern konnte.

„Du darfst niemandem sagen, dass Götter unter den Menschen leben."

Ein unsichtbarer Schraubstock legte sich um meinen Hals und drückte so fest, dass sich meine Hände um ihn legten, als wollten sie die unsichtbare Kraft von mir lösen. Nach ein paar Sekunden war es wieder vorbei und ich wusste, dass Grim seine Macht benutzt hatte, um mich magisch zu binden.

Das bedeutete, dass ich bei der ersten Gelegenheit nach

einem Lautsprecher suchen und ausprobieren würde, ob ich diese Worte aussprechen konnte.

„War's das?" Ich funkelte Grim wütend an, weil ich es hasste, dass er Macht über mich hatte. „Kann ich jetzt gehen?"

„Du wirst in der Nähe bleiben müssen, da du mein Blut brauchst."

Wut flammte in mir auf. „Musst du so..."

„Was?", fragte er mit hochgezogenen Augenbrauen.

„Musst du so verdammt kalt und berechnend sein, als wäre das irgendein Geschäft?"

„Es war ein Geschäft. Ich gab dem Jungen mehr Zeit auf dieser Erde und du wirst den Blutbund erfüllen."

„Sag mir die Wahrheit. Hast du diesen Preis gewählt, weil du wusstest, dass ich dich dann hassen würde?"

Frustriert fuhr er sich mit der Hand durch sein dunkles, widerspenstiges Haar. „Weshalb denkst du, ich hätte absichtlich gewollt, dass du mich hasst?"

„Weil du Angst vor dem hattest, was zwischen uns entstanden ist. Du hast etwas für mich empfunden und musstest das unterbinden, und du hast es nicht fertiggebracht, mich zu töten." Tränen stiegen mir in die Augen und ich hasste mich dafür.

Grim packte mich an den Schultern, zog mich zu sich und küsste mich abermals. Es war ein wilder, heißer und besitzanzeigender Kuss. Meine Seele erlebte bei dem Kontakt einen Höhenflug, doch dann stürzte ich kopfüber von der Klippe, über die er mich gestoßen hatte. Ich konnte niemals jemanden lieben, der mich kontrollierte. Ich schob ihn von mir weg. Das Geräusch einer Ohrfeige schallte durch die Luft. Meine Hand tat weh, nachdem ich ihn auf seinen perfekten Wangenknochen geschlagen hatte.

Grims Augen wurden ausdruckslos.

„Nie mehr wieder. Du wirst das nie mehr wieder tun.“

Ein absolut lüsternes Lächeln umspielte seine Lippen. „Nur noch, wenn du darum bettelst.“

Ich drehte mich um und ging, damit er meine Tränen nicht sehen konnte. Ich hasste ihn, und doch würde ich ihm jetzt niemals entkommen können.

34

GRIM

„WARUM HABEN SIE DAS GETAN?"

Ich reagierte nicht, obwohl Timothy mich überrascht hatte, weil er sich von hinten anschlich. Er sah jetzt wieder ordentlich aus.

„Warum ich sie mein Blut habe trinken lassen? Weil ich ihre Seele nicht anstelle von Jamals nehmen konnte. Es war die einzige Möglichkeit."

„Hm." Timothy stand neben mir und beobachtete Viviens kleiner werdende Gestalt. Er glaubte mir nicht.

Die Wahrheit war viel erschreckender. Ich brauchte Vivien. Ich konnte sie nicht vernichten, deshalb hatte ich sie in alle Ewigkeit an mich gebunden. Und genauso lange würde sie mich hassen.

Oder zumindest so lange, wie Osiris sie für nützlich erachtete. Doch eine Verschwörung unter Göttern aufzudecken konnte Jahre dauern, Jahrzehnte oder vielleicht sogar Jahrhunderte. Oder alles könnte innerhalb von Stunden mit einem großen Knall explodieren. So oder so würde Vivien noch etwas länger leben.

„Haben Sie ihr gesagt, dass Sie alle Regeln gebrochen haben, um sie zu retten?"

„Das spielt keine Rolle. Sie verachtet mich. Ich habe sie eingesperrt."

„Und nun haben Sie eine Schwäche, der Sie noch nie nachgegeben haben."

Ich schaute ihn an. „Du wirst ihr das nicht sagen. Genauso wenig, wie du ihr sagen wirst, was passieren würde, wenn sie zu viel von meinem Blut trinkt."

Timothy schnaubte. „Niemals."

Vivien machte mich schwach, auf mehr als nur eine Weise. Sie ließ mich Pflicht und Verantwortung vergessen. Obwohl ich glauben wollte, dass ich das alles aus kühler Berechnung getan hatte, hatten mir meine Emotionen einen Streich gespielt. Nachdem ich gedacht hatte, sie wären längst verhärtet.

Jetzt ging es darum, in Viviens Nähe zu sein, ohne ihr wirklich nahe zu sein. Seufzend setzte ich mich auf meinen Thron. Es gab viele Urteile, die ich sprechen musste, und ich konnte die Ablenkung gebrauchen.

Obwohl ich wusste, dass nichts diese funkelnden grünen Augen auslöschen konnte, die so voller Leidenschaft waren, oder das Gefühl, ihre Lippen auf den meinen zu haben, oder den Schmerz der Ohrfeige, die sie mir gegeben hatte.

Es gab keine Ruhe für die Gottlosen, und schon gar nicht für den Tod.

EPILOG

„Das ist also deine neue Wohnung?", fragte Miranda, während ich ihr ein Glas Rotwein einschenkte. Ich schenkte sogar mir eins ein, weil ich nicht wollte, dass dieses Arschgesicht Landon Crane mir irgendetwas verdarb. Deshalb zwang ich mich, Rotwein zu mögen, trotz der schrecklichen Sache, die er mir angetan hatte. Das schien nur fair.

Ich hatte Miranda gestanden, was ich mit Jamal gemacht hatte und erwartete, dass sie mich erschießen würde. Doch sie nahm meine Hand und sagte, sie wüsste, dass es nicht meine Schuld gewesen war. Schließlich hatte ich ihn gerettet. Er war aus dem Krankenhaus entlassen worden und führte viele Gespräche mit seiner Mutter darüber, was sie einst an dieser Welt für wahr hielten. Sie sagte ihm: „Das Leben hat endlose Möglichkeiten, uns zu überraschen. In diesem Fall waren es dunkle, gruselige Kreaturen, deren Existenz wir nie für möglich gehalten hätten. Doch das bedeutet auch, dass es endlose Möglichkeiten gibt, Liebe, Hoffnung und Gutes in der Welt auszudrücken." Ich teilte ihr mit, dass ich eine Waise war und verlangte, dass sie mich sofort adoptierte.

Als ich fragte, ob Jamal jetzt vor mir Angst hätte, erklärte sie, dass er mich für eine Superheldin hielt. Er wusste, dass ich von den Bösen manipuliert worden war. Das machte mich natürlich überhaupt nicht fertig, als sie mir das sagte.

Deshalb erzählte ich Miranda von dem Blutbund, und dass ich nur noch Grims Blut trinken konnte und menschliches für immer aufgegeben hatte. Ich brauchte nicht einmal ein Anti-Sucht-Pflaster. Sie wusste, dass er anders war, sie wusste nur nicht, inwiefern. Miranda war sich nur dessen bewusst, dass sie in letzter Zeit von vielen übernatürlichen Wesen umgeben war. Gott sei Dank war sie die coolste, härteste Chica, die ich kannte, und zerfloss nicht vor lauter Angst. Wenn ich erwachsen war, wollte ich wie sie werden.

Miranda hielt das große Ballonglas fest, das ich ihr gegeben hatte. Ich sagte: „Ich konnte auf keinen Fall mit seiner Majestät in diesem Penthouse bleiben.“

Er verbrachte zwar sehr wenig Zeit dort oben, weshalb es ein tolles, provisorisches Gefängnis für mich gewesen war, aber es gehörte dennoch ihm. Es roch nach ihm und sein Geschmack war überall, man konnte ihm nicht entkommen. Ich mochte zwar an einer kurzen Leine sein, doch ich hatte vor, jeden Zentimeter davon auszunutzen.

„Deshalb habe ich meine eigene Bude verlangt. Sie ist zwar im selben Hotel, aber findest du sie nicht schön?“, fragte ich Miranda. Wir standen in einer der schönsten Suiten des Sinopolis, mit zwei Schlafzimmern, einer Küche und einem Infinity-Pool, der bis ans Glas reichte, und von dem aus man die funkelnden Lichter des Strips sehen konnte. Natürlich waren für mich schwere, blickdichte Vorhänge angebracht worden, damit ich nicht als Häufchen Asche endete.

„Ich finde“, sagte sie und betrachtete die Klamottenstapel, die überall herumlagen, „es ist schon beeindruckend, dass du es so zugemüllt hast, in, wie lange hast du gebraucht, sechs Stunden?"

„Ich habe die Kreditkarte seiner Majestät in die Finger bekommen und viel online geshoppt." Ich musterte die kleinen Berge, die ich geschaffen hatte. „Und ich versuche immer noch, mir über meinen neuen Look klar zu werden. Jane hatte einen bestimmten Stil, aber jetzt bin ich Vivien. Und Vivien hat auf jeden Fall einen Look, ich weiß nur noch nicht, welchen."

Miranda musterte mein Chaos mit kaum unterdrücktem Tadel, wie es nur eine Mutter konnte. „Und ein Zimmermädchen kommt, um das alles aufzuräumen?"

„Genau." Ich nickte und stieß mit meinem Glas an das ihre. Jamal schlief bei einem Freund, und so hatten wir einen schönen Mädelsabend. Und nun, da ich Erinnerungen hatte, konnte ich die Anzahl dieser Gelegenheiten an einer Hand abzählen.

Seufzend zuckte sie die Achseln und schien es aufgegeben zu haben, mir beibringen zu wollen, selbst hinter mir aufzuräumen. Stattdessen nippte sie an ihrem Glas. „Und, wirst du mir jetzt sagen, was Grim ist? Oder Timothy oder diese anderen beiden Gestalten, die mit mir gegen die Vampire gekämpft haben?"

Ich nahm einen tieferen Schluck Wein und wünschte immer noch, es wäre Bier. Gemäß Grims Worten war ich daran gebunden, die Identität der Götter nicht aufzudecken. Oh, ich habe es wirklich versucht. Tatsächlich habe ich es sofort bei Miranda probiert, aber jedes Mal kaum einen Atemstoß herausgebracht. Die Worte wurden immer in meiner Kehle zusammengedrückt, bevor sie überhaupt herauskommen konnten.

„Du weißt, dass ich das nicht kann", erwiderte ich. „Warum fragst du?"

Miranda hielt das Weinglas am Stiel und drehte es zwischen ihren Fingern. „Grim hat mir eine Position bei seinem Sicherheitsteam angeboten, hier im Sinopolis."

Ich erstarrte. „Wirst du sie annehmen?"

„Es ist die Leitung des Sicherheitsteams. Zu diesem Job gehören eine Unterkunft, fünfmal so viel Geld wie ich im Castlegate bekomme und Sozialleistungen vom anderen Stern. Er hat mir sogar versprochen, dass der Besitzer des Castlegate keinen Stress machen würde, weil er persönlich dafür sorgen würde, Ersatz für mich zu finden."

Der Gedanke daran, dass ich hinunterschlendern und Miranda jederzeit belästigen konnte, wann ich wollte, ließ mein Herz hüpfen. Das hätte ich ohnehin vorgehabt, da die Hotels über einen fensterlosen Korridor miteinander verbunden waren, aber es wäre so viel befriedigender, wenn ich das auf Grims Kosten tun könnte.

„Aber ich weiß nicht, was Grim für ein Mann ist."

Er ist gar kein Mann.

Ich zuckte die Schultern. „Nach allem, was ich gesehen habe, behandelt er sein Personal sehr gut und soweit ich weiß, ist er in keinen zwielichtigen Scheiß verwickelt, falls du das wissen willst."

„Dann kann ich ihm morgen früh sagen, dass ich den Job annehme."

Ich quietschte vor Freude und rannte zu Miranda, um sie so fest zu drücken, dass ihr fast die Knochen brachen. Dann machten wir es uns auf der Couch bequem, redeten darüber, wie es Jamal ging und schauten die Klamotten durch. Ich zwang sie, ein paar davon mitzunehmen, weil sie einen Hammer-Körper hatte und echte, definierte Armmuskeln. Früher als mir lieb war fuhr Miranda nach etlichen Cocktails mit dem Taxi nach Hause. Irgendwie hatte ich in all dem Chaos eine Freundin gewonnen. Das war mehr, als ich in meinem früheren Leben gehabt hatte. Und das war ganz sicher nicht nichts.

Mein Telefon summte. Es war eine SMS.

Du bist spät dran für dein Abendessen.

Ich hielt die Luft an, obwohl ich das gar nicht brauchte. So würde es jetzt immer sein. Ich würde jede Nacht zu *ihm* gehen müssen, um zu trinken.

Ich ging zu meinem Haufen neuer Schuhe und wählte ein Paar Kampfstiefel mit Stahlspikes.

Meine Wut und meine Angst waren noch immer so frisch wie ein verdammtes Gänseblümchen. Tatsächlich stand Grim in meiner Schuld. Er hatte geschworen, seine Macht nicht zu missbrauchen, aber ich wusste, dass ihm Kontrolle alles bedeutete. Früher oder später würde es mit ihm durchgehen und er würde so fest an meiner Leine ziehen, dass ich erstickte.

Ich ließ die Stiefel fallen, weil ich meine Meinung geändert hatte. Denn ich hatte einen brillanten Einfall. Ich schnappte mir den rubinroten Bikini, den ich getragen hatte, als ich Köder gespielt hatte. War das wirklich erst eine Woche her?

Ich zog ein Paar Heels an und band ein schlichtes Tuch um meine Taille. Ich würde das damit erklären, dass ich natürlich nach dem Essen schwimmen gehen wollte.

Grim konnte sich dazu beglückwünschen, die Macht in unserer Beziehung zu haben, aber ich hatte vor, ihn das jede Sekunde bereuen zu lassen.

Jede Sekunde.

Wollt ihr einen Bonus-Epilog, in dem Vivien zu Grim geht, um diesen „Drink" zu nehmen?

Besucht www.hollyroberds.com und ladet ihn jetzt herunter!

DER KUSS DES TODES

**Hier gibt's eine Vorschau auf die nächste aufregende
Fortsetzung der Serie.**

Vivien

„Was ist denn hier passiert?" In der britischen Stimme
schwangen sowohl Schreck *als auch* Entsetzen mit.

„Was denn?" Ich warf einen Blick auf meine Umgebung.
Die Hotelsuite, in der ich wohnte, sah seit fünf Tagen unver-
ändert aus. Ich stand auf, um Timothy zu begrüßen. Dabei
stieg ich auf Zehenspitzen über Stapel mit Tellern, Essens-
behältern und Haufen mit schmutziger Kleidung. Das
meiste Essen war von den Tellern gekratzt worden, aber
nach einer Weile entschied ich, dass ich nicht alles
verputzen musste. Trockene Kuchenstücke, halb gegessene
Hamburger und kalte Pommes zierten die Teller.

„Heilige Mutter Gottes, Vivien, hier sieht es wirklich
ekelhaft aus." Timothy musste wirklich geschockt sein,
wenn er solche Ausdrücke benutzte. Er sah aus wie Ende

zwanzig, aber tatsächlich war er mehrere Jahrhunderte alt. Und er griff nur auf altmodische Flüche zurück, wenn er besonders erschrocken war.

Aber das war auch nicht allzu schwer. Er war der pingeligste und ordentlichste Mensch, den ich je getroffen hatte. Neben ihm mit seinem perfekten Anzug, dem perfekt gegelten Haar und seinem Tablet in der Hand, sah ich aus wie ein Landstreicher. Meine fetzige Wohlfühlkleidung bestand aus einer limonengrünen Jogginghose, zwei übereinander getragenen Sweatshirts und flauschigen Socken. Na ja, nur eine Socke.

Wo war nur das andere Mistding?

Ich schaute mir meine Umgebung näher an. „Ja, ich schätze, ich sollte mal eine Pause mit dem Reality-TV machen und ein bisschen aufräumen."

Der Asiate schaute ehrlich erstaunt drein. „Warum hast du denn das das Zimmermädchen nicht machen lassen?"

„Was? Damit *seine* Spione hier hereinkommen? Nein, danke." Um zu zeigen, dass ich keine Hilfe brauchte, nahm ich einen Stapel Essensbehälter, die gerade erst angefangen hatten, zu stinken, und schob sie in den bereits vollen Mülleimer.

Okay, ich brauchte vielleicht doch ein bisschen Hilfe.

Timothy fing an, vor sich hin zu murmeln. „Nein, das Zimmermädchen reicht hier nicht. Wir müssen einfach alles hier drin abbrennen und es ordentlich reinigen lassen."

Ich stütze eine Hand in die Hüfte und war wirklich beleidigt wegen seiner Beleidigung. „So schlimm ist es jetzt auch wieder nicht."

Er musste die Tür offen gelassen haben, denn Miranda kam herein. „Boah, hier stinkt's." Meine Freundin hielt sich die Nase zu und schaute sich ebenso entsetzt in meiner Bude um wie Timothy. Ihr Lockenkopf wippte, als sie zurückwich. Ein Teil ihres Haars war über einem Ohr zurückgeflochten, was ihr einen echt knallharten Look verlieh. Sie trug ihre Sicherheitsuniform und war gerade mit ihrer Schicht fertig geworden.

„Was denn?" Ich breitete die Arme aus. „So schlimm ist es doch gar nicht."

Miranda musterte mich von Kopf bis Fuß. Ihre Miene hinter der Hand, die sie noch immer über ihrer Nase hatte, wurde immer schmerzvoller. „Hast du ´ne Party gefeiert und mich nicht eingeladen? Hier sieht es aus, als hättest du einen Haufen Leute hiergehabt und bei jedem Junkfood-Restaurant bestellt, das es gibt."

„Nicht bei allen, aber bei den meisten", berichtigte ich. Dann sagte ich grinsend: „Miranda, während du mit deinem neuen Job als Sicherheitschefin beschäftigt warst, habe ich meinen Traum gelebt."

Timothy und Miranda wechselten einen wachsamen Blick.

„Ich kann essen, was und wie viel ich will, und nehme nicht zu." Triumphierend warf ich die Hände in die Luft und wackelte mit dem Hintern.

Aus irgendeinem Grund machte keiner der beiden bei meinem Siegestanz mit.

Miranda sprach zuerst. „Ähm, Viv, liegt das nicht daran, dass du jetzt Blut trinkst, da du ein Vampir bist, und so?"

Ich hielt mitten unter dem Hinternwackeln inne.

Timothy räusperte sich. „Deshalb bin ich hier. Du musst Blut trinken." Er sprach vorsichtig, als hätte er Angst, er würde mich verschrecken. Zu spät, ich war bereits verschreckt.

Plötzlich war ich eine wilde Reinigungsmaschine. Ich zog eine neue Mülltüte heraus und fing an, Essensbehälter hineinzuwerfen, dazu auch Tassen und Teller. „Ich brauche das nicht. Ich brauche *ihn* nicht."

Seit ich vor einem Monat als Vampir aufwachte, ohne Erinnerung daran, wer ich war, musste ich jeden Tag Blut trinken, um zu überleben. Doch als ich ein Geschäft mit dem Teufel – oder, genauer gesagt, mit dem Tod selbst abgeschlossen hatte, um Mirandas neunjährigem Sohn das Leben zu retten, hatten sich meine Bedürfnisse verändert.

Ich hatte vom Gott des Todes getrunken und nun würde mich nur sein Blut nähren. Und weil zwischen uns ein Blutbund geschlossen worden war, konnte Grim meinen Willen kontrollieren, wann immer ihm danach zumute war. Genauso, wie es der Meistervampir Schrägstrich Psycho-Serienmörder getan hatte. Aber wenn Grim dachte, er brauchte nur mit dem Finger zu schnippen und ich käme angelaufen, dann hatte er sich getäuscht.

„Du hast ihn seit fünf Tagen nicht mehr gesehen", erklärte Timothy.

„Hat Grim dich hergeschickt?"

„Nein."

„Du lügst."

Timothy seufzte entnervt. „Nun, du hast all seine Anrufe und Nachrichten ignoriert, und er hat wirklich alles versucht, angefangen mit freundlichen Einladungen zum Essen, bis hin zu der Drohung, dich an den Haaren zu ihm zu ziehen."

Timothy war ebenso wie Grim ein Gott, doch er betrachtete sich als Grims Assistenten. Ich verstand diese Dynamik wirklich nicht, doch es erschien oft so, als wäre Timothy der Alfred für Grims Batman. Obwohl Timothy jung war und Grim kein Mitglied einer Bürgerwehr. Nur eine Bestie.

Ich widerstand dem Drang, ihm die Zunge herauszustrecken. „Und jetzt hat er jemanden geschickt, um mir Honig ums Maul zu schmieren. Er weiß, dass ich ihm in den Arsch treten würde, wenn er an meiner Tür auftauchte." Um das zu unterstreichen, machte ich ein paar einschüchternde Karatekicks in die Luft.

Aber das stimmte nicht ganz. Selbst an meinen besten Tagen und mit meiner ganzen Vampirkraft- und geschwindigkeit war Grim immer noch ein Gott und könnte mir mühelos den Kopf abreißen. Ich hatte miterlebt, wie er das bei einer Reihe von Vampiren, oder Sekhors, wie er sie nannte, getan hatte. Als er dieses Wort das erste Mal benutzt hatte, dachte ich, er würde mich eine Sackhure nennen, aber Sekhor ist das originale antike Wort für Vampir.

Und ich war der letzte, der noch existierte. Daran durfte ich nicht zu lange denken. Offensichtlich hatte es im alten Ägypten massenweise Vampire, oder Sekhors, gegeben, als alle Grim als Anubis verehrten. Doch dann drehten die Vampire vor Langeweile und Blutlust durch und versuchten, die Welt zu beherrschen. Deshalb beschlossen die Götter, dass es zu gefährlich war, die Vampire leben zu lassen. Wie sich herausstellte, konnten die Menschen nicht mit Unsterblichkeit umgehen, ohne total durchzudrehen.

Vielleicht kam daher der Mythos, dass sich Vampire in Fledermäuse verwandeln konnten? Bis jetzt hatte ich noch nicht herausgefunden, wie man sich adrige Flügel wachsen lässt, aber ich schaffte es, nervtötende, hohe Quietschlaute von mir zu geben.

Der langen Rede kurzer Sinn, Grim hatte sie alle vernichtet und bis er vor ein paar Wochen mit meinen Reißzähnen Bekanntschaft gemacht hatte, hatte er seit fünf Millionen Jahren keinen Vampir mehr gesehen. Der Typ war nicht erfreut darüber.

Doch wir vernichteten den Meistervampir und seine kleine Armee und ich bekam eine besondere Erlaubnis, mit meinem untoten Leben weiterzumachen, solange ich dabei half, herauszufinden, wer es geschafft hatte, nach so langer Zeit einen Meistervampir zu schaffen.

Es hieß also, zu helfen, eine Verschwörung gegen die Götter aufzudecken oder mir wurde der Kopf abgerissen. Sicher, ich könnte Scooby Doo spielen, um meinen Hals zu retten. Immerhin war ich in meinem letzten Leben eine Kopfgeldjägerin. Das war ein Kinderspiel. So einfach, wie ein Stück Kuchen zu essen. Mhmm, Kuchen.

„Willst du den hier nehmen?", fragte Timothy Miranda nebenbei, während ich wütend den Müllsack ganz vollstopfte, einen weiteren herauszog und aus der Küche ging, um das Wohnzimmer in Angriff zu nehmen.

„Ja, mir war nicht klar, wie schlimm es geworden ist", sagte Miranda. „Gib mir eine Minute mit ihr."

„Kein Problem. Ich werde jemanden holen, der sich um…das hier kümmert." Er sah sich mit Entsetzen im Zimmer um und ging dann mit dem Telefon bereits am Ohr hinaus.

Miranda ließ schließlich ihre Hand sinken und kam so nahe heran, wie sie konnte, ohne meinen beeindruckenden Wolkenkratzer aus Pizzakartons umzuwerfen. „Vivien, Süße, du musst etwas essen."

„Wenn du aufpassen würdest, würdest du bemerken, dass ich nichts anderes tue." Ich stopfte ein Dekokissen, das mit Spaghetti bekleckert war, in den Müllsack.

„Du weißt, was ich meine. Du kannst dich nicht mehr von menschlicher Nahrung ernähren und Timothy sagte, du warst seit fünf Tagen nicht mehr im Penthouse. Ich weiß, dass du Schmerzen hast."

Ich hörte auf, wütend zu schauen. „Hab ich nicht."

Doch, bei jeder Bewegung fühlten sich all meine Atome an, als würden sie an einer gekühlten Käsereibe kratzen, aber das brauchte sie ja nicht zu wissen.

Miranda nutzte meine Pause aus und nahm mir den Müllsack weg. „Du hast mindestens zwei Pullis an und ich wette, dass du mindestens eine Leggings unter dieser Jogginghose trägst." Sie blickte nachdrücklich auf den Stapel Decken, der fast die Couch verschluckte.

Ha! Das zeigte, wie viel sie wusste. Tatsächlich war noch eine Pyjamahose zwischen der Leggings und der Jogginghose.

Ich hatte von Vampiren gehört, die so kalt wie Leichen waren, aber nirgendwo in der Überlieferung wurde die Tatsache erwähnt, dass mir so kalt werden würde wie eine Hexentitte in einer gefrorenen Hölle nach einem Blizzard, wenn ich mich nicht von Blut ernährte. Miranda wusste ja nicht einmal etwas von den zahllosen Heizkissen, die zwischen den Decken versteckt waren, und ich klärte sie auch nicht darüber auf. Nun, da ich aus meinem Kokon geschlüpft war, tat es weh, sich zu bewegen. Es tat weh, still zu stehen. Alles in mir pochte vor Durst und Verlangen, ich war schwach wie ein Kätzchen und hatte das Gefühl, mein Kopf wäre mit Watte vollgestopft. Wenigstens wollte ich nun nicht mehr auf Miranda losgehen und ihr die Kehle herausreißen, wenn ich jetzt hungrig war. Seit Grims Blut meine Lippen berührt hat, war mein Verlangen nach menschlichem Blut in einer magischen Rauchwolke verschwunden. Er war das einzige Wesen, nach dem ich mich verzehrte.

Nö. Ich brauche ihn nicht. Ich verzehre mich nicht nach ihm. In keinster Weise.

„Ganz zu schweigen davon", fuhr Miranda mit ihren Händen an den Hüften fort, „dass du aussiehst wie der Tod."

Ich verschränkte die Arme. „Ich *bin* tot. Und ich brauche ihn nicht."

„Dann willst du also an einem Anfall von Sturheit sterben?"

„Ich teste eine Theorie. Wenn ich genug menschliches Essen verzehre, verwandle ich mich vielleicht auf magische Weise wieder in einen Menschen, genau wie in einem Märchen."

Miranda zog die Augenbrauen hoch. „Wir lesen wohl ganz verschiedene Märchen." Dann leckte sie sich die Lippen und ließ die Arme sinken, als wollte sie sich vorbereiten. „Wovor hast du wirklich Angst, Vivien?"

„Du denkst, dass ich Angst habe?" Ich lachte bellend. „Ich habe vor nichts Angst." Ich hatte mehrere Wochen alleine als Vampir auf den Straßen überlebt, ohne jemanden zu töten, den Meistervampir vernichtet und im wahrsten Sinne dem Tod ins Gesicht gelacht. Ich war eine absolut knallharte Braut. Nein, ich war furchtlos, wie Taylor Swift – Fearless.

Miranda richtete sich auf und sagte mit fester Stimme: „Toll, dann wirst du ja wohl kein Problem haben, heute Abend zu ihm zu gehen und dir zu nehmen, was du brauchst. Und jetzt geh duschen", sagte sie und deutete in Richtung des Badezimmers. „Zieh dir dein Großes-Mädchen-Höschen an und geh zu ihm."

„Aber..."

Mirandas Miene verfinsterte sich und sie zog die gefährlichste Waffe aus ihrem Arsenal: ihre Mama-Stimme. „Kein Aber, Fräuleinchen, du machst jetzt sofort, was ich sage, oder ich zeige dir, was ich in der Spezialeinheit gelernt habe." Was etwas weniger beängstigend war, war die Tatsache, dass Miranda eine Ex-Soldatin war, aber das mit der Spezialeinheit war mir neu. Ich trottete zur Dusche und warf nur noch einen traurigen, bedauernden Blick über meine Schulter, um ihr zu zeigen, dass ich nicht glücklich war.

Als ich aus der Dusche kam, hatte ich mich kaum aufgewärmt, obwohl ich die Wassertemperatur sengend heiß eingestellt hatte. Timothy hatte inzwischen kurzen Prozess mit meinen Zimmern gemacht. Insgesamt vier Reinigungskräfte eilten in der Suite herum, warfen Müll weg, putzten Oberflächen und saugten. Miranda saß an der Küchenanrichte und trank eine Tasse Tee.

Ein zufriedenes Lächeln breitete sich auf ihrem mokkafarbenen Gesicht aus. „Na siehst du, fühlst du dich jetzt nicht schon besser?"

Ich musste zugeben, dass ich mich wirklich besser fühlte nach der gründlichen Reinigung. Mein Haar hatte sich von einem dunklen, gruseligen Rattennest zu dichten, geschmeidigen, kastanienbraunen Wellen verwandelt. Seltsamerweise fühlte ich mich jetzt, da ich sauber war, auch zerbrechlicher, als hätte mein Luffa-Handschuh sowohl den Schmutz als auch die Lüge weggeschrubbt, die ich mir selbst erzählt hatte, nämlich, dass ich nie wieder mit meiner Abhängigkeit vom Blut eines Anderen konfrontiert werden würde. Ich trug eine dicke Schicht schwarzen Eyeliner auf. Das kam einer Kriegsbemalung am nächsten und ich fand, es half, meine Verletzlichkeit zu verbergen.

Ich trug ein Crop-Top, eine Lederhose und darüber einen wuchtigen Kunstpelzmantel mit Gepardenmuster. Die Kombination ließ es so aussehen, als wäre es eine Stilentscheidung und nicht, dass ich den verdammten Mantel wirklich brauchte, weil meine Zähne klapperten.

„Denkst du, ich kann so gehen?", fragte ich.

„Das hier ist Vegas", erwiderte Miranda. „Du kannst einen grünen Spandexanzug tragen und auf Stelzen über den Strip laufen, und niemand würde denken, dass du deplatziert aussiehst."

„Du hast recht", sagte ich und zog den Mantel fester um mich. „Die Leute werden wahrscheinlich denken, dass es aufreizend ist."

Und in Las Vegas konnte man durchaus damit durchkommen, einen aufreizenden Mantel zu tragen.

„Moment, sagt man aufreizend gar nicht mehr?", fragte ich.

„Seit dreißig Jahren hat niemand mehr aufreizend gesagt", erklärte Miranda.

„Oh Gott, wie wird es wohl sein, wenn ich Tausende von Jahren alt bin und veralteten Slang raushaue wie ein Grufti? Wie Timothy?" Ich erschauderte.

Timothy verdrehte die Augen und schaltete dann sein Tablet aus. Der Typ würde ganz sicher eingehen, wenn er nicht auf seinem kleinen iPad irgendetwas dirigierte, plante oder kontrollierte. Dann drängte er mich praktisch aus der Tür hinaus und schob den Riegel hinter mir vor.

Ich drehte mich zu Miranda, die zusammen mit mir hinauskomplimentiert worden war. „Hab ich was gesagt?"

„Ständig." Trotz ihrer trockenen Anschuldigung war das kein wirklicher Vorwurf. Unter dem Herzen einer knallharten Mutter und ehemaligen Soldatin einer Spezialeinheit steckte eine sarkastische Teufelin, ganz nach dem Geschmack meines eigenen, nicht schlagenden, Herzens. Seit sie mir und einem viel gruseligeren Vampir in einer Gasse begegnete, verdankte sie mir ihr Leben. Oder eigentlich hatte sie auch mir das Leben gerettet, aber wir hatten so ein   „Wir-retten-uns-gegenseitig-den-Arsch"-Ding   am Laufen.

Ich hatte früher noch nie wirklich eine Freundin gehabt. Jetzt endlich verstand ich, wovon alle sprachen. Das war jemand, dem etwas an einem lag, der einen zum Lachen brachte und bereit war, jeden Spaß mitzumachen. Obwohl ich bezweifelte, dass andere sich so bereitwillig in einen übernatürlichen Krieg verwickeln ließen. Andererseits wusste Miranda zwar, dass es Vampire gab, hatte aber keine Ahnung, dass Grim der Gott des Todes war. Sie wusste, dass irgendetwas an ihm seltsam war, aber nicht, dass Götter unter uns lebten. Und ich durfte es ihr nicht erzählen. Tatsächlich konnte ich das auch nicht, den Grim nutzte den Blutbund zwischen uns, um meinen Willen zu binden, sodass ich es Miranda niemals sagen konnte. Natürlich hatte ich es schon hundert Mal versucht oder wollte es aufschreiben, aber jedes Mal traf ich auf eine Mauer, die mich daran hinderte, Miranda diese Tatsache zu enthüllen.

Wahrscheinlich war das auch besser so. Miranda hatte genug, mit dem sie klarkommen musste, nachdem sie entdeckt hatte, dass es Vampire gab und dass ich beinahe ihren Sohn getötet hätte, als der Meistervampir mir meinen Willen genommen und mich gezwungen hatte, von ihm zu trinken. Ich wusste noch immer nicht, wie Miranda es schaffte, in meiner Nähe zu sein, obwohl es Jamal jetzt wieder richtig gut ging, abgesehen davon, dass er einen kleinen Fall von Gedächtnisverlust erlitten hatte. Sie sagte, das war nicht ich, also zählte es nicht. Ein Teil von mir dachte noch immer, dass sie mit mir abhing, um mich zu töten, aber bislang waren ihre Krallen eingezogen geblieben.

Miranda und ich fuhren mit dem Aufzug hinunter in die Lobby des Sinopolis. Das Pyramidenhotel war der Inbegriff exklusiven Wohlstands und Treffpunkt der Glücksspieler. Als sich die Türen öffneten, erfüllte der Duft von tropischen Blumen, frischer Erde und Wasser meine Sinne. In der

Mitte all der Onyxfliesen und Goldverzierungen war eine echte Oase.

Als Miranda mit mir Schritt hielt, während ich mich dem Privataufzug zu Grims Penthouse näherte, zog ich eine Augenbraue hoch. „Fungierst du als Begleitperson?"

Sie lächelte mich angsteinflößend an. „Wenn ich dir den Arm ausdrehen muss, um dich in diesen Aufzug zu kriegen, werde ich es tun."

Ich streckte ihr die Zunge heraus. „Ich bin ein gruseliger, starker Vampir. Ich möchte mal sehen, wie du das schaffst."

Miranda schubste mich. Ich ruderte mit den Armen, stolperte und konnte mich gerade so davor bewahren, auf den gefliesten Boden zu stürzen.

„Boah, uncool", beschwerte ich mich und rieb mir den Arm. Wahrscheinlich bekam ich einen blauen Fleck.

„Ja, super gruselig und stark. Jetzt beweg deinen Arsch in diesen Aufzug", sagte sie und deutete auf den Aufzugknopf. Ich drückte ihn, aber nicht ohne deutliches Knurren. Die Knöpfe waren darauf programmiert, meine Fingerabdrücke zu erkennen, oder vielmehr, meine fehlenden.

Die Türen öffneten sich mit einem Bing. Panik tobte in meinem Magen. Ich trat ein, drehte mich um und drückte auf den goldenen Knopf, der zur Spitze des pyramidenförmigen Hotels führte. Wo *er* wartete.

Miranda zeigte mir den Daumen hoch und ich tat dasselbe, als sich die Türen schlossen. Doch als sie geschlossen waren, wollte ich sie wieder öffnen. Aber der Aufzug hatte sich bereits in Bewegung gesetzt. Ich drückte mich in eine Ecke, schloss die Augen und versuchte, mir Mut zuzusprechen.

„Du bist stark und unabhängig und brauchst niemanden. Du bist nur hier für einen schnellen Happen." Ich konnte nicht einmal über meinen eigenen Witz lachen.

„Seine Anwesenheit wird dich nicht beeinflussen. Du wirst ein würdevolles Mahl haben, rein, raus, danke Mann für das Blut, und dann gehst du wieder." Im Geiste fügte ich hinzu: Und *zeige ihm auf gar keinen Fall, dass er dich in Knete verwandelt.*

Holt euch jetzt Der Kuss des Todes und erfahrt, wie es weitergeht!

ÜBER DIE AUTORIN

Zunächst schrieb Holly „Buffy – Im Bann der Dämonen" und romantische Terminator-Fanfiction, dann begab sie sich in ihre eigenen fantastischen Welten mit apokalyptischen Elementen.

Als Mädchen aus Colorado verbringt Holly gerne Zeit in der freien Natur, das heißt, sie nimmt gerne Drinks auf Veranden.

Sie lebt zusammen mit ihrem Ehemann, dessen gutes Aussehen nur noch von seinem charmanten und unglaublich unterstützenden Charakter übertroffen wird.

Zwei mürrische Hauskaninchen überwachen diese Autorin, damit sie nicht ihre ganze Zeit mit Buffy-Wiederholungen verbringt.

Mehr Kapitel, Neuigkeiten und vieles mehr gibt es bei
www.hollyroberds.com